POLARIS

HANNAH RICHELL

DAS WOCHEN ENDE

**VIER FAMILIEN. DREI TAGE.
EIN STURM, DER ALLES VERÄNDERT.**

Thriller

Aus dem Englischen
von Sabine Längsfeld

Rowohlt Polaris

Die Originalausgabe erschien 2024
unter dem Titel «The Search Party»
im Verlag Simon & Schuster, London.

Deutsche Erstausgabe
Veröffentlicht im Rowohlt Taschenbuch Verlag,
Hamburg, Januar 2025
Copyright © 2025 by Rowohlt Verlag GmbH, Hamburg
«The Search Party» Copyright © 2024 by Hannah Richell
Redaktion Anne Nordmann
Die Nutzung unserer Werke für Text- und Data-Mining
im Sinne von § 44b UrhG behalten wir uns explizit vor.
Covergestaltung ZERO Werbeagentur, München,
nach dem Original von Simon & Schuster UK Limited
Coverabbildung Adobe Stock;
Design Craig Fraser, S&S Art Dept.
Karte © Jill Tytherleigh
Herstellung Saskia Büttner
Satz aus der Feijoa
bei Pinkuin Satz und Datentechnik, Berlin
Druck und Bindung GGP Media GmbH, Pößneck
ISBN 978-3-499-01482-6

Für meine Eltern,
Gillian und John Norman

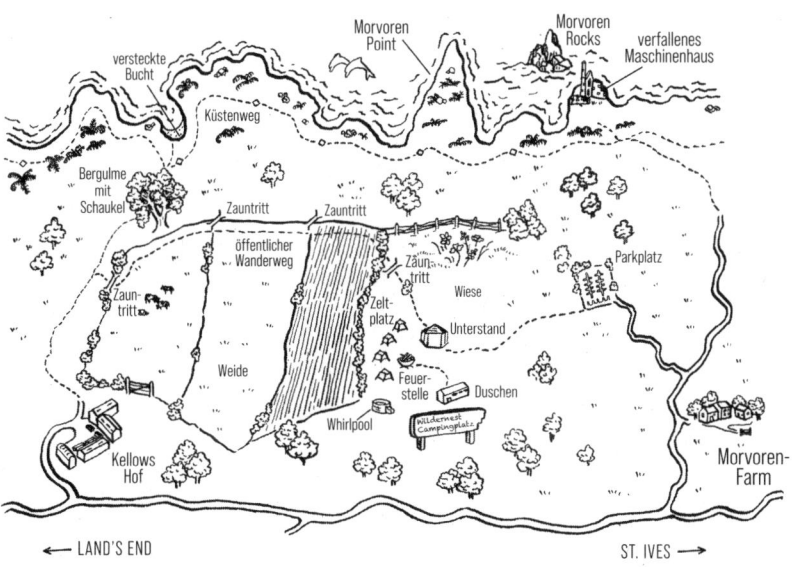

Morvoren
Point

Morvoren
Rocks

verfallenes
Maschinenhaus

versteckte
Bucht

Küstenweg

Bergulme
mit
Schaukel

Zauntritt   Zauntritt

Parkplatz

öffentlicher
Wanderweg

Zaun-
tritt

Zauntritt

Zelt-
platz

Wiese

Unterstand

Weide

Feuer-
stelle

Duschen

Whirlpool

Wildwest
Campingplatz

Morvoren-
Farm

Kellows
Hof

← LAND'S END   ST. IVES →

PERSONEN

Die Kingsleys
Max
Annie
Kip (12 Jahre alt)

Die Davies
Dominic
Tanya
Scarlet (16 Jahre alt)
Felix (14 Jahre alt)
Phoebe (6 Jahre alt)

Die Millers
Jim
Suze
Willow (14 Jahre alt)
River (13 Jahre alt)
Juniper (9 Jahre alt)

Kira de Silva
Fred O'Connor
Asha (5 Monate alt)

Josh Penrose - *einheimischer Surfer und Mann für alles auf dem Campingplatz*
John Kellow - *einheimischer Milchbauer und nächster Nachbar der Kingsleys*
Clare Davies - *Ex-Frau von Dominic*

Polizeibeamte des Distrikts Devon & Cornwall
Detective Inspector Sue Lawson
Detective Constable Lee Barnett
Detective Constable Patricia Haines

PROLOG

Das Mädchen steht im grauen Morgenlicht da, die Schuhspitzen ragen über die bröckelnde Kante der Klippe. Unter ihr donnern tosende Wellen gegen zerklüftete Felsen, scharfe Granitspitzen ragen wie faulende Zähne aus dem schäumenden Meer. Angst und Verzweiflung sitzen ihr im Nacken - und seine Worte, die sie weiterdrängen.

Sie versucht, sich mit den Details um sie herum abzulenken. Das Tosen des Ozeans. Die Windböen, die am Gebüsch zerren. Die kleinen weißen Blümchen neben ihren Füßen. Das laute, viel zu schnelle Pochen ihres Herzens. Aber es ist unmöglich, sich zu konzentrieren. Ihr Verstand ist nicht in der Lage, irgendetwas zu greifen. Nichts kommt gegen seine Stimme an - gegen die vielen Gemeinheiten, die auf sie niederprasseln. *Mach schon*, sagt er. *Worauf wartest du noch?*

Der Vorsprung unter ihren Schuhspitzen ist bröckelig. Ein Klumpen Erde bricht ab, rieselt die Felswand hinab und verschwindet weit unter ihr in den Wassermassen. Der Wind trägt den Schrei eines Vogels durch die Luft, hoch und klagend. Sie hebt den Blick und sieht über sich eine Möwe kreisen. Frei.

Tu es. Spring. Seine Stimme wird lauter, er ist direkt hinter ihr. Sie bekommt Gänsehaut, als würden seine Worte durch die Luft kreisen und ihren Nacken streifen. *Worauf wartest du noch?*

Es gibt keinen Ausweg. Sie kann nirgendwohin.

Sie macht die Augen zu, breitet die Arme aus, ganz weit, als hätte sie Flügel, um sich in die Lüfte zu erheben und sich dem Vogel weit über ihr anzuschließen. Mit einem letzten, tiefen Atemzug bewegt sie sich vorwärts in die Leere hinein. Ob Sturz oder Flug - ihr ist jetzt alles egal.

DOMINIC

Sonntagnachmittag

Er weiß nicht, wie lange er schon hier sitzt. In dem Zimmer gibt es keine Uhr, nur einen Tisch, drei Stühle und ein schmales Fenster, ganz oben unter der Decke – zu hoch, um außer einem Stückchen nacktem grauen Himmel irgendwas zu sehen. Es ist vielleicht zwanzig Minuten her, seit die Beamten ihn in diesen Raum geführt und ihn «gebeten» haben, auf sie zu warten, vielleicht aber auch schon viel länger.

Dominic weiß, dass einem in stressigen Situationen Sekunden vorkommen können wie Minuten und Minuten wie Stunden. Der Tee aus dem Automaten, den ihm irgendwer hingestellt hat, ist allerdings schon seit Ewigkeiten kalt. Er weiß auch, dass er möglichst nicht an das denken darf, was außerhalb dieses Raumes vielleicht gerade passiert, weil sich sonst sein Brustkorb schmerzhaft zusammenzieht, als würde ein Schraubstock seine Lungenflügel zusammenpressen und ihm die Luft zum Atmen rauben.

Da draußen wäre er mit Sicherheit eine größere Hilfe. Stattdessen hockt er eingesperrt hier rum, in irgendeinem Sprechzimmer im Krankenhaus, mit immer noch feuchten Klamotten, und wartet darauf, irgendwelche Fragen zu beantworten – Fragen, auf die er mit Sicherheit keine Antwort hat. Doch die beiden Detectives hatten sich deutlich ausgedrückt – er habe ihnen zur Befragung zur Verfügung zu stehen. Fast, denkt er, als würden sie ihn verdächtigen.

Die Tür öffnet sich, mit einem Satz ist Dominic auf den Beinen. «Gibt's was Neues?», fragt er. Sein Blick schießt von der leitenden Ermittlerin in ihrem grauen Kostüm zu ihrem stämmigen, blonden Kollegen, der direkt hinter ihr das Zimmer betritt.

«Ich fürchte, nein, Mr Davies, noch nichts», sagt sie. «Bitte setzen Sie sich.»

Dominic zögert. Sich hinsetzen ist das Letzte, was er will. «Ich finde, ich könnte da draußen …»

Die Detective hebt die Hand. «Unsere Leute durchkämmen das Gelände. Sobald wir irgendetwas wissen – egal was –, geben wir Ihnen Bescheid. Im Augenblick ist es wichtig, dass Sie uns alles sagen, woran Sie sich erinnern können, Mr Davies.» Sie deutet auf seinen Stuhl, zieht für sich selbst mit kreischendem Geräusch einen heran und wirft eine dünne Akte auf den Tisch. Ihr Kollege nimmt ebenfalls Platz und begräbt mit seiner ausladenden Figur den zierlichen Plastikstuhl unter sich. Er schlägt ein Notizheft auf und zieht die Kappe von seinem Stift.

Frustriert mustert Dominic den angebotenen Stuhl. Er will Taten, er will Konsequenzen, kein Gerede, kein Geschreibe, doch weil er die Entschlossenheit der Detective spürt, nimmt er trotzdem widerwillig Platz.

Lawson, erinnert er sich, Detective Inspector Sue Lawson. Sie hatte sich ihm irgendwann vorhin vorgestellt. Ihr jüngerer Kollege, der rotwangige Mann mit den gebleichten Haaren und Schultern, die eher in ein verschlammtes Rugby-Trikot als in eine gestärkte Polizeiuniform passen würden, heißt Barrett. Nein. Barnett. Detective Constable Barnett.

Lawson nickt, und Barnett drückt auf dem Rekorder, der zwischen ihnen auf dem Tisch steht, den Aufnahmeknopf.

«Nur um das noch mal klarzustellen», Barnett räuspert sich, «Ihre Teilnahme an diesem Gespräch ist absolut freiwillig. Es steht Ihnen jederzeit frei zu gehen. Doch natürlich sind die Chancen, dass unsere Ermittlungen erfolgreich sind, umso größer, je mehr Informationen wir über das Wochenende bekommen.»

«Ich habe es Ihnen bereits gesagt», wiederholt Dominic. «Ich bin nicht derjenige, mit dem Sie sprechen sollten, sondern dieser Junge. Der hat was damit zu tun. Das weiß ich.»

Lawson nickt wieder. «Wie gesagt, wir sprechen mit allen Beteiligten.»

«Die nehmen den in Schutz, aber glauben Sie mir: Mit dem Kerl stimmt was nicht.»

«Mr Davies.» DI Lawson beugt sich vor und schaut ihn ungerührt an. «Ich verstehe Ihre Bedenken. Mir ist bewusst, dass Sie in großer Sorge sind.» Ihm fällt die faszinierende Farbe ihrer Augen auf. Sie sind grau wie Meereskiesel und passen beinahe perfekt zu der einen grauen Strähne in ihrer dunklen Kurzhaarfrisur. «Aber ich fürchte, wir sind dringend auf Ihre Unterstützung angewiesen. Wir wären Ihnen für Ihre *uneingeschränkte* Mitarbeit außerordentlich dankbar.»

Es gibt einen Teil in Dominic, der sich unwillkürlich fragt, ob sie das hier insgeheim genießen. Sie haben es mit Sicherheit nicht jeden Tag mit jemandem vom Fernsehen zu tun. Diese Sache sorgt auf dem Revier garantiert für ziemlichen Wirbel. *Ratet mal, wer heute vor uns saß.* Dominic hofft, dass die Medien keinen Wind davon bekommen. Wahrscheinlich wäre es besser, Barry anzurufen. Ihn ins Bild zu setzen, für den Fall, dass die Klatschpresse mal wieder eine saftige Dominic-Davies-Story wittert. Damals, rund um seine Scheidung, hatten die ihm jedenfalls gehörig die Hölle heißgemacht. Mit einem Stirnrunzeln schaut Dominic von der DI zum Constable. «Muss ich meinen Anwalt anrufen?»

«Hätten Sie gern juristischen Beistand?» Barnett schaut mit gezücktem Stift von seinem Notizheft hoch.

Dominic kommt sich vor, als wäre er plötzlich in einem dieser grottigen Sonntagabendkrimis gelandet, die Tanya sich so gerne anschaut, im Schlafanzug aufs Sofa gekuschelt, ein Glas Wein in der Hand und das Telefon auf dem Schoß. Er fand die Geschichten immer ziemlich dämlich – überzeichnet und zu vorhersehbar –, und jetzt sitzt er plötzlich selbst hier, in einem stickigen, improvisierten Verhörraum, ein Aufnahmegerät vor der Nase, dessen blinkendes rotes Lämpchen ihn böse anschaut. «Nein», sagt er. «Natürlich nicht. Bringen wir's einfach hinter uns.» Er überkreuzt die Arme vor der Brust. «Was wollen Sie wissen?»

Lawson lehnt sich zurück und nickt Barnett ein weiteres Mal zu.

«Es war also ein Wiedersehen unter Freunden? Vier Familien, die das lange Maiwochenende gemeinsam verbringen wollten?»

«Richtig.»

Barnett überprüft seine Notizen. «Und Sie waren insgesamt fünfzehn Personen?»

Dominic zögert kurz, zählt stumm nach. «Na ja ... eigentlich waren wir sechzehn, mit dem Baby.» Er greift mechanisch zu dem Plastikbecher vor sich auf dem Tisch, ehe ihm einfällt, dass der Inhalt kalt und ungenießbar ist. Beim Anblick des braunen Films, der auf der Flüssigkeit schwimmt, schiebt er den Becher von sich.

«Sie waren alle auf Einladung von Max und Annie Kingsley in Wildernest?» Wieder schaut Barnett auf seine Notizen. «Der Campingplatz gehört den beiden und liegt hinter dem Kap, in der Nähe von Morvoren Point?»

«Richtig. Es passte gut in meinen Terminkalender. Wir hatten gerade die neuste Staffel abgedreht. *Star Search*», fügt er hinzu. «Kennen Sie bestimmt.»

Barnett nickt, aber Lawson sieht ihn nur weiter unverwandt an. Dominic kann sich ein Lächeln nicht verkneifen. Solche wie sie kennt er. Tun gern so, als stünden sie über Reality-TV und geben nur ungern zu, dass auch sie zu den zehn Millionen gehören, die Woche für Woche begeistert einschalten, ihren Lieblingen zujubeln und zum Telefon greifen, um für sie abzustimmen.

«Egal.» Dominic winkt ab. «Max und Annie hatten uns über das Feiertagswochenende zu sich eingeladen, um ihr neues ‹Glamping›-Projekt einem Praxistest zu unterziehen.» Er hebt die Hände und malt mit den Fingern Gänsefüßchen in die Luft. «Sie kennen so was bestimmt. Der ganz heiße Scheiß: nachhaltiger Ökotourismus zur Rettung des Planeten. Max' Traum.»

«Ist es richtig, dass die Kingsleys erst letztes Jahr mit ihrem Sohn nach Cornwall gezogen sind?»

Er nickt. «Ehrlich gesagt, als sie verkündeten, sie würden London den Rücken kehren, hat das niemand von uns wirklich ernst genommen. Wir haben sie natürlich darin bestärkt. Muss man ja als Freund, oder? Es ist wohl eher nicht üblich, seinen Freunden zu sagen, dass man meint, sie würden einen schrecklichen Fehler machen.»

«Warum hielten Sie den Umzug für einen Fehler?»

Dominic stößt ein trockenes Lachen aus. «Sie hatten Jahre in den Aufbau ihres Architekturbüros gesteckt, sie hatten richtig Erfolg. Erst letztes Jahr haben sie einen sehr renommierten Architekturpreis für den ‹Grand Designs›-mäßigen Umbau meiner Bude eingeheimst. Ich hatte sie damit beauftragt. Das war ein echt großes Ding, brachte ihnen jede Menge positive Presse.» Wieder lässt er den Blick von ihr zu ihm schweifen, aber Lawson lässt sich noch immer nichts anmerken. «Jedenfalls, sie haben großartige Arbeit geleistet. Die komplette Rückwand des Hauses abgerissen und einen riesigen Glasanbau hingestellt. Sehr stilvoll. Sehr minimalistisch. Aber es ging ja nicht nur darum, dass sie einfach so eine erfolgreiche Karriere an den Nagel hängten», fügt er hinzu. «Sie hatten ein Haus, direkt am Clapham Common ... eine gute Schule für Kip ... London lag ihnen quasi zu Füßen, und das alles haben sie einfach weggeworfen und sind in die Pampa gezogen, um was zu tun?» Er schaut beide ungläubig an. «Einen Campingplatz zu eröffnen?» Dominic schüttelt den Kopf. «Total verrückt, wenn Sie mich fragen. Aber sie hatten natürlich ihre Gründe, uns aus dem Nichts heraus mit so einer einschneidenden Entscheidung zu konfrontieren.»

«Wie meinen Sie das?»

«Na ja, dieser Rotzlöffel. Die Adoption.»

«Meinen Sie mit ‹Rotzlöffel› den Sohn der Kingsleys, Kip?»

Er nickt, schaut wieder von ihr zu ihm, will, dass sie nachhaken, aber zu seiner Verärgerung schluckt Lawson den Köder nicht.

«Wie wäre es, wenn wir noch mal zu Freitag zurückkehren?», sagt sie stattdessen. «Ich vermute, Sie haben sich gegen Mittag von Hertfordshire aus auf den Weg gemacht?»

«Ja, wir sind um eins in Harpenden losgefahren.»

«Wir, das heißt ...?»

«Meine Frau Tanya und ich und meine Kinder, Scarlet, Felix und Phoebe.» Dominic streckt die Beine aus, entdeckt den Riss in seiner Hose, die schlammverkrusteten Hosensäume, und zieht eilig die Füße zurück unter den Stuhl.

«Haben sich alle auf die Reise gefreut?»

Er zuckt die Achseln. «Ich glaube, was das betrifft, gab es durchaus verschiedene Meinungen, aber ich verstehe nicht ganz, was das hier zur Sache tut.»

Lawson mustert ihn. «Wir versuchen lediglich, uns ein möglichst klares Bild von diesem Wochenende zu machen. Angesichts der traumatischen Erlebnisse für Sie alle und der noch immer offenen Fragen müssen wir bei der Rekonstruktion so gründlich wie möglich vorgehen.»

«Ich persönlich fand, die Einladung klang toll», sagt Dominic an Lawson gewandt, ohne ihrem forschenden Blick auszuweichen. «Nach dem Druck der Dreharbeiten freute ich mich auf eine Auszeit mit alten Freunden, ein verlängertes Wochenende mit viel frischer Luft in einer großartigen Gegend. Ich dachte, die Kinder fänden es ebenfalls toll, aber Sie wissen ja, wie Teenager heute so sind.» Er schaut von Lawson zu Barnett. «Schon die leiseste Andeutung auf ein paar Stunden ohne WLAN, und sofort bricht Panik aus.»

DI Lawson nickt. «Erzählen Sie weiter, Mr Davies. Das hilft uns sehr.»

Dominic kneift die Augen zusammen. «Sie sagten, Sie wollten mit allen sprechen?»

Sie nickt wieder. «Wir haben eine Kontaktbeamtin zur Farm rausgeschickt.

«Gut», sagt Dominic. Er wüsste zu gerne, was die anderen zu erzählen haben, an welchen Punkten sich die Fäden ihrer Geschichten kreuzen und ob das, was sie sagen, seine Aussage eher untermauert oder ihr widerspricht. Er kann nur hoffen, dass zwanzig Jahre Freundschaft noch irgendetwas wert sind, wenn das alles vorbei ist.

«Sehr gut», sagt er noch einmal, steht auf, reckt das Kinn und löst die Hände, die er, ohne es zu merken, zu Fäusten geballt hat. «Sie werden mit Sicherheit feststellen, dass wir an diesem Wochenende *alle* Dinge getan haben, die wir inzwischen bereuen.»

DI Lawson schaut ihn weiter unverwandt an. Die undurchdringlich grauen Augen bohren sich in seine. Verärgert muss Dominic feststellen, dass er als Erster wegschaut.

SCARLET

Freitagnachmittag

Falls es je ein Wochenende gegeben hatte, das eigens darauf ausgelegt war, ein Leben zu zerstören, dann dieses. Schlimm genug, dass sie Harry Taylors Party zu seinem Siebzehnten verpasste, aber jetzt saß sie auch noch eingequetscht im Angeber-SUV ihres Vaters, direkt neben Phoebes Kindersitz, während ihr von der anderen Seite der blecherne Hip-Hop aus Felix' Kopfhörern ins Ohr dröhnte. Vor ihr erstreckte sich eine endlose Blechlawine und die Aussicht auf drei Tage Camping irgendwo im Nirgendwo. Scarlet spürte, wie Wut in ihr hochkochte.

Inzwischen war Schulschluss. Das wusste sie, ohne auf die Uhr schauen zu müssen, weil ihr Telefon sie seit ein paar Minuten mit einem Dauerstrom an Nachrichten über Party-Vorbereitungen, Outfits und Geläster bombardierte, Dinge, von denen Scarlet gezwungenermaßen ausgeschlossen war. Sie schaute ihren Vater im Rückspiegel böse an. «Ich kapiere einfach nicht, warum du mich zwingst mitzukommen», blaffte sie, weil sie die schwelende Wut keinen Moment länger zurückhalten konnte. «Ich hätte genauso gut zu Hause bleiben können.»

«Ich habe dir doch gesagt, warum.» Dominic löste den Blick vom Verkehr und sah sie durch den Rückspiegel an. «Wir wollen Max und Annie unterstützen. Sie haben sich mit unserem Umbau echt reingehängt. Jetzt sind wir dran.»

«Aber ich hätte trotzdem bei Mum bleiben können ... oder bei Lily.»

«Wie ich dir bereits gestern Abend erklärt habe», sagte Dominic, «hätten Tanya und ich vielleicht darüber nachgedacht, wenn du dich in den letzten Wochen etwas zuverlässiger gezeigt hättest. Aber dieses Wochenende ist nun mal *mein* Wochenende mit Felix und dir», fuhr er fort. «Ich sehe euch selten genug. Außerdem ist das nicht die letzte Party, Scarlet. Manchmal geht die Familie eben vor.»

Scarlet drehte sich frustriert weg und sah durch die Heckscheibe den Fahrzeugen auf der Mittelspur beim Verschwinden zu, während ihr Vater auf der Überholspur Gas gab. Es war so unfair! Scheidungskind zu sein, hatte viele lästige Seiten, aber nichts war so nervig wie das ständige Hin und Her an den Wochenenden, das sie und Felix seit sieben Jahren durchmachten, seit Tanya damals plötzlich auf der Bildfläche erschienen war. Und seit ihr eigenes Leben endlich interessant wurde, war es endgültig inakzeptabel geworden. Ihr Vater kapierte es einfach nicht. Er sah in ihr immer noch sein kleines Mädchen, aber das war sie schon lange nicht mehr. Sie war sechzehn, praktisch erwachsen.

Natürlich würde es noch andere Partys geben, sie war ja nicht blöd, aber Harry Taylor, der Junge, der sie vor zwei Tagen mit einer endlosen Reihe Nachrichten bombardiert hatte, um zu erfahren, ob sie käme, würde nie wieder seinen siebzehnten Geburtstag feiern. Es würde nie wieder eine Gartenparty mit Dresscode in einem weißen Partyzelt steigen, inklusive uniformierten Kellnerinnen, köstlichen kleinen Kanapees, mit Nebelmaschine, einem echten DJ und garantiert genug Wodka-Jelly-Shots, um die komplette zwölfte Jahrgangsstufe dicht zu kriegen.

«Das wird super», sagte ihr Vater. «Wir grillen und machen ein Lagerfeuer. Unternehmen schöne Küstenspaziergänge. Einen Strand gibt es auch. Alle sind mit dabei. Inklusive sämtlicher Kinder.»

Scarlet warf ihm durch den Rückspiegel einen Blick zu. «Du sagst es, Dad.» Sie schüttelte sich übertrieben. «Ich will mit *meinen* Leuten abhängen, nicht mit einem Haufen nerviger Kleinkinder und dann auch noch mit Kip, diesem Spinner.»

«*Sei nett*, Scarlet!»

Sie verdrehte die Augen. «Jetzt klingst du wie ein sexistisches Motto-T-Shirt. Einem Mädchen ‹Sei nett!› zu befehlen, ist ja so was von patriarchal. Du sagst mir damit, dass ich meine Gefühle ignorieren soll, um jemand anderem zu gefallen. Und außerdem» – Scarlet redete sich langsam warm – «seit wann legst ausgerechnet du Wert auf ‹nett sein›? Deine komplette Karriere ist darauf aufgebaut, der brutal ehrliche ‹Experte› zu sein. Ich glaube nicht, dass irgendwer findet, du würdest besonders ‹nett› rüberkommen, wenn du auf *Star Search* lautstark deine Meinung über deine Kandidatinnen und Kandidaten raushaust.»

«Du musst zugeben», mischte Tanya sich mit einem kleinen Grinsen ein, das Scarlet zufällig im Außenspiegel einfing, «dass da was dran ist.»

«Danke», sagte Scarlet und schenkte ihr ein befriedigtes Lächeln. «Siehst du? Wenigstens Tanya hat's gecheckt.» Sie war überrascht. Sie konnte sich nicht vorstellen, dass ausgerechnet Tanya viel mit ihren feministischen Idealen anfangen konnte. Es kam, ehrlich gesagt, ziemlich selten vor, dass Scarlet und Tanya einer Meinung waren. Scarlet war meistens gegen alles, was mit ihrer Stiefmutter zu tun hatte, aber die Gelegenheit, sich gemeinsam gegen ihren Vater zu verbünden, ließ sie sich nicht entgehen.

«Das ist eine Fernsehsendung. Ein Job. Nicht das reale Leben.»

«Und wieso heißt es dann ‹Reality-TV›?»

«Ach Liebling, nichts an Reality-TV ist real. Du bist intelligent genug, um das zu wissen. Und was das *Nettsein* betrifft, das hat nichts mit Geschlechtern zu tun», sagte Dominic in herablassendem, leicht überdrüssigem Tonfall. «Es geht darum, ein anständiger Mensch zu sein. Wenn Felix sich so benehmen würde wie du, würde ich dasselbe zu ihm sagen.»

«Aha.» Scarlet beugte sich zwischen die Vordersitze. «Seit wann ist ‹das, was alle tun› bei uns zum Maßstab geworden? Vor zwei Wochen, als ich Ärger in der Schule hatte, hast du noch zu mir gesagt: ‹Wenn alle von der Klippe springen würden, würdest du dann etwa auch springen, Scarlet?›» Ihre Stimme war die perfekte Imitation seiner aalglatten Moderatorenstimme.

«Du bist ja eine ganz Schlaue, was?»

«Von wegen schlau.» Felix hob den Kopfhörer an, um sich am Gespräch zu beteiligen. «Wer schlau ist, lässt sich nicht mit Gras in der Schultasche erwischen und handelt sich damit zehn Tage Unterrichtsausschluss ein.»

Scarlet lehnte sich über Phoebes Kindersitz und boxte ihren Bruder in den Oberarm. «Halt die Klappe! Du hast doch keine Ahnung.»

«Ich habe genug Ahnung, um zu wissen, dass man keine Drogen mit in die Schule nimmt, du Spacko.»

«Schluss damit, ihr zwei. Ihr weckt Phoebe auf. Und niemand springt hier von irgendwelchen Klippen. Vor uns liegt nur ein verlängertes Wochenende mit unseren ältesten und besten Freunden.»

«Achtung, Dad, Newsflash: *Meine* Freundinnen und Freunde gehen alle auf Harry Taylors Geburtstagsparty.»

Darauf folgte ausgedehntes Schweigen. Scarlet beschloss, dass es Zeit war, ihren Trumpf auszuspielen. «Außerdem bin ich nicht die Einzige, der es davor graut. Tanya hat auch keinen Bock.»

Tanya drehte sich um und starrte sie an. «Was?» Auf ihren Wangen erblühten zwei verräterisch rote Flecken.

Scarlet zuckte die Achseln. «Ich habe dich gestern Abend am Telefon gehört.»

Tanya runzelte die Stirn. «Es gehört sich nicht, die Telefongespräche anderer Leute zu belauschen.»

«Siehst du?» Scarlet schaute ihren Vater triumphierend an. «Sie streitet es nicht ab.»

Tanya drehte sich zurück nach vorne und sah Dominic an. «Ich habe nicht gesagt, dass ich keine Lust habe.» Sie suchte nach den richtigen Worten. «Nicht direkt. Es ist nur - na ja, wir fahren zum Camping, oder? Unter Erholung verstehe ich was anderes.»

«Nicht Camping, sondern *Glam*-ping», verbesserte Dominic.

«Die Anfangsbuchstaben eines Wortes auszutauschen, macht im Freien schlafen und in ein stinkendes Dixi-Klo pinkeln auch nicht glamouröser», murrte Scarlet.

«Sie sind *deine* ältesten Freunde», sagte Tanya nach einer kurzen Pause. «Ich kann mit euren Erinnerungen nichts anfangen. Ständig diese Geschichten über die guten alten Studienzeiten, eure gemeinsamen Radiosendungen, die rauschenden Partys ... weißt du, manchmal fühle ich mich einfach ein bisschen außen vor.»

«Das musst du nicht. Sie wissen, wie glücklich du mich machst.» Scarlet beobachtete, wie ihr Vater nach Tanyas Hand griff und sie zu sich auf den Schoß zog. Der riesige Diamant an ihrer linken Hand reflektierte das durch die Windschutzscheibe fallende Sonnenlicht wie ein Stroboskop. «Auf Kiras Vierzigstem letztes Jahr hast du dich doch auch amüsiert, oder nicht?»

Tanya zog die Augenbrauen hoch und stieß ein raues Lachen aus. «Meinen wir dasselbe Wochenende?»

Scarlet witterte eine Story und beugte sich vor.

«Keine Angst, so was kommt bestimmt nicht noch mal vor», sagte Dominic. «Kira hat sich wieder gefangen. Neuer Mann. Ein Kind. Ein ganz neues Leben, nach allem, was man hört. Und weißt du, was das Allerbeste ist?», sagte er. «Jetzt bist du endlich nicht länger die ‹Neue›. Jetzt ist Kiras Freund derjenige, der nervös sein muss. Du gehörst inzwischen zum alten Eisen.»

«Na, vielen Dank auch!» Tanya schürzte die Lippen. Zuerst sah es aus, als wollte sie noch etwas sagen, doch dann bemerkte sie offenbar Scarlets Neugierde. «Na ja. Wir werden sehen», war alles, was sie noch von sich gab.

Dominic zog Tanyas Hand an seine Lippen. «Ich weiß, dass du dir unser langes Wochenende anders vorgestellt hast. Im Sommer machen wir was Luxuriöseres. Aber toll wird es trotzdem. Versprochen.»

Scarlet wollte gerade wieder eine bissige Bemerkung machen, als vor ihnen plötzlich eine Wand aus roten Bremslichtern aufleuchtete. Dominic fluchte leise und bremste heftig ab, bis der Wagen zum Stehen kam. Davon wurde Phoebe wach. Sie schlug die blauen Augen auf, blinzelte verschlafen ins helle Sonnenlicht, orientierte sich und ließ den Kopf wieder in den Kindersitz sinken.

«Hallo, Schlafmütze», sagte Scarlet.

«Sind wir schon da?»

Scarlet schüttelte den Kopf. «Nein, noch nicht, aber kannst du bitte ein ernstes Wort mit Bär reden? Er hat furchtbar geschnarcht.»

Phoebe schenkte ihr ein verschlafenes Lächeln und rückte den Teddybären in ihrer Armbeuge zurecht. «Bär schnarcht nicht.»

Scarlet zwinkerte ihr zu. Es war nicht leicht, in Phoebes niedliches Gesicht zu schauen und gleichzeitig wütend zu sein. Scheidungskind zu sein, war in vielerlei Hinsicht beschissen, aber ihre Überraschungshalbschwester gehörte definitiv zu den guten Dingen, die dabei herausgekommen waren, dass ihr Vater Tanya kennengelernt hatte.

Während Tanyas Schwangerschaft hatte Scarlet die Vorstellung, dass ihr Dad noch mal Vater wurde, regelrecht angeekelt. Aber als er sie dann gegen ihren Willen zum ersten Besuch ins Krankenhaus geschleppt und ihr das winzige Baby in den Arm gedrückt hatte, als sie zum ersten Mal in Phoebes rotes, zerknautschtes Gesicht geschaut, die kleinen Grübchen gesehen und gespürt hatte, wie die winzige Hand mit erstaunlicher Kraft ihren Finger umklammerte, waren sämtliche Wut und sämtlicher Protest auf einen Schlag wie weggeblasen gewesen. Wie auch immer sie zu Tanya und der schmutzigen Scheidung ihrer Eltern stand, ihre kleine Halbschwester hatte Scarlet von ganzem Herzen akzeptiert.

«*Wilde Kerle?*», fragte Phoebe laut.

«Oh nein, Pheebs, nicht schon wieder», protestierte Scarlet, und selbst ihr sonst so entspannter Bruder gab ein lautes Stöhnen von sich. Sie kannten das Hörbuch alle von gefühlt Tausenden Autofahrten in- und auswendig, aber Phoebe liebte es noch immer heiß und innig.

«Klar, Schätzchen.» Tanya angelte ein Kabel aus dem Handschuhfach und verband ihr Telefon mit dem Autoradio.

Scarlet ließ sich in den Sitz fallen und scrollte sich durch die Nachrichten auf ihrem Telefon. Die neuste kam von Lily.

OMG. *Du hättest Caitlin heute in der Schule hören sollen.*

Scarlet tippte in rasender Geschwindigkeit eine Antwort. *Was hat sie gesagt???*

Sie sah, dass Lily online war. Scarlet wartete ungeduldig, während scheinbar endlos der *schreibt...*-Status blinkte.

Sie hat rumgeschwallt, dass sie sich Harry heute Abend krallt.

In Scarlet zog sich alles zusammen. Caitlin war eine der Hübschesten in ihrem Jahrgang. Wenn Scarlet nicht da war, würde Harry sich vielleicht für Caitlin entscheiden. Auf der Unterlippe kauend, tippte Scarlet die Antwort. *Nein! Schlampe! Die weiß genau, dass ich auf ihn stehe.* 📛📛.

Keine Angst, ich bin da. Ich weich ihm nicht von der Seite und erinnere ihn alle 5 min an dich.

⚜️ ⚜️ *So ein Scheiß! Ich wünschte, ich wär dabei.*

Ja, ich auch! ☹️☹️ *Ich schick Bilder.*

Während die Auftaktmusik zu Phoebes Hörbuch durch die Boxen schallte, pfefferte Scarlet genervt ihr Telefon von sich.

«Alles, was ich mir wünsche», sagte Dominic in einem letzten Versuch, seine widerwillige Familie zu besänftigen, «ist, dass wir versuchen, an diesem Wochenende ein bisschen Spaß zu haben … dass ihr offen seid für neue Erfahrungen und ein paar unvergessliche Erlebnisse.» Er grinste Scarlet durch den Rückspiegel an. «Ich wette um einen Zehner mit dir, dass ich dich Montagabend an den Haaren zurückschleifen muss.»

Scarlet verdrehte die Augen, schaute wieder zum Fenster hinaus und nahm sich vor, auf keinen Fall zu vergessen, auf dem Rückweg ihr Geld einzufordern.

ANNIE

Sonntagnachmittag

Annie sitzt zusammengesunken an einem langen Tisch in dem sechseckigen, aus Holz gezimmerten Unterstand im Zentrum des Campingplatzes. Sie hat die Arme um sich geschlungen. Ihr Blick ist auf den unruhigen Horizont gerichtet, den noch immer bedrückend grauen Wolkenhimmel und die windgepeitschten grünen Wiesen, die in der Ferne zum Meer hin abfallen, um sich optisch mit dem aufgewühlten Wasser zu vereinen. Über ihr baumeln Lichterketten und zerfledderte Wimpel trostlos im Wind, Dekoration, die sie erst einige Tage zuvor an die Holzstreben genagelt hatte. Der Pizzaofen steht ungenutzt in der Ecke. Vom Lagerfeuer ist nur ein Haufen schwarzer, nasser Asche übrig. Auf einer Anrichte steht eine vergessene Waschschüssel voll benutzter Blechbecher und Teller; eine nasse Socke hängt einsam über einem Stuhlrücken. Annie hat eine Häkeldecke um die Schultern, die irgendwer aus einem der großen Rundzelte in der Nähe geholt hat. Vor ihr taucht eine Tasse Tee auf. Sie nimmt sie mit beiden Händen, dankbar für die Wärme, und zuckt angesichts der Süße beim ersten Schluck überrascht zusammen.

«Ich wusste nicht, ob Sie Zucker wollen», sagt die Frau und rutscht auf die Bank gegenüber. Sie ist jung und zierlich. Die dunklen Locken sind zu einem Pferdeschwanz zusammengebunden. Sie trägt eine kleine, runde Brille, eine dunkelblaue Regenjacke und beige Cargohosen. Sie strahlt ruhigen Pragmatismus aus. «Ich dachte, das tut Ihnen vielleicht gut. Sie haben vermutlich nichts zu Mittag gegessen.»

Annie schüttelt den Kopf. Sie hätte nichts heruntergebracht, selbst wenn sie es versucht hätte. «Haben die inzwischen was gefunden?»

Die Polizistin streicht sich eine lose Haarsträhne aus dem Gesicht. «Nein, soweit ich weiß, noch nicht.» Als Annie schaudert, fügt die Frau hinzu: «Ich glaube, die sind hier so gut wie fertig. Wir bringen Sie, so schnell es geht, zurück zur Farm. Aber vielleicht könnten wir inzwischen schon mal anfangen?»

Annie nickt. Die Frau hatte sich ihr als Kontaktbeamtin vorgestellt, als sie vorhin mit den anderen Uniformierten eingetroffen war, zuständig für die Verbindung zwischen der Polizei und den Familien, aber Annie kann sich, wie an so viele Details der letzten Stunden, nicht an ihren Namen erinnern. Als wäre der Sturm über sie hereingebrochen und hätte alles durcheinandergewirbelt, in die Luft geschleudert und in eine neue, sinnwidrige Ordnung gebracht; Annies Verstand hat Mühe, sämtliche Einzelheiten des Wochenendes an den richtigen Platz zu rücken. Patricia, fällt ihr plötzlich erleichtert ein. So heißt sie. Ein guter, grundsolider, zuverlässiger Name. Detective Constable Patricia Haines.

Annie weiß, wie wichtig es ist zu reden. Sie will helfen. Sie will, dass es endlich vorbei ist – für sie alle. Vor allem aber will sie ihre Sicht der Dinge schildern, ehe irgendjemand von den anderen die Fakten verdreht und etwas Hässliches und Unwahres daraus macht.

«Wie ich vorhin schon sagte», DC Haines legt Notizheft und Stift vor sich auf den Tisch, «ich arbeite als Family Liaison Officer und bin hier, um alle hier zu unterstützen.» Ihre Stimme klingt ruhig und vertrauensvoll. Annie stellt sich vor, wie sie diesen Tonfall in eigens darauf ausgelegten Seminaren übt, bis sie ihn perfekt beherrscht. «Ich möchte mit Ihnen einige Details durchgehen, Ihnen ein paar Fragen stellen. Ich möchte, dass Sie mir alles erzählen, was für uns angesichts der momentanen … Lage hilfreich sein könnte – egal wie wichtig oder unwichtig es scheint. Ist das in Ordnung?»

Die Lage.

Annie hat «die Lage» immer noch nicht ganz verstanden. Ob das irgendwem anders geht? Sie fragt sich ständig, wie das Wochenende so entsetzlich außer Kontrolle geraten konnte. Wie ist es möglich, dass aus einem winzigen Funken ein Höllenbrand entstehen konnte, der zwanzig Jahre Freundschaft bedroht? Annie räuspert sich. «Natürlich. Alles, was hilft. Ich fühle mich schrecklich», seufzt sie. «So verantwortlich. Das geht uns beiden so, Max und mir.»

Sie nippt an ihrem Tee, und plötzlich fällt ihr Blick auf ihre Fingernägel, sie sind abgekaut, fast bis aufs Fleisch. Sie hat das Gefühl, als würden ihre Nerven nicht mehr ganz so blank liegen. Vielleicht hilft der Zucker tatsächlich. Sie denkt an Kip, oben im Haus, an sein blasses, gequältes Gesicht, und spürt, wie eine gewisse Entschlusskraft zurückkehrt. «Eigentlich wollten wir uns nur ein schönes Wochenende machen.» Annie schaut hoch und sieht die Polizistin an. «Wir dachten, wir laden alle zu uns ein, um vor der offiziellen Eröffnung in ein paar Wochen unseren Glamping-Platz zu testen.»

Haines nickt ihr ermutigend zu. «Mit *alle* meinen Sie die drei anderen Familien, richtig?»

«Ja. Jim und Suze. Kira und ihren neuen Partner Fred. Dom und Tanya. Mit den Kindern waren wir eine ganz schöne Horde.»

«Einer meiner Kollegen sagte, Dominic Davies sei an diesem Wochenende bei Ihnen zu Gast gewesen.» Der Tonfall der Polizistin bleibt neutral, aber die leicht gehobenen Augenbrauen verraten ihr Interesse.

Annie nickt und bringt ein klägliches Lächeln zustande. «Ja. Dominic, the one and only.» Seit Dominics Bekanntheitsgrad mit seiner Rolle als bissiger Juror in einem von Englands beliebtesten Reality-TV-Spektakeln in den letzten Jahren immer weiter gewachsen ist, ist das Aufsehen, das ihr Freund erregt, wohin sie auch kommen, nicht mehr zu ignorieren: die verstohlenen Ellbogenrempler, die neugierigen Blicke, das wissende Lächeln. Die Mutigeren sprechen ihn direkt an, bitten um Autogramme oder Selfies, wollen mit ihm über die Sendung sprechen, ihm beipflichten oder ihm Vorwürfe machen, weil er ihrer Meinung nach zu einer Kandidatin oder einem Kandidaten zu hart war. Dominic ist für seine «harten Wahrheiten», wie er es nennt, bekannt, und einige der reißerischeren Boulevardblätter haben ihm inzwischen den Spitznamen *Diktator Dom* verpasst. Entweder das Publikum hasst oder liebt ihn, aber für seine Freunde, die ihn schon kannten, ehe er berühmt wurde, ist er nach wie vor «Dom».

«Wie haben Sie sich alle kennengelernt?»

«Fünf von uns kennen sich schon seit dem Studium. Dom, Jim, Kira, Max und ich. Wir haben uns im ersten Jahr am UCL kennengelernt. Wir hatten uns alle in den

33

Orientierungswochen zur Mitarbeit beim Studentensender gemeldet. Wie Sie sich denken können» – Annie deutet selbstironisch auf ihre Figur – «bin ich nie sehr sportlich gewesen und war damals auf der Suche nach etwas Kreativem.»

«Klingt witzig.»

«Das war es auch. Ich war eine Zeit lang Mädchen für alles, habe Tee gekocht, das Studio aufgeräumt, und schließlich bekam ich die Moderation einer Nachmittagssendung, die so gut wie niemand hörte. Dom und Jim hatten mehr Erfolg. Sie moderierten die ‹Davies & Miller-Show›, eine subversive Nachtsendung, die vor allem von der Party-Meute gehört wurde. Kira veranstaltete in unserem dritten Jahr beliebte Underground-Trance-Sessions.»

«Und Ihr Mann?»

«Max legte nicht wirklich Wert aufs Rampenlicht. Er unterstützte bei Produktion und PR. Am Ende des zweiten Semesters waren wir fünf trotz aller Unterschiede und unserer verschiedenen Studiengänge enge Freunde geworden. Wir bezogen gemeinsam eine WG, und damit war die Sache endgültig klar – Freunde fürs Leben, könnte man sagen.» Sie hält inne, holt tief Luft. «Entschuldigung, ich schwafle hier rum.»

«Alles gut.»

«Max sagt, ich rede viel, wenn ich nervös bin. Wie lautete noch mal die Frage?»

«Ich wollte wissen, wie Sie sich kennengelernt haben. Waren Max und Sie damals schon ein Paar?»

«Nicht sofort. Am Anfang waren wir nur befreundet.» Sie lächelt verhalten. «Max und ich haben beide Architektur studiert. Am Ende des sechsten Semesters hat es dann zwischen uns gefunkt. Seitdem sind wir ein Paar.»

Das Lächeln wird breiter. «Wir haben das Gefühl, wir sind der Klebstoff, der alle zusammenhält. Wir kennen uns inzwischen seit mehr als zwanzig Jahren.»

«Das ist schon etwas Besonderes. Alte Freunde.»

«Ja. Wir haben uns gewissermaßen gegenseitig durchs Leben begleitet, an Hochzeiten teilgenommen, an Kindstaufen, haben uns beim Erklimmen von Karriereleitern angefeuert, einander getröstet und bestärkt. Wie bei allen Freundschaften geht es auch bei uns mal rauf und mal runter. Vor zwei Jahren bat Dominic Max und mich, sein Haus in Harpenden umzubauen. Anfangs hatten wir Bedenken, Berufliches und Freundschaft zu vermischen, aber Dom ließ uns völlig freie Hand, und schließlich wurde daraus ein letztes, echtes Liebhaberprojekt, ehe wir hier runtergezogen sind.»

Annie verstummt und überdenkt ihre Worte. «Wenn ich ganz ehrlich bin, hatten sich, mal abgesehen von Doms Auftrag, die Dinge zwischen uns schon ziemlich verändert. Sie wissen ja, wie das ist. Ein prallvolles Leben, junge Familien, die mehr Raum brauchen … da ist es schwer, wirklich eng in Verbindung zu bleiben.»

DC Haines nickt. «Das Leben eben.»

«Genau. Aus dem Grund dachten Max und ich, das lange Maiwochenende wäre die perfekte Gelegenheit, uns alle endlich mal wieder zusammenzubringen. Wir dachten, es wäre toll, den anderen unser neues Projekt zu präsentieren und den Kindern mal wieder richtig Gelegenheit zum Toben zu geben. Das letzte Mal haben wir uns alle zu Kiras vierzigstem Geburtstag gesehen, ohne Kinder, in einem Angeber-Boutiquehotel irgendwo in den Cotswolds. Inklusive Dinner im Sternerestaurant.» Sie sieht die Polizistin mit hochgezogenen Augenbrauen an.

«Max hatte den Eindruck, wir wären alle ein bisschen zu bequem, ein bisschen zu urban geworden. Er hatte das Gefühl, wir würden in unterschiedliche Richtungen auseinanderdriften. Wir dachten, ein Wochenende mit der alten Clique, wo wir alle etwas … na ja, bodenständiger unterwegs sind, könnte ein geeignetes Gegenmittel sein. Er bezeichnete das Wochenende als unser großes ‹Renaturierungsprojekt›. Er dachte, es hätten alle was davon, sich freiwillig ein bisschen einzuschränken, an der frischen Luft zu sein, sich wieder mit der Natur zu verbinden – und miteinander. Wir konnten doch nicht ahnen», fügt sie mit einem finsteren Blick hinzu, «worauf das hinauslaufen würde.»

«Stimmt.»

«Das ist einfach …», Annie wedelt hilflos mit der Hand und merkt, dass ihr wieder Tränen in den müden Augen brennen, «das ist einfach alles unvorstellbar.»

Irgendwo hinter DC Haines wird der Eingang eines der Rundzelte zurückgeschlagen und ein Polizist in Uniform kommt zum Vorschein. Annie schaut verstohlen auf den versiegelten Beweisbeutel in seinen Händen. Sie meint, ein Mobiltelefon zu erkennen. Sie schluckt.

Haines treibt das Gespräch weiter voran. Es wirkt beinahe, als wollte sie Annie ablenken. «Stimmt es, dass Sie vor etwa sechs Jahren einen Jungen adoptiert haben – Ihren Sohn Kip?»

Annie nickt. Sie bemerkt DC Haines' forschenden Blick und fragt sich, ob die Polizistin ebenfalls Mutter ist. Sie fragt sich, ob sie die mit Elternschaft verbundenen Qualen, die Liebe und den Schrecken nachvollziehen kann. Fragt sich, ob sie sich auch nur ansatzweise vorstellen kann, was es bedeutet, sich um einen Jungen wie Kip mit seinen ganz eigenen Herausforderungen zu kümmern. Mutterschaft ist, hat Annie inzwischen begriffen, als steckte ihr permanent ein Messer im Herzen.

«Lassen Sie sich Zeit.» Die Beamtin zieht ein Päckchen Taschentücher aus der Jacke und hält es Annie hin.

«Entschuldigung», sagt Annie und hebt die Brille, um sich die Tränen abzuwischen. «Das ist ... einfach alles zu viel. Gibt es denn inzwischen irgendwas Neues? Aus dem Krankenhaus, meine ich?»

DC Haines schüttelt den Kopf. «Ein Spezialsuchtrupp ist draußen bei den Klippen unterwegs. Wir tun alles, was getan werden kann.» Sie scheint kurz zu überlegen. «Wie wär's, wenn wir uns mit dem Wochenende befassen? Wie war das am Freitag? Nachmittags kamen alle an, und der erste Abend verlief glatt – so wie geplant, ja?»

Annie runzelt die Stirn. «Ich denke schon. Wir haben gegrillt, ein bisschen was getrunken, Feuer gemacht. Die Kinder sind durch die Gegend gerannt und haben gespielt. Es war ziemlich idyllisch.»

Die Polizistin zögert, ehe sie die nächste Frage stellt. «An dem Abend ist also nichts Außergewöhnliches ... vorgefallen?»

Annie schaut zu dem Haufen nasser Asche an der verlassenen Feuerstelle hinüber. Eine der Langbänke ist umgekippt. Ein Sack Kleinholz liegt verstreut im Gras. Jemand hat es ihr erzählt. Annie kann es ihrer Stimme anhören.

«Kip meinte es nicht böse», sagt sie. «Es war ein Unfall. Ein Unfall, der völlig unverhältnismäßig aufgeblasen wurde. Die Erwachsenen hatten getrunken – manche mehr als andere», fügt sie betont hinzu. «Das hat bestimmt auch eine Rolle gespielt.»

«Hatte Mr Davies ebenfalls getrunken?»

Annie nickt. «Wenn Sie mich fragen» – sie sieht DC Haines direkt in die Augen – «war das Verstörendste an der ganzen Sache Doms Reaktion. Er war von Anfang an ziemlich schräg drauf. Er wirkte angespannt, wissen Sie. Ich dachte, es hätte mit der Arbeit zu tun.»

Die Polizistin bleibt stumm.

Annie beißt sich auf die Lippe und zuckt die Achseln. «Was ich damit sagen will – hätte Dom sich besser im Griff gehabt, hätten sich die Dinge vielleicht völlig anders entwickelt. Aber Dom ist ... na ja ... Dom ist eben Dom. Manchmal verhält er sich wie der Elefant im Porzellanladen.»

«Mrs Kingsley, Ihnen ist sicher klar, dass der Faktor Zeit für uns von großer Bedeutung ist. Ich muss mit allen Beteiligten sprechen. Wenn Sie mir zu Freitagabend also irgendetwas sagen wollen – ganz gleich, was –, wäre jetzt der richtige Zeitpunkt dafür.»

Annie seufzt. Sie will nur eines: Endlich zurück ins Haus, ihren Jungen in den Arm nehmen und ihn irgendwohin bringen, wo er gut aufgehoben ist, weg von all den Verdächtigungen und dem Trauma, aber das hätte nur noch mehr Missverständnisse und Wut zur Folge. Sie weiß, dass sie jetzt Kips größte Chance ist.

DC Haines spürt Annies Abwehr bröckeln und unternimmt einen weiteren Vorstoß. «Erzählen Sie», sagt sie mit unbewegtem Gesicht. «Ich höre Ihnen zu.»

MAX

Freitagnachmittag

Max stand mit Annie neben dem Unterstand, der dem Campingplatz als zentraler Versammlungsort dienen sollte, und beäugte den riesigen Haufen Brennholz, der vor ihnen aufgeschichtet war.

«Meinst du, der ist groß genug?», fragte sie.

Max lachte. «Der ist riesig! Das brennt so hoch, die Flammen sieht man sicher noch in St. Ives.»

«Ich finde, es müsste noch etwas mehr sein. Das muss doch den ganzen Abend reichen.» Zweifelnd betrachtete Annie die aufgeschichteten Holzscheite.

«Noch mehr, und es brennt das ganze Wochenende. Wir sind ein umweltfreundlicher Betrieb, schon vergessen?»

In dem Moment kam Josh mit dem Geländebuggy den Hügel hinuntergefahren, hielt vor dem Unterstand und zerrte die letzten Äste von der Ladefläche. «Gute Arbeit», rief Max. «Danke, Kumpel.» Er drehte sich wieder zu Annie um und zog sie an sich. «Was ist los mit dir? Du wirkst so nervös. Ich dachte, du freust dich, die anderen endlich mal wiederzusehen.»

Sie zuckte die Achseln. «Ich freue mich ja auch. Ich möchte einfach nur, dass alles perfekt ist.»

«Alles ist perfekt – und wird perfekt sein. Und wenn nicht, dann ist es auch egal. Das sind unsere Freunde. Niemand wird über uns urteilen.»

Annie schaute ihn an. *Sei nicht so naiv*, sagte ihr Blick.

«Natürlich werden sie über uns urteilen. Kannst du dich noch an ihre Gesichter erinnern, als wir ihnen letztes Jahr auf Kiras Vierzigstem erzählt haben, dass wir nach Cornwall ziehen?»

Max schüttelte den Kopf. «Die waren nur ... überrascht. Sie haben sich sehr für uns gefreut.»

Er drehte sich zu ihr, nahm zärtlich ihr Gesicht in die Hände und brachte sie dazu, ihn anzusehen. Hinter den vertrauten, rot gefassten Brillengläsern sah er den Zweifel in ihren braunen Augen schimmern. «Schau dich um», sagte er mit Nachdruck. «Schau, was wir geschafft haben.» Er nickte zu den sechs großen Rundzelten hinüber, die strahlend weiß in der Maisonne leuchteten, zu der sanft abschüssigen Wildblumenwiese, die weit über die Landzunge hin abfiel, bis zu den felsigen Klippen und dem darunterliegenden Meer. In der Mitte des Campingareals erhob sich der großzügige Holzunterstand, ein Gemeinschaftstreffpunkt und Essbereich, den er zusammen mit Josh aus alten Schiffsbohlen gezimmert hatte. Im Schatten des Dachs befanden sich eine bestens ausgestattete Outdoor-Küche, ein langer, rustikaler Holztisch mit Bänken und Stühlen und ein großer, gemauerter Grill, der nur darauf wartete, angeheizt zu werden. Ein Stückchen hinter der Feuerstelle stand ihr ebenfalls mit Holz beheizter, aus Schweden importierter Whirlpool, und ein Stückchen weiter nach links hob sich die ansprechende solarbetriebene Sanitäranlage mit dem begrünten Dach vor der Hügelkuppe ab.

Unwillkürlich überkam Max ein Anflug von Stolz, als er sich vergegenwärtigte, was sie in so kurzer Zeit alles geschafft hatten, und das trotz aller möglicher Komplikationen. Baugenehmigungen. Entwässerungsfragen. Betriebsgenehmigungen. Schwierige Nachbarn. Familienthemen.

Max' Blick fiel auf Kip, der neben einem der Zelte in einem gestreiften Liegestuhl saß. Er beobachtete den Jungen dabei, wie er einen Haufen dünner Stöcke sortierte, manche auswählte, andere beiseitelegte, behutsam, methodisch. «Wir sind am richtigen Ort gelandet. Für uns und für Kip. Es geht ihm hier viel besser, findest du nicht?»

Annie schürzte nur stumm die Lippen.

«Wenn die anderen erst mal hier sind», sagte Max, «werden sie mit eigenen Augen sehen, was wir hier erschaffen haben, sie werden haargenau verstehen, was wir getan haben und warum. Wie sollte es denn anders sein?»

Annie sah zum strahlend blauen Himmel hinauf. Am fernen Horizont spielten weiße Wattewolken Fangen. Eine leichte Brise zupfte an den Wimpeln. «Glaubst du, das Wetter hält?»

Max zuckte die Achseln. «Das Ende der Wettervorhersage habe ich noch mitbekommen. Morgen könnte es ein bisschen gemischt werden, aber das kriegen wir hin. Ich habe Josh gebeten, in der Nähe zu bleiben und uns zu unterstützen, falls wir ihn brauchen. Ich dachte, ein weiteres Paar Hände könnte hilfreich sein.»

Annie schenkte ihm ein erleichtertes Lächeln. «Dem Himmel sei Dank für Josh.» Sie spähte zu den Zelten hinüber. «Was treibt Kip da eigentlich? Sag mal, ist das ... ein Messer?»

«Mein Taschenmesser. Ich habe ihm gezeigt, wie man damit umgeht.»

«Max!»

«Er ist zwölf, Liebling, definitiv alt genug, um mit einem Taschenmesser umzugehen. Deshalb sind wir doch hier. Um ihm ein anderes Leben zu ermöglichen, weg von der Stadt. Wir wollten ihm mehr Freiheit geben.»

Annie sah ihn an. «Von Messern war nie die Rede! Schlimm genug, dass du ihm gezeigt hast, wie man den Buggy fährt.»

«Hör auf, dir ständig Sorgen zu machen. Das Wochenende wird ihm guttun - es wird uns allen guttun.»

«Und was ist mit unserem *netten* Nachbarn?»

Max verzog das Gesicht. «Kellow kriegt sich schon wieder ein. Wir konnten doch nicht ahnen, welchen Schwerpunkt diese Journalistin ihrem Artikel gibt. Oder wie er reagieren würde.»

«*Großartige Entwürfe, Glamping und glamouröse Gäste auf dem Weg nach Morvoren Point.*» Annie sah Max gequält an. «Wir hätten merken müssen, worauf sie aus war, als sie in ihrem Interview immer wieder auf Doms Umbau in Harpenden zurückkam. Es ist offensichtlich, dass sie mehr daran interessiert war, über ihn zu schreiben als über unser Renaturierungsprojekt.»

«Jedenfalls kann man ihr nicht vorwerfen, schlecht recherchiert zu haben.» Max zuckte die Achseln. «Ich dachte, es wäre gut, um uns hier in der Gegend ein bisschen bekannt zu machen und frühzeitig PR zu betreiben. Ich wäre nie auf die Idee gekommen, dass der Schuss nach hinten losgehen könnte.»

Annie verdrehte die Augen. «Nur, dass es bei ihr leider klang, als hätten wir vor, jedes Wochenende wilde Partys für die Reichen und Berühmten zu schmeißen.» Annie krempelte die Ärmel ihrer Leinenbluse hoch. «Kein Wunder, dass Kellow verschnupft ist.»

«Dabei haben wir wirklich versucht, ihn in die Planungen mit einzubeziehen. Aber er hört ja nicht zu.» Als Max ihren besorgten Blick sah, zog er sie wieder an sich. «Er kann uns nichts anhaben, Annie. Das ist jetzt alles Sache der Gemeinde. Und was wir an diesem Wochenende auf unserem Grund und Boden treiben, geht ihn nichts an.» Er legte ihr den Arm um die Schultern. «Entspann dich. Das hier ist unser Traum, schon vergessen? Und den genießen wir jetzt.»

Es war frustrierend, Annie so angespannt zu erleben. Er wollte ihr die vielen schlaflosen Nächte in London in Erinnerung rufen, als sie wach lagen, streitenden Nachbarn und Sirenen lauschten und sich über Kips Probleme in der Schule sorgten, über die Anspruchshaltung ihrer Auftraggeber, über Planungen und Genehmigungsverfahren, über explodierende Baukosten. Er wollte sie an die schreckliche, schleichende Erschöpfung erinnern, die ihnen beiden Stück für Stück die Luft zum Atmen geraubt hatte, daran, wie ihnen allmählich dämmerte, dass ihr Londoner Leben – das Leben, in das sie beide so viel investiert hatten – nicht mehr das war, was sie wollten.

Erinnerte sie sich etwa nicht genauso lebhaft wie er an diesen einen Frühsommerabend im letzten Jahr? Als sie nach einer zermürbenden Konfrontation mit den Lehrkräften in Kips Schule durch Clapham Common nach Hause gelaufen waren, beide erschüttert und aufgewühlt von dem Misstrauen und der Angst in den Blicken der Lehrerinnen und Lehrer, von der vernichtenden Beurteilung der «Probleme» ihres Sohnes, mit der sie konfrontiert worden waren. Wusste sie nicht mehr, wie er mitten im Park plötzlich stehen geblieben war und gesagt hatte: «Was machen wir hier, Annie?» Und auf ihren verständnislosen Blick hin hatte er mit einer Geste auf den Weg hinzugefügt: «Nicht das hier. Ich meine, was *tun* wir hier? Mit unserem Leben? Unseren Jobs? Unserem Sohn!»

Annie hatte ihn angesehen. Das schwindende Licht hatte lange Schatten durch die Blätter geworfen, und ihr sonst so offenes, leicht zu lesendes Gesicht hatte seltsam rätselhaft ausgesehen. «Ich weiß nicht, was du meinst.»

«Schau uns doch an. Wir stecken all unsere Energie in die angeberischen Bauprojekte unserer Kundschaft. Was von unserer Zeit dann noch übrig ist, widmen wir Kip, versuchen, ihm mit seinen Problemen beizustehen und ihn durch ein viel zu eng genormtes Schulsystem zu bugsieren, das sich offensichtlich einen Dreck um ihn schert. Fragst du dich denn nie, wozu wir derart kämpfen? Ich bin am Ende, Annie. Desillusioniert. Ich will einfach … keine Ahnung … einen Schritt zurücktreten … atmen … aufs Meer schauen … die Hände in die Erde graben und mich wieder mit dem verbinden, was wirklich wichtig ist – mit dir, mit Kip.»

«Wir könnten in Urlaub fahren», hatte sie gesagt. «Im Sommer. Irgendwohin, wo's schön ist.»

Aber Max hatte den Kopf geschüttelt. «Das meine ich nicht. Ich will keine Scheinlösung. Kein Pflaster. Ich will nicht, dass der schönste und heilsamste Moment der ganzen Woche ausgerechnet die zehn Minuten sind, die ich auf einem überteuerten Bauernmarkt in der Schlange stehe, um Biogemüse und von Hand gerösteten Kaffee zu kaufen. Ich will das Echte. Ich will etwas verändern. Ich will raus aus der Stadt. Ich will mich wieder kreativ fühlen. Wann hast du zum letzten Mal zum Pinsel gegriffen, Annie, und gemalt, einfach nur so? Wann habe ich mich das letzte Mal tatsächlich inspirieren lassen, ohne irgendeine Deadline im Nacken? Ich habe es so satt, Liebling. Ich will ein anderes Leben.»

Das war der Anfang gewesen, der Anfang der Planungen, der Recherchen, der endlosen Online-Suche nach einem Stück Land, das ihnen all das geben würde, wonach sie sich sehnten. Danach kamen das Umwerben potenzieller Käuferinnen und Käufer für ihr Architekturbüro und die Schar Kaufwilliger, die mit der Maklerin durch ihr stilvolles Reihenhaus zog und den enthusiastischen Äußerungen über die große Designerküche, den Garten mit Südlage und das wundervolle Licht lauschten, bis schließlich alles geregelt war. Die Kaufverträge waren unterschrieben, das «VERKAUFT»-Schild wurde in den Vorgarten gepflanzt, die Umzugskisten wurden gepackt, und dann war es aufregenderweise endgültig viel zu spät gewesen, um doch noch einen Rückzieher zu machen. Sie ließen ihr altes Leben hinter sich, um in der Wildnis von Nord-Cornwall neu anzufangen.

Max hatte schon auf den allerersten Blick gewusst, dass sie den perfekten Platz gefunden hatten: die Morvoren-Farm, ein runtergekommenes Bauernhaus aus Stein mitten in Cornwall, umgeben von dreieinhalb Hektar kornischer Wildnis, die sich bis zur zerklüfteten Küste erstreckte. Der Hof war seit Jahrzehnten unbewirtschaftet und befand sich auf einer abgelegenen Halbinsel im Norden der Grafschaft, umgeben von nichts als wogenden Feldern und Weiden, Himmel und Meer. Der einzige direkte Nachbar war ein alter Milchbauer ein paar Kilometer entfernt. Es war der ideale Zufluchtsort.

«Was bedeutet Morvoren?», hatte Annie den Makler in dem glänzenden blauen Anzug gefragt, als sie vor der abblätternden Haustür standen und den Blick über die Landzunge schweifen ließen.

«Das ist Kornisch für Nixe.»

«Nixe? Sie meinen ... eine Meerjungfrau?»

Er nickte. «In dieser Gegend gibt es viele alte Sagen über Nixen. Ammenmärchen über wunderschöne Sirenen, die Seefahrer und Fischer in den Tod locken. Irgendwann früher kam es bei den Arbeitern in den alten Zinnminen zu einer ganzen Reihe Tragödien, die das Ihre zu der Folklore beitrugen. Und vor gar nicht allzu langer Zeit gab es einen tragischen Unfall mit einem Kind, draußen auf den Klippen. Unsere Halbinsel steht schon lange mit Sichtungen von Meerjungfrauen und ungeklärten Todesfällen in Zusammenhang. Diese Geschichten halten die alten Mythen am Leben – sie sorgen dafür, dass die Leute nicht aufhören zu reden. Das hält die Touristen bei der Stange.» Der Makler hatte verlegen gegrinst, als wäre ihm plötzlich klar geworden, dass die düsteren Volksmärchen in einem Verkaufsgespräch vielleicht eher nichts zu suchen hatten. «Natürlich hat das ganze Gerede über die Sichtung von Nixen rein gar nichts mit der Robbenkolonie vor der Küste zu tun. Sie bewohnen eine kleine, felsige Insel vor der Küste, die Teil eines Meeresschutzgebiets ist.»

Annie hatte sich hinuntergebeugt, um ein paar weiße Blümchen zu berühren, die neben der Haustür wuchsen. «Die sind ja hübsch.»

«Bloß nicht pflücken», sagte der Makler warnend. «Das ist Strandleimkraut, hier in der Gegend auch bekannt als des Seemanns Totenglöckchen. Es heißt, die Blume zu pflücken, bringe den Tod.» Er machte mit dem Zeigefinger eine entsprechende Geste quer über die Kehle und verzog das Gesicht zu einer schaurigen Maske. Dann grinste er sie beide strahlend an. «Gehen wir besser rein, bevor ich mich hier endgültig um Kopf und Kragen rede.»

«Wir machen einen ökologischen Ganzjahresbetrieb daraus», sagte Max. Annie und er hatten auf der Rückfahrt sofort angefangen, Pläne zu schmieden. «Öko. Nachhaltig. Das Glamping-Geschäft läuft nur sechs Monate im Jahr. Die restliche Zeit gehört uns. Küstenwanderungen. Schwimmen im Meer. Um das Bauernhaus kümmern wir uns dann, wenn es so weit ist. Ich würde gerne Bienen und Ziegen halten. Du kannst malen. Wir könnten eine der Scheunen zu einem Atelier umbauen. Wir könnten Workshops und Retreats anbieten, ein paar von unseren kreativen Kontakten aus der Stadt zu uns einladen. Denk doch nur an die vielen Möglichkeiten – was wir alles vorantreiben könnten. In ein paar Jahren könnten wir so gut wie autark sein.»

«Ist das nicht viel zu viel Grund? Wie sollen wir das schaffen?»

«Darin liegt ja die Schönheit. Was wir nicht brauchen, lassen wir verwildern – es darf in seinen ursprünglichen, natürlichen Zustand zurückkehren. Wir lassen der Natur ihren Lauf. Das da draußen ist echte Wildnis, Annie. Ein Ort, an dem wir uns ein Zuhause schaffen können – einen sicheren Ort für Kip. Ein echtes Nest.»

«Das wäre ein guter Name!», sagte Annie, und ein leises Lächeln umspielte ihre Lippen. «*Wildernest*».

Es war harte Arbeit gewesen. Viel mehr, als sie erwartet hatten; ein wahres Minenfeld an logistischen Herausforderungen – sowohl praktisch als auch finanziell – und viele Monate schweißtreibender Arbeit, um ihren Glamping-Platz anzulegen. Handwerker und Bauunternehmer aus der Gegend waren schwer zu kriegen, doch eines Tages war Max draußen auf der Landzunge mit einem Einheimischen ins Gespräch gekommen, Josh Penrose. Der junge Mann hatte Interesse an ihrem Projekt gezeigt, und als sich herausstellte, dass er handwerkliches Geschick besaß, hatte Max ihm angeboten, hin und wieder ein paar Jobs für sie zu übernehmen. Gemeinsam hatten sie den Großteil der Arbeit bestritten, angefangen beim Aushub der Klärgrube bis zum Verlegen der Bodenplatten für die großen Rundzelte. Josh hatte der Himmel geschickt. Max war sicher, dass sie es ohne ihn nicht mal im Ansatz geschafft hätten, ihre Freunde jetzt zu diesem Probewochenende einzuladen.

Sie standen auf der Wiese, Annie warm an seinen Brustkorb gelehnt. Er spürte, wie sie einen langen, beruhigenden Atemzug tat. Er wusste, was in ihr vorging. Es war unmöglich, sechzehn Jahre verheiratet zu sein und so viele Herausforderungen gemeistert zu haben wie sie beide, und nicht zu wissen, was sie dachte. Er wusste, dass ihr die zusätzlichen Handtücher im Kopf herumschwirrten, die sie heute Morgen noch schnell gewaschen hatte, und dass sie sich vornahm, noch mal kurz zu überprüfen, ob in allen Duschkabinen genug von der handgemachten Seife einer lokalen Seifenmanufaktur vorhanden war. Sie fragte sich, ob ihre Wegbeschreibung präzise genug gewesen war und ob sie auch wirklich daran gedacht hatten, neben der Feuerstelle die Streichhölzer bereitzulegen. Sie fragte sich, ob es gut wäre, Kip noch einmal kurz für etwas aufmunternden Zuspruch zur Seite zu nehmen, ehe die anderen Kinder kamen. Er kannte ihren aufmerksamen, wachen Verstand – und er liebte sie dafür. Er drückte sie an sich und murmelte in ihre Haare hinein: «Das wird das perfekte Wochenende, mach dir keine Sorgen.»

Über den Hügel drang das tiefe Dröhnen eines Motors zu ihnen herunter. «Jetzt ist es zu spät, um noch abzuhauen», flüsterte er, löste einen Arm und winkte dem ramponierten Bus zu, der über die Hügelkuppe kam und auf sie zuholperte. Drei blonde Kinder mit wilden Haaren hatten die Köpfe zu den Fenstern hinausgestreckt. «Die Millers sind da.»

JIM

Sonntagnachmittag

Jim hat Schwierigkeiten, den Automaten zu bedienen. Er hätte sich die Mühe, eine Packung Chips zu ziehen, ja gern gespart, aber er hat nichts zu Mittag gegessen, und die Schmerztabletten, die sie ihm gegeben haben, veranstalten komische Dinge mit seinem Kopf. Er fühlt sich matt und wie benebelt. Nachdem es ihm endlich gelungen ist, der störrischen Ausgabeklappe unten am Automaten die Chipstüte zu entreißen und mithilfe seiner Zähne und der gesunden Hand irgendwie aufzubekommen, versucht er in einer weiteren Geschicklichkeitsübung, Suzes Nummer aus der Anrufliste seines Handys zu fischen. Er will endlich ihre warme, beruhigende Stimme hören, aber er wird wieder direkt zur Voicemail weitergeleitet. Logisch. Auf dem Glamping-Platz ist ja gar kein Empfang. Wie konnte er das vergessen?

Er lässt sich auf einen der Plastikstühle im Wartebereich der Notaufnahme fallen und schaufelt sich die Chips in den Mund. Suze wäre nicht damit einverstanden. Zu viel Salz und Fett und künstliche Aromen. Trotzdem, er liebt es. Wenn Jim im Stress ist, stopft er alles in sich hinein, was er zwischen die Finger bekommt, je ungesünder, desto besser. Dieses höllische Wochenende endlich hinter sich zu bringen, erfordert alles an Junkfood, was er kriegen kann, um es irgendwie durchzustehen, bis er endlich zu den anderen zurückkehren und seine Liebsten in den Arm nehmen kann.

«Mr Miller?» Die Schwester von der Aufnahme winkt ihn zu sich. «Sie sind dran.»

Er wird in einen kleinen Raum geführt. Jim ist überrascht, wie kahl und trostlos es hier ist. Hier gibt es nichts Raffiniertes, keinerlei Hightech. Nur er, zwei Polizeibeamte – eine Frau und ein Mann –, ein paar fehlende Deckenfliesen und ein uraltes Aufnahmegerät, das auf dem Tisch vor sich hin surrt.

Die beiden verschwenden keine Zeit. Sie stellen sich als Detective Inspector Lawson und Detective Constable Barnett vor und informieren ihn darüber, dass sie im Zuge ihrer Ermittlungen eine erste Befragungsrunde durchführen. Die Detective mit dem grauen Kostüm mustert die Schlinge um seinen Arm. «Sieht schlimm aus. Geht es Ihnen gut?»

Jim nickt. «Ich warte immer noch aufs Röntgen.»

«Wie ist das passiert?»

«Ich bin ausgerutscht.» Er zögert. «War ziemlich tückisch gestern Nacht, da draußen auf der Landzunge.»

Sie sieht ihm fest in die Augen. Jim versucht, ihrem Blick standzuhalten, aber es gelingt ihm nicht.

«Okay. Dazu kommen wir noch. Wie wär's, wenn Sie uns erzählen, wie die allgemeine Stimmung war, als Sie Freitag ankamen? Gab es irgendwelche besonderen Themen? Spannungen? Warnzeichen?»

Jim runzelt die Stirn. Mit so einer Frage hat er nicht gerechnet. «Die allgemeine Stimmung? Wir waren gerade im Paradies angekommen. Die Stimmung war bestens.» Er entdeckt ein paar Krümel auf seinem T-Shirt und wischt sie weg. Ob ihn seine Erinnerung trügt? Es ist wichtig, die

Einzelheiten richtig wiederzugeben. Es steht viel auf dem Spiel.

«Wir waren die Ersten», berichtet er. «Ich war überrascht. Die Fahrt von Brighton hierher hat ewig gedauert. Max hatte uns vorgewarnt, dass sie mitten in der Pampa leben, aber der Schotterweg zog sich wirklich ewig und war an manchen Stellen mehr als abenteuerlich. Ich weiß noch, dass Suze und ich irgendwann Angst bekamen, unser alter Bus würde das nicht packen. Als Erstes kamen wir an dem Bauernhaus vorbei, und ein Stückchen weiter sind wir dann auf Annies handgemaltes ‹Wildernest›-Schild gestoßen. Erst da waren wir sicher, dass wir richtig sind.»

Er lächelt die beiden an. Ihre Mienen bleiben regungslos. Die Frau fordert ihn mit einem Nicken auf fortzufahren, und Jim gibt sich alle Mühe, die Erinnerung an ihre Ankunft etwas deutlicher vor Augen zu bekommen.

Er hatte noch kaum die Handbremse angezogen, als die Kinder auch schon die Tür aufrissen und nach der Enge im Bus ins Freie stürmten. Die drei jagten in ihren regenbogenbunten Klamotten über die Wiese, dumpfe Turnschuhtritte auf grasigem Untergrund, blonde Haare, die wild durch die Luft schwangen. Sie rannten ausgelassen auf eine Ansammlung runder Zelte zu, die weiß leuchtend in der Nachmittagssonne standen, und winkten dabei mit beiden Armen wedelnd Max und Annie zu, die sie neben einem hoch aufragenden, sechseckigen Unterstand aus Holz erwarteten.

Dann sprintete auch Suze los und flitzte über die Wiese auf Annie zu. Die weiten Beine ihrer Hanf-Latzhose verfingen sich im langen Gras, das silberne Nasenpiercing glitzerte in der Sonne, der Satz Holzarmreifen klapperte an ihrem Handgelenk. Jim sah ihr nach und streckte erleichtert die Arme über den Kopf, um die Anspannung der Fahrt loszuwerden.

«Mein Gott, Annie. Was ist das denn hier?», rief Suze, breitete die Arme aus und ließ sich von Annie umarmen. «Ich pack's nicht!»

«Willkommen in Wildernest!»

Eine sanfte Brise wehte ihm einen Hauch von Meer in die Nase, als er sich zu den anderen gesellte, Max auf die Schulter klopfte und ihn in eine freundschaftliche Umarmung schloss. «Schön, dich zu sehen, Kumpel. Ich seh schon, du hast dich bereits bestens an den struppigen Seebären-Look angepasst», sagte er und deutete auf Max' neuen, grau melierten Vollbart.

«Steht dir gut», sagte Suze, kraulte Max liebevoll mit beiden Händen den Bart und küsste ihn dann überschwänglich auf die Wangen.

«Aha. Das T-Shirt gibt's also immer noch», parierte Max den Spruch und zupfte am ausgefransten Saum von Jims Beastie-Boys-T-Shirt.

«Irgendwann wird er in dem T-Shirt begraben», sagte Suze. «Und in diesen grässlichen Shorts.»

«Ich glaube, ich habe Jim noch nie in was anderem gesehen als in ausgebeulten Shorts», sagte Annie lachend.

«Stimmt doch gar nicht. Hast du vergessen, dass ich zu eurer Hochzeit mächtig auf den Putz gehauen habe und in Jeans erschienen bin?»

Jim gab der lächelnden Annie zur Begrüßung einen Kuss, dann drehte er sich um, holte tief Atem und ließ den Blick über die Halbinsel bis zu dem Punkt hin schweifen, wo die Landzunge zum fernen Meer hin abfiel. Die Landschaft präsentierte sich in einem wilden Mix aus strahlendem Blau und Grüntönen, aus leuchtenden Klecksen, wo gelbe, weiße und rosarote Wildblumen in Büscheln den Rand der Steilküste säumten. «Ich verstehe wirklich nicht, wie ihr vollgestopfte U-Bahnen, Staus und Smog gegen dieses Elend eintauschen konntet.» Nach der endlosen Fahrerei auf der Autobahn in dem klapprigen Bus wirkten die Farben und der frische, mineralische Duft in der Luft geradezu berauschend. Jim nahm die Trucker-Cap ab und fuhr sich mit den Händen durch die verschwitzten Haare. «Es kommt mir vor, als hätten wir das Ende der Welt erreicht.»

Suze breitete die Arme aus. «Der Ort hier besitzt eine sensationelle Energie, Leute, das spüre ich genau. Es vibriert förmlich vor guten Schwingungen. Und diese offene Halle, einfach großartig. Hast du den Unterstand selbst gebaut, Max?»

Max nickte. «Unser Versammlungsort – zum Kochen, Essen, Reden, Kuscheln.» Etwas zerknirscht fügt er hinzu: «Für den Fall, dass uns das Wetter einen Strich durch die Rechnung macht.»

«Ich liebe es! Mein Impuls wäre Yoga zum Sonnenaufgang morgen früh. Direkt hier. Falls jemand Lust hat?»

Jim gab seiner Frau einen freundschaftlichen Stups. «Sonnenaufgang? Reichlich optimistisch, oder? Du weißt doch, was passiert, wenn wir zusammenkommen.»

Die drei Kinder waren längst dabei, den Campingplatz zu erforschen. Willow, River und Juniper stießen Freudenschreie aus, als sie den Whirlpool entdeckten, die Feuerstelle und den Schuppen mit den Outdoor-Spielen. «Bogenschießen!», rief River. «Bin dabei!»

«Womit um alles in der Welt füttert ihr die?», fragte Annie staunend, während sie die Kinder über das Gelände jagen sah.

«Mit allem!», antwortete Suze. «Die fallen jeden Morgen über die Küche her wie die Heuschrecken. River hat Jim inzwischen fast eingeholt.»

«Okay, Kumpel, das ist *kein* Stichwort, mal wieder einen deiner Zwergenwitze vom Stapel zu lassen», sagte Jim warnend zu Max. «Die bekomme ich zu Hause schon oft genug zu hören.»

«Und kannst du glauben, dass Juniper im Sommer schon zehn wird?» Suze schaute wehmütig zu ihrer Jüngsten hinüber. «Mein Baby ... zweistellig!»

Willow, eine sommersprossige, langgliedrige Vierzehnjährige in gelbem Strandkleid und geringelten Leggins und mit der wilden blonden Lockenmähne ihrer Mutter, tauchte neben ihnen auf und legte Suze freundschaftlich den Arm um die Schultern. Sie grinste Annie an, und ihre silbernen Brackets glitzerten in der Sonne. «Wo ist eigentlich Kip?»

«Der sitzt gleich da...» Annie zeigte in Richtung der gestreiften Liegestühle und runzelte die Stirn. «Oh. Vor einem Augenblick *war* er noch da drüben.» Sie schaute zu Max.

«Den finden wir», sagte Max. «Er ist bestimmt nicht weit. Wahrscheinlich ist er ein bisschen scheu. Wie wär's, wenn wir euch inzwischen die Zelte zeigen?»

Sie folgten Annie hinunter zum ersten der sechs Rundzelte und warteten, bis sie den Reißverschluss des Eingangs aufgezogen hatte, den würzigen Grasgeruch aus dem Inneren entließ und mit einem nervösen Lächeln beiseitetrat, um ihnen den Vortritt zu lassen. «Die Zelte sind innen alle gleich, bis auf ein paar Kleinigkeiten in der Einrichtung», sagte sie, «aber da ihr die Ersten seid, könnt ihr euch euer Zelt aussuchen. Wir dachten, ein paar von den Teenagern würden sich vielleicht gern ein Zelt teilen?»

«Mum! Dad! Da stehen ja richtige Betten!»

«Das ist wie unser eigenes kleines Haus.»

Lächelnd folgte Jim seinen Kindern ins Innere.

«Ich schlafe hier!» Juniper, ihre Jüngste, hüpfte bereits mit strahlendem Lächeln und fliegenden Zöpfen auf einem riesigen Himmelbett herum, während River und Willow sich auf den zwei großen, mit bunten Kissen und Tagesdecken dekorierten Schlafsofas breitmachten.

«Wow!» Suze und Jim sahen sich beeindruckt an. «Das ist umwerfend.»

«Das ist wie eine optische Täuschung. Innen größer als außen», sagte Jim. Das Zelt fühlte sich riesig an. Ein großer Balken in der Mitte stützte das hohe Dachgewölbe, und über ihren Köpfen fächerten sich helle Stützstreben auf wie die Speichen eines riesigen Regenschirms. Während Max ihm Details der Konstruktion erklärte und wie sie das Tragwerk gesichert hatten, bewunderten Suze und die Mädchen die farbenfrohen marokkanischen Teppiche, die Lichterketten, die an rustikalen Haken befestigten Leuchten und die Wildblumen in dem gestreiften Keramikkrug auf dem blank gescheuerten Holztisch. Begeistert betrachtete Suze die bemalte Kommode mit den Emaillegriffen, das Geschirr und die Kerzen, während Jim im hinteren Teil des Zelts einen vom Hauptraum abgetrennten Bereich entdeckte, in dem sich ein kleiner Kochbereich mit Kühlbox, Spülbecken und Gaskocher verbarg.

«Meine Güte! Quasi Vollausstattung. Schau mal, sogar mit Heizung», sagte Suze und deutete auf den kleinen Holzofen, dessen Rauchrohr oben durchs Zeltdach verschwand. Der Weidenkorb daneben war mit Scheiten und

Anzündholz bestückt. «Ich hatte mich auf viel weniger Komfort eingestellt.»

«Und? Wie findet ihr's?», fragte Annie, als sie wieder ins Freie traten.

Jim drückte ihren Arm. «Es ist wunderbar, der absolute Luxus im Vergleich zu den Campingurlauben mit unserer alten Klapperkiste. Die werden euch die Bude einrennen, wenn ihr erst mal offiziell eröffnet habt.»

«Glaubt ihr, den anderen wird's gefallen? Kira kommt schließlich mit Baby, und dann ist da ja auch noch Tanya.» Annie zog fragend die Augenbrauen hoch. «Ich glaube nicht, dass sie in ihrem Leben schon viele Campingurlaube gemacht hat.»

Jim sah, wie die beiden Frauen sich angrinsten. «Ich muss doch sehr bitten, meine Damen.»

«Es ist perfekt», sagte Suze. «Genau das richtige Maß an Wildnis, damit die Männer sich wie Actionhelden fühlen können, jede Menge frische Luft und Freiheit für die Kinder und für den Rest von uns Komfort, Liegestühle und Alkohol.» Sie drehte sich um, beschirmte mit der Hand die Augen und schaute in Richtung Horizont. «Kommt man von hier aus eigentlich runter ans Meer?»

«Ja. Es gibt einen Trampelpfad quer über die Felder bis zu den Klippen, und von dort steigt man runter bis zu einer versteckten Bucht. Wir zeigen euch den Weg, aber jetzt packt erst mal aus.»

Sie waren gerade dabei, Taschen und Kisten mit Zubehör aus dem Bus zu holen, als ein riesiger, weißer SUV über die Kuppe kam und den Hügel hinunterfuhr. Die Türen gingen auf, und die Davies kamen zum Vorschein, streckten sich und blinzelten im hellen Sonnenlicht. Zuerst kam Dominic in Sicht, perfekt getrimmter Dreitagebart, betont jugendlich, attraktiv, gebräunte Unterarme unter den hochgekrempelten Ärmeln seines Chambray-Hemds. Dann Felix, sein Sohn, jetzt schon so groß und breitschultrig wie sein Vater, dieselbe ausgeprägte Kinnpartie, dieselben dunklen, dichten Haare. Der Junge trug teuer wirkende Basketball-Sneaker, ein Skater-Shirt und um den Hals große Kopfhörer.

«Da lässt sich's jemand aber richtig gut gehen», sagte Jim und beäugte den glänzenden Porsche mit personalisiertem Nummernschild.

«Sieht für mich nach Benzinschleuder aus.» Suze stellte sich direkt neben Annie, einen boshaften Blick in den Augen. «Wie kommt es eigentlich, dass wir alle immer älter werden, während Dom von Jahr zu Jahr jünger aussieht?»

«Entweder er macht auf Domian Gray und hat ein Porträt auf dem Dachboden versteckt, oder aber – meine Vermutung – er lässt ab und zu ein bisschen nachhelfen.» Unauffällig ahmte Annie mit einer Geste eine Spritze nach.

Suze verdrehte die Augen. «Das Zeug ist reinstes Gift. Wirklich. Man spritzt sich Nervenlähmung ins Gesicht.»

«Wahrscheinlich der Druck, ständig in der Öffentlichkeit zu stehen.»

«Ihr habt ja überhaupt keine Ahnung, was für Schönheitszwängen wir Männer heutzutage unterworfen sind», witzelte Jim. Er fuhr sich mit der Hand durch die Haare und nahm eine Bodybuilder-Pose ein, ehe er seinem eher dürftigen Bizeps einen Kuss aufdrückte. «Die Konkurrenz schläft nicht.»

Als Nächstes kam Phoebe zum Vorschein, den braunen Teddybär fest umklammert, und ließ sich von Felix beim Aussteigen helfen. Sie rieb sich verschlafen die Augen und sah sich um. Als sie die Zelte entdeckte, schlich sich ein überraschtes, zahnlückiges Lächeln auf ihr Gesicht. Dann erschien Tanya auf der Bildfläche, makellos wie immer, in engen, weißen Jeans, mit einer Designer-Sonnenbrille und äußerst hohen Espadrillos mit Keilabsatz.

«Sie weiß aber schon, dass wir campen, oder?», murmelte Annie und zupfte unwillkürlich an ihrer weiten Leinenhose herum. «Das ist der Moment, wo ich anfange zu bereuen, dass ich meine Diät und das Haarefärben aufgegeben habe.»

«Hör sofort auf damit!», sagte Suze. «Du siehst toll aus. Ich mag deinen natürlichen Look. Die grauen Haare stehen dir.»

Annie zuckte die Achseln. «Ich kann mich, ehrlich gesagt, kaum noch an die Frau erinnern, die ich in London war – meine Güte, ständig diese Bauherren-Lunches voller Blabla und die ganzen Netzwerk-Events. Das liegt an diesem Ort. Die wilde Ursprünglichkeit nagt an dir, entfernt Stück für Stück alle oberflächlichen Schichten.» Lächelnd drehte sie sich zu Jim und Suze um. «Wem mache ich hier eigentlich was vor? Vielleicht ist es einfach nur das Alter. Ich habe einfach keine Lust mehr, mir ständig solche Mühe zu geben.»

«Apropos Mühe. Ich habe mir vorgenommen, mir mit Tanya dieses Wochenende richtig Mühe zu geben ...», Suze lächelte verschlagen, «... aber wenn sie wieder damit anfängt, uns als ‹Spielerfrauen› zu bezeichnen, lege ich nicht die Hand für mich ins Feuer.»

Jim grinste. «Soll ich vorsorglich schon mal alle scharfen und spitzen Gegenstände aus den Zelten räumen?»

Suze setzte ein frommes Gesicht auf. «Ich werde ganz artig sein.»

«Oh nein, bitte nicht», sagte Annie. «Wo bleibt denn da der Spaß?»

Scarlet stieg als Letzte aus Doms Porsche aus. Die langen dunklen Haare flossen ihr den Rücken hinab. Sie trug einen winzigen Minirock, kombiniert mit einem übergroßen Kapuzenpulli, und ihre schwarzen Doc Martens wirbelten kleine Staubwölkchen auf, als sie um den Wagen herumlief, das Handy hoch in die Luft gereckt. «Nichts», sagte sie vorwurfsvoll zu ihrem Vater. «Kein einziger Balken.»

Dominic hob abwehrend die Hände. «Woher sollte ich das wissen?»

Jim grinste Suze und Annie an. «Das riecht nach Ärger.»

Annie ging dazwischen. «Es tut mir leid, Scarlet. Ich hätte euch vorwarnen müssen, wir haben hier keinen Empfang. Ehrlich gesagt, das gehört zu den Dingen, die wir an diesem Ort besonders lieben.»

Scarlet starrte Annie an, als wäre ihr soeben ein zweiter Kopf gewachsen.

«Nächste Woche bekommen wir oben im Haus endlich Internet. Es war ein ganz schöner Akt, hier draußen überhaupt einen Anbieter zu finden.» Sie zuckte die Achseln.

«Es tut mir leid», sagte Dominic. «Scarlet hat ihre Manieren vergessen. Sie verpasst an diesem Wochenende eine Party, deshalb kochen die Emotionen ein bisschen hoch. Ihr wisst ja, wie das bei der Jugend heutzutage ist. Ohne Snapchat, WhatsApp und TikTok rund um die Uhr ist das Leben sinnlos.» Er imitierte ein Schmoll-Selfie.

Scarlet stöhnte genervt. «Dad! Hör auf.»

«Und? Was macht der Anbau?» Max trat zu ihnen und gab Dominic zur Begrüßung die Hand. «Steht er noch?»

«Steht noch und ist immer noch Stadtgespräch», antwortete Dom mit sichtlichem Stolz. Als er Jim entdeckte, wurde sein Grinsen noch breiter. «Alles klar, mein Großer?», sagte er und boxte Jim freundschaftlich in den Bauch.

Jim, der die Muskeln ein wenig zu spät angespannt hatte, stöhnte leise. «Ist ganz schön lange her.»

Die beiden Männer schlugen einander auf die Schultern. «Wenn ich es nicht besser wüsste», sagte Dom und sah Jim forschend an, «würde ich sagen, du bist meinen Anrufen aus dem Weg gegangen.»

«Quatsch, Mann. Hatte nur viel zu tun, das ist alles.»

«Ich kann's kaum erwarten, bei einem Bierchen zu hören, wie's so läuft.»

Jim nickte, dankbar, dass die allgemeine Aufmerksamkeit inzwischen zu den Frauen weitergewandert war. Annie und Suze begrüßten Tanya mit einem eher höflichen Austausch von Umarmungen und Luftküsschen.

«Sagt mal, wer ist denn dieser Adonis da drüben?» Suze nickte zu dem gut gebauten jungen Mann hinüber, der in diesem Moment mit einem Werkzeugkasten in der Hand aus der Sanitäranlage kam.

«Das ist Josh», sagte Max. «Er geht uns hier zur Hand.»

Suze und Annie schauten sich an. «Ist sicher nicht leicht, so was den ganzen Tag vor der Nase zu haben.» Auf die Blicke der Männer hin schenkte sie ihnen ein unschuldiges Lächeln. «Was denn? Ich rede von der Aussicht.»

«Keine Sorge», sagte Max und grinste. «Ich stell euch vor.»

«Josh!» Annie winkte den Jungen zu sich herüber, und während sie sich unterhielten, nahm Jim den jungen Kerl näher in Augenschein. Er sah aus wie Anfang zwanzig, war attraktiv, eindeutig ein Naturbursche. Einer seiner muskulösen Unterarme war vollständig mit einem Sleeve-Tattoo bedeckt, und die zerzausten, sonnengebleichten Haare hingen ihm nachlässig ins Gesicht. Jim zog unwillkürlich den Bauch ein und spannte die Muskeln an, als er Josh die Hand gab, und fing sich dafür von Suze ein feixendes Grinsen ein. Dann wandte Josh sich Dominic zu.

«Sie sind doch der Typ …», sagte Josh und verstummte. Verräterisches Rot kroch über dem Ausschnitt seines T-Shirts nach oben.

Jim drehte sich um und zwinkerte Suze zu. Er fand den Effekt, den Dom auf andere hatte, immer noch amüsant.

«Ich glaube, er leidet an Promi-Paralyse», flüsterte sie.

«Ja!» Max half ihm aus der Klemme. «Er ist ‹der Typ aus dem Fernsehen›. Unser *Promi*-Freund.»

Er sagte es witzig, mit übertriebener Betonung, trotzdem entstand zwischen Josh und Dominic ein peinlicher Moment, bis Dominic dem Jungen sein blendendes Zahnpastalächeln schenkte und die Hand ausstreckte. «Was soll ich sagen? Ich bin's.» Er zuckte selbstironisch die Achseln, eine, wie Jim wusste, bestens einstudierte Geste. «Ich vermute, Sie schauen *Star Search?*»

Josh hatte sich offensichtlich wieder gefangen und schüttelte Dominic die Hand. «Ja, kenne ich.»

«Lassen Sie mich raten.» Dominic warf einen wissenden Blick in die Runde. «Sie singen.»

Josh schüttelte den Kopf. «Ich nicht, aber meine Schwester.»

«Na, dann muss sie unbedingt zu uns in die Show kommen, oder? Ich bin ja dafür bekannt, dass ich hier und da mal ein paar Strippen ziehe. Dass es leicht wird, kann ich allerdings nicht versprechen.» Er drückte sich die Hand auf die Brust. «Mein Job besteht darin, die Dinge beim Namen zu nennen.»

«Fremdschäm!», murmelte Scarlet, die in unmittelbarer Nähe stand, kaum hörbar.

«Ja, dir könnte wohl kaum jemand vorwerfen, du würdest den Teilnehmenden nicht *haargenau* sagen, was du denkst», sagte Suze betont.

«Hey, und da ist ja auch Kip.» Dominic drehte sich um, um den Jungen zu begrüßen, der plötzlich wie aus dem Nichts aufgetaucht war und jetzt neben Annie stand. «Schön, dich zu sehen, Junge.»

Annie stupste ihren Sohn aufmunternd an, doch Kip blieb wie angewurzelt einen Schritt hinter seiner Mutter stehen. Das Leben in der neuen Umgebung hatte auf ihn offensichtlich noch nicht so abgefärbt wie auf Annie und Max. Er war immer noch blass und dünn mit Beinen wie Bleistifte und knubbeligen Knien, und als er sich mit dem Zeigefinger die Brille hochschob, fielen ihm die dichten, schwarzen Haare ins Gesicht.

«Groß bist du geworden, seit wir uns das letzte Mal gesehen haben. Wie alt bist du jetzt? Zehn? Elf?» Dominic bedrängte ihn regelrecht. «Jetzt sei nicht so schüchtern, Junge. Ich beiße nicht.»

Jim spürte, wie die Gruppe unter Dominics dominanter Art quasi synchron zusammenzuckte. Sie wussten alle um Kips Herausforderungen. Dom war wie ein Dampfkessel – da war viel zu viel Druck.

Annie trat vor. Jim konnte ihr ansehen, wie verzweifelt sie versuchte, die Aufmerksamkeit von Kip wegzulenken. «Er ist zwölf», sagte sie.

Wieder entstand eine peinliche Pause.

«Hey, Kip, zeigst du uns deinen Bogen?» Offensichtlich

wollte River Kip mit der Frage aus der Situation befreien. «Der sieht echt voll krass aus.» Jim fühlte Stolz auf seinen Sohn in sich aufwallen.

«Ja!», sagte Felix und setzte sich in Bewegung. «Ich will Pfeile schießen.»

Annie versetzte Kip einen sanften Stoß. «Na los, Kip. Zeig den Jungs deine Ausrüstung.»

«Das ist doch bestimmt gefährlich, oder?» Tanya schaute Dominic besorgt an, doch dann mischte Josh sich ins Gespräch.

«Ich kann ja mitgehen, wenn ihr wollt.»

Max nickte ihm dankbar zu, und als Josh den Jungs ans andere Ende der Wiese folgte, wo eine Zielscheibe aufgebaut war, ließ die Anspannung spürbar nach.

«Scheint ein netter Kerl zu sein», sagte Jim, den Blick auf die Jungs gerichtet, die sich inzwischen in etwas Abstand zur Zielscheibe aufgestellt hatten, während Josh ihnen einige grundsätzliche Sicherheitshinweise gab.

«Josh? Oh ja. Der hat uns hier auf der Baustelle wirklich den Hintern gerettet. Und mit Kip kommt er auch gut klar. Wir unterrichten ihn zu Hause, seit wir hergezogen sind. Das ist besser für ihn, aber dadurch ist er natürlich auch ziemlich viel allein. Es ist gut, einen jungen Mann in der Nähe zu haben, als positives Rollenvorbild.» Max räusperte sich. «Es könnte sein, dass dieses Wochenende für Kip … ein bisschen herausfordernd wird. Wenn er nervös ist oder Angst bekommt, neigt er immer noch dazu, dichtzumachen wie eine Auster. Aber wir arbeiten daran.»

«Keine Angst, die Schale knacken wir in null Komma nichts», sagte Dominic.

Annie runzelte die Stirn. «Es geht um kleine Schritte», sagte sie. «Kip hat seine eigene Geschwindigkeit.»

Gemeinsam sahen sie zu, wie Josh den Kindern zeigte, wie man den Bogen spannte, ehe er zurücktrat und River auf die Zielscheibe zielen ließ. River warf sich mit einer Kopfbewegung die langen Haare aus dem Gesicht, konzentrierte sich auf die schwarze Mitte und schoss den Pfeil weit ins Aus. Er schoss noch zwei Pfeile ohne Erfolg, zuckte gutmütig mit den Achseln und reichte den Bogen an Felix weiter, der bereits vorgetreten war, um endlich loszulegen. «Du solltest den Jungen zum Friseur schicken», sagte Dom und versetzte Jim einen Rippenstoß. «Dann sieht er vielleicht auch das Ziel.»

«Das ist seine Angelegenheit. Er mag es lang», sagte Jim. «Suze und mir ist das egal.»

Dominic stand offen ins Gesicht geschrieben, was er davon hielt. Er wandte die Aufmerksamkeit seinem Sohn zu. «Los, Felix!», rief er. «Nein, nicht so! Ellbogen runter, spannen. Jetzt zielen.»

Felix schaute seinen Vater genervt an und konzentrierte sich dann auf die Zielscheibe. Die ersten beiden Schüsse gingen daneben, aber mit dem dritten Pfeil traf er den zweiten Ring.

Dominic schüttelte den Kopf.

Scarlet, die sich inzwischen ihrem Vater genähert hatte, stand ebenfalls da und sah zu, die Augen fest auf Josh geheftet.

Als Kip an der Reihe war, schoss er in schneller Folge drei Pfeile ins Ziel, den letzten mitten ins Schwarze. Josh hob den Arm, um ihn abzuklatschen.

«Das ist ja ein echter Scharfschütze», sagte Jim mit einem überraschten Blick auf Max.

«Übung macht den Meister, Felix», rief Dom seinem Sohn zu. «Wenn das Wochenende vorbei ist, hast du's drauf.»

Jim und Suze schauten sich wissend an. Sie alle machten sich seit Jahren über Doms Konkurrenzdenken lustig. Bei ihm konnte sogar Würstchengrillen zum Wettbewerb ausarten.

Kip pflückte die Pfeile von der Zielscheibe, reichte den Bogen an River weiter und machte sich auf den Weg zu den Liegestühlen.

Jim legte Annie die Hand auf die Schulter und drückte sie sanft. «Keine Sorge. Ehe das Wochenende vorüber ist, sind die Jungs dicke Freunde.»

Als dann die ersten Flaschen Bier aus der Kühlbox geholt und eine Flasche Prosecco entkorkt worden war und aus der Bluetooth-Box die erste Playlist erschallte, erschien oben auf der Hügelkuppe Kiras roter Citroën. Die Sonne tauchte den Horizont in warmes Licht, als sie, ein erschöpftes Lächeln auf den Lippen, aus dem Auto stieg, alle umarmte und ihnen den rothaarigen Mann in Jeans und Sweatshirt vorstellte, der inzwischen auf der Beifahrerseite ausgestiegen war und jetzt neben ihr stand. «Also, Leute, das ist Fred. Und das hier» – sie deutete stolz auf das Baby in seinen Armen – «ist Asha.»

Die ganze Horde drängte sich um die Neuankömmlinge. Fred wirkte etwas jünger als der Rest von ihnen, einer dieser langgliedrigen Typen, schlank und kräftig, mit kantigem Kinn und festem Händedruck. Wahrscheinlich auch einer von denen, die sich sonntags in Lycra werfen und auf ihr teures Fahrrad schwingen, dachte Jim. Er lugte auf das schlafende Kind hinunter, das wie ein Siebenschläferchen an Freds Brustkorb geschmiegt lag, die rosigen Lippen leicht geöffnet, die Wimpern wie Federn auf der olivbraunen Haut. «Gott! Sind die immer so klein? Dass man das wieder vergisst.»

«Sie ist entzückend», sagte Annie gerührt. «Wie ist es dir ergangen?»

Kira nickte. «Gut. Anstrengend. Die ganze emotionale Achterbahn.»

Annie lächelte. «Das Muttersein steht dir. Du siehst toll aus.»

Es stimmte. Kira war immer schon umwerfend gewesen – halb sri-lankisch, halb stolze Yorkshire-Tochter –, zierlich, mit glatten, langen Haaren und makelloser brauner Haut. Gleichzeitig gab es leise Anzeichen dafür, dass sie sich verändert hatte – leichte Schatten unter den Augen, das knittrige Jeanshemd und die Leggins, die sie im Gegensatz zu ihrem sonst so trendigen Kleidungsstil plötzlich trug. Jim entdeckte in ihrem Gesicht eine ungewohnte Weichheit, einen leisen Stolz, der bei ihrer letzten Begegnung definitiv nicht da gewesen war. Er drückte sanft ihren Arm. «Wir freuen uns sehr für dich.»

Annie trat einen Schritt zurück, um Fred miteinzubeziehen. «Wie schön, dich endlich kennenzulernen. Gratuliere. Asha ist bezaubernd.»

«Ich wünschte, ich könnte das Lob einheimsen, aber sie ist ganz ihre Mutter», sagte er mit einem Anflug von irischem Zungenschlag. Er klopfte Asha zart auf den Rücken und lächelte in die Runde. «Zu Ashas Glück.»

Kira schüttelte den Kopf, und Jim war sich nicht sicher, ob er sich den Hauch von Anspannung zwischen den beiden nur einbildete. Die ewig lange Fahrt von Leeds inklusive Baby im Auto würde wohl jede Beziehung auf die Probe stellen. Jim stupste Fred freundschaftlich an. «Ich wette, du könntest ein Bier vertragen.»

«Da liegst du richtig.»

«Ja, ihr seid sicher müde», sagte Annie. «Wir haben gerade den Wein aufgemacht, und es gibt auch was zu essen, falls ihr hungrig seid.» Sie drehte sich um und nahm Kira noch mal in die Arme. «Wir sind so froh, dass ihr euch entschieden habt herzukommen.»

«Ehrlich gesagt, fast hätten wir's nicht gemacht, aber meine Elternzeit vergeht wie im Flug, nächsten Monat muss ich schon wieder zurück in die Praxis. Jetzt oder nie, dachte ich.»

«Ihr schlaft im letzten Zelt, ich dachte, da seid ihr etwas ungestört.»

«Wunderbar, das passt», sagte Fred und lud sich ein Paket Windeln auf die Schultern. «Ich hoffe nur, die Dinger sind schalldicht. Asha hat ein ganz schönes Organ entwickelt.»

«Du hast den Rest von uns noch nicht gehört», witzelte Jim.

Die größeren Kinder wurden eingespannt, Kiras und Freds Gepäck zum Zelt zu schleppen – Seesäcke, eine Kiste Vorräte und all der zusätzliche Krimskrams, den man für ein fünf Monate altes Baby brauchte –, während Fred versuchte, den kompliziert aussehenden Kinderwagen frei zu kriegen, der eingeklemmt im Kofferraum lag. Nachdem die drei ihr Zelt bezogen hatten, versammelten sich alle an dem langen Tisch im Unterstand zum Abendessen. Max hatte Josh eingeladen, noch zum Essen zu bleiben, und jetzt unterhielt der die jüngeren Kinder, in dem er mit Äpfeln jonglierte und Münzen hinter Ohren hervorzauberte. Selbst Scarlet wirkte ein bisschen beeindruckt, auch wenn sie scheinbar teilnahmslos auf der Bank saß, die dunklen Haare hin- und herschwingen ließ und zwischendurch immer wieder aufstand, um den Empfang zu überprüfen, ehe sie das Telefon frustriert auf den Tisch knallte.

Jim stand mit einer Dose Bier in der Hand neben Annie und Suze und sah Max dabei zu, wie er das Lagerfeuer anzündete. Das trockene Holz fing schnell Feuer, es knisterte und knackte, und goldene Funken stoben in den dunkler werdenden Abendhimmel, während hoch in der Luft eine Schar Austernfischer ihre Kreise zog.

«Alles gut, Liebling?» Suze musterte ihn forschend.

«Alles super», sagte er und lächelte ein bisschen übertrieben. «Könnte nicht besser sein.»

Suze zu täuschen, war nicht leicht. Sie durchschaute ihn. Hatte sie immer schon getan. Seit sie sich damals im Jugendzentrum in Brighton kennenlernten, hatte sie, was Jims innere Befindlichkeiten betraf, immer eine überaus fein gestimmte Intuition gehabt. Er hatte nicht an Liebe auf den ersten Blick geglaubt, bis er sie zum ersten Mal sah. Sie hatte im Schneidersitz in einem Kreis halbwüchsiger Jungs gesessen und mit ihnen eine hitzige Debatte über Drogenmissbrauch geführt. Ihre zugewandte Art mit den Kids, ihr offenes Lächeln und ihr hübsches, herzförmiges Gesicht hatten es geschafft. Danach hatte Jim drei qualvolle Wochen lang mit sich gerungen, um genug Mut zusammenzukratzen und sie zu fragen, ob sie mit ihm ausgehen wollte, doch am Ende war sie ihm zuvorgekommen. Eines Abends, als er gerade dabei war, das Jugendzentrum zuzuschließen, hatte sie sich im Vorbeigehen noch mal zu ihm umgedreht. Das silberne Nasenpiercing hatte das Licht der Straßenlaterne reflektiert, und sie hatte gesagt: «Morgen Abend um sieben im Tempest Inn. Kommst du?» Er hatte sprachlos genickt. Das war Suze, auf den Punkt gebracht. Geradeheraus, intuitiv, initiativ.

Jetzt am Lagerfeuer sah er ihr an, dass er sie mit seiner

Antwort nicht überzeugt hatte, aber noch ehe Suze nachhaken konnte, winkte Annie sie zu sich in den Unterstand. Jim sah seiner Frau zu, wie sie mit einer Handvoll Besteck hantierte, hörte ihr lautes, unbeschwertes Lachen in Reaktion auf etwas, das River gesagt hatte. Ihre widerspenstigen Locken lösten sich aus dem farbenfrohen Tuch, das sie sich um den Kopf gebunden hatte, die grünen Augen funkelten im Schein der Lichterkette, die Lachfältchen in ihrem Gesicht reflektierten Rivers Spruch.

Sein Blick wanderte zu Tanya weiter. Entweder sie hatte nicht zugehört, oder sie hatte den Witz nicht verstanden. Sie beugte sich hinunter und schnippte sich gedankenverloren mit einem roten Fingernagel etwas von der weißen Hose, ehe sie zögerlich aus ihrer Blechtasse trank. Sie sah aus, als wäre sie lieber woanders.

«Ich finde, es ist Zeit für einen Toast. Wer will?», sagte Kira.

Dominic war derjenige, der vortrat, immer war er es, der das Wort ergriff, der Mann im Mittelpunkt. Den Schein des Lagerfeuers im Rücken, wandte er sich den Versammelten zu. «Max, Annie, insgeheim dachten wir ja alle, ihr hättet den Verstand verloren, einfach alles hinzuschmeißen und hier runterzuziehen.»

Jim entging nicht, dass Annie Max einen wissenden Blick zuwarf. *Siehst du?*, schien sie zu sagen.

«Trotzdem konnte niemand von uns eurer Einladung widerstehen. Zwanzig Jahre Freundschaft zählen ziemlich viel.» Er schaute strahlend in die Runde. «Es gibt kaum etwas, das wir nicht füreinander tun würden. Lasst uns also das Glas auf unsere alten Freunde erheben ... inklusive Neuaufnahmen», er hob seine Bierdose in Richtung Fred und Asha, die in seinen Armen lag, «auf aufregende Neuanfänge ... und lasst uns dafür sorgen, dass dieses Wochenende unvergesslich wird.»

Der pochende Schmerz in seinem linken Arm reißt Jim aus der Erinnerung an das fröhliche Johlen, das sich in die Nacht erhoben hatte. Die Schmerzen sind seit Beginn der Vernehmung schlimmer geworden, und bei dem Versuch, die Schulter kreisen zu lassen, um etwas Spannung herauszunehmen, zuckt er unwillkürlich zusammen und verlagert sein Gewicht auf dem Stuhl. «Wie geht der Spruch noch mal?», sagt er zu den beiden Beamten, die ihm gegenübersitzen. «*Sei vorsichtig, was du dir wünschst* oder so ähnlich?»

Was er sich gerade mehr wünscht als alles andere, ist ein Joint, um den Schmerz zu lindern, aber er kann sich nicht vorstellen, dass die beiden es mit Humor nehmen würden, wenn er es sich hier plötzlich gemütlich machen und unter dem Tisch anfangen würde, eine Tüte zu bauen.

Die Vorstellung, wie sie noch vor ein paar Tagen miteinander umgegangen waren, ist aus heutiger Sicht unvorstellbar – die Vorfreude, mit der sie sich ums Lagerfeuer versammelt hatten, Dosen und Blechtassen zum Toast erhoben. Max, der sie voller Stolz angestrahlt hatte, Annie an seiner Seite. Kira, die sich zur Seite gebeugt hatte, um dem Baby in Freds Armen einen Kuss zu geben. Tanya, zurückhaltend und unbehaglich, während sich Phoebe an ihre Beine presste und Scarlet Dominic heimlich mit Blicken tötete. Suze, die ihren Kopf an seine Schulter lehnte, während die übrige Kinderschar jenseits des Feuerscheins irgendwo im Dunkeln über die Wiese stromerte. Und natürlich Kip, ein bisschen abseits vom Rest, still und blass im Schatten.

Jim schüttelt den Kopf. Als hätte es von Anfang an Vorzeichen gegeben – Hinweise auf das, was passieren würde. Und während Jim sich die ersten Stunden des Wiedersehens in Erinnerung ruft, fragt er sich auch, ob sie in dieser Konstellation jemals wieder zusammenkommen werden. Je mehr Einzelheiten ihm wieder ins Gedächtnis kommen, desto unwahrscheinlicher erscheint es ihm. Manche Dinge lassen sich nie wieder rückgängig machen.

KIP

Sonntagnachmittag

Kip ist in seinem Zimmer, als sich über die Landzunge ein tiefes Brummen dem Haus nähert. Seine Eltern haben gesagt, er soll in seinem Zimmer bleiben und dort warten, auch wenn er nicht genau weiß, worauf eigentlich. Er weiß nur, dass er lieber hier oben ist, für sich allein, als unten zwischen den fremden Leuten mit dem vielen Gerede und dem ganzen Durcheinander.

Er mochte sein Zimmer von Anfang an, seit sie hergezogen sind. Es liegt an der Stirnseite im ersten Stock, ist groß und weiß, hat knarzende Holzdielen, eine niedrige Decke mit vielen Balken und ein kleines Bogenfenster, das auf die Landzunge hinausgeht. Es gibt gestreifte Vorhänge und ein großes Bett mit kuschliger Bettwäsche, die mit Ankern und Booten bedruckt ist. In einer Ecke steht ein Schreibtisch mit Lampe und in einer anderen ein großes Regal mit allen Büchern, die Annie und Max ihm in den sechs Jahren geschenkt haben, die er jetzt bei ihnen ist. Außer den Büchern liegt in dem Regal ein großer Stapel gelber *National Geographic*-Hefte, die Max für ihn abonniert hat, seit er ihn vor ein paar Jahren in eine Ausgabe vertieft im Empfangsbereich des Architekturbüros gefunden hatte. In manchen Nächten, wenn gerade Flut ist und der Wind aus der richtigen Richtung kommt, kann er im Bett liegen und zuhören, wie sich unten in der Bucht die Wellen brechen.

Aber das Allerbeste an dem Zimmer ist, dass es nur seins ist. Er muss es mit niemandem teilen. Sogar Max und Annie klopfen an, ehe sie reinkommen. Es ist kein Vergleich zu den chaotischen, überfüllten Zimmern, die er sich bei diversen Pflegefamilien immer mit irgendwem teilen musste, oder, davor noch, zu dem ekligen, stinkenden Sofa, auf dem er damals geschlafen hatte, in seinem alten Leben, bei seinen ersten Eltern.

Als das Geräusch näher kommt, liegt Kip auf seinem Bett. Es ist ein tiefes Grollen, wie das warnende Knurren eines Hundes, und steigert sich langsam zu einem Dröhnen. Kip steht vorsichtig auf, um den verletzten Knöchel zu schonen, und humpelt ans Fenster. Zuerst denkt er, es wäre noch ein Einsatzwagen, der über den Schotterweg zum Farmhaus hochrumpelt. Aber auf der Zufahrt ist nichts zu sehen, und als das Geräusch immer lauter wird, wird ihm klar, dass es gar nicht von unten kommt, sondern von oben.

Kip schaut zum Himmel hoch und bekommt kugelrunde Augen, als plötzlich ein rot-weißer Hubschrauber tief über dem Haus kreist. Das Fensterglas zittert in dem abgeblätterten Holzrahmen, die langen Grashalme auf der Wiese legen sich flach, die Vibration der Rotorblätter ist sogar in seinem Brustkorb zu spüren. Seitlich ist der Hubschrauber mit großen, schwarzen Buchstaben beschriftet: HM COASTGUARD – Königliche Küstenwache.

Kip sieht zu, wie der Helikopter nach Norden weiterfliegt, direkt auf die Klippen zu. Während er immer kleiner wird, breitet sich in Kips Bauch eine seltsame, wogende Übelkeit aus.

Dann klopft es an der Tür. Kip dreht sich um und sieht Annie im Türrahmen stehen. Sie ist blass und hat dunkle

Ringe unter den Augen. «Hast du den Hubschrauber gesehen?», fragt sie. Sie versucht, sich zu einem Lächeln zu zwingen, das sieht er ihr an.

Er nickt.

«Ziemlich beeindruckend, oder?»

Er nickt wieder. In seinem Knöchel pocht es, und er humpelt zurück zum Bett, um sich hinzusetzen.

«Ich wollte dir nur sagen, dass ich vom Campingplatz zurück bin. Möchtest du was trinken? Oder was essen?»

Kip antwortet nicht und hält den Blick starr auf die Stifte und den Malblock in ihren Händen gerichtet.

«Ach so», sagt sie und folgt seinem Blick. «Die Polizistin, Patricia, meinte, du hättest vielleicht Lust, ein bisschen zu malen. Bilder … irgendwas … was immer dich gerade beschäftigt, während du auf uns wartest.» Sie betritt das Zimmer und legt ihm die Sachen zaghaft aufs Bett. «Natürlich nur, wenn du willst.»

Kip findet nicht, dass die Frau in dem blauen Mantel mit dem Pferdeschwanz, die vorhin gekommen ist, aussieht wie eine Polizistin. Kontaktbeamtin, hat sie gesagt, hört sich nicht besonders aufregend an, aber sie sieht auch nicht aus wie eine Frau, die Verbrecher jagt und Einbrechern Handschellen anlegt. Eher wie eine von denen, die früher immer bei den Pflegefamilien zu Besuch kamen, die Frauen vom Jugendamt, die dasaßen und Tee tranken, sich gedämpft mit seinen Pflegeeltern unterhielten und ihm dabei ab und zu ein Lächeln zuwarfen – so ähnlich wie das, was Annie gerade versucht hinzukriegen. «Ich hoffe, es dauert nicht mehr allzu lang», sagt sie. «Als Nächstes ist Kira an der Reihe. Warte einfach hier. Dein Dad und ich kümmern uns um alles», fügt sie hinzu, dann geht sie wieder.

Kip schaut wieder zum Fenster hinaus, wo der Hubschrauber inzwischen durch zwei Möwen ersetzt wurde, die unten durch den Hof hüpfen und sich um ein Stück Abfall streiten. Er hat Möwen schon immer gemocht. In einem seiner Hefte hat er mal gelesen, dass Möwen zu den wenigen Vogelarten gehören, die auf hoher See überleben können, weil sie auch Salzwasser vertragen. Sie bringen ihren Jungen bei, Essen zu stehlen und wie man Muschelschalen auf Steinen aufbricht, um an das Fleisch ranzukommen. Kip findet, dass Möwen zu Unrecht einen schlechten Ruf haben. Ja, sie klauen dir vielleicht deine Pommes, aber doch nur, weil sie Hunger haben. Man kann einem Lebewesen nicht vorwerfen, dass es versucht zu überleben. Es tut nur, was es tun muss. Wie dieser Wissenschaftler schon sagte, über den sie mal was in der Schule gelernt haben: Überleben der Stärksten. Oder bei Möwen vielleicht: Überleben der Hinterhältigsten.

Während er den Möwen zuschaut und die schrillen Schreie über den Hof hallen, hat Kip plötzlich wieder diesen anderen Schrei im Ohr, dieses Geräusch, das in seinem Kopf widerhallt, sobald er die Augen zumacht; ein Geräusch, an das er auf gar keinen Fall denken will. Kip blinzelt heftig und wendet sich von den kreischenden Möwen ab.

Mit zitternden Fingern greift er nach der Schachtel mit den Filzstiften. Er nimmt sich den schwarzen Stift und malt in die Mitte des ersten Blatts ein Rechteck, dann füllt er es vorsichtig aus, wieder und wieder, und drückt dabei so fest mit der Spitze auf das Papier, dass es beinahe reißt. Während er vor sich hin kritzelt, dringen von unten undeutlich Stimmen durch den Fußboden zu ihm hinauf. Er hört das Gemurmel der Polizistin mit der Brille, dann das

Weinen einer Frau, Annie wahrscheinlich. Oder vielleicht auch Kira.

Er hört auf zu malen, lehnt sich zurück und starrt sehr lange das schwarze Rechteck an. Es bringt ihn wieder zurück zu dem Ort, zu dem Tosen der Wellen, die gegen die Klippen donnerten, zu dem feuchten, bröseligen Stein, den schluchzenden Flehgeräuschen, die sie von sich gab, zu dem heißen Druck des Metalls in seiner geballten Faust, zu dem warmen, spritzenden Blut. In einem Übelkeit erregenden, trudelnden Gedankenkarussell kommen einzelne Erinnerungsfetzen zu ihm zurück. Er legt die Malsachen neben sich aufs Bett, schließt die Augen und atmet tief ein und aus. *Es ist passiert*, sagt er zu sich. *Jetzt gibt es kein Zurück mehr. Ich muss still sein, sonst wird alles, alles anders. Schon wieder.*

Erst als er den Deckel auf den Stift zurücksteckt, merkt er, dass da immer noch Blut unter seinen Fingernägeln ist – inzwischen nicht mehr rot, sondern ein schmutziges Schwarzbraun, beinahe so schwarz wie die Farbe auf dem Blatt Papier. Er weiß, dass sie draußen auf den Klippen noch nichts entdeckt haben, aber jetzt kann es nicht mehr lange dauern. Und wenn es so weit ist, muss er bereit sein.

KIRA

Sonntagnachmittag

«Wir fassen uns so kurz wie möglich, Dr. de Silva, versprochen», sagt DC Haines und schiebt die Unterlagen zusammen, die vor ihr ausgebreitet auf dem Küchentisch liegen. Kira mustert die dicken, weiß getünchten Wände, die Umzugskisten, die immer noch in einer Ecke gestapelt stehen, die Ansammlung schmutziger Tassen neben dem alten, rissigen Waschbecken. Über den Stuhllehnen hängen feuchte Regenjacken; an der Hintertür liegen schlammige Stiefel verstreut. Gestern noch hatte in dieser Küche so viel Verheißung gehangen, Gelächter und Geplänkel hatte von den Wänden widergehallt. Heute herrscht hier eine unangenehme, bedrückende Atmosphäre.

«Danke. Sie ist heute ziemlich quengelig.» Kira wippt Asha in der Babytrage, die sie vor den Bauch geschnallt hat, auf und ab, schaukelt sie vor und zurück, in der Hoffnung, dass sie sich beruhigt. «Ich bin zum ersten Mal mit ihr verreist. Das mache ich jedenfalls nicht so schnell noch mal.»

«Sie ist niedlich. Wie alt?»

«Fünf Monate.»

«Bald geht's rund.»

«Sagen alle.»

«Dann fangen wir mal an, in Ordnung? Ich möchte Sie gerne zu dem Vorfall am ersten Abend befragen. Freitag.

Am Lagerfeuer.» Sie bemerkt Kiras Blick in Richtung Küchentür und fügt hinzu, «Alles, was Sie mir erzählen, wird natürlich vertraulich behandelt.»

Kira nickt. Ihr ist plötzlich bange zumute. Sie fragt sich, wer es der Polizei erzählt hat. Und warum? «Ich glaube, da fragen Sie nicht wirklich die Richtige ... ich war nicht involviert, jedenfalls nicht direkt. Fred und ich waren nur Zuschauer.» Asha gibt ein leises Quäken von sich, und Kira senkt den Kopf und atmet ihren süßen Geruch ein. Sie ist plötzlich sehr dankbar, dass ihre Tochter ganz nahe ist - in Sicherheit. Ihr ist klar geworden, was für ein Glück das ist und dass sie dieses Glück keine Sekunde für selbstverständlich halten darf.

Freitagabend hatte es diesen einen Moment gegeben, als sie alle ums Feuer mit der glühend orangeroten Mitte versammelt waren, während goldene Funken in den dunklen Himmel stoben, als Freds Arm um ihre Schulter lag und Asha im Tiefschlaf an ihrer Brust, da war sie froh gewesen, dass sie die Reise auf sich genommen hatten. Froh, dass sie dem Impuls nicht nachgegeben hatte, das lange Wochenende bei ihren alten Freunden abzusagen. Als sie Freitagmorgen in der Diele ihres Reihenhauses in Leeds gestanden hatte, vor sich den Berg an Babyausstattung, den sie irgendwie ins Auto quetschen mussten, und sie an die elend lange Fahrt nach Cornwall und die drei Tage gedacht hatte, die vor ihnen lagen - das Vorstellen, die vielen Fragen, die peinlichen Entschuldigungen -, hätte sie fast zu Fred gesagt: «Komm, wir blasen die ganze Sache ab.»

Natürlich waren nach Ashas Geburt Anrufe, Glückwunschkarten und Geschenke gekommen, aber an diesem Wochenende sah sie die anderen nach über einem

Jahr zum ersten Mal wieder. Über ein Jahr, und sie hatte noch immer nicht gewusst, ob sie tatsächlich bereit dazu war. Aber als sie dann Freitagabend ums Lagerfeuer gestanden hatten, Freds Gesicht vom Schein der orangerot tanzenden Flammen erhellt, Asha friedlich schlafend an ihrer Brust, hatte sie sich gesagt, dass es keinen Grund zur Sorge gab. Alles war gut. Fred passte wunderbar in die Runde. Asha hielt sich, bisher jedenfalls, an den gewohnten Rhythmus. Diese Leute waren ihre besten Freunde, außerdem hatte niemand irgendetwas gemerkt. Es würde alles, hatte sie gedacht, glattlaufen.

«Erzählen Sie mir einfach, woran Sie sich erinnern», bittet die Polizistin und schiebt sich die runde Brille auf die Nasenwurzel zurück.

Kira schaukelt auf ihrem Stuhl vor und zurück, um Asha zu beruhigen, und denkt an den Freitagabend zurück. «Also ... ich glaube, alles war ganz wunderbar, bis plötzlich dieser Mann auftauchte.»

«Dieser Mann?» Die Beamtin runzelt die Stirn.

«Ja. Nach dem Essen. Jim ließ über die Bluetooth-Box, die Max aus dem Farmhaus geholt hatte, ein paar Songs von früher laufen. Die Kids tobten ausgelassen durch die Gegend, begeistert von der Freiheit dieses Ortes. Ich glaube, es ist nicht übertrieben, wenn ich sage, dass die Erwachsenen ganz schön was gebechert hatten.» Sie zögert. «Ich habe natürlich nichts getrunken, klar. Ich stille ja noch. Aber einige der anderen haben schon ... wie soll ich sagen, ein bisschen die Sau rausgelassen. Wir hatten alle eine lange Fahrt hinter uns und ein langes Wochenende vor uns.»

«Erzählen Sie weiter.»

«Jedenfalls haben wir's uns alle gut gehen lassen, aber

dann stand plötzlich wie aus dem Nichts dieser Typ vor uns, und man konnte sofort merken, wie die Atmosphäre sich veränderte.» Unwillkürlich durchfährt Kira ein Schauder.

Im Rückblick betrachtet, war es richtig unheimlich gewesen, als der Mann unvermittelt aus den Schatten getreten war. Fast, als hätte er sich angeschlichen oder sie schon eine ganze Weile aus dem Dunkeln heraus beobachtet.

Fred hatte ihn als Erster gesehen, ihr Bein angestupst und geflüstert: «Wer ist das denn?» Er hatte zu einem großen, gebückten Mann in langem, schwarzem Mantel hinübergenickt, der in diesem Moment das Lagerfeuer umrundete und direkt auf Max zutrat.

Sie zuckte mit den Achseln. «Keine Ahnung.»

Das Gesicht des Mannes war verwittert, alt und faltig, als hätten die Elemente es im Laufe der Jahre bezwungen, seine Haare waren grau und strähnig. Er hatte einen riesigen Rottweiler bei sich, den er an der kurzen Leine, einer massiven Kettenleine, hielt. Ohne ein Wort des Grußes hatte er sich zwischen Max und Jim gedrängt und unvermittelt damit begonnen, Max wüst zu beschimpfen. «Ich weiß, was Sie hier treiben», sagte er. «Und ich weiß auch, dass Sie keine Betriebsgenehmigung für Ihren Campingplatz haben.»

Max war sichtlich erschrocken. Er machte einen Schritt zurück. «Hallo, Kellow. Möchten Sie einen Schluck mit uns trinken?» Er streckte dem Mann die Weinflasche hin, die er gerade in der Hand hielt.

Der Mann ignorierte das Angebot. «Sie haben kein Recht dazu.» Wie zur Betonung pikte er Max mit dem Zeigefinger in die Brust. Der Hund saß direkt zu seinen Füßen, der muskulöse Brustkorb glänzte schwarz, der

Speichel troff ihm aus dem Maul, die dunklen Augen reflektierten den Feuerschein. «Ihr *Emmets* habt einfach keinen Respekt davor, wie die Dinge bei uns hier laufen.»

«Wieso sprechen wir darüber nicht wie zivilisierte Erwachsene? Kann ich Ihnen ein Glas holen?»

«Sie dürfen ohne offizielle Genehmigung der Gemeindeverwaltung nicht eröffnen.»

Der Zeigefinger pikte weiter, ab Max ließ sich davon nicht beeindrucken. «Das ist richtig, aber wir rechnen jetzt jeden Tag damit.» Max klang erstaunlich gelassen, fast versöhnlich, trotzdem wurden die roten Wangen des Mannes immer röter. «Und obwohl Sie das eigentlich nichts angeht, aber wir haben noch gar nicht eröffnet.»

Mit verächtlichem Grinsen schaute der Mann sich um, ließ den Blick über die Zelte, die Autos und die ums Lagerfeuer versammelten Leute schweifen. «Und Sie erwarten, dass ich Ihnen …»

Max schnitt ihm das Wort ab. «Dies ist eine private Feier auf privatem Grund. Was wir hier tun, geht Sie nichts an.»

«Es geht mich sehr wohl etwas an, wenn Sie eine Horde Touristen hier rankarren, die die Landschaft verpesten, über meine Weiden trampeln und mein Vieh aufscheuchen.»

«Ich kann mir nicht vorstellen, dass unsere Freunde so etwas getan haben, und auch nicht, dass sie es tun werden. Falls unsere Gäste *unser* Grundstück verlassen, werden sie sich an die öffentlichen Wanderwege und die anerkannten Wegerechte halten. Genau genommen, sind Sie gerade der Einzige, der unerlaubt auf fremdem Boden steht.»

Der Mann murmelte eine unverständliche Beleidigung.

«Ich hatte die ganze Zeit Geduld mit Ihnen, Kellow. Ich habe mir in den letzten Monaten all Ihre Bedenken gründlich angehört und versucht, sie auszuräumen. Ich weiß, dass Veränderungen schwer sind, aber ich versichere Ihnen, dass wir für diesen Ort nur die allerbesten Absichten haben. Ich bin mir sicher, dass Sie das mit der Zeit erkennen werden. Wenn Sie also absolut nichts mit uns trinken wollen, dürfte ich Sie dann höflichst bitten, diesen albernen Einschüchterungsversuch zu unterlassen und uns in Ruhe unseren gemeinsamen Abend genießen zu lassen?»

Der Mann antwortete nicht darauf. Mit einem empörten Schnauben machte er auf dem Absatz kehrt und verschwand mit seinem Hund in der Dunkelheit.

«Meine Güte, was für ein schrecklicher Kerl.» Kira sah Annie an. «Geht es dir gut?»

Annie wirkte sichtlich erschüttert, aber sie versuchte, sich zusammenzureißen. Sie nickte.

«Was ist ein Emmet?», fragte Jim entgeistert.

«Das ist kornischer Slang für Tourist. Es ist als Beleidigung gemeint. Um uns zu erinnern, dass wir hier die Außenseiter sind.»

«Reizend.»

«Es ist wirklich schade», sagte Max. «Er ist unser einziger Nachbar.»

Annie nickte. «Sobald er merkte, dass wir keine Landwirte sind, und Wind von unseren Glamping-Plänen bekam, war es aus. Er wollte von Anfang an nichts davon wissen.»

Sie drehte sich zu Kip um. «Alles gut, er ist weg. Mach nicht so ein besorgtes Gesicht. Max hat sich drum gekümmert.»

«Und zwar ziemlich beeindruckend, wenn ihr mich fragt», sagte Jim und stieß mit seinem Bier gegen die Weinflasche, die Max immer noch in der Hand hielt.

Alle bemühten sich, die Anspannung zu vertreiben und die Stimmung wieder aufzulockern. Jim öffnete die nächste Flasche Wein, die Kinder spielten im Dunkeln Verstecken und beschmierten sich die Gesichter mit Erde, als wären sie bei einem Untergrundkommando. Als das wilde Spiel ein bisschen zu sehr in Richtung *Herr der Fliegen* abzugleiten drohte, winkte Annie mit einem kleinen Beutel Marshmallows zum Rösten über dem Feuer und beauftragte Fred, die Süßigkeiten gerecht zu verteilen.

«Haben wir überhaupt Grillspieße?»

Kip, der neben Max stand, machte einen Schritt nach vorn. Er hielt ein Bündel lange, dünne Stöcke in der ausgestreckten Hand. «Die hat Kip für alle gesammelt. Er hat den halben Nachmittag damit verbracht, sie anzuspitzen», sagte Max mit einer Spur Stolz in der Stimme.

Der Junge hatte sich offensichtlich richtig Mühe gegeben. Alle Stöcke waren auf exakt dieselbe Länge geschnitten, sorgfältig geschält und zugefeilt. «Gute Arbeit!», rief Fred, als Kip mit ernster Miene die Stöcke verteilte.

«Vorsicht!», sagte Tanya. «Die sehen spitz aus.» Sie wandte sich an Kira. «Ich glaube, das mit den Stöcken ist keine gute Idee.»

Kira zuckte die Achseln. Wie sonst sollten die Kinder die Marshmallows rösten? «Scarlet, machst du mit?» Kira hatte Doms Älteste gerade dabei beobachtet, wie sie sich heimlich einen großen Schluck Wodka in eine Tasse Orangensaft schenkte, ehe sie sich zu dem jungen Surfer-Typen, der Max auf dem Grundstück zur Hand ging, auf den zur Bank umfunktionierten Baumstamm setzte. Sie saß schmollend da und spielte seufzend mit ihren Haaren. Als Kira sie ansprach, verdrehte Scarlet die Augen. «Na gut», sagte sie muffig, «wenn's sein muss. Gibt hier ja sonst nichts zu tun.»

Kira fing quer übers Lagerfeuer Dominics Blick auf. Sie sahen sich wissend an und grinsten. Bei ihm herrschte eindeutig dicke Luft.

Scarlet ging zu Kip und ließ sich einen Stock geben. Sie presste einen halbherzigen Dank heraus, und Kip errötete leicht.

«Das heißt, zwei Marshmallows für jede und jeden», sagte Fred. «Perfekt.»

Die Süßigkeiten wurden verteilt, und Kira beobachtete, wie Phoebe sich das erste Marshmallow sofort gierig in den Mund schob. Die Kinder versammelten sich ums Feuer. River und Felix, die beide bereits einschlägige Pfadfindererfahrungen gesammelt hatten, gaben lautstark den Ton an. «Ihr müsst den Stock über die Glut halten, direkt in der Mitte.»

«Nicht zu nah, Phoebe, sonst verbrennt es», sagte River.

Kip sagte nichts. Er setzte sich stumm neben Phoebe auf die Bank und spießte das erste Marshmallow auf. Das zweite legte er neben sich auf den Baumstamm. Phoebe beugte sich weit vor, zu weit, und stieß einen Schrei aus, als ihr zweites Marshmallow vom Stock rutschte und ins Feuer fiel. «Oh nein!», schrie sie. «Jetzt ist es weg!»

«Nicht schlimm, versuch's noch mal. Mit ein bisschen mehr Geduld», sagte Tanya.

«Ich hab aber keins mehr.»

«Alle haben zwei bekommen.»

Phoebe verzog das Gesicht. «Ach, ja», sagte sie, als sie die Süßigkeit neben sich auf der Bank entdeckte.

Geschäftige Stille senkte sich über die Runde, während die Kinder damit beschäftigt waren, heiße Marshmallows anzupusten und sich die klebrigen Finger abzulecken. Kip drehte sich um, um sein zweites aufzuspießen, und Kira sah, wie sich ein verwirrter Ausdruck auf seinem blassen, vom Feuer in flackernde Schatten getauchten Gesicht breitmachte. Er sah sich um, schaute suchend nach unten, musterte das zertrampelte Gras zwischen seinen Füßen und unter der Bank, dann rempelte er Phoebe an. Er deutete stumm auf den leeren Fleck zwischen ihnen, aber Phoebe zuckte nur die Achseln, ganz das Unschuldslamm, und drehte sich weg. Kira konnte ihre verdächtig dicken Backen sehen und auch die wilden Kaubewegungen.

«Oh weh», sagte Kira laut. «Da hat es wohl eine Verwechslung gegeben.»

Kip ließ sich nicht täuschen. Er rempelte Phoebe ein zweites Mal an, diesmal fester. Phoebe rutschte ein Stück von ihm weg, und Kip starrte sie an. Sein Gesicht wurde tiefrot, in seinen Augen glänzten Tränen. Er machte den Mund auf, als wollte er schreien, aber er brachte keinen Ton heraus.

Annie, wachsam wie immer, trat hinter ihren Sohn und legte ihm beruhigend die Hand auf die Schulter. «Nicht schlimm», sagte sie. «Nur ein Versehen. Wir kaufen morgen neue.»

Aber Kip war nicht zu beruhigen. Mit einem erstickten Stöhnen schüttelte er ihre Hand ab. Kira sah, wie er den spitzen Stock umklammerte, so fest, dass die Knöchel weiß hervortraten.

In dem Moment kam Tanya dazu. «Ist alles okay?»

«Es könnte sein», sagte Annie behutsam, «dass Phoebe

sich eins von Kips Marshmallows genommen hat – bestimmt aus Versehen», fügte sie hinzu.

«Ist denn noch eins für Kip übrig?», fragte Kira, um zu vermitteln.

Fred verneinte. «Die Packung ist leider leer.»

Kip sah Phoebe wütend an, worauf Phoebe, vielleicht bestärkt durch ihre Mutter, die direkt hinter ihr stand, ihm die Zunge rausstreckte.

Ehe jemand dazwischengehen konnte, stürzte Kip sich auf Phoebe. Er schubste sie, die Kinder fielen rücklings vom Baumstamm und krachten, die Stöcke in der Hand und ineinander verkeilt, auf die Erde. Ein spitzer, markerschütternder Schrei ertönte.

«O Gott!», schrie Tanya. «Holt ihn weg da!»

Mit einem lauten Knacksen zerbrach einer der Stöcke unter einem Schuh. Im selben Moment wurde Kip am Kragen gepackt und in die Luft gerissen. Es sah aus, als würde der Junge fliegen, nach hinten gezerrt von Dominics eisernem Griff. Kips Kehle entrang sich ein schrecklich würgendes Geräusch, seine Hände flogen nach oben, seine Finger klammerten sich an den viel zu engen Kragen seines Sweatshirts, und er strampelte panisch mit den Füßen.

«Du kleiner …!»

«Lass ihn los, Dom!»

In dem Moment fing Asha an zu weinen. Kira versuchte, sie zu beruhigen, aber es war, als würde die Kleine den Tumult spüren, und ihre Schreie wurden lauter.

«Auauauauau!», schrie Phoebe. «Mein Auge! Mein Auge!»

«Was hat er getan? Lass mich mal sehen!»

«Dominic! Lass ihn los, verdammt!»

Es war das reinste Chaos, ein Wirbelsturm aus Lärm und Bewegung, als alle sich um die zwei Kinder scharten. Tanja zerrte Phoebe hoch, nahm sie auf den Arm, versuchte, dem Mädchen die Hände vom Gesicht zu ziehen. Max stürzte sich auf Dominic, versuchte, ihn von Kip wegzuzerren.

Plötzlich ließ Dominic los, Kip stürzte zu Boden, rappelte sich hoch und rannte Schutz suchend zu Annie, während die zwei Väter sich anschrien. «Scheiße, Dom!» Max zeigte mit ausgestrecktem Arm auf Kip. «Du hast ihn verletzt! Schau dir seinen Hals an!»

«Er hat Phoebe angegriffen!»

«Zeig's mir, Schätzchen, bitte. Lass mich bitte mal sehen.» Tanya redete, so sanft es ging, auf Phoebe ein. «O Gott!», sagte sie dann und drehte sich zu Kira um. «Da ist ganz viel Blut!» Sie hatte blutverschmierte Hände. Die Panik stand ihr ins Gesicht geschrieben. «Ich glaube, es ist das Auge.» Hilflos stand sie da, und das Blut tropfte ihr von den Händen auf die weiße Hose.

Kira übergab Asha an Fred, dann ging sie auf der anderen Seite neben dem kleinen Mädchen in die Hocke. Bitte, dachte sie, bitte nur nicht das Auge. «Phoebe, Süße», sagte sie mit tiefer, ruhiger Stimme. «Lässt du mich mal schauen?»

«Lass Kira mal sehen, Schätzchen. Sie ist Ärztin, weißt du. Sie kann dir helfen.»

Asha wand sich in Freds Armen, sie schrie immer noch wie am Spieß.

Kip presste sich die Hände auf die Ohren, schloss die Augen und stieß ein tiefes, kehliges Stöhnen aus.

«Er ist auf sie losgegangen wie ein wildes Tier. Ich schwöre, wenn er sie verletzt hat, dann ...», knurrte Dominic.

«Komm schon, Mann!», sagte Jim und packte Dominic am Arm, um ihn beiseitezunehmen. «Wir beruhigen uns jetzt alle mal wieder.»

Zögernd löste Phoebe die Hände von ihrem Auge. «Kann jemand mal Licht machen?», bat Kira.

Irgendwer hielt ein Telefon hoch und beleuchtete Phoebes blutverschmiertes Gesicht, während Kira sich über sie beugte, um die Verletzung zu begutachten. Mit einem Taschentuch tupfte sie Tränen und Blut und Schleim weg, dann atmete sie auf. Phoebe wimmerte leise. «Alles gut. Sie hat einen Riss über der Augenbraue. Sieht schlimmer aus, als es ist.»

«Daran ist der Junge schuld!», knurrte Dominic. «Sie hätte ihr Auge verlieren können.»

Kip wimmerte immer noch vor sich hin, gab seltsam klagende Geräusche von sich und rieb sich die dicke rote Strieme an seinem Hals, wo der Pullover ihm die Haut aufgescheuert hatte. Kira sah die anderen Kinder ein Stück abseits im Dunkeln stehen, mit starren Gesichtern und weit aufgerissenen Augen. Felix stieß River in die Seite und flüsterte ihm etwas ins Ohr. Kira folgte dem Blick der Jungen, und ihr sank das Herz, als ihr klar wurde, weshalb die beiden plötzlich feixten. Auf Kips Cargo-Shorts breitete sich ein verräterischer Fleck aus. Er hatte in die Hose gemacht.

«Kip hat sie angegriffen!» Dominic schaute sich in der Gruppe um. «Das habt ihr alle gesehen.»

«Was ich gesehen habe», sagte Max mit eisiger Stimme, «war ein erwachsener Mann, der ein Kind angegriffen hat.»

«Er ist auf sie losgegangen. Absichtlich. Er hat seinen Stock als Waffe benutzt!»

«Dominic! Du glaubst doch nicht …»

«Bitte, Leute, beruhigt euch!», sagte Suze. «Gibt es irgendwo Verbandszeug?»

«Ja, gleich drüben in der Outdoor-Küche.»

«River, gehst du es bitte holen?»

Der Streit kam zu einem jähen Ende, als Phoebe anfing, pfeifend zu husten und eine hektische Suche nach dem Asthmaspray einsetzte. Sobald sie wieder ruhiger atmen konnte, säuberte Kira die Wunde über dem Auge und klammerte sie mit einem Pflaster zu. «So, schon viel besser. Es sieht schlimmer aus, als es ist. Im Gesicht blutet man oft sehr stark.»

«Na komm, Kumpel», sagte Max und legte Kip beschützend den Arm um die Schulter. «Du zitterst ja immer noch. Ich geh mit dir nach oben ins Haus, und du ziehst dich erst mal um.» Ohne Dominic auch nur anzusehen, wandte Max sich an Annie: «Ich glaube, es ist besser, er schläft heute Nacht irgendwo, wo er sich sicher fühlt.»

«Soll mir recht sein», murrte Dominic. «Ich glaube, wir fühlen uns alle sicherer, wenn er heute Nacht da oben ist.»

Max reagierte nicht. Er nahm Kip bei der Hand und verschwand mit ihm hügelaufwärts in der Dunkelheit.

Nachdem sie verarztet worden war und sich wieder beruhigt hatte, galt Phoebes Sorge vor allem der Tatsache, dass sie als Erste ins Bett geschickt werden sollte. «Die anderen Kinder müssen auch noch nicht ins Bett», jammerte sie.

«Die anderen Kinder haben auch keinen so schlimmen Schreck erlitten wie du», antwortete Tanya.

«Ich will aber nicht. Da ist es dunkel.»

«Normalerweise liegst du um diese Uhrzeit schon längst im Bett.»

«Aber da draußen ist der böse Mann. Der mit dem Hund. Was, wenn er kommt und uns beißt, wenn wir im Zelt liegen und schlafen?»

«Sei nicht albern, Pheebs. Ich bleibe bei dir. Ich lese dir noch was vor.»

Ihre Stimmen verloren sich in der Dunkelheit, der Taschenlampenstrahl von Tanyas Telefon hüpfte übers Gras, und kurz darauf sah Kira, wie im Zelt das Licht anging, eine einzelne, warm leuchtende Kuppel am Rande des Campingplatzes, mit den Silhouetten von Mutter und Tochter als undeutliche Schattenbilder auf der Zeltwand.

Erleichtert, einer Katastrophe inklusive potenzieller Fahrt ins Krankenhaus entkommen zu sein, versuchte der Rest, die fröhliche Stimmung vom Anfang wieder aufleben zu lassen, doch die Anspannung blieb weiterhin mit Händen greifbar. Kira sah, dass die Gruppe sich eindeutig in zwei Lager gespalten hatte. Annie stand hinten beim Unterstand, eine Hälfte des Gesichts vom Feuer erhellt, die andere im Schatten, während sie mit Jim und Suze sprach und dabei ein- oder zweimal auf die Stelle deutete, wo es zu den Handgreiflichkeiten gekommen war. Es war offensichtlich, wie erschüttert sie war. Dominic blieb ihr fern, saß auf der anderen Seite des Feuers mit ihr und Fred zusammen, eine Flasche Bier in der Hand. Wie hypnotisiert starrte er in die züngelnden Flammen. Kira war sich nicht sicher, was ihre eigene Loyalität betraf, aber sie wusste, dass es keine gute Idee gewesen wäre, Dominic allein im Dunkeln vor sich hin brüten zu lassen. «Ich bin froh, dass nichts passiert ist», sagte sie schließlich zu ihm.

«Ja.» Dominic nahm einen tiefen Schluck aus seiner Flasche. «Und das haben wir sicher nicht diesem kleinen Arschloch zu verdanken!»

Sie wusste, dass Dominic aufbrausend war, aber diese Seite hatte sie noch nie erlebt. Ein knurrender, beschützender Grizzlybär von Vater.

«Mir egal, was die sagen, mit dem Jungen stimmt was nicht», murmelte Dominic. Sein Körper wirkte immer noch wie unter Hochspannung. «Er hätte sich bei ihr entschuldigen müssen. Ich wüsste schon», fuhr er fort, «wie ich den zum Reden brächte, wenn das meiner wäre. Immer dieser Blödsinn von wegen ‹oh, wenn er nervös ist, kann er nicht sprechen› ... Was soll der Scheiß überhaupt?»

Ihr war klar, dass er auf Suche nach Verbündeten war, die ihm nach dem Streit mit Max den Rücken stärkten. Sie spürte den sanften Druck von Freds Fuß auf ihrem, eine Geste der Solidarität oder auch Warnung, sie war sich nicht sicher. Wenigstens war Annie ein Stückchen weg, auf alle Fälle außer Hörweite.

«Du bist doch Ärztin», fuhr Dominic fort. «Du hast doch sicher eine Meinung. Max und Annie sind viel zu nachgiebig mit ihm, findest du nicht?»

«Ich weiß es nicht», antwortete sie. «Ich kenne nicht alle Details, aber für mich sieht es nach selektivem Mutismus aus. Das ist eine anerkannte Angststörung.»

Dominic schnaubte verächtlich. «Gott, heutzutage wird aber auch alles pathologisiert.»

«Das ist nichts, was jemand aus freien Stücken tut, Dom, sondern eine Reaktion. Es ist nicht einfach, ein älteres Kind zu adoptieren. Die ersten Lebensjahre sind entscheidend – unfassbar prägend. Es muss schwer für Max und Annie sein, sich immer wieder auf derart unsicherem Terrain zu bewegen.»

«Sag ich doch! Was wissen wir denn eigentlich über den

Jungen? Es gibt Erziehung, und es gibt Angeborenes. Ich habe den Blick in seinen Augen doch gesehen, als er über sie hergefallen ist, und ich sage dir, mit dem stimmt was nicht. Ich will nicht, dass Phoebe noch mal in seine Nähe kommt.» Mit dem nächsten großen Schluck leerte Dominic die Flasche.

«Das erscheint mir ein bisschen zu hart», sagte Kira sanft. «Du kannst ein Kind doch nicht einfach so abschreiben.»

«Kinder sind eben Kinder», sagte Fred beschwichtigend. «Zum Glück ist niemandem was passiert.» Er stand auf. «Ich glaube, ich brauche noch ein Bier. Noch jemand?»

Dominic schüttelte den Kopf.

Neidisch sah Kira Fred nach. Falls es je einen Augenblick gegeben hatte, mit ihrer Still-Abstinenz zu hadern, dann jetzt, in dieser angespannten Atmosphäre am Feuer. Es war für ihn bestimmt auch nicht leicht – als Neuer in einem Kreis uralter Freunde. Sie hatte die Vergangenheit – als soliden Boden unter den Füßen – und hätte trotzdem gern ein Glas Wein gehabt, um dem Abend die Spannung zu nehmen. Sie konnte es Fred nicht verübeln, dass er sich Mut antrank.

Sie sah zu, wie Fred auf der anderen Seite des Feuers Suze und Annie nachschenkte und die Musik lauter stellte. Jim legte in einem gespielten Battle mit Fred ein paar riskante Breakdance-Moves hin, woraufhin Felix und River prusteten vor Lachen. Willow und Juniper kamen über die Wiese gerannt, um sich der Party anzuschließen. Die beiden Mädchen fingen wild hüpfend und zappelnd an zu tanzen. Willow machte es vor, und Juniper ahmte ihre große Schwester nach. Irgendwo in der Dunkelheit ertönte plötzlich lautes Platschen.

«Das heißt wohl, der Whirlpool ist eröffnet», sagte Dominic.

«Das ist bestimmt Fred. Er ist immer der Erste, der sich in so was hineinstürzt.»

«Ein irischer Toyboy, was?» Er stieß sie in die Rippen. «Gut gemacht, Sugar-Mommy.»

Kira verdrehte die Augen. «Er ist zweiunddreißig. So groß ist der Altersunterschied nun auch wieder nicht. Genau wie bei Tanya und dir, nur umgekehrt, oder?»

Dominic nickte. «Stimmt. Interessanter Bursche jedenfalls.»

So, wie er es sagte, klang es nicht, als wäre Dominic völlig einverstanden, und in Kira kochte Ärger hoch. Sie hatte ihn schließlich auch nicht kritisiert, als er Clare damals verlassen hatte. Hatte kein Wort darüber verloren, dass er sich ausgerechnet für Tanya – jünger, oberflächlich, blondiert und gebotoxt – als Ehefrau Nummer zwei entschieden hatte. Konnte er sich, als ihr Freund, nicht einfach für sie freuen? «Er ist ein guter Kerl», sagte sie, und es klang defensiver als beabsichtigt.

«Wie habt ihr euch kennengelernt?», fragte Dominic und knibbelte am Etikett seiner Bierflasche herum.

«Bei einer Fachmesse, letztes Jahr. Er vertreibt medizinische Geräte. Ich war dort, weil ich auf der Suche nach einem neuen Blutdruckmonitor war.»

«Und da heißt es immer, es gäbe keine Romantik mehr.» Dominic schaute sie an. «Er kann es offensichtlich gut mit Asha. Wirkt sehr zupackend.»

«Ja.» Ihre Stimme wurde weich. «Er ist ein guter Vater.»

Sie starrte ins Feuer. Er war wirklich ein guter Vater. Bis jetzt hatten sich sämtliche Befürchtungen als unbegründet erwiesen. Als sie feststellte, dass sie schwanger war, hatte sie Angst gehabt, sie wären nicht lange genug zusammen, es wäre zu früh für ihn, er wäre zu jung, er wäre für eine so riesige Veränderung noch nicht bereit. Klar, Fred trank ein bisschen zu viel, und es ließ sich nicht leugnen, dass er Partymachen ebenso liebte wie seinen Fußball und kein Wochenende verging, wo er nicht selbst spielte oder seine geliebte Mannschaft anfeuerte, aber das hieß nicht, dass er nicht gut für sie war – gut für Asha. Bis jetzt hatte er sich als absolut unerschütterlich erwiesen.

«Und du bist offensichtlich eine tolle Mutter», sagte Dominic. «Nicht, dass irgendwer von uns daran gezweifelt hätte. Es freut mich, dich so zufrieden zu erleben – du weißt schon, im Vergleich zu letztem Jahr ...» Er verstummte. «Es kommt mir vor, als hätte das Universum dich erhört und dir genau das gegeben, was du dir gewünscht hast.»

Kira nickte, den Blick fest in die Glut des langsam verlöschenden Feuers gerichtet. «Ja, sieht so aus.» Sie zögerte. «Ich wollte mich entschuldigen für das, was an meinem Vierzigsten passiert ist. Ich war damals nicht gut drauf, und was ich alles zu euch gesagt habe – was ich getan habe ...»

Dominic hob abwehrend die Hände. «Das müssen wir nicht noch mal aufwärmen. Ich glaube, wir haben dich alle verstanden.»

Sie nickte. «Danke. Aber, nur fürs Protokoll, es *tut* mir leid. Es hat mich ziemlich viel Mut gekostet, dieses Wochenende zuzusagen und euch wieder unter die Augen zu treten.»

Dominic sah sie überrascht an. «Kira! Wir sind seit Ewigkeiten befreundet. Ich dachte, du würdest uns besser kennen.» Er sah ihr fest in die Augen. «Das ist vorbei.

Wenn Fred der Richtige für dich ist, dann ist das doch super. Wir freuen uns für dich.»

Kira nickte. Das Unausgesprochene lag ihr schwer auf der Zunge, und zwischen ihnen blieb es still, bis aus der Dunkelheit Rufe und Freudenschreie zu ihnen drangen, dann platschte es wieder. «Ist es nicht herrlich, wie frei die Kinder sich hier bewegen können?» Kira nutzte die Ablenkung, um das Gespräch in sichere Bahnen zurückzulenken.

«Ich verspreche dir, morgen früh sind sie nicht mehr so niedlich. In weniger als acht Stunden ist Scarlet der reinste Albtraum», stöhnte Dominic. «Sie ist seit ein paar Monaten schrecklich pampig.»

«Das ist das Alter. Die Hormone. Sie muss ihre Grenzen testen – und sich selbst.»

Dominic lachte dumpf. «Ja, du glaubst, mit einem Baby ist es anstrengend, aber wart's nur ab. Zuerst kommen die kleinkindlichen Tobsuchtsanfälle, danach die unbarmherzige Welt der Schulauswahl, und dann kutschierst du sie zu jeder Spieleverabredung, Geburtstagsfeier und Sportveranstaltung. Dann ist plötzlich Teenie-Zeit, und du liegst nachts wach, bis sie endlich zu Hause sind, quälst dich mit Horrorvorstellungen wie Teenagerschwangerschaften, Autounfällen und Überdosen. Elternschaft ist ein einziger Hürdenlauf aus Feuerlöschen und Schadensbegrenzung. Das habt ihr beide alles noch vor euch, du und Fred.» Er deutete mit dem Kinn auf Asha, die an sie geschmiegt friedlich schlief. «Ich wünschte, ich hätte damals gewusst, wie schön ich es hatte, als sie noch in dem Alter waren und nicht Amok laufen konnten. Ich habe sie noch gar nicht gehalten», sagte er. «Darf ich?»

Kira zögerte. Er spürte ihren Widerwillen und machte einen Rückzieher. «Muss auch nicht sein. Ich will sie nicht wecken.»

«Nein, nein», sagte Kira. «Alles gut.» Sie löste die Trage, und er nahm Asha behutsam in die Arme und schaukelte sie sanft. «Hallo, Asha! Du kleine Schönheit. Wem sieht sie ähnlicher, was würdest du sagen? Dir oder Fred?»

Kira sah ihrer Tochter ins Gesicht. «Fred sagt, sie komme ganz nach mir.»

«Kleiner Glückspilz. Dann wird sie mal eine echte Schönheit.»

Kira schaute die beiden an, sah, mit welcher Behutsamkeit Dominic Asha in seiner warmen Armbeuge hielt, und spürte dieses ziehende Gefühl von Liebe und Dankbarkeit, das sie immer dann überkam, wenn sie mal die Gelegenheit hatte, ihre Tochter mit etwas Abstand zu betrachten. Was für ein Glück, dass es ihr endlich vergönnt war, Mutter zu sein. «Weißt du, falls die Fernseh-Kiste irgendwann nicht mehr zieht, kannst du immer noch in die Politik gehen. Toasts aussprechen, Hände schütteln und Babys im Arm halten liegt dir eindeutig.»

Dominic lachte immer noch, als Fred zu ihnen zurückkam, nasse Haare unter der Hoodie-Kapuze, ein feuchtes Handtuch um die Hüften. «Ich hab alles versucht, aber nicht mal meine unglaublichen Breakdance-Künste und Bauchplatscher in den Whirlpool kriegen diese Party noch zum Laufen. Ich glaube, es ist Zeit fürs Bett. Kommst du?», fragte er an Kira gewandt.

«Nicht euer Ernst?», protestierte Dominic. «Ich dachte, ihr Mediziner wärt für eure Feierwut bekannt!»

«Ich bin mir ziemlich sicher, dass Asha und ich morgens um drei unsere eigene kleine Party feiern werden. Genau genommen könnte man also sagen, ich werde heute Nacht die Letzte sein, die noch steht.» Sie nahm Dominic das Baby ab, dann ging sie hinter Fred her ans andere Ende des Campingplatzes, wo sich ihr Zelt gespenstisch weiß gegen den Nachthimmel abhob.

«Was für ein Abend», sagte Fred, sobald sie den Reißverschluss hinter sich zugezogen hatten. Er hüpfte einbeinig hinter ihr herum und versuchte, die feuchten Schnürsenkel aufzubekommen. «Ich war mir zwischendurch nicht sicher, ob wir aus Marshmallow-Gate alle heil wieder rauskommen würden.»

«Mhm…», antwortete Kira, den Blick auf ihre friedlich schlafende Tochter gesenkt, eine Wange leicht gerötet, wo Dominic sie gegen seinen Brustkorb gedrückt hatte, die Lippen im Schlaf leicht geöffnet. Sie überkam eine derartig starke Welle aus Liebe, dass sie fast in die Knie gegangen wäre.

«Mann, der Typ ist schon krass.»

«Wer? Dom?»

«Ja. Wie der auf diesen armen Jungen losgegangen ist, ich dachte, er würde ihn verprügeln.»

«Er hatte Angst um Phoebe.»

«Aber hast du Kips Gesicht gesehen? Wie versteinert. Der kleine Kerl hat mir echt leidgetan.» Fred zog sich den Hoodie über den Kopf, blieb zwischendrin stecken und stolperte gegen das Bett.

«Dom hatte auch Angst – das war reiner Beschützerinstinkt. Die Sache hätte viel schlimmer ausgehen können.» Kira war selbst ein bisschen überrascht über den Drang, Dominic zu verteidigen, die Zuneigung, die sie verspürte. Fred hatte ihn gerade erst kennengelernt. Es war leicht, über jemanden zu urteilen, den man kaum kannte.

«Du sagst es. *Hätte*. Ist es aber nicht.» Fred hatte sich

von dem Sweatshirt befreit. Seine feuchten Haare standen in alle Richtungen, und er trug nur noch die nassen Boxershorts.

«Bist du so ins Wasser gegangen?»

Er zuckte die Achseln. «Hatte keine Lust, die Badehose zu suchen. Ich finde, Dominic hat überreagiert. Und zwar heftig. Und ich glaube, das war ihm selbst klar, aber er konnte nicht mehr zurück. Genau wie in seiner Sendung. Wenn er erst mal jemanden zwischen den Zähnen hat, macht er ihn fertig. Richtig brutal.»

«Das verstehst du nicht.» Kira sah voller Zärtlichkeit auf Asha hinunter. *Ich schon,* dachte sie. Bei der Vorstellung, jemand würde ihrer Tochter wehtun, wurde ihr schlecht. «Dom hat aus purem Instinkt heraus reagiert. Als Vater oder Mutter tust du alles, um dein Kind zu beschützen.»

Fred zögerte. «Ach, und damit kenne ich mich nicht aus?»

Etwas in seinem Tonfall ließ sie aufhorchen. Kira hob den Kopf und sah ihn an. «Was? Oh, nein! So habe ich das nicht gemeint.»

«Genau das hast du gesagt. Denkst du so?»

«Nein! Ich wollte *gar nichts* damit sagen, Fred.» Sie hätte sich für die ungeschickte Wortwahl treten mögen. «Ich bin müde. Das war falsch formuliert.»

Fred starrte sie an.

Das Rundzelt, das bei ihrer Ankunft so großzügig gewirkt hatte, schien plötzlich zu eng für sie zu sein. «Lass uns bitte nicht streiten. Du weißt, dass ich das so nicht gemeint habe. Du hast getrunken, und ich bin müde. Du bist ein wunderbarer Vater.»

«Nur, dass ich's eben nicht bin, oder? Ihr leiblicher Vater, meine ich.»

Kira sagte nichts.

«Und wo wir schon mal beim Thema sind», fuhr Fred fort. «Wieso glauben hier eigentlich alle, ich wäre der Vater? Das war ziemlich schräg, Kira. Ich wusste gar nicht, wie ich reagieren soll. Wieso hast du ihnen nicht gesagt, dass ich nicht Ashas leiblicher Vater bin?»

Kira seufzte. «Weil du es für mich nun mal bist. Ich dachte, du würdest dich freuen. Das macht die Dinge doch viel einfacher, findest du nicht?»

«Aber das sind deine Freunde. Wozu die Lüge?»

«Ich habe nicht gelogen. Es ist deren Schlussfolgerung.»

«Die du nicht richtigstellst.»

Sie zuckte die Achseln. «Nach meinem Geburtstag bin ich abgetaucht. Ich konnte ihnen nicht mehr unter die Augen treten. Als sie mitbekamen, dass ich jemanden kennengelernt hatte, waren alle außer sich vor Freude. Als Nächstes hörten sie, dass ich schwanger bin. Sie haben sich so für mich gefreut. Für uns. Das ging alles ineinander über.» Sie sah ihn forschend an. «Fred, was wird das hier? Willst du unbedingt streiten?» Sie wandte ihm den Rücken zu, hob Asha aus der Trage und legte sie in das Reisebettchen. «Kann sein, dass ich nicht will, dass sie über mich urteilen. Vielleicht will ich nicht, dass sie schlecht von mir denken – oder dass sie mit Asha wegen der Art, wie sie gezeugt wurde, anders umgehen.»

«Man sollte eigentlich meinen, dass du deinen angeblich allerbesten Freunden gegenüber ehrlich sein kannst.»

Kira seufzte. «Keine Ahnung, vielleicht geht es sie auch einfach nichts an. Wieso muss das unbedingt Thema sein? Was ist so schlimm daran, dass sie dich für den leiblichen Vater halten?»

Aufgebracht wühlte Kira auf der Suche nach ihrer

Zahnbürste in ihrem Waschbeutel herum. Fred hatte sich aus der feuchten Unterhose gekämpft und ließ sich nackt und mit einem Seufzer aufs Bett fallen. «Das ist bequemer, als ich gedacht hätte.»

«Willst du dir nicht lieber was anziehen? Das wird bestimmt noch kälter heute Nacht.» Sie kramte in dem Seesack, den sie für sich und Asha gepackt hatte, nach ihrem eigenen Pyjama.

«Aber ich hab doch dich.»

Da drehte sie sich zu ihm um, und er grinste zu ihr hoch, mit demselben schiefen Grinsen, das sie bei ihrer ersten Begegnung umgehauen hatte.

«Du kennst doch die beste Art, Meinungsverschiedenheiten aus dem Weg zu räumen, oder?»

Sie ignorierte ihn und sah sich suchend um. «Wo ist eigentlich dein Rucksack?»

«Keine Ahnung. Draußen unterm Vordach? Ist doch jetzt egal. Den such ich morgen früh.» Als Fred sie in dem praktischen Flanellpyjama sah, den sie aus dem Seesack gezogen hatte, fing er an zu stöhnen. «Das ist jetzt nicht dein Ernst, oder? Thermowäsche? Süße, so kalt ist es nun auch wieder nicht.»

Aber Kira war nicht warm. Abseits des Lagerfeuers war die Nacht inzwischen empfindlich kühl, im Gegensatz zu Fred hatte sie nichts getrunken.

«Vergiss mal den Rucksack. Komm her jetzt.» Er winkte sie zu sich aufs Bett.

«Wir wecken Asha. Die anderen könnten uns hören. So weit sind die auch wieder nicht weg.»

Sie dimmte die Lampe neben dem Bett und schaute ein letztes Mal nach Asha. Fred lag nackt ausgestreckt auf seiner Seite, er atmete tief und regelmäßig. Sie musterte ihn einen Moment in dem gedämpften Licht, das Büschel krauser Haare auf seiner Brust, die straffe Ebenmäßigkeit seines Bauchs, die muskulösen Arme, und spürte trotz allem, wie die Lust sich in ihr regte. Sie zog sich aus, legte den Schlafanzug beiseite, glitt nackt neben ihn und schmiegte sich eng an seinen warmen Körper.

«Hallo...», murmelte er und zog sie an sich.

Sie hörte das Klirren von Flaschen, das Auf- und Zuziehen von Zeltreißverschlüssen, leises Gemurmel, Proteste und ein helles Lachen, gefolgt vom Weinen eines übermüdeten Kindes ... eins von den Miller-Kindern wahrscheinlich. Kira blendete die Geräusche aus und gab sich dem Gefühl von Freds Händen auf ihrer Haut hin, während ihre Körper sich stumm im Dunkeln bewegten. Als sie kam, presste sie sich die Hand auf den Mund, um den Schrei zu ersticken.

Fred schlief hinterher sofort ein, immer noch nackt und auf der Bettdecke. Sie deckte ihn zu und schlüpfte in ihren Pyjama. Sie hatte gehofft, schnell einzuschlafen, aber es dauerte ziemlich lange, bis sie endlich wegdöste, lange, nachdem in den anderen Zelten Stille eingekehrt war, lange, nachdem Fred angefangen hatte, neben ihr zu schnarchen. Sie hatte das Gefühl, als wären erst ein paar Minuten vergangen, als sie aus dem Schlaf hochschreckte.

Desorientiert, aber hellwach lag sie regungslos im Stockdunkeln. Der Wind hatte aufgefrischt, und die Zeltwand blähte sich sanft knatternd. In der Ferne donnerte das Meer gegen die Felsen, Salzgeruch lag in der Luft, und Kira hatte das Gefühl, auf einem Boot erwacht zu sein. Sie dachte, ihre Tochter hätte sie geweckt, weil sie Hunger hatte, aber Asha schlief tief und fest. Vielleicht lag es an der ungewohnten Seeluft.

Kira lag still und mit gespitzten Ohren da, als sie es hörte. Ein Geräusch – ein Rascheln, ein Schaben, dann ein leiser, dumpfer Schlag, direkt neben dem Eingang zu ihrem Zelt. Sie erstarrte, hielt den Atem an, lauschte.

Da war es wieder. Leises Rascheln und Schaben, als würde etwas über den Boden gezerrt. Kira hob den Kopf vom Kissen. Das musste ein Tier sein. Ein Fuchs, ein Dachs, irgendein unschuldiges Lebewesen, das plötzlich ihre Anwesenheit gewittert hatte. Sie waren hier die Eindringlinge, die sich in der Natur breitmachten. Natürlich gab es hier draußen Tiere, die schnüffelten und den Abfall durchstöberten.

Dann sah sie am anderen Ende des Zelts einen Lichtkreis aufscheinen. Jemand leuchtete mit einer Taschenlampe über die Zeltwand. «Hallo?», rief sie leise. War das jemand von den anderen, hatte sich jemand im Dunkeln verlaufen, vielleicht auf der Suche nach den Klos?

Sofort ging das Licht wieder aus. Sie drehte den Kopf und hörte, wie etwas leise gegen die Leinwand schabte. Der Stoff schien ein wenig nachzugeben. Dann hörte sie es wieder, leise Schritte, direkt draußen auf dem Holzvorbau – nein, vielleicht keine Schritte, sondern Pfoten, ermahnte sie sich. «Fred!», flüsterte sie.

Freds einzige Antwort war stotterndes Schnarchen.

Mit weit aufgerissenen Augen starrte Kira in die Dunkelheit. Ihr lief es kalt den Rücken hinunter. Sie machte sich auf das Geräusch des Reißverschlusses gefasst oder, noch schlimmer, auf das Schimmern eines Messers, das durch die Zeltwand glitt. Schlagartig kamen ihr alle Teenager-Splatter-Filme, die sie vor ewigen Zeiten auf Übernachtungspartys gesehen hatte, gleichzeitig ins Gedächtnis. Ihr fiel wieder ein, was Phoebe vorhin gesagt hatte, als

Tanya sie ins Bett bringen wollte: *Aber da draußen ist der böse Mann.* Zitternd lag Kira da und lauschte angestrengt ins Dunkel.

Aber da war nichts. Nur die sanften Bewegungen des Zelts im nächtlichen Wind.

Allmählich schlug ihr Herz wieder langsamer, und ihr Atem beruhigte sich. Wie albern. Sie waren mitten im Nirgendwo und schliefen unter hauchdünnen Stoffwänden. Natürlich gab es hier seltsame Geräusche. Und was die Taschenlampe betraf, vielleicht hatte eines der Kinder irgendwo herumgeleuchtet.

«Fred?», flüsterte sie wieder. «Bist du wach?»

Er antwortete nicht, und Kira legte sich wieder zu ihm, schmiegte sich an seinen warmen Rücken, kuschelte sich unter die Decke und versuchte, sich von seiner Anwesenheit beruhigen zu lassen.

Schlaf jetzt!, befahl sie sich. Sie wäre mit Asha spätestens bei Sonnenaufgang wieder auf den Beinen. Ihre Tochter war wie ein Jungvögelchen, das schon mit weit aufgerissenem, hungrigem Schnabel erwachte. Dann fing dieser schonungslose Kreislauf wieder von vorne an, und noch dazu erwartete sie ein Tag voller Fallstricke und Hindernisse, die sie umrunden musste – all die Schlaglöcher, die sie dringend vermeiden wollte. Ausgeruht würde es leichter sein, einen klaren Kopf zu behalten. Langsam glitt sie zurück in unruhigen Schlaf.

TANYA

Sonntagnachmittag

Tanya sitzt neben dem Bett auf einem Plastikstuhl und lauscht dem regelmäßigen Piepsen des Überwachungsmonitors, dem Stimmengemurmel hinter dem Vorhang, den leisen Schritten der Krankenschwestern, die sich um die Kabine herumbewegen. Nach den Ereignissen der letzten achtundvierzig Stunden ist sie froh, im Royal Cornwall Hospital in Truro sitzen zu können, in einem geheizten, soliden Gebäude, umgeben von kompetenten Menschen, die mit ruhiger Effizienz ihrer Arbeit nachgehen.

Sie trägt wieder die weißen Jeans, mit denen sie Freitag nach Cornwall gereist war – ihre anderen Sachen sind alle zu nass und zu dreckig –, und dazu Dominics dunkelblauen Fleece-Pullover. Dem Kragen entströmt der herbe Duft seines teuren Aftershaves, aber der Geruch ist längst nicht mehr so tröstend, wie er mal war; im Gegenteil, wenn sie sich zu sehr darauf konzentriert, wird ihr schwindlig und leicht klaustrophobisch zumute. Sie versucht, die rostfarbenen Blutflecken auf der Hose zu ignorieren, Überbleibsel von Phoebes Zusammenstoß mit diesem Jungen und den verdammten Spießen. Kaum zu glauben, dass das nicht mal achtundvierzig Stunden her ist. Es kommt ihr vor, als wäre seitdem ein Jahrhundert vergangen – als wäre sie seitdem ein Jahrhundert gealtert.

Der Vorhang gleitet auf, und eine Schwester erscheint.

Sie hat die dunklen Haare zu einem straffen Pferdeschwanz hochgebunden und trägt massive Augenbrauen zur Schau, die aussehen wie mit einem dicken Filzstift aufgemalt. «Wie geht's unserer Patientin?», fragt sie, tritt ans Bett, wirft einen Blick auf den Tropf und überprüft den Überwachungsmonitor.

«Unverändert.»

«Armes Ding. Das könnte noch eine Weile dauern. Sie hat ziemlich viel Blut verloren. Es ist für den menschlichen Körper nicht ungewöhnlich, nach einem massiven Trauma quasi herunterzufahren. Das dient dem Selbstschutz. Und der Heilung.»

«Aber sie wird doch wieder gesund, oder? Die Chirurgin sagte etwas von möglichen Organschädigungen.»

«Sie ist hier in besten Händen. Sobald sie wieder aufgewacht ist, wissen wir mehr.» Die Schwester sieht Tanya mitfühlend an. «Sie sitzen schon eine ganze Weile hier, nicht wahr? Kann ich Ihnen vielleicht etwas bringen?»

Tanya schüttelt den Kopf. «Nein danke.»

«Die Leute von der Polizei möchten so bald wie möglich mit Ihnen sprechen.» Als die Schwester Tanyas Gesichtsausdruck sieht, tätschelt sie ihr beruhigend den Arm. «Keine Sorge, wir halten sie bis auf Weiteres auf Abstand. Anweisung der Ärztin.»

Die Schwester geht wieder, ihre dicken Gummisohlen machen auf dem polierten Boden quietschende Geräusche, und Tanya starrt wieder die hässlichen Flecken auf ihrer weißen Hose an. Phoebes schriller Schrei hallt ihr noch immer in den Ohren, dieses schreckliche, markerschütternde Heulen, das durch die Dunkelheit gellte. Das Geräusch verfolgt sie, hallt in ihrem Herzen nach, so wie nur der Schrei des eigenen Kindes es vermag.

Im Rückblick betrachtet, lässt sich der Vorfall am Lagerfeuer durchaus als Vorwarnung für alles begreifen, was danach passierte. Ein Omen. Tanya hat schon immer auf ihr Bauchgefühl gehört – hat schon immer an ihre Intuition geglaubt. Sie hätte darauf hören sollen, was ihr Bauch ihr Freitagabend sagte. Sie hätte darauf bestehen sollen, dass sie den Abend am Lagerfeuer augenblicklich beendeten und Dominic sie alle am nächsten Morgen zurück nach London fuhr. Dann wäre ihnen alles, was danach passierte, erspart geblieben.

Sie streckt den Arm aus und nimmt sanft die Hand, die vor ihr auf dem Laken liegt, versucht, die hässlichen, roten Striemen am Handgelenk zu ignorieren, und hebt stattdessen die schlaffe Hand an ihre warmen Lippen. «Es tut mir so leid», murmelt sie und betrachtet das blasse, bandagierte Gesicht, das reglos auf dem Kissen liegt, mustert die Sauerstoffmaske, die Schläuche, die Flüssigkeiten und die Maschine, die unablässig vor sich hin summt, überwacht, dosiert und Heilung vorantreibt. «Es tut mir so schrecklich leid.»

SCARLET

Samstagmorgen

«Alter!» Als Scarlet aufwachte, war es blendend hell, so hell wie die Zimmerbeleuchtung, die sie morgens quälte, wenn sie mal wieder verschlafen hatte und ihre Mutter in ihr Zimmer gestürmt kam und kurzerhand das grelle Deckenlicht einschaltete.

Durch zusammengekniffene Augenlider erspähte sie um sich herum blendend weiße Leinwände, Blechtassen, die an Haken von einer alten Landhausanrichte baumelten, und ihren Bruder, der ausgestreckt auf einer Campingliege lag, einen Arm quer über dem Gesicht, den Mund weit geöffnet, als wollte er damit Fliegen fangen. «Abartig», stöhnte sie und zog sich die Decke über den Kopf. Es roch feucht und nach Gras, wie Wäsche, die im Regen gehangen hatte. «O Gott», seufzte sie und kroch noch ein bisschen tiefer unter die Bettdecke. Der nächste Tag in der Hölle.

Sie tastete nach ihrem Handy, in der Hoffnung, dass Lilys versprochene Nachrichten auf wundersame Weise über Nacht ihren Weg auf ihr Telefon gefunden hatten, aber das Telefon war tot. Der Akku hatte inzwischen den Geist aufgegeben. Jetzt gab es überhaupt keine Möglichkeit mehr, in Kontakt zu bleiben, selbst wenn sie zur höchsten Klippe der Landzunge wanderte und einen einzigen, flüchtigen Balken 5G erwischte. Scarlet brannten

Tränen in den Augen. Das war alles so ungerecht. Während ihre Freundinnen zu Hause den Spaß ihres Lebens hatten, hockte sie hier rum, in einem grottenhässlichen Zelt, irgendwo am Arsch der Welt, zusammen mit ihrem schnarchenden Bruder.

Es gab mehrere Gründe, warum sie sich unbedingt mit Lily schreiben wollte. Nicht nur, um rauszufinden, wie die Party gelaufen war und ob Harry Taylor sie vermisst hatte – ob er was über sie gesagt hatte, ob er sie überhaupt erwähnt hatte.

Sie wollte Lily von dem krassen Chaosabend erzählen, den sie hatte ertragen müssen. Sie wollte ihr von dem Jungen erzählen, der wegen einem einzigen Marshmallow völlig ausgetickt und über Phoebe hergefallen war, und wie ihr Dad dann durchdrehte – und plötzlich alle Erwachsenen Partei ergriffen wie die kleinen Kinder.

Der Fairness halber musste sie zugeben, dass Phoebe echt nervig sein konnte. Scarlet hatte auf der anderen Seite gesessen, als es am Lagerfeuer plötzlich abging. Sie hatte gesehen, wie ihre kleine Schwester eine Grimasse geschnitten und Kip triumphierend die Zunge rausgestreckt hatte, auch wenn es sonst niemand gesehen hatte. Das rechtfertigte zwar seinen Angriff nicht, aber sie wusste, dass die Sache nicht so schwarz-weiß war, wie ihr Vater es darstellte.

Vor allem aber wollte sie Lily das Foto schicken, das sie gestern Abend heimlich gemacht hatte. Das Foto von diesem Typen, Josh, oben ohne im Whirlpool, mit seinen Tattoos und dem Ryan-Gosling-Schlafzimmerblick. Lily würde voll auf ihn abfahren. Er war genau ihr Typ. Während Scarlet eher auf Jungs wie Harry stand, adrett und gut gekleidet, mochte Lily böse Jungs. Ältere Typen mit

Dreitagebart und Tattoos, etwas kantiger und ein bisschen ungehobelt.

Felix und River waren auf die Idee mit dem Whirlpool gekommen, aber bis Josh dann die Abdeckung abgenommen, den Holzofen angefeuert und das Wasser endlich die richtige Temperatur hatte, hatten die Jungs längst wieder das Interesse verloren und waren sonst wohin verschwunden. Tanya war mit Phoebe schon im Zelt, und die anderen Erwachsenen hockten, in Lager getrennt, irgendwo am Feuer rum. Sie hatte Josh angesehen. «Das wäre jetzt aber schon Verschwendung», hatte sie mit einer Stimme gesagt, von der sie hoffte, dass sie möglichst lässig und flirty klang.

«Willst du etwa rein?» Josh hatte gezögert. «Ich kann den Deckel für dich auflassen, aber klär das besser erst mit Max und Annie ab.»

Sie hatte genickt und war ins Zelt verschwunden, um den süßen, schwarzen Stringbikini anzuziehen, zu dem sie ihre Mutter für den Sommer überredet hatte, und darüber einen der flauschigen Bademäntel, die für die Gäste bereithingen. Auf dem Rückweg zum Whirlpool hatte sie im Vorbeigehen unauffällig eine offene Flasche Weißwein vom Tisch im Unterstand stibitzt und sich unter den Mantel geschoben. Dann war sie zu Josh zurückgetänzelt.

«Haben sie gesagt, es ist okay?», hatte Josh sie gefragt.

«Klar», log sie, «aber ich soll nicht alleine rein. Du musst wohl mitkommen.»

Josh hatte sich unbehaglich umgesehen. Außer ihnen war niemand in der Nähe. Scarlet, ermutigt von dem Wodka, den sie bereits intus hatte, grinste ihn an, ließ den Bademantel von den Schultern gleiten und stieg, mit der Weinflasche wedelnd, die Stufen zum Whirlpool hoch.

Mit einem Seufzer ließ sie sich ins Wasser gleiten. «Oh mein Gott, ist das warm! Komm rein!»

Josh war sichtlich unbehaglich zumute. «Ich weiß nicht.»

«Ich darf aber nicht allein hier drin sein», sagte sie und grinste neckisch. Sie setzte die Flasche an, nahm einen tiefen Schluck und hoffte, dass er ihr nicht ansah, wie der brennende Alkohol in der Kehle ihr die Tränen in die Augen trieb. «Du hast doch sowieso schon deine Boardshorts an. Komm rein!»

Seufzend hatte Josh sich erst den Kapuzenpulli und dann das T-Shirt ausgezogen und die muskulöse Brust und das dunkle Sleeve-Tattoo entblößt, das sich den Arm hinaufschlängelte. Er war schnell die Leiter hochgestiegen, hatte sich ins Wasser gleiten lassen und war durchs Becken gewatet, um sich mit möglichst viel Abstand auf den Platz ihr gegenüber zu setzen. Zwischen ihnen waberte der Dampf in der Luft. Seine Augen funkelten im Dunkeln zu ihr herüber wie die einer Katze. Scarlet kam sich vor wie in einer Filmszene. Lily würde krass beeindruckt sein. Sie bot ihm die Flasche an, aber er schüttelte den Kopf. «Nein danke, für mich nicht.»

«Wo wohnst du eigentlich?», fragte sie, während sie den Kopf zur Seite neigte und ein Bein anzog, bis das Knie aus dem Wasser ragte.

«Ich habe landeinwärts einen Wohnwagen stehen. In der Nähe von meinem Vater.»

«Nett.» Scarlet konnte mit der Vorstellung, in einem Wohnwagen zu hausen, nichts anfangen, aber jeder, wie er wollte. Wahrscheinlich passte das zu den Surfer-Vibes. Sie beugte sich nach vorne und berührte ihn am Arm. «Wofür steht das A?»

Er musterte das Sleeve-Tattoo und betrachtete das verschlungene A in der Nähe seines Ellbogens. «Amber.»

Scarlet runzelte die Stirn. «Deine Freundin?»

«Meine Schwester.»

Scarlet hatte zufrieden gegrinst und mit den Händen das Wasser aufgewirbelt. Sie wusste, dass sie in ihrem neuen Bikini gut aussah. Ihre Brüste waren seit letztem Sommer eine ganze Körbchengröße gewachsen. Sie sah aus wie mindestens achtzehn, sagte Lily, mit vollem Make-up jedenfalls. Vielleicht sogar wie neunzehn. «Wie ist deine Schwester denn so?»

Er zögerte. «Klug. Talentiert. Ein bisschen schüchtern. Mit einem riesengroßen Herz.»

«Versteht ihr euch gut?»

«Unsere Mutter starb, als wir noch klein waren. Von da an waren wir nur noch zu dritt ... Amber, Dad und ich. Wir haben uns immer nahegestanden.»

«Das mit deiner Mum tut mir leid.» Scarlet legte den Kopf schief. «Seid ihr euch ähnlich, deine Schwester und du?» Sie wusste, dass sie ihn ausquetschte, aber abgesehen davon, zu Tanya und Phoebe ins Zelt zu gehen und bei der Gutenachtgeschichte zuzuhören, gab es hier kein Unterhaltungsprogramm.

«Eher nicht», sagte Josh. «Dad hat mich immer seinen ‹Outsider› genannt. Ich liebe das Meer. Surfen. Strand und weiter Himmel. Und Amber die ‹Insiderin›. Sie ist emotional und gefühlvoll, hat alles verinnerlicht. Sie konnte den ganzen Tag in ihrem Zimmer bleiben, Musik schreiben und vor sich hin träumen, verstehst du?»

«Du hast doch bestimmt auch Träume. Dich auf einem Campingplatz um nervige Touris zu kümmern, ist ja wohl kaum dein Lebenstraum, oder?»

Josh hatte leise gelacht. «Ich habe mir immer vorgestellt zu reisen. Am liebsten würde ich ein paar von den berühmtesten Surf-Spots der Welt kennenlernen. Australien, Kalifornien, Indonesien. Aber das muss momentan warten.»

«Warum?»

«Bei meinem Dad machen sie gerade ein paar Tests. Ich muss für ihn da sein.»

«Tut mir leid», sagte Scarlet. «Das ist Scheiße.»

Er zuckte die Achseln. «Familie geht vor. Dad war immer gut zu uns. Nachdem Mum ... na ja, es war nicht einfach, aber er war immer für uns da.» Josh lächelte traurig. «Er verlangt nicht viel. Er ist ein stiller Mensch. Mag seine Routine. Porridge am Morgen. Ein Sessel mit Blick aufs Meer. Freitagabend Fish and Chips vor dem Fernseher. Samstagmorgen hole ich für ihn die Lokalzeitung vom Kiosk, und er liest sie von vorne bis hinten. Dabei schläft er ein, die Zeitung auf dem Schoß – jedes Mal.» Bei der Vorstellung wurde sein Lächeln breiter, und das kantige Gesicht wurde weich. «Einfache Freuden. Das ist mein Dad. Bei ihm kam die Familie immer an erster Stelle, und es ist das Mindeste, was ich jetzt für ihn tun kann.»

Scarlet nickte, aber insgeheim fand sie, dass das Bild, das Josh von sich gezeichnet hatte, schrecklich langweilig klang. «Ich kann mir nicht vorstellen, wie es ist, in so einer Gegend aufzuwachsen. Hier ist es so ... leer.»

Josh sah sie mit hochgezogener Augenbraue an. «Leer? Machst du Witze? Hier ist es schroff und wild und echt. Nicht wie in der Stadt, wo alles künstlich ist und eng.»

«Aber es ist so still hier. Was tust du, wenn du Spaß haben willst?»

Er zuckte die Achseln. «Dann sorgst du selbst für Spaß.

Für mich wäre die Stadt das Gegenteil von Spaß. So voll. So überwältigend. Menschen auf engstem Raum zusammengepfercht, die sich um Platz streiten. Die Vorstellung macht mir Angst.»

«Lustig», sagte Scarlet in einem Tonfall, der das Gegenteil verriet. «Mir geht es hier ganz genauso. Viel zu viel Platz, und dann die Landschaft, so unberechenbar. Das macht mich nervös. Für mich ist das nichts. Aber», fügte sie eilig hinzu, weil sie ihn nicht beleidigen wollte, «du hast ja deinen Dad. Ich hab's kapiert. Familie geht vor», plapperte sie seine Worte nach.

Sie musterte ihn durch die Dampfschwaden. Mit den aus dem Gesicht gestrichenen, feuchten Haaren sah er noch besser aus als vorhin. Ein Selfie mit ihm auf ihren Kanälen würde Harry ein bisschen Dampf machen, und Lily hätte was zum Sabbern. Sie fragte sich gerade, wie sie das hinkriegen sollte und ob sie das Telefon aus der Tasche des Bademantels holen konnte, ohne den Augenblick zu ruinieren, als eine Stimme durch die Dunkelheit schallte. «Ihr zwei hattet definitiv die richtige Idee. Ist bei euch noch Platz?»

Das war Kiras Typ. Dieser Fred. Scarlet wurde sauer. Sie wollte nicht, dass jemand dazukam. Und schon gar nicht dieses irische Großmaul. Er war ein bisschen zu enthusiastisch, gab sich ein bisschen zu viel Mühe.

Ohne eine Antwort abzuwarten, hatte Fred sich bereits ausgezogen, die Leiter erklommen und war johlend und mit einem Platscher ins Wasser gesprungen. Er war blass wie eine Made, hatte überall Haare und trug seine Unterhose. Widerlich.

Er ließ sich durchs Wasser gleiten und streifte dabei ihr Bein, ehe er sich auf dem Platz neben Josh niederließ.

Scarlet war sofort tiefer eingetaucht. Josh war das eine, aber diesem Widerling würde sie keine Gelegenheit geben, ihr auf die Brüste zu glotzen.

Als Fred die Flasche in ihren Händen entdeckte, hatte er verschlagen gegrinst. «Damit würde ich lieber aufpassen, Mädel, Weißweinkater sind die schlimmsten.»

«Mein Vater erlaubt mir Alkohol», sagte sie, was nicht ganz gelogen war. Sonntags ein halbes Glas zum Mittagessen zählte auch. Dieser herablassende Wichser. Was wusste der schon?

Sie hatte noch einen Schluck genommen und Josh die Flasche angeboten. Zu ihrer Enttäuschung hatte er auch diesmal abgelehnt und den Wein an Fred weitergegeben. Der schien kurz nachzudenken, dann zuckte er die Achseln und nahm einen tiefen Schluck. «Aus rein medizinischen Gründen.» Er zwinkerte ihnen zu. «Wenn ich genug trinke, brauche ich heute Nacht meine Spezialpillen nicht, um trotz Ashas Geplärr zu schlafen.»

Scarlet hatte die Augen verdreht. Arme Kira. Wie um alles in der Welt konnte eine so intelligente Frau nur bei so einem Loser landen?

Sie hatte noch eine Zeit lang zugehört, wie die beiden Männer sich unterhielten, und war immer genervter geworden, weil die sich in irgendwelches Gelaber über Fußballtransfers und Tabellen reinsteigerten, für das sie sich nicht interessierte. Es war, als wäre sie gar nicht vorhanden. Fred hatte alles kaputt gemacht.

«Ich geh wieder raus», hatte sie in der Hoffnung verkündet, damit bei Josh eine Reaktion zu provozieren, aber die beiden Männer laberten einfach weiter. Sie war sich ein bisschen dumm vorgekommen, als sie schließlich aufstand und die Leiter runterkletterte. Unten angekommen, drehte sie sich noch einmal um, in der Hoffnung, dass Josh ihr bewundernd nachsah, stattdessen hatte Fred sie mit einem leisen Lächeln auf den Lippen beobachtet. Perversling, dachte sie und legte sich eilig den Bademantel über die Schultern.

Hinterher hatte sie nicht gewusst, was sie tun sollte. Die Vernunft sagte ihr, dass es besser war, ins Zelt zurückzugehen, ehe ihr Vater sie dabei erwischte, wie sie nachts im Bikini durch die Gegend lief, aber dann drückte sie sich noch ein bisschen im Dunkeln herum. Der Wein hatte sie innerlich gewärmt, und sie war noch nicht bereit gewesen, die Idee mit dem Foto aufzugeben. Als die beiden Männer schließlich aufstanden, um rauszugehen, witterte sie ihre Chance. In dem Moment, als Josh den Whirlpool durchquerte und nach den Leiterholmen griff, hob sie das Telefon und drückte ab.

Sie hatte sich das Ergebnis erst angesehen, als sie sicher zurück in ihrem Zelt war. In ihrem warmen Bett liegend, vertiefte sie sich in das Bild. Ihr war der perfekte Schnappschuss gelungen. Josh, wie er mit zurückgestrichenen Haaren und gebräuntem, muskulösem Oberkörper tropfnass dem Dunst entstieg. Jetzt musste nur noch Lily das Bild bekommen – wie auch immer. Scheiß Camping. Das war hier alles so unfassbar unzivilisiert!

Draußen war zu hören, wie rundherum die anderen langsam wach wurden. Es klang, als würden sich die Miller-Kids im Zelt nebenan leise unterhalten. Ein Stückchen entfernt hörte sie Kiras Baby weinen, dann brach das Weinen plötzlich ab. Irgendwo wurde ein Reißverschluss aufgezogen. Schritte raschelten über die Wiese. Scarlet versuchte, die Geräusche auszublenden, indem sie sich wieder tiefer unter ihrer Decke vergrub, bis plötzlich ein lautes Krachen über den Campingplatz hallte. Es hatte verdächtig nach einem Schuss geklungen. Scarlet fuhr hoch. «Krasser Scheiß! Was war das?»

Felix rekelte sich und machte die Augen auf. «Keine Ahnung.» Gähnend zog er sich die Decke zurecht. «Konntest du schlafen?»

«Nö!» Seufzend warf Scarlet sich auf das Kissen zurück. «Du hast einen ganzen Wald zersägt.»

«Wie ich sehe, ist deine Laune immer noch scheiße.»

«Wie ich sehe, ist deine Fresse immer noch scheiße.»

Felix griff nach einem seiner dreckigen Socken und warf nach ihr. Sie konnte gerade noch ausweichen. «Wenn du es hier so scheiße findest, warum fährst du dann nicht nach Hause?»

«Glaub mir, Felix, ich würde, wenn ich könnte, aber mangels roter Zauberschuhe oder Hubschrauber wüsste ich nicht, wie.»

«Wie wär's mit trampen?»

Scarlet tat, als würde sie nachdenken. «Keine schlechte Idee, bis auf die Axtmörder und Vergewaltiger.»

Wieder hallte lautes Krachen über den Platz. Scarlet zuckte zusammen.

Felix machte gelangweilt die Augen wieder zu. «Du gibst dir einfach nicht richtig Mühe, Scar.»

Scarlet zog sich die Decke über den Kopf. Auf gar keinen Fall würde sie um diese Uhrzeit das Bett verlassen, und zwar nicht nur wegen den dumpfen Kopfschmerzen hinter den Augen, die langsam, aber sicher heftiger wurden. Oder wegen der Gefahr, da draußen erschossen zu werden. Wenn sie hier nicht wegkam, würde sie im Bett bleiben und so lange schlafen, wie sie nur irgendwie konnte. Je mehr Zeit dieses Wochenendes sie in einem möglichst komatösen Zustand verbrachte, desto besser.

Als sie ins Kissen sank, zerriss ein weiteres Krachen die Luft. Völlig irre. Lieber eine nette, zivilisierte Kleinstadt irgendwo als dieses Kriegsgebiet.

MAX

Sonntagnachmittag

Der Nachmittag neigt sich dem Abend zu, und die Sonne senkt sich dem Horizont entgegen, als Max sich endlich hinsetzt, um mit DC Haines zu sprechen. Er hat Kip eben ein Sandwich nach oben gebracht. Nach dem ganzen Aufruhr und der Erschöpfung hätte ihm der Anblick ihres Jungen, der blass und verängstigt auf seinem Bett sitzt und mit Filzstiften irgendwelche Bilder malt, fast das Herz gebrochen. Es war diese Unschuld, die ihn umbrachte, die ihn zu der Frage trieb, ob sie die richtige Entscheidung getroffen hatten, ob er nicht einfach da runtergehen und sich endlich von der Seele reden sollte, was ihm fast die Luft abschnürte – all das, was er immer noch nicht verstand und das ihm mehr Angst machte, als ihm lieb war. Doch dann hatte er wieder Annies Stimme im Ohr. *Noch nicht, Max. Erst, wenn wir wissen, was war.* Er hatte Kip ganz zart auf die Schulter geklopft. «Ich bin für dich da, Kumpel. Falls du reden willst, ja? Das weißt du, oder?»

Kip hatte leicht genickt, den Blick fest auf den Stift in seiner Hand gerichtet.

Max hatte gewartet. «Alles wird gut.»

Hoffentlich behielt er recht. «Was auch immer passiert ist, wir sind für dich da.»

Max hoffte mehr als alles, dass er seine Versprechen

auch halten konnte. Er wollte gerade das Zimmer verlassen, als er sich, einem Impuls folgend, noch einmal umdrehte. Er sah, wie Kip nach dem Sandwich griff, es grob in vier Teile riss, zwei auf dem Teller liegen ließ und die andern beiden verstohlen in die Bauchtasche seines Hoodies stopfte. Max sank der Mut. Kip tat es schon wieder. Er würde mit Annie darüber sprechen müssen.

In der Küche setzt er sich auf den Stuhl, den Kira eben erst frei gemacht hat, und kommt sich dabei in seinem eigenen Haus wie ein Besucher vor. Er weiß, dass es viel zu besprechen gibt, dass die Polizei so schnell vorgeht wie irgend möglich. Trotzdem kann er nicht fassen, wie lange es gedauert hat, bis sie endlich Zeit für ihn haben. «Gibt es was Neues aus dem Krankenhaus?», fragt er und sieht zu, wie die Beamtin eine neue Seite ihres Notizhefts aufschlägt. Sie sieht ebenfalls müde aus, aus ihrem Pferdeschwanz haben sich ein paar Strähnen gelöst, sie wirkt blass und erschöpft.

«Nein, leider nicht.»

«Und dann die ganzen Einsatzfahrzeuge vorhin und der Hubschrauber …?» Er verstummt.

«Ich verstehe Ihre Besorgnis, Mr Kingsley, aber im Augenblick kann ich Ihnen nichts Neues mitteilen. Was allerdings helfen würde, falls es Ihnen nichts ausmacht», sagt sie und lächelt ihn halbherzig an, «wenn ich *Ihnen* ein paar Fragen stellen dürfte.»

Max schluckt seinen Frust runter. «Natürlich. Was immer ich tun kann, um zu helfen. Wir alle wollen ebenso dringend Antworten wie Sie.»

«Natürlich.» Sie sieht ihm etwas zu lange in die Augen, dann wendet sie sich ihrem Notizheft zu. «Ich versuche gerade, die Bewegungen Ihrer Gruppe im Verlauf des Wochenendes nachzuvollziehen. Ihre Frau sagte, Sie hätten Samstagmorgen alle gemeinsam auf dem Campingplatz gefrühstückt?»

«Ja.»

«Es herrschte sicher eine gewisse Anspannung, nach dem, was am Vorabend am Lagerfeuer passiert war?»

Er seufzt. Wahrscheinlich war es naiv gewesen zu glauben, dass der Zusammenstoß zwischen den Kindern nicht zur Sprache gekommen war. «Ein bisschen, aber wir hatten ja alle geschlafen. Die Gemüter hatten sich wieder beruhigt.»

«Würden Sie sagen, dass Sie ein aufbrausendes Gemüt haben, Mr Kingsley?»

Max runzelt die Stirn. Die Frage überrascht ihn. «Kommt drauf an, würde ich sagen. Geht uns das nicht allen so, wenn bestimmte Knöpfe gedrückt werden?» Er fährt sich mit den Händen durch die dichten Haare und lehnt sich zurück. «Ich gebe zu, als ich ins Bett ging, war ich immer noch sauer auf Dominic, aber am nächsten Morgen war mir klar, dass es darum ging, die Sache hinter uns zu lassen und noch mal von vorne anzufangen – für die Kinder und um unser Wochenende zu retten.»

«Und Sie waren überhaupt nicht mehr sauer?»

«Ein bisschen, vielleicht.»

«Nur ein bisschen?» Haines sieht ihn mit kaum verhohlener Überraschung an. «Ein erwachsener Mann geht auf Ihren zwölfjährigen Sohn los, und Sie sagen sich, Schwamm drüber?»

«Nein. Das nicht. Aber mir war klar, dass von Dominic keine Entschuldigung zu erwarten war. Das ist nicht seine Art. Kennen Sie seine Sendung?»

Sie nickt.

«Dann wissen Sie ja, wie er ist. Natürlich treibt er es vor der Kamera auf die Spitze, aber seine Karriere hat er auf alle Fälle seiner direkten Art zu verdanken.»

«Manche würden ihn wohl als Tyrannen bezeichnen», sagt Haines leichthin.

«Na ja, er steht schon in dem Ruf, es manchmal ein bisschen zu übertreiben ... sogar unbarmherzig zu sein. Im Grunde ist er ein guter Kerl, aber einzulenken liegt ihm nun mal nicht. Das ist sein Ego. Ich weiß aus Erfahrung, dass man die Dinge auf sich beruhen lassen muss, was ihn betrifft. Ich bin zu dem Schluss gekommen, dass es das Beste ist, zu vergeben und zu vergessen.»

«Und wie kam Mr Davies Ihnen Samstagmorgen vor? Hatten Sie den Eindruck, er hatte vergeben? Vergessen?»

Max seufzt. Er hat das Bild noch genau vor sich. Dominic, der am Kopfende des langen Tisches sitzt und sich stumm an einer Blechtasse Kaffee festhält, die Augen hinter einer dunklen Sonnenbrille versteckt. Für das ungeschulte Auge sah er immer noch aus wie der Dom von früher, dem er nach einer langen Nacht Guten Morgen gesagt hatte. Der Dom, mit dem er während der Uni zusammengewohnt hatte, der sich morgens am Frühstückstisch fläzte und seinen Kater wie ein Ehrenabzeichen zur Schau stellte. Aber Max kannte Dom. Er sah die Anspannung in seinen starren Schultern und dem zusammengebissenen Kiefer. «Dom war ein bisschen ruppig», erzählt er ihr, «aber so ist er eben. Er hat in der Gruppe schon immer den Alpha gegeben, und wir haben ihn immer gelassen. Ich glaube, er war vor allem verkatert.»

«Wie ging es Phoebe?»

«Phoebe war okay, völlig okay, sie spielte fröhlich mit den anderen Kindern. Wäre das Pflaster nicht gewesen, hätte man gar nicht gemerkt, dass was gewesen war. Es war wirklich nur ein Kratzer.»

«Und Kip?»

Max kaut kurz auf der Unterlippe. «Erschüttert. Als wir nach dem Zwischenfall wieder zu Hause waren, habe ich mit ihm gesprochen. Ich habe ihm gesagt, dass das, was er gemacht hat, falsch war und dass es für körperliche Gewalt nie eine Entschuldigung gibt. Ich habe ihn gebeten zu versuchen, sich in Phoebes Situation zu versetzen, die Sache aus ihrer Warte zu sehen. Es war ihm anzusehen, dass es ihm leidtat. Ich habe ihm geraten zu versuchen, sich den anderen Kindern anzuschließen, aber das ist angesichts seiner ‹Schwierigkeiten› nicht einfach für ihn.»

«Können Sie mir erklären, was Sie mit ‹Schwierigkeiten› meinen?», hakt Haines nach.

Max hätte sich treten können. Diese Richtung wollte er auf keinen Fall einschlagen, aber jetzt hat er den Deckel vom Topf genommen, und die Frau sitzt da, ihm direkt gegenüber, mit ihrem forschenden Blick, und er weiß, dass er nicht mehr zurückkann. «Hören Sie, ich will ganz ehrlich sein. Wir wussten seit Beginn des Adoptionsverfahrens, dass Kip mit Verhaltensauffälligkeiten zu tun hat. Man hatte uns gesagt, die Chancen stünden besser – der Prozess würde schneller verlaufen –, wenn wir bereit wären, ein älteres Kind zu adoptieren. Die meisten Paare wollen Babys. Neugeborene. Das wurde uns immer wieder gesagt. Aber für uns spielte es keine Rolle. Wir wollten nur Eltern sein. Ganz einfach.» Max zuckt die Achseln.

«Kip war sechs, als er zu uns kam. Er hatte über ein Jahr in einer Pflegefamilie verbracht, und davor war sein Leben, nach dem wenigen, was wir wissen, ... chaotisch gewesen. Man hat uns keine Einzelheiten genannt, aber der

Sozialarbeiter sagte, dass er im Kontext von Drogenmissbrauch aufwuchs, häuslicher Gewalt ausgesetzt war, Nahrungsentzug ... all so was. Ich bin mir sicher, das ist Ihnen im Zuge Ihrer Arbeit schon hundert Mal begegnet.»

Sie nickt. «Ja. Leider.»

Max schluckt und nimmt sich einen Augenblick Zeit, um sich zu sammeln. Die Erinnerung an die allererste Zeit mit Kip löst einen Aufruhr an Emotionen in ihm aus. Sechs Jahre, und es kommt ihm immer noch vor wie gestern, als er im Rückspiegel den kleinen, mageren Jungen beobachtete, der in ihrem Wagen saß und stumm zum Fenster hinaussah, als sie ihn in dem Kleinstadtreihenhaus seiner Pflegefamilie abgeholt und mit nach Hause genommen hatten. Er wusste noch genau, wie Kip langsam die Treppe nach oben gegangen war und sich in dem Zimmer, das sie für ihn gestrichen und eingerichtet hatten, stumm auf die Bettkante gesetzt hatte, die dunklen Haare wie ein Vorhang vor den Augen, am Fußende der kleine, noch fest geschlossene Koffer, als hätte er Angst, ihn zu öffnen, Angst vor der Hoffnung, dass er diesmal – tatsächlich – irgendwo endgültig bleiben würde.

Sie hatten sich alle Mühe gegeben, ihm dabei zu helfen anzukommen, waren behutsam vorgegangen, hatten Kip erlaubt, sich in seinem Tempo bei ihnen einzuleben; hatten versucht, ihm mit ihrer Zuneigung nicht die Luft zum Atmen zu nehmen, mit ihrem Wunsch, die besten Eltern zu werden, die sie sein konnten, mit ihrem Wunsch, ihn für all das Leid zu entschädigen, das er in seinem kurzen Leben bereits durchgemacht hatte. Sie hatten versucht, ihm nicht das Gefühl zu geben, irgendetwas anderes sein zu müssen als das, was er war: ein traumatisierter, sechsjähriger Junge mit gebrochenem Herzen.

Auch an die sorgenvollen Gespräche zwischen ihm und Annie kann er sich noch sehr gut erinnern, spätabends, im Bett. *Glaubst du, er vermisst sie? Glaubst du, er wird hier glücklich? Glaubst du, er mag uns? Glaubst du, wir können ihm alles geben, was er braucht?*

Nach den Qualen ihrer Fruchtbarkeitsprobleme und dem Trauma der vergeblichen In-vitro-Versuche brachte die Tatsache, per Adoption Vater zu werden - ein Weg, der so anders war als alles, was Max sich je vorgestellt hatte -, vielschichtige und komplexe Emotionen mit sich. Neben der Liebe und der Dankbarkeit, dass endlich etwas für sie richtig gelaufen war, war da die Angst gewesen, dass Max als Vater nicht genügen würde, dass er diesem unfassbaren Geschenk, das ihnen anvertraut worden war, womöglich nicht gewachsen sein könnte. Er weiß noch, wie sie einander versicherten, es bräuchte nur Liebe und Geduld. Dass sie damit im Gegenzug Kips Vertrauen gewinnen würden - seine Liebe. Sie brauchten einfach nur Zeit.

Es war nicht leicht gewesen. Sie hatten nächtelang wach gelegen, Kips Nachtangst gelauscht, versucht, ihm Raum zu geben, achtsam und respektvoll Abstand zu halten, während sie sich gleichzeitig bemüht hatten, ihm zu zeigen, dass sie für ihn niemals eine Bedrohung sein würden. Und dann der vielleicht schlimmste Tag von allen, als Annie die heimlich unter seinem Bett versteckten Nahrungsmittel entdeckt hatte - halbe Sandwiches, verfaultes Obst und Chipstüten -, als Sicherheit, falls auch sie je vergessen würden, ihm etwas zu essen zu geben oder ihn mit Nahrungsentzug bestraften. Als ihnen klar geworden war, was dieses Verhalten zu bedeuten hatte, wie sehr er gelitten hatte, war Annie schluchzend in Tränen ausgebrochen.

Manchmal war der Prozess, Kip darin zu unterstützen, sich bei ihnen zu Hause zu fühlen – sie als Familie zu erleben –, erdrückend gewesen, und obwohl Kip sie auch sechs Jahre später noch immer nicht «Mum» und «Dad» nannte, hatte Max doch von Anfang an und ohne jeden Zweifel gewusst, dass er alles in seiner Macht tun würde, um ihren kleinen Jungen mit der leidenschaftlichsten und aufrichtigsten Liebe zu beschützen und zu lieben, die ein Vater je empfunden hatte. Was auch immer Kips Bedürfnisse sein würden, Max wusste, dass es seine Aufgabe war, alles zu tun, um sie zu erfüllen. Er würde ihn nicht im Stich lassen, im Gegensatz zu all den anderen Erwachsenen, denen Kip in seinem Leben begegnet war. Er würde ihn niemals aufgeben.

«Mr Kingsley?» Die Stimme der Polizistin holt ihn in die Küche zurück. «Sie sprachen von Kips Herausforderungen?»

Er schluckt, versucht, sich zusammenzureißen, um ihre Frage zu beantworten. «Es hat gedauert, bis Kip lernte, uns zu vertrauen, um wirklich zu wissen, dass er in Sicherheit war. Wir hatten es nicht anders erwartet. Aber manchmal wird er immer noch von seinen Gefühlen überwältigt. In bestimmten Situationen – wenn etwas stressig ist oder ihm Angst macht – zieht er sich zurück. Er macht dann regelrecht dicht, hört auf zu sprechen – es verschlägt ihm die Sprache. Das hemmt ihn natürlich und beeinträchtigt seine Beziehung zu anderen. Die Therapeutin, bei der wir London mit ihm waren, vermutete, er könnte an selektivem Mutismus leiden, einer Angststörung.»

Mit gezücktem Stift sieht die Beamtin interessiert hoch. «Könnten Sie mir ein Beispiel nennen?»

Max nickt. «In der Grundschule machte Kip sich eigentlich ganz gut, bis sich in der vierten Klasse ein paar Kinder gegen ihn zusammentaten. Es kam zu Mobbingvorfällen ... wie Kinder das eben tun. Leider hörte Kip über Nacht auf zu sprechen – einfach so. Seine Lehrerin verstand nicht, was los war ... sie hielt ihn einfach für verstockt. Sie verlor die Geduld mit ihm, und irgendwann erfuhren wir von ein paar seiner Klassenkameraden, dass sie ihn am Arm gepackt und geschüttelt hat. Unglücklicherweise reagierte Kip ... na ja, sehr *körperlich*.»

«Wie meinen Sie das?»

«Er mag es nicht, von anderen Menschen berührt zu werden, vor allem nicht von Menschen, die er nicht gut kennt. Annie und ich haben lange darauf hingearbeitet, ihm mit Umarmungen unsere Zuneigung zeigen zu können. Ungebetene Berührungen scheinen etwas in ihm zu triggern. Nach allem, was ich weiß, schlug Kip panisch um sich, als die Lehrerin ihn gepackt hat. Ich glaube nicht, dass ihm bewusst war, was er tat», fügt Max eilig hinzu.

«Er schlug um sich? Das heißt?»

«Er hat sie geboxt. Ihr ein blaues Auge verpasst.» Max sieht ihr erstauntes Gesicht und spürt Wut in sich aufsteigen. Alle hatten damals unglaublich schnell ein Urteil parat, ohne irgendwas von Kip zu wissen. «Annie und ich sind der Meinung, dass die Schule mit der Situation nicht gut umgegangen ist. Wir waren mit ihrem Ansatz nicht glücklich. Ihnen ging es hauptsächlich darum, Kip zu bestrafen, und weniger darum, mit der Lehrerin zu arbeiten oder die Trigger für sein Verhalten ausfindig zu machen. Das ist einer der Gründe, warum wir uns entschieden haben hierherzuziehen. Wir unterrichten ihn inzwischen zu Hause. Das ist für uns alle ein Neuanfang. Kip ist ein toller Junge», sagt er bestimmt und hasst sich dafür, wie verzweifelt er klingt, wie sehr er auf ihr Verständnis und ihre Zustimmung hofft. «Er ist nur ... ein bisschen anders.»

«Mr Kingsley, würden Sie sagen, Ihr Sohn neigt zu körperlicher Gewalt?»

«Nein!» Max weist die Unterstellung entschieden zurück, entsetzt darüber, in welche Richtung dieses Gespräch sich bewegt hat. «Definitiv nicht! Kip ist ein Kind. Kein Kind besitzt ständig die volle Impulskontrolle, oder? Ich kann mir vorstellen, dass es für einen Jungen wie Kip äußerst triggernd war, auch nur ein Marshmallow geklaut zu bekommen. Aber ein Erwachsener? Ein Erwachsener sollte sich im Griff haben. Dominics Reaktion war völlig überzogen. Kip war von seiner Aggression total überfordert. Aber, wie schon gesagt», fügt er eilig hinzu und räuspert sich. «Samstagmorgen fand ich trotzdem, dass es am besten wäre, die Sache abzuhaken. Sie auf sich beruhen zu lassen.»

Es auf sich beruhen lassen. Er fragt sich, ob die Kontaktbeamtin merkt, dass er lügt. Er fragt sich, ob sie spürt, wie er versucht, die Risse zu übertünchen, die tiefe Kluft zu verstecken, die sich über Nacht in seiner Freundschaft zu Dominic geöffnet hatte. Denn als er Samstagmorgen viel zu früh erwacht war, hatte er, noch ehe er die Augen aufschlug, wieder den Moment am Lagerfeuer im Kopf – wie Dominic über Kip hergefallen war, wie er ihn am Kragen in die Luft gerissen hatte, die schreckliche Angst in den Augen seines Sohns, der erniedrigende feuchte Fleck, der sich auf Kips Hose ausgebreitet hatte. Bei der Erinnerung hatte Max heiße Wut in sich aufsteigen gespürt, wie Säure.

«Du musst versuchen, es gut sein zu lassen», hatte Annie warnend zu ihm gesagt, sich zu ihm herübergerollt und die Arme um ihn gelegt. «Wir haben sie zu uns eingeladen. Wenn du da jetzt nicht drüberstehst, ist das Wochenende im Eimer. Du musst es versuchen, uns allen zuliebe.»

«Wie kannst du ihm das verzeihen? Er ist über unseren Sohn hergefallen.»

«Ich glaube nicht, dass ich ihm schon verziehen habe. Aber wenn wir es nicht wenigstens versuchen, wird dies das längste lange Wochenende aller Zeiten.» Annie streichelte sanft über seinen Arm. «Du darfst nicht vergessen, dass keiner von denen nachvollziehen kann, was er durchgemacht hat. In dem Punkt warst du eisern, weißt du noch? Du wolltest, dass er bei uns noch mal von vorne anfangen kann. Ohne traurige Vorgeschichte. Ohne vorgefasste Meinungen. Du wolltest nicht, dass irgendwer aus unserem Freundeskreis über seine Vergangenheit Bescheid weiß.»

«Weil ich nicht wollte, dass sie über ihn urteilen.» Max schluckte. «Ich wollte nicht, dass sie über uns urteilen.»

«Aber was, wenn das ein Fehler war? Vielleicht wären sie ein bisschen behutsamer, wenn sie Bescheid wüssten? Vielleicht hätte Dom sich dann gestern Abend zusammengerissen?»

Max drehte sich um und sah sie an. «Und was, wenn es alles nur noch schlimmer machen würde – wenn dann alle noch misstrauischer und kritischer wären? Willst du das Risiko tatsächlich eingehen?»

Annie seufzte. «Ich weiß es nicht, Liebling.» Sie ließ sich auf ihr Kissen sinken. «Wir gehen damit um, so gut wir können. Wie immer. Er ist unser Sohn. Wir lieben ihn. Wir helfen ihm, das durchzustehen.»

Also waren sie morgens zu dritt mit dem offenen Ge-

ländebuggy zurück zum Campingplatz gefahren, den Anhänger vollgeladen mit Kartons voller Milch und Orangensaft und Annie mit zwei Schachteln Eiern auf dem
Schoß. Jim tobte bereits mit den Kindern herum und warf
eine Frisbeescheibe quer über die Wiese, und Max steuer-
te Kip zu einem Liegestuhl neben dem Unterstand, möglichst weit weg von Dominic, der in dem allgemeinen Ge-
wusel allein und vor sich hin brütend am Tisch saß. Suze,
frisch und strahlend in weiten Yoga-Klamotten, die blonden Locken mit einem Schal hochgebunden und mit großen, baumelnden, bunten Perlenohrringen, packte eine
Stofftasche aus. Zum Vorschein kam ein Glasbehälter mit
Knuspermüsli und zwei Laibe Vollkornbrot. «Alles selbst
gemacht», verkündete sie stolz.

«Beeindruckend. Ich schaffe es zurzeit noch nicht mal,
mir Bohnen auf Toast zu machen», sagte Kira, die mit ge-
öffneter Bluse dasaß und Asha stillte.

«Alles okay, Großer?», fragte Jim Kip und lächelte ihm
im Vorbeigehen freundlich zu.

Kip nickte, und Max sah Jim dankbar an. Wenigstens
einer, der sich Mühe gab.

«Suze und ich glauben, dass wir heute Morgen Schüsse gehört haben», sagte Jim unbekümmert. «Gibt es in der
Nähe einen Schießstand?»

Max runzelte die Stirn. Er spürte Annies genervten
Blick. «Nein, kein Schießstand. Nur unser netter Nachbar,
Kellow, mal wieder. Er schießt gern auf Kaninchen. Nennt
es Schädlingskontrolle.»

«Wie grausam!» Suze seufzte.

Annie stupste Max heimlich an. «Ausgerechnet heute!»,
murmelte sie. «Damit wir auf gar keinen Fall vergessen,
dass er da ist.»

Er drückte ihren Arm. «Na komm, wir wissen doch gar nicht, ob er uns damit ärgern will.»

«Ach nein?» Annie schüttelte den Kopf. «Wo stecken eigentlich Tanya und Scarlet?», fragte sie an den Rest der Gruppe gewandt. «Frühstücken sie nicht mit uns?»

«Scarlet macht sich fertig, die sehen wir dann wahrscheinlich heute Nachmittag. Tan schläft aus», sagte Dominic.

«Logisch», murmelte Suze und knallte die Pfanne etwas heftiger als nötig auf den Herd.

«Ich möchte ja niemandem die Laune verderben», sagte Max, «aber wir sollten die Sonne heute Vormittag ausnutzen. Ich habe vorhin noch das Ende der Wettervorhersage mitbekommen. Kann sein, dass von Norden eine Wetterfront auf uns zukommt.»

«Niemals. Schaut euch nur mal diesen Himmel an.» Kira hob die Sonnenbrille hoch und sah sich um. «Das reinste Bilderbuchwetter.»

«An der Küste ändert sich das Wetter schnell», antwortete Annie.

«Ganz genau», sagte Jim. «Gut möglich, dass es vorbeizieht.»

Max zuckte die Achseln. «Ich will damit nur sagen, packt die Regenjacken nicht zu früh weg.»

Als der Duft von gebratenem Speck über den Platz zog, tauchte Tanya aus dem nächstgelegenen Rundzelt auf.

«Holla!», sagte Annie hörbar erstaunt. «Was für ein Kleid!»

Tanya sah an sich herunter und zupfte an dem eng anliegenden Blumenstoff. Ihre schlanken, braunen Beine waren nackt, an den Füßen trug sie Stiefeletten aus Wildleder. «Danke. Balenciaga.»

Suze starrte sie verständnislos an.

«Bei dem schönen Wetter dachte ich, ein Sommerkleid wäre ...» Tanya verstummte.

«Du siehst aus, als wärst du auf dem Weg zu einer Gartenparty und nicht beim Camping. Möchtest du Tee?» Suze schwenkte die Kanne in ihre Richtung. «Es ist auch noch ein bisschen Kurkuma-Chai von vorhin übrig, falls dir der lieber ist?»

«Ich bin morgens eher so der Kaffee-Mensch.» Tanya warf sich mit einer Kopfbewegung die Haare in den Nacken. «Ich habe Dom gebeten, unsere Nespresso-Maschine einzupacken. Vorausgesetzt, man kann die hier irgendwo einstecken.»

Suzes Gelächter erstarb, als sie merkte, dass es kein Witz gewesen war. «Klar. Aber da drüben steht auch eine Stempelkanne. Falls das einfacher ist?»

Tanya musterte die Kaffeekanne misstrauisch, ehe sie sich einschenkte und etwas Milch in die Blechtasse gab. In dem Moment tauchte Fred am anderen Ende des Platzes auf und lief quer über die Wiese. Er sah ziemlich albern aus. Er hatte Kiras Flanellschlafanzug an, trug eine dunkle Sonnenbrille und gelbe Gummistiefel. Die roten Haare standen ihm wirr vom Kopf ab. Außerdem hatte er ein rosarotes Handtuch lässig über die Schulter geworfen. Als er an den Kindern vorbeikam, blieb er kurz stehen, um sie abzuklatschen.

«Reif für Glastonbury, würd ich sagen.» Suze schenkte aus der großen Keramikkanne Tee ein und reichte Fred den dampfenden Becher. «Du siehst aus, als könntest du's brauchen.»

«Danke.» Er trank schlürfend einen Schluck und sagte dann zu Kira: «Sag mal, Babe, ich kann meinen Rucksack nirgendwo finden.»

«Das hab ich dir doch gestern schon gesagt. Ich dachte, ich hätte ihn unter unserem Vordach stehen sehen. Hast du da geschaut?»

Er nickte. «Da ist er nicht.»

Kira runzelte die Stirn. «Hast du im Auto nachgesehen?»

«Jawoll.»

«Kann sich irgendwer erinnern, gestern Abend einen blauen Leinenrucksack zu unserem Zelt getragen zu haben?», fragte sie in die Runde, aber die anderen zuckten nur die Achseln.

«Scheiße. Vielleicht haben wir mein Gepäck ja zu Hause vergessen?»

«*Wir*?», fragte Kira.

«Na ja, bei dem ganzen Krempel im Flur mit dem Kinderwagen und so weiter.» Er kratzte sich am Kopf. «Kann schon sein, dass ich den Rucksack übersehen habe. Tja, das bedeutet wohl für den Rest des Wochenendes geliehene Klamotten und geteilte Zahnbürste.» Er schüttete den Tee runter und verschwand in Richtung Duschen.

Jim schob zwei Finger in den Mund und stieß einen lauten Pfiff aus. Die Kinder kamen angerannt, und sofort entstand rund um den Tisch fröhliches Gerangel um Schüsseln, Teller und Besteck, um Milch und Müsli und Specksandwiches.

Als Tanya mitbekam, wie Kira versuchte, sich einhändig Butter auf ein Toastbrot zu streichen, bot sie ihr an, das Baby zu halten. Max beobachtete, wie sie Asha hochhob und säuselnd mit ihr sprach. «Sie ist so süß», sagte Tanya lächelnd und erfreute sich an Ashas Reaktion auf ihre Grimassen. «Diese Kulleraugen und die Pausbäckchen. Sie erinnert mich an Phoebe in dem Alter. Da könnte ich sofort wieder Lust bekommen.»

Max schaute zu Dominic rüber. Normalerweise hätten sie jetzt amüsierte Blicke gewechselt, aber Dominic drehte sich weg, immer noch beleidigt.

Kira stopfte sich das Toastbrot in den Mund und streckte die Arme aus. «Danke», murmelte sie. «Ich nehme sie wieder.»

«So!», sagte Annie fröhlich. «Pläne für den Tag?»

«Ich kann's kaum erwarten, euer Haus zu sehen», sagte Kira.

Max sah Annies Gesicht und wusste genau, was sie sagen würde. «Es ist das reinste Chaos. So peinlich es ist, aber wir haben die Hälfte der Umzugskisten noch gar nicht ausgepackt. Wir haben alle Zeit und Energie darauf verwendet, Wildernest auf die Beine zu stellen.»

«Du könntest ihnen ja die Umbaupläne zeigen, die wir für das Haus entworfen haben», sagte Max. «Die Genehmigung steht zwar noch aus, aber ihr bekämt schon mal eine Vorstellung von dem Projekt.»

«Ich bin dabei», verkündete Suze. «Tanya, wie sieht's mit dir aus?»

«'ne Mädelsrunde?», antwortete sie und trank einen Schluck Kaffee. «Klingt toll, aber ich dachte, ich fahre mal nach St. Ives.»

Einen Augenblick lang herrschte Stille.

«Bist du sicher?» Sogar Dominic wirkte ein bisschen überrascht.

«Du wirst keinen Parkplatz finden», warnte Annie. «An einem langen Wochenende fallen die Touristen in Horden über die Stadt her.»

Tanya zuckte die Achseln. «Ich wollte da schon immer mal hin. Es wäre doch dumm, so weit zu fahren, ohne mir die Stadt anzuschauen.»

«Hat es was mit gestern Abend zu tun, Tanya?», fragte Suze. Sie war die Einzige, die den Mut aufbrachte auszusprechen, was alle dachten. «Können wir diese Dummheit bitte einfach hinter uns lassen?»

«Nein!», antwortete Tanya ein bisschen zu schnell. «Natürlich hat es damit nichts zu tun. Ihr kennt mich doch», sie lächelte strahlend, «ich liebe Shopping.»

Der unangenehme Wortwechsel wurde von einem schrillen Schrei aus dem Duschhaus unterbrochen. Dominic sprang auf. «Was zum ...»

Sekunden später kam Scarlet aus dem Gebäude gerannt, nur in ein kleines weißes Handtuch gewickelt. Die nassen Haare klebten ihr auf den Schultern.

«Was ist passiert, Scarlet?», rief Dominic.

Ohne zu antworten, rannte sie mit hochrotem Gesicht über die Wiese und verschwand im nächsten Zelt.

«Wahrscheinlich eine Spinne», sagte Felix lachend. «Ich habe bei den Duschen vorhin ein Riesenteil gesehen.»

Max ahnte, was passiert war. «Mist. Ich wollte euch eigentlich noch vorwarnen. Die Riegel für die Duschkabinen kommen erst nächste Woche. Kann sein, dass Fred Scarlet gerade unabsichtlich überrascht hat.»

Dominic verzog das Gesicht. «Soll ich nach ihr sehen?»

Tanya klopfte ihm beruhigend auf die Schulter. «Bleib sitzen. Ich gehe. Das ist ihr bestimmt peinlich.»

Suze wandte sich wieder der Vormittagsplanung zu. «Okay, wenn Tanya sich vom Acker macht, bleiben die Väter hier und übernehmen die Aufsicht.» Sie wandte sich an die Männer. «Das macht euch doch nichts aus, oder?»

«Kein Problem», sagte Jim. «Wir spielen Babysitter.»

Annie und Suze sahen sich genervt an. «Technisch gesprochen», sagte Annie, «handelt es sich nicht um ‹Babysitten›, wenn es um eure eigenen Kinder geht. Das nennt man *elterliche Fürsorge.*»

«Schaut mal!» Kira zeigte zum Himmel. Auf der Landzunge hatte sich ein riesiger Vogelschwarm erhoben. Die braunen Vögel zogen tief über die Wiese und bildeten dann hoch oben eine große, fließende Formation, die landeinwärts verschwand.

«Wow», sagte Suze. «Wunderschön!»

«Sturmvögel, glaube ich», sagte Max und beschirmte sich die Augen mit der Hand, um dem Schwarm nachzusehen.

«Wo zum Teufel wollen die hin?», fragte Jim amüsiert.

«Dem Geschnatter nach wahrscheinlich nach St. Ives», sagte Dominic trocken.

«Dann wäre das also geklärt? Wir treffen uns alle am Nachmittag wieder hier?» Jim klatschte in die Hände, und alle machten betont fröhliche Gesichter und taten so, als gäbe es die Anspannung nicht, die immer noch zwischen Dominic und Max schwelte.

Das Klingeln des Telefons unterbricht Max' Ausführungen über das morgendliche Aufeinandertreffen der Gruppe. Es holt ihn zurück an den Küchentisch, wo die Beamtin seine Erinnerungen in ihrem Heft notiert. «Soll ich rangehen?», fragt er, als wäre es nicht sein eigenes Telefon, in seinem eigenen Haus.

Er hofft, dass es Tanya ist, die sich mit Neuigkeiten aus dem Krankenhaus meldet, oder vielleicht Josh, der wissen will, ob er morgen kommen soll, um zu helfen, aber er wird enttäuscht. «Für Sie», sagt er und reicht das schnurlose Telefon an die Polizistin weiter.

Max sitzt da und versucht, aus dem einseitigen Gespräch schlau zu werden. Haines reagiert einsilbig auf die

Informationen, macht sich ein paar Notizen, verabschiedet sich und legt das Telefon auf die Station zurück. Sie dreht sich mit ernstem Gesicht zu ihm um.

«Ist was passiert?», fragt er. Es gelingt ihm nicht, Desinteresse zu heucheln.

«Es gibt neue Erkenntnisse», sagt sie.

Max wartet, aber sie will sich offensichtlich nicht weiter äußern.

«DI Lawson ist auf dem Weg hierher», sagt sie schließlich. «Ich bin mir sicher, sie wird zu gegebener Zeit mit Ihnen sprechen.»

Max nickt. Verstohlen schielt er auf die aufgeschlagenen Notizen. Ihre Handschrift lässt sich verkehrt herum kaum entziffern, doch er entdeckt in einem dicken schwarzen Kreis zwei Buchstaben. LF. Die Initialen sagen ihm nichts, die beiden Worte darunter aber schon: *Morvoren Point*.

Als sie seinen Blick bemerkt, klappt Officer Haines das Notizheft zu und steckt es ein.

«Wollen wir weitermachen?» Ihre Stimme klingt munter, aber Max lässt sich nicht davon täuschen. Er hört den harten Unterton, sieht den angespannten Gesichtsausdruck. Die Polizei hat etwas gefunden. Etwas Schlimmes.

DIE POLIZEI

Sonntagnachmittag

«Wo befindet sich die Leiche?», fragt Lawson und zieht den Reißverschluss ihrer Windjacke zu, ehe sie auf den Hubschrauber zuläuft, der wie ein Raubvogel auf der Landzunge hockt.

«Die Küstenwache hat sie auf den Felsen unter uns gesichtet», sagt der Leiter der Rettungsmannschaft. «Die Bergung wird nicht einfach werden. Ein Team beurteilt gerade die Lage, ehe wir uns abseilen.»

«Wir müssen uns beeilen», sagt sie mit einem Blick auf die Uhr. «17:40 h. Bis Sonnenuntergang bleiben uns noch drei Stunden.»

Lawson geht auf den Rand der Klippen zu, Barnett ist dicht hinter ihr. Sie späht den Steilhang hinunter und entdeckt unter sich die Leiche, eingeklemmt zwischen zwei spitzen Felsen wie Beute im klaffenden Maul eines Raubfischs. Der Mann vom Bergungstrupp hat recht. Die Flut, das nach dem Sturm aufgewühlte Meer und der hohe Seegang werden die Bergung schwierig machen.

Sie treten zurück und sehen dabei zu, wie das Gelände abgesperrt wird. Dann macht sich die Rettungsmannschaft endlich an den Abstieg. Fluchend seilen sich die Männer an der Steilwand in die Bucht ab, wo das Boot der Küstenwache auf den Wellen tanzt. Vorsichtig machen sie sich daran, den Leichnam von den Felsen zu bergen, ihn unter respektvollem Schweigen auf eine Bahre zu schnallen und schließlich nach oben zu ziehen.

Als die Leiche über die Kante gehievt wird, wendet sich einer der Jüngeren aus dem Rettungsteam ab und übergibt sich ins nahe gelegene Gestrüpp. Die Gerichtsmedizinerin, eine groß gewachsene Frau in weißem Overall, tritt vor. Sie beugt sich mit teilnahmslosem Gesicht über den toten Körper und unterzieht ihn konzentriert einer ersten Begutachtung, registriert die schweren Verletzungen und tiefen Fleischwunden und überprüft mit den Fingern die Leichenstarre.

«Springt Ihnen auf den ersten Blick irgendetwas ins Auge?», fragt DI Lawson beim Nähertreten.

«Meiner Einschätzung nach ist der Tod vor etwa acht bis zehn Stunden eingetreten. Näheres kann ich erst nach der Autopsie sagen.»

«Und die Verletzungen?»

«Ich muss Ihnen sicher nicht sagen, dass allein die Kopfverletzungen gereicht hätten.» Sie deutet auf den eingedrückten Schädel unter den blutverklebten Haaren. «Das überlebt niemand.»

«Passt das zu einem Sturz?»

«Ja, ich denke schon. Der Schädel ist aufgeschlagen wie eine Eierschale.»

Die Pathologin beugt sich über den Rand der Klippe und deutet hinunter auf die scharfkantigen Felsen und die wie gestapelt wirkenden Granitplatten weit unter ihnen. «Bei einem Sturz an dieser Stelle prallt ein Körper unweigerlich von den Felsen ab. Es ist also gut möglich, dass sämtliche Verletzungen auf den Sturz zurückzuführen sind.» Sie runzelt die Stirn. «Bis auf diese hier.» Sie deutet auf eine Wunde am Rumpf. «Kann sein, dass ich mich täusche, aber das sieht mir eher nach einer Stichverletzung aus.»

Lawson beugt sich über die Leiche und mustert das blutgetränkte Oberteil.

«Was ich aber weiß – für eine formelle Identifikation brauchen wir einen Zahnabgleich.»

Lawson betrachtet die Hände des Opfers. Glatt, ohne Falten. Jung. Zu jung für den Tod.

Als der Leichnam von der Trage gehoben und in einen Leichensack gelegt wird, schiebt der Einsatzleiter behutsam ein Stückchen blauen Sweatshirt-Stoff in den Sack und zieht dann den Reißverschluss über das zerschmetterte Gesicht. Auf Lawsons Zeichen hin wird die Bahre zum wartenden Hubschrauber gebracht.

Während sich die Rotorblätter in Bewegung setzen, dreht Lawson sich langsam einmal um die eigene Achse und lässt die Umgebung auf sich wirken. Sie sieht die verfallene Ruine, die in einiger Entfernung am Hochufer steht, den zugewucherten Pfad, der sich von den Klippen weg durch die Landschaft windet, und, in der Nähe des Felsvorsprungs, zwischen einem Büschel Strandleimkraut und vom Wind der Rotorblätter niedergedrückten Grasnelken, ein kleines hölzernes Kreuz.

«Sperrt die Gegend vollständig ab. Ich möchte eine gründliche Untersuchung. Dreht jeden Stein um. Der Wanderweg wird erst wieder freigegeben, wenn ich es sage. Setzt euch noch mal mit Haines in Verbindung. Sie soll auf der Farm noch ein bisschen mehr Druck machen. Es ist mir egal, wie müde, wie emotional oder wie scheißberühmt die sind. Da weiß jemand mehr, als er zugeben will.»

«Glaubst du, der Leichenfund hat was mit dem Wo-

chenende auf dem Campingplatz zu tun?», fragt Barnett
seine Chefin.

Sie sieht ihn grimmig an. «Zu hundert Prozent.»

TANYA

Sonntagabend

Tanyas Kopf fällt ruckartig nach vorn. Die plötzliche Bewegung reißt sie aus dem Halbschlaf. Sie sitzt gefühlt seit Stunden in derselben gekrümmten Haltung auf dem Besucherstuhl. Schultern und Rücken sind steif, und ihre Augen sind verklebt. Sie steht auf und streckt sich. Nachdem sie sich vergewissert hat, dass sich im Bett immer noch nichts regt, verlässt sie die kleine Kabine.

Ihr Spiegelbild ist ein Schock. Sie ist blass und abgespannt, die schwarze Wimperntusche ist verschmiert und vertieft die bläulich dunklen Ringe unter den rot geäderten Augen. Sie spritzt sich kaltes Wasser ins Gesicht, reibt sich mit einem feuchten Papierhandtuch die Achselhöhlen ab und versucht in dem kläglichen Versuch, etwas an ihrem elenden Aussehen zu verbessern, sich mit den Fingern die Haare zu kämmen. Der Shellac auf ihren Nägeln ist abgeplatzt. Die Strapazen des Wochenendes stehen ihr deutlich ins Gesicht geschrieben.

Auf dem Gang steht ein Getränkeautomat. Sie wirft ein paar Münzen ein, zieht sich einen Becher Kaffee und sucht sich durch ein Labyrinth von Gängen den Weg zum Eingang. Die automatische Tür gleitet auf und spuckt sie auf den Parkplatz vor der Notaufnahme. Das Licht verblasst bereits, hinter einer Böschung mit hohen Bäumen geht die Sonne unter. Der inzwischen abgeflaute Wind zerrt an den Zweigen, und es sieht aus, als würden die Bäume winken. Frühlingslaub liegt auf dem grauen Asphalt verstreut wie Konfetti, und vorne an der Straße ist ein Verkehrszeichen umgestürzt, ein Einbahnstraßenschild. Es sind die einzigen Hinweise auf den heftigen Sturm, der in der vergangenen Nacht auch hier durchgezogen ist. Nach der sterilen Umgebung des Krankenhauses ist sie froh über die frische Luft in ihrem Gesicht.

Direkt vor der Tür steht ein älterer Mann, gebeugt und dürr, die knotigen Knie schauen aus dem flatternden Krankenhauskittel hervor. Den Infusionsständer neben sich, zieht er gierig an einer Zigarette. Tanya geht weg von dem Rauch und lehnt sich an die Mauer, um den viel zu heißen Kaffee zu trinken und aufs Telefon zu schauen. Der Akku zeigt noch einen einzigen, roten Balken. Dominic hat sich nicht gemeldet, das heißt, er redet immer noch mit der Polizei. Aber sie würde sowieso nicht mit ihm sprechen wollen.

Sie scrollt sich durch ihr Telefon und probiert es als Erstes bei Max, landet aber direkt bei seiner Mailbox. Annies Telefon klingelt und klingelt. Sie stellt sich vor, wie sie im Haus am Küchentisch sitzt und ihren Namen ignoriert, der auf dem Display aufleuchtet, bis ihr wieder einfällt, dass es auf der Farm keinen Empfang gibt.

Sie durchsucht den Posteingang, bis sie schließlich Annies letzte E-Mail mit der Wegbeschreibung nach Wildernest findet, mit ihrer Festnetznummer in der Signatur. Es klingelt zwei Mal, dann wird der Hörer abgehoben. «O Gott, Tanya», sagt Suze hörbar erleichtert. «Wir haben uns solche Sorgen gemacht. Wie geht es ihr?»

«Sie ist immer noch bewusstlos.»

«Weißt du schon irgendwas?»

«Gar nichts.» Tanya schließt die Augen, plötzlich voller Angst vor den vielen möglichen Konsequenzen. «Wie geht es euch?», fragt sie. «Sind die Kinder okay?»

«Denen geht's, gut, wirklich. Die sind total tapfer. Ich habe sie abgefüttert und ihnen eine DVD reingeschoben. Dieser Pixar-Film mit dem Roboter. Es war der einzige, auf den sie sich einigen konnten und wo ich keine Angst haben musste, dass er sie irgendwie triggert. Vorhin haben wir einen Hubschrauber und Spürhunde gesehen», fügt sie hinzu. «Sie sind mit einem Riesenteam draußen an den Klippen. Wie im Film.»

Wie im Film, genau … oder wie in einem Albtraum, denkt Tanya. Sie würde jetzt bitte gerne wieder aufwachen.

Suze erzählt weiter. Sie spricht schnell, will ihr möglichst viele Informationen geben. «Die Polizei hat uns eine Kontaktbeamtin geschickt. Sie spricht mit allen. Momentan ist Max bei ihr.»

«Hier ist auch Polizei. Sie wollen mit mir sprechen», sagt Tanya. «Aber die Ärzte halten sie mir momentan noch vom Leib.»

Suze verstummt. «Das ist unfassbar.» Sie zögert. «Hast du mit Dominic gesprochen?»

«Nein.» Diesmal verstummt Tanya. Was soll sie auch sagen?

«Ach, Tanya, es tut mir so leid.»

Tanya beißt sich auf die Lippe. Sie will kein Mitleid. Sie will nicht bedauert werden.

«Ich frage mich die ganze Zeit, wie es nur so weit kommen konnte. Welche Anzeichen wir übersehen haben. Wir fühlen uns alle furchtbar schuldig.»

Bei dem Wörtchen «wir» merkt Tanya, dass sie sauer wird. «Ich weiß zwar nicht, was da gelaufen ist, aber eine

Sache steht für mich fest: Jemand *weiß* was. Na ja, die Polizei wird's rausfinden.»

Suze schweigt. Tanyas Worte hängen wie eine Drohung zwischen ihnen.

«Ich muss Schluss machen», sagt Tanya. Sie will das Gespräch beenden, will zurück an ihr Bett, dort, wo sie hingehört. «Mein Akku ist gleich platt.»

«Tanya...», sagt Suze eilig, ehe sie auflegen kann. «Es tut uns allen so leid. Ich hoffe, das weißt du. Pass auf dich auf, ja?»

Mit Tränen in den Augen legt Tanya auf. Sie lehnt sich gegen die massive Hauswand, fährt sich mit der Hand übers Gesicht, schaut in den Wolkenhimmel und versucht, sich von der fürchterlichen Angst abzulenken, dass jetzt alles kaputt ist – irreparabel zerstört. Sie greift nach dem Schal um ihren Hals, tupft sich die Tränen ab und birgt das Gesicht in der glatten Seide. Es ist, stellt sie fest, der Schal, den sie vor gerade mal vierundzwanzig Stunden in St. Ives gekauft hat.

Nicht zu fassen. War es wirklich erst gestern, dass sie durch die windigen Gassen des Städtchens gelaufen ist, sich durch bummelnde Touristenhorden geschoben hat, den Duft von Cappuccino und frischen Plunderteilchen in der Nase und die Fingerspitzen über Kleiderständer voll maritim gestreifter Oberteile und Sommerkleider hat gleiten lassen? Es erscheint ihr unfassbar, dass ihr der Shopping-Trip so klar im Gedächtnis geblieben ist – sich so quälend nah anfühlt –, während ihr alles andere so albtraumhaft verworren vorkommt.

Während sie noch versucht, sich wieder zusammenzureißen, öffnet sich die Tür, und ein kleines Mädchen kommt an der Hand seiner Mutter aus der Notaufnahme.

Sie überqueren den Parkplatz, und die Kleine mit den geflochtenen Zöpfen wird sicher zu einem wartenden Auto geleitet. Tanyas Telefon vibriert in ihrer Tasche. Sie holt es heraus und sieht Dominics Nummer auf dem Display. Regungslos starrt sie ihr Telefon an und wartet darauf, dass sich die Mailbox einschaltet. Er ist ganz in der Nähe, irgendwo drinnen, aber die Vorstellung, mit ihm zu sprechen, ihm gegenüberzutreten, ist unerträglich.

Was hat Suze eben am Telefon gesagt?

Welche Anzeichen haben wir übersehen?

Tanya schüttelt den Kopf. Was für eine Frage. Sie weiß, dass Suze das Wochenende meinte, die eskalierenden Geschehnisse, den Schock über alles, was passiert ist. Aber wenn sie diese Frage jetzt auf Dominic anwenden würde – auf ihre Ehe –, sie würde sofort in Tränen ausbrechen.

DOMINIC

Sonntagabend

Aufgebracht läuft Dominic durch die Krankenhausflure. Seit die Beamten mitten im Gespräch davongerannt sind, um sich «bedeutenden neuen Entwicklungen» zu widmen, ist er auf der Suche nach Tanya. Lawson hatte ihn gebeten, im Verhörraum zu bleiben, aber er würde den Teufel tun und einfach rumhocken und warten wie ein ungezogener Schüler beim Nachsitzen. Er muss dringend mit Tanya sprechen. Er muss dringend sein Kind sehen.

Er hatte es zuerst auf ihrem Handy versucht, und als sie nicht rangegangen war, hatte er den Verhörraum verlassen und die komplette Station abgesucht, bis er endlich die richtige Kabine gefunden hatte. Er hatte eine Ewigkeit einfach nur vor ihr gestanden, zugesehen, wie sich ihr Brustkorb regelmäßig hob und senkte, dem beängstigenden Piepen und Zischen der Maschinen gelauscht, die um sie herum aufgebaut waren, und darum gebetet, dass sie endlich aufwachte und ihm dieses freche Grinsen zuwarf, das er so sehr liebte. Es zerriss ihm das Herz, sie so zu sehen.

Auch wenn Tanya nicht da war, deutete alles darauf hin, dass sie es vor Kurzem noch gewesen war - ihre Jeansjacke über einer Stuhllehne, ein Päckchen Taschentücher auf dem Nachttisch, daneben Lippenbalsam und ein halb geleertes Wasserglas.

Er streift durch die Gänge, sieht im Schwesternzimmer

nach und will schon raus vor die Tür, um draußen nach ihr zu suchen, als er durch die breite Glastür DI Lawson und DC Barnett zurückkommen sieht. Sie gehen entschlossen auf ihn zu.

«Mr Davies», sagt Lawson, sichtlich irritiert, ihn hier anzutreffen. Sie bedeutet ihm, kehrtzumachen und sie zu begleiten. «Wir können jetzt weitermachen.»

«Was ist los?», fragt er und schaut von ihr zu ihm. «Gibt es Neuigkeiten?»

«Falls es Ihnen nichts ausmacht», sagt Barnett und scheucht ihn durch den Gang, «warten wir, bis wir unter uns sind.»

Sobald sie wieder im Verhörraum sitzen, drückt Barnett den Aufnahmeknopf des Rekorders und bombardiert Dominic mit Fragen. Sie verschwenden eindeutig keine Zeit. «Wessen Idee war es, die Kinder alleine losziehen zu lassen?»

Dominic fühlt sich schon wieder wie auf dem heißen Stuhl. Er schaut von Barnett zu Lawson, verengt die Augen zu schmalen Schlitzen, genervt von dem Vorwurf, der in der Frage mitschwingt. «Es war kein *Beschluss*, sie ‹allein losziehen zu lassen›.» Er malt Gänsefüßchen in die Luft. «Das hat sich einfach ergeben. Die Kinder haben uns damit genervt, wie Kinder es nun mal tun, und schließlich haben wir es erlaubt.» Er verstummt. «Haben Sie mit dem Jungen gesprochen? Sind Sie deshalb eben raus?»

Ihm ist bewusst, wie aggressiv er rüberkommt, aber damit müssen sie rechnen, wenn sie ihn stundenlang kommentarlos hier rumsitzen lassen. Das hätte jeden in den Wahnsinn getrieben. «Hören Sie. Mir ist wirklich nicht klar, wozu das Ganze hier führen soll. In so einer Situation sollte ich bei meiner Familie sein.»

«Natürlich, Mr Davies. Wir verstehen Ihren Frust», sagt Barnett freundlich. Er hat eindeutig auf guter Cop umgeschaltet. «Alles, was Sie uns erzählen, hilft uns, uns ein Bild der Geschehnisse dieses Wochenendes zu machen. Es ist wichtig, dass wir möglichst genau verstehen, was da draußen passiert ist, damit wir den oder die Täter zur Verantwortung ziehen können. Ich gehe davon aus, dass Sie genauso dringend Antworten wollen wie wir.»

Dominic mustert den jungen Constable durch zusammengekniffene Augen. Mit dem Flaum auf dem Kinn und den wunden Rasurspuren knapp über dem Hemdkragen wirkt er kaum älter als Scarlet. Er wendet sich an Lawson, in der Hoffnung, an ihr weibliches Feingefühl appellieren zu können. «Ich würde wirklich gern endlich mit meiner Frau sprechen.»

Lawson beugt sich vor und fixiert ihn mit eiskaltem Blick. «Mrs Davies hat uns gesagt, sie möchte Sie im Augenblick nicht sehen. Haben Sie eine Ahnung, weshalb?»

Dominic spürt, wie er rot wird. «Sie ist aufgebracht. Das ist doch klar. Wer wäre das nicht, nach allem, was passiert ist?»

«Das ist wahr. Allerdings könnte man meinen, dass traumatische Erlebnisse wie diese eine Familie eher zusammenbringen würden. Schon interessant, der Wunsch Ihrer Frau, Ihnen aus dem Weg zu gehen.» Sie sieht ihn fragend an.

«Ich kann nicht für meine Frau sprechen. Da müssen Sie sie schon selbst fragen.»

«Das haben wir definitiv vor.» Sie gibt Barnett mit einem Nicken das Zeichen weiterzumachen.

Barnett räuspert sich. «Kommen wir noch mal zum Samstag zurück. Nach allem, was wir wissen, waren die Väter für die Beaufsichtigung der Kinder zuständig – alle bis auf Scarlet, die ihre Stiefmutter nach St. Ives zum Shoppen begleitete.»

«Richtig.» Dominic verschränkt die Arme vor der Brust und reckt das Kinn. «Annie, Suze und Kira sind zum Haus raufgelaufen und haben uns die Kinder überlassen.»

«Zurück zu meiner ursprünglichen Frage, Mr Davies», sagt Barnett. «Wessen Idee war es, die Kinder alleine losziehen zu lassen?»

Dominic denkt an den Samstagvormittag zurück. Die Erinnerungen bleiben undeutlich. Hatte Jim die Idee gehabt? Oder er selbst? Plötzlich taucht ein einzelner Moment aus dem Wirrwarr in seinem Kopf auf, etwa um Mittag herum, als die Sonne noch vom Himmel knallte und die Wolken nichts weiter gewesen waren als ein undeutlicher grauer Schleier, weit draußen auf dem Meer. Jim, Fred und er hatten es sich in ein paar Liegestühlen neben der Feuerstelle gemütlich gemacht. Die Kinder hatten auf der Wiese Frisbee gespielt. Max war mit diesem Josh verschwunden, irgendein Problem mit der Klärgrube. Schon die Erwähnung dieses Worts hatte ihnen genügt, um in ihren Liegestühlen dankend abzuwinken. Das war, wird Dominic jetzt klar, der letzte friedliche Moment gewesen, ehe die Scheiße hochkochte.

Zwischen Max und ihm war die Stimmung immer noch angespannt gewesen, das ließ sich nicht leugnen, auch wenn Dominic sich sicher gewesen war, dass alles wieder ins Lot käme, sobald Max und der Junge sich entschuldigt hätten. Dominic hatte Max und Josh nachgesehen, wie sie den Hügel hinaufstiegen. Josh hatte sich kurz noch einmal umgesehen, zu ihnen runtergestarrt und war dann hinter dem Duschhaus verschwunden.

«Geht das nur mir so?», hatte er die anderen gefragt. «Oder ist der Typ irgendwie schräg?»

«Wen meinst du?», fragte Fred.

«Der mit den Tattoos. Josh.»

Jim zuckte die Achseln. «Vielleicht ist er einfach ein bisschen übereifrig. Manche Menschen reagieren so, wenn sie es mit ‹Promis› zu tun kriegen. Ich meine, wer könnte ihm das verübeln? Du bist in natura einfach ein umwerfender Strahlemann, Dom. Wobei das natürlich auch an deinen neuen Veneers liegen könnte.» Jim zog sich wie zum Schutz den Schirm seiner Baseballkappe über die Augen.

Dominic beugte sich vor und boxte ihn so fest in den Oberarm, dass Jim fast aus dem Liegestuhl gekippt wäre.

Lachend richtete Jim sich wieder auf und griff sich in die Hemdtasche. «Ratet mal, was ich mitgebracht habe.» Er zog einen dicken Joint heraus, perfekt gerollt und bereit, angezündet zu werden.

Dominic schaute zu den Kindern rüber. «Scheiße, Mann, doch nicht vor den Kids.»

Jims Lachen glich einem tiefen Donnergrollen. Es erinnerte Dominic an früher, als sie beide mitten in der Nacht in ihrer WG am Küchentisch gesessen hatten, nach ihrer Late-Night-Radiosendung, die Bong hin- und hergehen ließen, Musik hörten und sich gegenseitig billige Witze und die haarsträubendsten Geschichten erzählten.

«Die sind doch ewig weit weg.»

«Ich weiß nicht … mit dem Kater überlebe ich das vielleicht nicht.»

Fred nickte. «Also mir fehlt dazu inzwischen auch die Kondition. Seit Asha auf der Welt ist.»

«Ach, aller Anfang ist schwer», seufzte Jim, steckte den Joint wieder weg, lüpfte die Kappe, setzte sie verkehrt herum wieder auf und legte die Hände locker auf dem Kopf ab. «Jetzt bist du gerade mittendrin, Fred. Aber vertrau mir, Kumpel, irgendwann wird es leichter.»

Fred grinste. «Kira und ich waren letzte Woche aus, um unser Einjähriges zu feiern. Beide nur ein Hauptgang, dazu eine halbe Flasche Roten und um neun wieder zu Hause und im Bett. Verrückte Zeiten!»

«Ein Kater ist wirklich kein Spaß, wenn du spätestens im Morgengrauen wieder mit dem Baby rausmusst», sagte Dom. «Eltern sein verändert uns alle.»

«Warte nur. In ein paar Jahren hast du auch Haarausfall und ein paar Pfund zu viel auf den Hüften. Früher oder später geht jeder Vater aus dem Leim.» Mit sichtlichem Stolz tätschelte Jim seinen Bierbauch.

«Bleib du mal schön bei dir», sagte Dom mit gereiztem Unterton. «Nicht jeder lässt sich gehen.»

Fred pikte sich prüfend mit dem Zeigefinger in den Oberarm. Seine blasse Haut hatte sich bereits leicht rosa gefärbt. «Ich glaube, mein empfindlicher irischer Teint hat fürs Erste genug Sonne abbekommen. Wenn die Herren mich entschuldigen, solange die Damen anderweitig beschäftigt sind, werde ich die Gelegenheit nutzen und mich ein bisschen aufs Ohr hauen.»

Jim und Dom verscheuchten Fred mit einer Handbewegung und schauten ihm nach, während er über die staubige Wiese zu seinem Zelt stapfte. Auf halbem Weg blieb er stehen, um Willow das fehlgeworfene Frisbee zurückzuwerfen. «Was meinst du, sollen wir uns den Kindern anschließen?», fragte Dominic.

«Quatsch, Mann», antwortete Jim und öffnete träge ein Auge. «Denen geht's gut. Wir müssen nicht ständig helikoptern. Kinder brauchen ihre Freiheit.»

Dominic sah ihn böse an. «Von helikoptern war nicht die Rede.» Er nahm Jim den versteckten Vorwurf übel. «Meine Kinder finden mehr als genug Möglichkeiten, ihre Grenzen zu testen.» Er schaute sich um und senkte die Stimme. «Scarlet ist in der Schule mit einer Tüte Gras im Rucksack erwischt worden. Ich meine, Dope, in der Schule! Sie hat dafür zwei Wochen Unterrichtsausschluss kassiert.»

«Mach dir keine Sorgen, mit ihr ist alles okay. Sie lehnt sich nur gegen das System auf. Das machen Teenager so. Schau uns an. Wir haben's früher auch ganz schön krachen lassen, oder?» Jim zwinkerte ihm zu.

«Das war was anderes. Wir waren älter und haben nicht mehr zu Hause gewohnt. Scarlet ist sechzehn. Sie ist noch ein Kind.»

Jim zuckte mit den Achseln. «Die werden so schnell groß heutzutage. Entspann dich, chill mal, Alter.»

Dominic sah Jim böse an. Gab es was Nervigeres, als sich vom weltgrößten Faulenzer sagen zu lassen, er solle *mal chillen*? Es hatte Zeiten gegeben, damals, als Clare und er noch verheiratet waren, da hatten sie im Scherz gesagt, sie müssten auf die Miller-Kinder aufpassen. «Die armen Kinder, mit Hippie-Namen gestraft … und dann diese versponnene Waldschule und dieser Erziehungsstil zur Selbstständigkeit. Wart's ab», hatte er zu seiner Ex-Frau gesagt, «da ist die schiefe Bahn doch vorprogrammiert. Kiffer und Teenie-Schwangerschaften. Du wirst schon sehen.»

«Oder sie gehen ins Gegenteil und rebellieren komplett gegen ihre Eltern», hatte Clare geantwortet. «Hocken mit fünfundzwanzig im Vorstand von großen Pharma- und Mineralölkonzernen.»

Dominic kam zum ersten Mal der Gedanke, dass es solche Gespräche möglicherweise auch zwischen Jim und Suze gegeben hatte, dass sie sich über ihren Erziehungsstil kaputtgelacht und Witze darüber gemacht hatten, was aus *seinen* Kindern mal werden würde. Der Gedanke machte ihn sauer.

Er war schon immer der Meinung gewesen, dass Kinder Grenzen brauchten. Kinder brauchten das «Nein» genauso wie das «Ja». Das war sein Motto. Doch als er jetzt hier saß, im strahlenden Sonnenschein, und Jims Kids beim Frisbeespielen auf der Wiese zusah, konnte er an der Miller-Brut nichts Negatives finden. Sie wirkten wie charmante, selbstbewusste und nervigerweise absolut wohlgeratene Kids. Außerdem war aus dieser Richtung, seit sie hier waren, noch kein einziges Jammern nach irgendwelchen elektronischen Endgeräten gekommen. Dominic kratzte sich am Kinn. Vielleicht war an dem, was Jim sagte, doch was dran?

Jim spürte, wie Dominics Stimmung sich änderte, und sagte: «Genau, Mann. Einfach atmen. Das Leben ist schön.»

«Und? Was hältst du von Kiras neuem Toyboy?», fragte Dominic, um das Thema zu wechseln.

«Fred? Netter Kerl, oder? Es ist schön, Kira so glücklich zu erleben. Wenn ich da an letztes Jahr zurückdenke.» Er wirkte plötzlich nachdenklich. «Du weißt doch noch, wie sie letzten März bei ihrem Geburtstag drauf war.»

Dominic zuckte die Achseln. «Der Vierzigste ist doch ein guter Grund, mal ein bisschen aus sich rauszugehen.»

«Na ja, wenn du's so nennen willst», grinste Jim. Sie wussten beide, dass Kira nicht einfach nur ein bisschen aus sich rausgegangen war. Dom sah sie vor sich, wie sie sich während ihrer Geburtstagsfeier einen Cocktail nach dem anderen hinter die Binde gekippt hatte, irgendwann schwankend aufgestanden war und am Tischende aus dem Stegreif eine tränenreiche Wutrede gehalten hatte, verbal auf sie alle eingeprügelt hatte. «Die Mutterschaft hat sie verändert.»

«Haben wir uns nicht alle verändert? Zwanzig Jahre Freundschaft. Das geht doch gar nicht anders, oder? Ich habe neulich irgendwo gelesen, dass sich sämtliche Zellen unseres Körpers alle sieben Jahre erneuern.»

«Wenn das stimmt, sind wir wortwörtlich andere Menschen als damals, als wir uns kennengelernt haben.»

«Ja, Mann! Ich bin inzwischen fast schon meine dritte Inkarnation!»

Dominic schüttelte den Kopf. «Vergiss es. Du änderst dich nie, Kumpel – du bist für immer Peter Pan, Hauptsache, Spaß im Leben.»

Es war barscher herausgekommen als beabsichtigt. Er blinzelte im Sonnenlicht zu Jim rüber. Es war das erste Mal an diesem Wochenende, dass sie allein waren. Die beste Gelegenheit, endlich das geliehene Geld zur Sprache zu bringen. «Sag mal», fing er an, um einen möglichst gelassenen Tonfall bemüht, «kann es sein, dass du meine Anrufe ignorierst?»

«Was? Nein!» Dominic merkte, dass Jim seinem Blick auswich.

«Wie ist das Geschäft denn angelaufen? Ich hatte ja heimlich damit gerechnet, dass du an diesem Wochenende mit dem Truck hier aufkreuzt.»

Jim nahm einen tiefen Schluck aus der Flasche. «Es wird langsam. So was passiert nicht über Nacht.»

Dom spürte Missmut in sich aufsteigen. Jim war ihm

eine Erklärung schuldig. «Als du mir letztes Jahr deine Idee angepriesen hast, warst du Feuer und Flamme. Du wolltest spätestens im Sommer die Kiste am Laufen haben. Wie weit bist du denn inzwischen?»

«Da lagen doch noch einige Steine im Weg. Am Truck ist mehr zu tun, als ich erwartet hatte.» Jim schloss die Augen, lehnte sich zurück und streckte das Gesicht in die Sonne.

Dominic runzelte die Stirn. Das war's? War das alles, was er bekommen würde? Ein riesengroßer, fünfzigtausend Pfund schwerer Gefallen, und Jim speiste ihn mit einem mauen Satz ab?

Sie hatten am Morgen nach Kiras Geburtstagsdinner allein beim Kaffee in der Hotelbar gesessen, als Jim ihn um das Geld bat. «Das ist es, Dom. Ich schwör's dir!», hatte er gesagt. «Die reinste Gelddruckmaschine. Ich war letztes Jahr auf dem WOMAD-Festival, und du kannst dir die Schlangen an den Foodtrucks nicht vorstellen. Das ist das perfekte Geschäftsmodell für mich. Es vereint all meine Lieblingsthemen: Street Food, Musik und Reisen. Ich habe auch schon einen Bus gefunden. Zwei junge Typen in Brighton wollen ihren verkaufen. Mit ein bisschen liebevoller Zuwendung könnte ich den in null Komma nichts auf die Straße bringen.»

Dominic hatte seinen Freund reichlich skeptisch angesehen. «Was sagt Suze dazu?»

«Die geht mir seit einer Ewigkeit damit auf die Nerven, ich soll mir endlich was suchen, wo ich mich verausgaben kann. Ihr Yoga-Wellness-Studio läuft, und jetzt, wo die Kinder älter sind, muss ich nicht mehr ständig zu Hause sein. Die Jugendarbeit kann ich freiberuflich immer noch weitermachen», hatte er eilig hinzugefügt. «Im Winter, wenn es weniger Gigs gibt. Aber mein Herz würde dem Foodtruck gehören.» Er hatte die Tasse geleert, auf den Tisch gestellt und Dominic forschend angesehen. «Das wäre endlich mein ganz eigenes Ding.» Er hatte ein unsichtbares Schild in die Luft gemalt. «‹Jimbo's Burritos›.» Alles, was ich brauche, ist ein Startkredit – ein bisschen Unterstützung, um die Dinge zum Laufen zu bringen. Was sagst du dazu?»

Dominic hatte sich in der Hotelbar umgesehen. Er hatte den Eindruck, die geschmackvollen, abstrakten Kunstdrucke an den tapezierten Wänden würden sich vor seinen verkaterten Augen bewegen und verändern, wie in einem psychedelischen Albtraum. «Fünfzig Riesen, sagst du?»

«Rückzahlung mit fünf Prozent über drei Jahre. Alles schon kalkuliert.»

Dominic hatte sich das Kinn gerieben, zu seinem Espresso gegriffen und einen Schluck getrunken.

«Plus Bier, Burritos und VIP-Festival-Pässe aufs Haus, wann immer du willst, mein Freund.»

Dominic hatte die Tasse zwischen sie auf den Tisch gestellt. «Wir stecken gerade mitten im Umbau. Tanya hat einen teuren Geschmack. Im Augenblick faselt sie von Marmorböden und rahmenlosen Glaswänden.» Er verdrehte die Augen und versuchte, Jim in den Scherz mit einzubeziehen, aber Jim hatte nur dagesessen und ihn voller Hoffnung angesehen. «Hast du's schon bei der Bank versucht?»

Jim hatte kurz aufgelacht. «Als würden die einem Hausmann-Loser wie mir einen Kredit geben. Komm schon, Mann. Das ist für mich echt groß.» Jim hatte ihn flehend angesehen. «Greif einem Freund unter die Arme, ja?»

Drei Tage später hatte Dominic Jim den vollen Betrag auf sein Konto überwiesen, und Jim hatte sich per E-Mail bei ihm bedankt und ihn gefragt, ob sie beide die Sache unter sich behalten könnten. *Kein Grund, Suze mit Einzelheiten zu belästigen, okay?*

Seitdem hatten sie kaum noch über den Truck – oder überhaupt irgendwas – gesprochen. Jedes Mal, wenn Dominic angerufen hatte, hatte Jim ihn weggedrückt. Dominic wusste, dass Jim ihm ein Update schuldete, vielleicht sogar schon eine erste Rückzahlungsrate. Doch es schien nicht, als würde Jim seine «Gelddruckmaschine» irgendwann demnächst auf die Straße bringen, und ganz offensichtlich wollte er das Thema unbedingt meiden.

Dom sah sich um, musterte den Glampingplatz und alles, was Annie und Max innerhalb von ein paar Monaten auf die Beine gestellt hatten, und spürte, wie Ärger in ihm hochkroch. Früher hatte er Jims Faulpelzallüren charmant gefunden, aber inzwischen wirkte die «Easy Life»-Attitüde seines Freundes nur noch abgedroschen. Mit Mitte zwanzig immer noch auf Teenie zu machen, war ja schön und gut, aber sie waren alle seit geraumer Zeit erwachsen. Eigentlich hätte Jim es besser wissen müssen.

Genau wie Dom. Es war schließlich nicht so, dass Jim sich nicht treu wäre. Dom wusste seit ihren frühsten Studienzeiten, was für ein Typ Jim war. *Darum kümmern wir uns domani, mein Freund.* Jim war immer derjenige gewesen, der ihn zu irgendwas anstiftete, von seinen Verpflichtungen abhielt, ihn aus dem Haus lockte, um sich irgendeine Band anzuschauen oder einen neuen Klub auszuprobieren. Dom hatte sich insgeheim immer gewundert, wie Jim seinen Abschluss in Soziologie überhaupt hinbekommen hatte. Seitdem hatte er sich von Job zu Job gehangelt, einen winzigen Moderatoren-Job bei einem Lokalsender hingeschmissen, danach den Versuch wieder aufgegeben, ein Indie-Platten-Label zu gründen, um sich schließlich auf Jugendarbeit in Brighton zu verlegen. Suze war definitiv das Beste, was ihm passieren konnte. Dominic vermutete, dass es ihrer Haltung, die ganze Welt zu umarmen, zu verdanken war, dass sie immer nur das Gute in Jim sah.

Als die Kinder zur Welt kamen, hatten Jim und Suze beschlossen, dass er zu Hause blieb, während sie sich auf ihr Wellness-Studio konzentrierte. Dominic persönlich hätte seine Männlichkeit niemals derart geopfert, und mittlerweile war natürlich deutlich sichtbar, wie hoch der Preis war, den Jim dafür bezahlte. Inzwischen waren sie Mitte vierzig, und während sie alle hinsichtlich Karriere, Familie und den eigenen vier Wänden wirklich was aus sich gemacht hatten, wurstelte Jim sich immer noch so durch, immer in seinen abgelatschten Turnschuhen und den schludrigen Shorts, und hatte bis auf eine Brut ungekämmter Kinder, einem zunehmend verfilzten Bart und einem zerknautschten Tabakbeutel in der Hosentasche immer noch nichts vorzuweisen.

Dom musterte Jim, wie er im Liegestuhl lümmelte, die Trucker-Cap verkehrt herum auf dem Kopf. Auf dem Nasenrücken zeigten sich erste Anzeichen für einen Sonnenbrand, unter den Achseln prangten Schweißflecken. «Hör mal, Kumpel», sagte er mit einem Anflug von Härte in der Stimme. «Ich fürchte, das reicht mir nicht ganz. Vielleicht sollte ich mal mit Suze sprechen? Sie wegen der Rückzahlung fragen?» Ihm war klar, dass die Drohung, Suze einzuweihen, unter der Gürtellinie war, aber irgendwas musste er tun. «Gibt's inzwischen überhaupt ein Startdatum?»

Jim machte die Augen auf und drehte sich zu ihm. In

seinem Gesicht lag ein Ausdruck, den Dominic noch nie an ihm gesehen hatte. Das war mehr als die Reflexion des Sonnenlichts, da war etwas Steinhartes, kalt und kompromisslos. «Schon komisch, dein plötzliches Interesse an Zeitplänen und Terminen, oder?», raunte Jim, und sein Lächeln war unecht. «Ich dachte, du hättest diesbezüglich selbst genug, worum du dir Sorgen machen müsstest.»

Unwillkürlich umklammerte Dominic die Holme seines Liegestuhls. Wovon zum Teufel redete Jim? Wieso machte er plötzlich so kryptische Anspielungen?

«Daddy!» Phoebe löste sich aus dem Kinderpulk drüben auf der Wiese, rannte auf Dominic zu und zupfte ihn am Ärmel. «Daddy!»

Dom löste den Blick von Jim und sah sie an. «Was gibt's denn, Süße?»

Mitsamt ihrem fest in ihre Armbeuge geklemmten Teddybären zog er sie zu sich auf den Stuhl.

«Die gehen alle zur großen Schaukel.»

Es war als Feststellung formuliert, doch die Frage stand ihr offen ins Gesicht geschrieben. Dominic schnüffelte an ihrem Hals, direkt unter dem Ohrläppchen, und wich Jims Blick aus.

«Hör auf, Daddy! Das kitzelt.»

Eine Ecke des Pflasters hatte sich inzwischen gelöst und entblößte die rote Fleischwunde über ihrem Auge. «Wer sind alle?»

«Alle Kinder. Darf ich auch mit?»

«Ich weiß nicht, Pheebs … wo ist das denn?»

«Keine Ahnung. Irgendwo hinter den Feldern. Kannst du mitkommen?»

Dominic schaute suchend Richtung Horizont. Eine dünne, hohe Wolke schob sich wie ein Schleier vor die Sonne. Die Luft um sie herum fühlte sich schwer und stickig an. Er fuhr sich mit dem Finger unter den Hemdkragen. «In diesen Flipflops gehst du jedenfalls nirgendwo hin», sagte er und zeigte auf ihre Füße. «Du brauchst feste Schuhe.» Er wusste, dass er sie hinhielt, aber sie rannte schon davon, quer über die Wiese, und verschwand in ihrem Zelt.

Jim starrte ihn immer noch an, mit diesem seltsamen Gesichtsausdruck.

«Was ist denn?» Dominic fühlte sich unwohl.

«Es ist dir noch nicht mal in den Sinn gekommen, stimmt's?»

«Von was sprichst du? Spuck's schon aus.»

«Hast du nicht mitbekommen, was Fred eben gesagt hat? Er hat es im Grunde zugegeben. Er sagte, er und Kira hätten *letzte Woche* ihr Einjähriges gefeiert.»

«Und?»

«Na ja, ich bin jetzt zwar nicht direkt vom Fach, aber wie soll das denn bitte gehen?» Er wartete offensichtlich darauf, dass bei Dominic der Groschen fiel. «Asha ist fünf Monate alt.»

Dominic runzelte die Stirn.

Sein Schweigen stachelte Jim offensichtlich weiter an. «Wenn die sich erst vor einem Jahr kennengelernt haben, kann Fred unmöglich Ashas Vater sein.»

Dominics Mund war plötzlich ganz trocken geworden. Er versuchte zu schlucken und spürte einen Kloß in der Kehle.

«Und da frage ich mich ...?» Jim hob beide Hände und zählte an den Fingern die Monate ab. «Asha ist ein Novemberbaby. Also wurde sie wann gezeugt? Im März?» Er sah Dominic übertrieben treuherzig an. «Sag, wann war Kiras Geburtstagsparty gleich noch mal?»

Dominic fühlte sich, als hätte ihm jemand einen Schlag in die Magengrube versetzt. Er versuchte zu atmen, aber die Luft um ihn war viel zu zäh. Er hatte das Gefühl zu ersticken. Wäre er in der Lage gewesen, sich zu bewegen, er wäre aus dem Liegestuhl gesprungen und hätte Jim das verschlagene Grinsen aus dem Gesicht geprügelt, aber er war wie festgenagelt, gelähmt vor Angst. Mühsam räusperte er sich. «Ich glaube, du hast zu viel Gras geraucht, Kumpel. Jetzt hast du endgültig den Verstand verloren.»

Jim kratzte sich den Bart. «Tatsächlich?»

Dominics Gedanken rasten, Daten und Möglichkeiten fuhren ihm wild durch den Kopf, während Phoebe wieder auf sie zugerannt kam, inzwischen mit lilafarbenen Turnschuhen an den Füßen. «Bitte, Daddy!», sagte sie und schaute ihn mit kugelrunden Augen an. «Darf ich mit? Darf ich? Bitte!»

Dominic konnte keinen klaren Gedanken fassen. In ihm wirbelte alles durcheinander, eine Welle von Übelkeit bahnte sich ihren Weg durch seine Kehle nach oben. Jim irrte sich. Er musste sich irren.

«He, Leute!», rief Jim zu den Größeren hinüber, die sich inzwischen bei der Feuerstelle versammelt hatten. «Ihr passt auf Phoebe auf, oder? Und helft ihr bei der Schaukel?»

«Klar, Dad.» River warf sich die Haare aus der Stirn und reckte beide Daumen in ihre Richtung.

«Juniper, du nimmst sie bei der Hand, ja?»

Juniper, die damit beschäftigt war, in ihrem leuchtend orangen T-Shirt und Jeans-Shorts um die Feuerstelle zu hüpfen, drehte sich grinsend um. «Okay, Dad!»

«Na also», sagte Jim. «Die Großen passen auf sie auf. Was soll da schiefgehen?»

«Darf ich, Daddy?» Phoebes rundes Kindergesicht strahlte vor Erwartung. Er sah die Grübchen, die winzigen, blassen Sommersprossen, die sich auf ihrer Nase ausgebreitet hatten, und spürte, wie überwältigende Emotion ihm das Herz weitete. Es gelang ihm kaum, einen klaren Gedanken zu fassen. Die Kids standen in unmittelbarer Nähe, und neben ihm saß Jim wie ein Messerwerfer und warf mit wilden Spekulationen um sich. Keiner durfte in Hörweite bleiben. Absolut niemand. «Gut. Ab mit dir», sagte er und ließ Phoebe los. «Und vergiss deinen Inhalator nicht», fügte er hinzu.

Sie schlug sich grinsend auf die Brusttasche ihrer Latzhose. «Hab ich dabei.»

Und bleib von diesem Jungen weg, hätte er gern noch dazugesagt, aber er schluckte es hinunter und sah ihr nach, während sie zu den anderen zurückflitzte und dabei kleine Staubwölkchen aufwirbelte. An der Feuerstelle angekommen, drehte sie sich noch einmal zu ihm um und schenkte ihm ihr unwiderstehliches Zahnlückenlächeln, den Teddy in der Hand. «Danke, Daddy!»

Dominic schaute suchend zu Felix hinüber, seinen Sohn mit den gekrümmten Schultern. Wie lang und schlaksig er geworden war. Erst gestern hatte er die ersten, flaumigen Härchen auf seinem Kinn entdeckt, die erste Ahnung eines Bizeps an den Oberarmen. «He, Felix, behalt deine Schwester im Auge.» Felix wandte sich ab, aber Dominic hatte gesehen, wie er die Augen verdrehte. «Mach dir keine Sorgen, Dad. Alles gut.»

«Zum Abendessen seid ihr zurück. Bringt uns 'nen Bison mit. Wir grillen.» Er schlug sich mit der Faust auf die Brust und sagte mit tiefer Stimme: «Vater Feuer machen. Vater Fleisch kochen.»

Den Größeren war seine Caveman-Nummer sichtbar peinlich, dann aber machten sie sich alle gemeinsam fröhlich auf den Weg und liefen die Wiese hinunter auf den hölzernen Zauntritt zu.

Jim verlor keine Zeit. Im Handumdrehen zog er den Joint wieder heraus, zündete ihn mit seinem Zippo an und inhalierte tief. Dom war immer noch damit beschäftigt, die Bombe zu verdauen. Voller Ärger drehte er sich wieder zu Jim um. «Wie verkaufst du das eigentlich deiner Gesundheitsfanatikerin von Frau?», fuhr er ihn an und zeigte auf den Joint.

«Sie ist keine Gesundheitsfanatikerin. Sie ist Wellness-Coachin und Yogalehrerin.»

«Wo ist der Unterschied? Wenn Zucker Teufelszeug ist, gilt das sicher auch für Gras.»

«Das ist reinste Natur. Die Fülle von Mutter Natur. Suze zieht selbst ab und zu mal, wenn die Kinder im Bett sind.» Er war inzwischen aufgestanden und nahm zwei Dosen Bier aus der Kühltruhe, riss sie auf, reichte eine an Dom weiter. Dann machte er es sich mit einem zufriedenen Seufzer wieder im Liegestuhl bequem. Er nahm einen tiefen Zug von der Tüte und hielt sie Dom hin.

Dom zögerte kurz, dann nahm er Jim den Joint ab. Vielleicht half das. Er zog ein paarmal kurz und gab ihn zurück. Dabei sah er Jim ernst an. «Wenn du was zu sagen hast, dann spuck's aus. Na los.»

Jim zuckte die Achseln. «Ich weiß nur, dass Kira und du an dem Abend sehr vertraut wirktet, als ich mich vom Acker machte … und vielleicht erinnerst du dich nicht daran, aber Suze und ich hatten das Zimmer direkt neben Kira.» Er hob in gespielter Ratlosigkeit die Hände. «Sagen wir so – ich hab schon besser geschlafen als in der Nacht.»

«Du redest Müll ...» Dom schüttelte den Kopf. Verdammte Scheiße. Das durfte nicht wahr sein.

«Ist dir das wirklich nie in den Sinn gekommen? Ich meine, dieses Timing?»

Dominic musste schlucken. «Nein. Weil es absurd ist. Kira und ich ... wir ... wir haben nicht ...»

Dominic brachte die Lüge nicht über die Lippen. Angst und Wut pulsierten durch seine Adern. War Jim nicht sein bester Freund? Sollte der ihn nicht eigentlich decken? «Was wird das hier? Drohst du mir? Wenn ich Suze nichts von dem Kredit erzähle, erzählst du Tan nichts davon, was du über mich und Kira *zu wissen glaubst?*» Dominic versuchte zu lachen, um zu zeigen, wie absurd diese Vorstellung war.

Jim zog ein weiteres Mal an dem Joint und hauchte einen perfekten Rauchring in die Luft. Das Wölkchen stieg auf und verlor sich im dunstigen Himmel. «Ich sage nur, Tanya könnte sich über Schlimmeres den Kopf zerbrechen als über die Möblierung eures schnieken Anbaus.»

Das war es also. Endlich ausgesprochen. Jim glaubte, etwas gegen ihn in der Hand zu haben, und würde es eiskalt zu seinem Vorteil nutzen. Dominics Hand ballte sich unwillkürlich zur Faust, bis die Knöchel weiß hervorstanden. «Das hört sich übel nach Erpressung an.»

«Ich betrachte es lieber als ehrliches Gespräch unter Freunden.»

Dom seufzte. «Was soll ich sagen? Ja, Kira und ich hatten Sex. Aber nur dieses eine Mal. Das war's. Und Asha? Hör doch auf!» Er schüttelte den Kopf. «Gut, das Timing ist tatsächlich ein bisschen ... verblüffend, aber das macht mich noch lange nicht zu ihrem Vater. Oder?»

Er schaute zu Jim rüber, in der Hoffnung auf seine Zustimmung, aber Jim sah ihn nicht an. Stattdessen starrte er erschrocken über seine Schulter. Hinter Dom erklang gequältes Räuspern. Er drehte sich um. Direkt hinter seinem Liegestuhl stand Fred. Sämtliche Farbe war ihm aus dem Gesicht gewichen. Halbherzig deutete Fred auf seinen verwaisten Stuhl. «Ich dachte, ich hätte mein Telefon …» Er brach mitten im Satz ab, warf Dom einen angewiderten Blick zu und machte auf dem Absatz kehrt.

«Scheiße!», sagte Dom und drehte sich wieder zu Jim um. «Du dämliches Arschloch!»

TANYA

Samstagmittag

Annie hatte recht gehabt, was das Parken betraf, und das hatte Tanya mehr geärgert, als sie sich eingestehen wollte. Scarlet und sie kurvten in Dominics Porsche durch St. Ives, krochen im Schneckentempo durch die verstopften Einbahnstraßen, vorbei an weiß getünchten Häusern, Galerien, Boutiquen, Bäckereien und Cafés, bis sie schließlich auf der Klippe einen briefmarkengroßen Parkplatz mit Blick aufs Meer fanden.

«Hier ist auch alles besetzt», maulte Scarlet.

«Da wird bestimmt gleich was frei. Irgendwer fährt immer. Halt die Augen auf.»

Scarlets Telefon war noch immer nicht ausreichend geladen. Sie legte es zurück in die Mittelkonsole. Ihre Füße ruhten auf dem Armaturenbrett. «Schau mal!», sagte sie und nickte nach oben.

Tanya folgte ihrem Blick. Der Himmel hatte inzwischen einen seltsamen Orangeton angenommen, und die Sonne wurde von einem Dunstschleier gedämpft. Über dem Horizont hatte sich eine dunkle Wolkenbank gebildet, über dem Meer türmten sich riesengroße Kumuluswolken wie ein Gebirgszug. «Sieht irgendwie gefährlich aus.»

«Meinst du, es wird regnen?», fragte Scarlet hoffnungsvoll.

«Es zieht vielleicht gar nicht in diese Richtung.»

«Und wenn doch? Meinst du, dann fahren wir nach Hause?»

Tanya schüttelte den Kopf. «Das wage ich zu bezweifeln. Dein Vater ist offensichtlich ganz darauf versessen, seine Crocodile-Hunter-Fantasien auszuleben.» Als sie Scarlets winziges Lächeln registrierte, beschloss sie, die seltene Atmosphäre der Solidarität auszunutzen, die sich zwischen ihnen ergeben hatte. «Ich bin froh, dass du heute mitgekommen bist. Ich meine, mir ist schon klar, dass du vor allem dein Telefon aufladen und deinen Leuten schreiben willst», fügte sie eilig hinzu, «aber ich dachte, es wäre schön, wenn wir zwei ein bisschen mehr Zeit miteinander verbringen würden.»

Scarlet nickte unverbindlich.

«Und die Begegnung mit Fred im Duschhaus tut mir leid. Ich kann mir vorstellen, wie unangenehm das für dich war. Aber wahrscheinlich war es für ihn genauso peinlich wie für dich.»

«Ich war gerade beim Haarewaschen, Shampoo in den Augen und das ganze Drum und Dran, und als ich sie wieder aufmache, steht der Typ plötzlich vor mir, die Türe halb geöffnet, und glotzt mich an.»

«Max hat uns das mit den Schlössern erklärt. Vielleicht kannst du nächstes Mal laut summen, damit alle wissen, dass du da drin bist?»

Scarlet schüttelte den Kopf. «Es gibt kein nächstes Mal. Lieber stinke ich den Rest des Wochenendes, als dass ich noch mal das Risiko eingehe, mich von dem Perversling begaffen zu lassen.»

Tanya runzelte die Stirn. Scarlets vernichtendes Urteil über Fred kam ihr etwas hart vor. Nachdem der Zwischenfall ans Licht gekommen war, hatte der arme Kerl ebenso schockiert gewirkt wie Scarlet. Sie beschloss, das Thema zu wechseln. «Diese Party gestern Abend, die war ziemlich wichtig für dich, oder?»

Scarlet nickte verhalten.

«Geht's um einen Jungen?»

Tanya spürte, wie Scarlet sie ansah, ein kurzer Augenblick der Einschätzung, ehe das nächste kleine Nicken kam.

«Das ist blöd», sagte Tanya leichthin. «Na ja, wenigstens hast du dich gestern Abend am Lagerfeuer ganz nett mit Josh unterhalten, oder?» Sie stupste Scarlet leicht in die Seite. «Er ist ziemlich süß. Allerdings auch ein bisschen zu alt für dich. Ich bin mir nicht sicher, dass dein Vater damit einverstanden wäre.»

Scarlet zuckte die Achseln. «Mach dich nicht lächerlich. Ich stehe auf Harry.»

«Montag sind wir wieder zurück.»

Scarlet schluchzte auf. «Aber heute ist erst Samstag! Bis Montag hat der mich doch längst wieder vergessen.»

Scarlets Leid brachte Erinnerungen an die einzigartigen Qualen zurück, als Teenagerin verliebt zu sein, daran, dass ein einziger Tag in herzzerreißender Zeitlupe vergehen konnte, daran, dass alles Gute und Aufregende sich immer irgendwo jenseits des Horizonts abspielte, immer ein Stückchen außer Reichweite war, dass Gefühle von Freiheit und Lebendigkeit ständig durchdrungen waren von «Später» und «Morgen» und Frust.

«Da!», rief Scarlet plötzlich und zeigte auf die weißen Rückfahrscheinwerfer eines Mini Coopers.

Tanya quetschte den Porsche in die schmale Parklücke, während Scarlet wieder zu ihrem Handy griff und es einschaltete. Der Bildschirm leuchtete auf, und dann erschallte endlich das «Bing, Bing, Bing» einer wahren Flut von Nachrichten.

«Klingt nicht, als hätte er dich vergessen», sagte Tanya.

Scarlet hörte nicht zu. Mit erstaunlicher Effizienz scrollte sie durch ihre Apps, checkte Fotos und Videos, likte und kommentierte und verschickte Emojis. Über Scarlets Schulter warf Tanya einen flüchtigen Blick auf langbeinige Mädchen in Minikleidern, die mit Schmollmündern für die Kamera posten. Auf einem Foto war ein großer, gut aussehender Junge im Smoking zu sehen, die dunklen Haare fielen ihm in die Augen, eines zeigte Scarlets beste Freundin Lily, extrem aufreizend in einem ultrakurzen weißen Kleid mit Push-up-BH und schimmerndem Schmollmund, die mit einer Flasche Champagner in die Kamera winkte. Scarlet klickte ein Video an, und unter blitzenden Disco-Lichtern erwachte eine Gruppe Mädchen zum Leben, die einander die Arme um die Schultern geschlungen hatten und den Refrain eines Songs mitschmetterten. «Sieht nach einer tollen Party aus. Tut mir leid, dass du nicht dabei sein konntest.»

Scarlet reagierte nicht. Sie drehte sich weg, hielt das Telefon schräger und wischte weiter. Auf ihren Wangen erschienen rote Flecken.

Tanya spürte, dass der Moment der Verbundenheit wieder vorbei war, und angelte ihre Handtasche vom Rücksitz. «Möchtest du mitkommen, oder sollen wir uns später irgendwo treffen? Wie wär's in einer Stunde in dem Café, an dem wir vorhin vorbeigekommen sind, das mit den rot karierten Tischdecken?»

«Klar», sagte Scarlet, ohne den Blick vom Bildschirm zu lösen. «Bis dann.»

Tanya merkte schnell, dass es am besten war, sich von der

Menge mittreiben zu lassen. Anstatt sich mit Gewalt einen Weg durch die engen Kopfsteinpflastergassen zu bahnen, überließ sie sich dem Touristenstrom. Sie empfand es als Erleichterung, nach dem vielen Gras und Himmel wieder zurück an einem einigermaßen zivilisierten Ort zu sein, umgeben von Menschen und Stimmengewirr, die Sinne belebt vom Duft nach frisch gemahlenem Kaffee, vom Anblick der appetitlichen Köstlichkeiten, die sich in den Vitrinen der Bäckereien stapelten, von den verheißungsvollen, hübschen Dingen in den Schaufenstern.

Sie überstand den Trubel in ein paar übervollen Boutiquen, kaufte einen leuchtend bunten Seidenschal und eine große Tüte Karamellbonbons für die Kinder, wohl wissend, dass Suze sich über den hohen Zuckeranteil aufregen würde, ehe sie den gewundenen Gassen runter zum Hafen folgte, wo eine Flotte kleiner Fischerboote auf den Wellen tänzelte. Inzwischen war eine frische Brise aufgekommen, und die dunklen Wolkentürme, auf die Scarlet hingewiesen hatte, wirkten nicht mehr ganz so weit entfernt wie vorhin. Eine Möwe auf der Hafenmauer beäugte neugierig die Tüte mit Süßigkeiten, dann erhob sie sich kreischend und flügelschlagend in die Luft, beschrieb einen eleganten Bogen über die grauen Schieferdächer und verschwand.

Fröstelnd legte Tanya sich den neuen Schal um die Schultern und spazierte die Hafenpromenade entlang, an einer Gruppe junger Männer in identischen Hawaiihemden vorbei, die vor einem Pub an einem Tisch voller Biergläser saßen. Als Tanya an ihnen vorbeikam, verstummten die Männer, und einer ließ einen eindeutig für ihre Ohren bestimmten Kommentar über ihren «tollen Hintern» fallen. Tanya spürte eine kleine Woge der Genugtuung. Sie hatte noch nie verstanden, weshalb manche Frauen so arrogant auf Komplimente reagierten. Ihr hatten Männerblicke immer gefallen. Sie hatte noch nie zu den Frauen gehört, die sich davon erniedrigt oder zum Objekt degradiert fühlten. Nein, Tanya nahm den Kommentar als Kompliment. Schließlich war ihr «toller Hintern» ganz schön harte Arbeit.

Nur schade, dass Dominic jetzt nicht hier war. Sie wusste, was für eine Sorte Mann er war. Sie kannte seine Eitelkeit, wusste, dass er anderen Frauen hinterherschaute, kannte seinen Wunsch, bewundert, mehr noch, beneidet zu werden. Er hätte einen gewissen Besitzerstolz verspürt, weil seine Frau von anderen, jüngeren Männern begehrt wurde. Und sie wäre stolz darauf gewesen, an Dominics Seite gesehen zu werden, stolz auf die Rempler und wissenden Blicke wildfremder Leute. *Hast du gesehen, wer das war?*

Sie hatten sich kennengelernt, als Dom gerade den Sprung vom Radio zum Fernsehen machte. Sie hatte damals als Visagistin gearbeitet, und er war noch hauptsächlich für seine Stimme bekannt gewesen. Während der zwölfwöchigen Dreharbeiten der ersten erfolgreichen Staffel von *Star Search* hatte sie ihm die Haare gestylt, die Solariumsbräune ausgeglichen, die Schatten unter seinen Augen weggeschminkt und ihm den Glanz von der Stirn gepudert. Die Chemie zwischen ihnen war unleugbar gewesen. Es war im Grunde unvermeidbar gewesen, dass sie sich auf dem Rückweg von der Drehabschlussparty das Taxi teilten und in einem Hotel landeten, wo sie die erste gemeinsame Nacht verbrachten.

Ihr war durchaus bewusst, dass Dominics Ruhm ihn für sie noch attraktiver gemacht hatte. Und die Tatsache, dass er verheiratet war? Na ja, das Verbotene hatte den Reiz ihrer Affäre nur noch mehr gesteigert. Nicht, dass sie stolz darauf war. Aber so war es eben gewesen. Das Angebot von attraktiven und erfolgreichen Männern war nun mal begrenzt, und manche von ihnen waren bereits vergeben, na und? Wäre seine Ehe glücklich gewesen, wäre er nicht fremdgegangen. Clare hatte ihren Teil dazu beigetragen. Sie hätte sich besser um ihn kümmern müssen.

Sie waren zusammengezogen, nachdem ein überregionales Boulevardblatt ihre Affäre in einem sensationellen Aufmacher publik gemacht hatte. Clare hatte ihn noch am selben Wochenende vor die Tür gesetzt, und schon zwei Wochen später war Tanya zu ihm in seine neu angemietete Junggesellenwohnung in Fulham gezogen. Es war überraschend leicht gewesen, ihn in Zugzwang zu bringen. Dom hatte nie erfahren, dass Tanya dem Fotografen selbst den entscheidenden Hinweis auf ihr heimliches, spätabendliches Date zum Dinner in Mayfair gegeben hatte, inklusive der sorgfältigen Inszenierung des leidenschaftlichen Kusses vor dem Restaurant. Selbst wenn jemand es herausgefunden hätte, hätte sie gesagt, dass sie keine Schuld empfand. Sie hatte lediglich beschleunigt, was sowieso unausweichlich gewesen war. Sie und Dom waren füreinander bestimmt.

Nur, als sie - allein - zu ihren Eltern gefahren war, hatte sie leises Unbehagen beschlichen. Sie wollte Dom nicht mit zu ihnen nach Chelmsford bringen. Die Vorstellung von Dom in dem kieselverputzten Reihenhäuschen ihrer Eltern, ihm der faden Küche ihrer Mutter auszusetzen oder dem langweiligen Small Talk ihres Vaters über seine Arbeit als Stadtrat. Der sorgenvolle Blick ihrer Mutter war schwer zu ertragen gewesen. «Er scheint ja sehr charmant zu sein», hatte sie gesagt, «aber diese ganze Aufregung in der Presse ... und dann die arme Frau. Bist du dir wirklich sicher, Liebes? Du kennst doch das Sprichwort: Wer einmal fremdgeht, geht immer fremd. Außerdem hat ‹die Andere› automatisch einen schlechten Ruf.»

Tanya hatte keine Lust, sich über die Befürchtungen ihrer Mutter den Kopf zu zerbrechen. Gut, manche Menschen mochten in ihr eine «Ehezerstörerin» sehen, aber das kümmerte sie nicht wirklich. Das mit Dom und ihr war etwas Besonderes. Wenn sie das, was sie wollte, nur auf Kosten anderer erreichen konnte, dann war das eben so. Ein schlechtes Gewissen lag ihr nicht.

Die Sonne war inzwischen völlig hinter dichtem Dunst verschwunden, und als Tanya das Café erreichte, fror sie regelrecht. Sie kauerte sich an einen Tisch in der Ecke, wärmte sich an einem Flat White die Hände und vertrieb sich mit ein paar Hochglanzmagazinen die Warterei. Als Scarlet eine halbe Stunde später noch immer nicht aufgetaucht war, rief Tanya sie an und wurde irgendwann zur Mailbox weitergeleitet. Wo steckte das Mädchen? Warum ging Scarlet nicht ans Telefon?, fragte sie sich gereizt.

Weil sie nicht wusste, was sie sonst hätte tun sollen, kehrte Tanya schließlich zum Parkplatz zurück und hackte, als sie den Wagen verlassen fand, eine genervte Nachricht ins Telefon. Scarlets Akku war wieder geladen, und Empfang hatte sie auch, es gab also keine Ausreden. Auch im Wagen fanden sich keinerlei Hinweise darauf, wohin Scarlet gegangen sein könnte. Nur Dom war unübersehbar vertreten. Seine Minzpastillen. Ein Bündel Tankbelege. Eine Designersonnenbrille. Eine Handvoll Münzen.

Der Himmel vor der Windschutzscheibe war inzwischen vollständig von dunklen, regenschweren Wolken verhangen. Über den Klippen hing Gischt in der Luft, von heftigen Windböen landeinwärts getrieben, und weiße Schaumkronen jagten auf den Wellen Richtung Ufer. Als sie skeptisch in Richtung Horizont sah, entdeckte Tanya auf einer Bank an der äußersten Spitze der Landzunge eine gebeugte Gestalt, die langen, dunklen Haare flatterten im Wind. Scarlet. Sie hatte die ganze Zeit dort gesessen. Tanya schluckte ihren Ärger hinunter. Es gab wirklich nichts Selbstsüchtigeres als Teenager.

Sie knallte die Autotür zu und ging im Laufschritt auf die Bank zu. «Wo warst du denn?», rief sie dem Mädchen entgegen. «Wir wollten uns treffen. Ich habe mir Sorgen gemacht.»

Scarlet hob langsam den Kopf. Ihre Wimperntusche war verschmiert, sie sah verweint aus, die Augen waren gerötet und die Mundwinkel schmerzvoll nach unten gezogen. Ihre offensichtliche Verzweiflung brachte Tanya aus dem Konzept. «Was ist passiert?», fragte sie und setzte sich zu Scarlet auf die Bank. «Was ist denn nur los?»

Scarlet schüttelte wortlos den Kopf und presste sich das Telefon an die Brust.

«Du kannst es mir sagen. Ist was passiert?»

Scarlet holte zitternd Luft. Der Wind zerrte an ihren Haaren. «Es ist wegen Lily», sagte sie weinend. «Lily und Harry.»

Sie hielt Tanya das Telefon hin und zeigte ihr das Foto auf dem Bildschirm – Scarlets beste Freundin, eng an den gut aussehenden Jungen im Smoking geschmiegt, die Arme um seine Taille geschlungen, mitten in einem leidenschaftlichen Zungenkuss.

«Sie weiß genau, wie sehr ich ihn mag. Sie hat mir versprochen, auf ihn aufzupassen. Aber doch nicht *so*!», rief Scarlet weinend. «Tolle Freundin!»

Tanya nahm das verzweifelte Mädchen in die Arme. Erste Liebe, Liebeskummer, Verrat, das tat alles so weh. «Ach, Scarlet», sagte sie. «Es tut mir leid.»

Scarlet schob sie von sich und versetzte einem Grasbüschel einen wütenden Tritt. «Das ist alles nur Dads Schuld. Wenn er mich nicht gezwungen hätte mitzufahren, hätte Harry niemals mit Lily rumgemacht. Ich wollte von Anfang an nicht mit auf diesen dämlichen Wochenendausflug!» Scarlet schniefte und wischte sich die Nase am Ärmel ihres übergroßen Hoodies ab. «Ich könnte mit dem Zug nach Hause fahren. Ich hab schon den Fahrplan gecheckt. Von St. Ives geht jede Stunde einer.»

«Und wie würdest du die Fahrkarte bezahlen?»

«Vielleicht könntest du mir was leihen?»

Tanya schüttelte den Kopf. «Und was soll ich deinem Vater erzählen, wenn ich ohne dich zurückkomme?»

«Dann trampe ich eben. Vielleicht schaffe ich's ja trotz Vergewaltigern und Mördern lebend nach Hause.»

«Nur über meine Leiche.»

Scarlet sah sie flehend an, aber Tanya war klar, dass sie das nicht tun konnte. Sie konnte ihr nicht helfen. Das würde Dom ihr niemals verzeihen.

Eine heftige Böe fegte über die Landzunge und hätte Tanya beinahe den Schal vom Hals gerissen. Schaudernd musterte sie die Wolkentürme. «Na komm. Wir sollten uns langsam auf den Rückweg machen.»

Scarlet schüttelte den Kopf. «Ich will da nicht wieder hin. Ich will nach Hause.»

«Ich weiß. Ich auch. Aber das geht nicht, Süße. Noch nicht.»

Tanya stand auf, und Scarlet folgte ihr widerwillig zurück zum Auto. «Wenigstens einer deiner Wünsche scheint in Erfüllung zu gehen», sagte Tanya, während sie ausparkte.

«Aha. Und das wäre?»

Tanya nickte zum Himmel. «Der Sturm. Er kommt direkt auf uns zu.»

KIP

Sonntagabend

Kip liegt auf seinem Bett, Annie hat sich neben ihm ausgestreckt. Sie starren beide zur Decke hoch, von unten dringen Fernsehgeräusche zu ihnen. Annie wendet den Kopf und schaut zum Fenster raus. «Was für ein schöner Sonnenuntergang», sagt sie. «Nach einem schweren Sturm sind sie oft besonders schön.»

Kip folgt ihrem Blick und sieht, eingerahmt vom Fenster, den dramatischen Himmel – violette und graue Schatten mit leuchtend orangefarbenen Streifen dazwischen.

«Den würde ich jetzt gerne malen», sagt Annie seufzend. «Wenn der ganze Wahnsinn vorbei ist, hole ich endlich meine Farben raus. Ich fange wieder richtig an, so, wie ich es vorhatte.» Sie dreht sich zu ihm um und sieht ihn an. «Bist du sicher, dass du nicht mit zu den anderen runterkommen willst?»

Er schüttelt den Kopf.

«Ich bin für dich da, Kip. Wann immer du so weit bist. Was auch immer du mir sagen willst. Ich hab dich lieb, ja?»

Kip liegt stockstarr da. Er will ihr ja gern glauben, aber er weiß aus Erfahrung, dass die Worte von Erwachsenen nichts wert sind. Leicht gesagt, aber nur selten so gemeint.

Das geschieht zu deinem Besten.

Du kannst hierbleiben, solange du willst.

Du bist in Sicherheit.
Ich tu dir nicht weh.

Alles gelogen. Kip hat schon sehr früh gelernt, nichts zu glauben, was Erwachsene ihm sagen. Und damit ist er ziemlich gut gefahren, bis er zu Max und Annie kam. Aber auch sechs Jahre später weiß er noch zu gut, wie schnell ein Zuhause wieder verschwinden kann, einem blitzschnell weggerissen werden kann wie ein Tischtuch in den Händen eines Zauberers. Er weiß, wie es sich anfühlt, wenn der Hungerbauch einen von innen heraus auffrisst, kennt das Gefühl von Wut, die in den Adern pocht, und er weiß, wie sich warmes Blut auf den Händen anfühlt. Er will Annie so gerne vertrauen, will ihr von all den Bildern erzählen, die ihm durch den Kopf jagen und sein Herz zum Rasen bringen, aber er glaubt nicht, dass ihre Liebe das aushält. Er weiß genau, dass sie ihre Liebe blitzschnell von ihm wegreißt, wenn sie die Wahrheit erfährt.

Annie seufzt. «Ich muss langsam wieder runter und schauen, ob es den anderen gut geht.» Sie steht auf und geht zur Tür. Auf halbem Wege fällt ihr Blick auf die verstreuten, losen Blätter auf dem Fußboden. «Hast du gemalt?» Sie bückt sich und greift nach den Blättern in ihrer Nähe. «Darf ich?»

Er stellt sich vor, er würde aus dem Bett springen, ihr die Zeichnungen aus den Händen reißen, sie vor ihr verstecken, aber weil er weiß, dass das unhöflich wäre, nickt er nur und bleibt stockstarr liegen, während sie das erste Bild betrachtet.

«Was für ein schöner Baum.» Annie schaut genauer hin. «Ist das nicht der, an dem ihr die Schaukel aufgehängt habt, Max und du?»

Er nickt.

«Das ist wirklich gut, Kip.» Sie mustert das nächste Blatt. «Die Klippen und das Meer. Toll. Und was hast du hier gemalt? Einen Stock?» Sie runzelt die Stirn. «Ein Kreuz?»

Er nickt.

«Und alles in Rot?»

Er reagiert nicht, und ihr Stirnrunzeln vertieft sich. Auf ihren Wangen erscheinen zwei rote Flecken. Er spürt, dass sie ihn kurz ansieht und dann schnell wieder wegschaut. Sie schluckt, dann legt sie die Bilder auf seine Kommode und geht zur Tür. Die Hand auf dem Knauf, bleibt sie noch einmal stehen. Er spürt, dass Annie noch etwas sagen will – ihn etwas fragen will. Aber sie tut es nicht. Ohne ein weiteres Wort verlässt sie sein Zimmer.

Kip macht die Augen zu. Er fragt sich, was Annie sagen wollte. Er fragt sich, was sie über seine Bilder denkt. Er fragt sich, wann sie die Zusammenhänge erkennt.

Auf dem Gelände gab es nicht viele Stellen, wo man eine Schaukel aufhängen konnte. Eins der ersten Dinge, die ihm aufgefallen waren, als sie hierherzogen, war, wie wenig Bäume es hier gab. Ganz anders als in London, wo direkt vor seinem Fester die großen Platanen von Clapham Common gestanden hatten. Max hatte ihm erklärt, dass die erhöhte Lage der Landzunge und die starken Atlantikwinde die Bäume am Wachstum hinderten. Die wenigen, die er fand – hier und da ein verkrüppelter Weißdorn, ein paar krumme Ebereschen, in der Landschaft verstreut –, erinnerten Kip an gebeugte alte Männer oder an kaputte Regenschirme, die der Wind auf links gedreht hatte. Doch dann hatten sie diese Schönheit entdeckt, eine allein stehende Bergulme, direkt neben dem Pfad, der runter zu ihrem kleinen Geheimstrand führte. Der kräftige Baum stand in dem geschützten «V» zwischen zwei steilen Klippen. Die Ulme war zwar krumm gewachsen, aber ein Zweig war stark genug gewesen, um das Gewicht einer Schaukel zu tragen, und die steil abfallende Böschung sorgte für ein wunderbar aufregendes Gefühl beim Abstoßen. Irgendwann im Winter hatte Max ihm einen Vormittag ohne Homeschooling erlaubt, und sie waren über die Felder gelaufen, hatten gemeinsam das Seil und den geschnitzten Schaukelsitz getragen und dann zusammen die Schaukel aufgehängt und getestet.

Kip war der Einzige gewesen, der den Weg kannte, und als die anderen Kinder sagten, sie wollten die Schaukel sehen, hatte er keine Wahl gehabt. Er war nicht begeistert von der Vorstellung gewesen, mit den ganzen Kindern dorthin zu gehen - ihnen seinen Lieblingsplatz zu verraten -, aber ein kleiner Teil in ihm hatte gehofft, dass Scarlet vielleicht auch mitkam. Als er mitbekam, dass sie stattdessen nach St. Ives wollte, war er enttäuscht gewesen.

Sie war an dem Morgen echt nett zu ihm gewesen. Als die anderen den Frühstückstisch abräumten, hatte sie sich offensichtlich extra zu ihm auf die Bank gesetzt. «Tut mir leid, was mein Dad gestern Abend mit dir gemacht hat», hatte sie zu ihm gesagt.

Er hatte sie anschauen wollen, aber er hatte es nicht geschafft, den Blick von seinen Händen zu lösen oder von dem winzigen Stück ihres braunen, glatten Oberschenkels, den er aus dem Augenwinkel erkennen konnte.

«Es war eindeutig, dass Phoebe dir dein Marshmallow geklaut hat», hatte sie gesagt. «Sie ist manchmal ein ziemliches Miststück.»

Er hatte nicht gewusst, wie er reagieren sollte, war sich nicht ganz sicher, ob sie ihm nicht doch ein Bein stellte, versuchte, ihn irgendwie reinzulegen. Erst als sie wieder aufgestanden war, um zu ihrem Zelt zurückzugehen, hatte er den Kopf gehoben und ihr und ihren langen, braunen, schwingenden Haaren nachgesehen.

Felix und River hatten so getan, als würden sie die Expedition zur Schaukel anführen, aber Kip wusste, dass er der Anführer war. Die zwei größeren Jungs gingen zwar vorne, schauten sich aber immer wieder zu ihm um, und er zeigte mit Gesten und Nicken den Weg, während sie zu sechst über die Felder zogen, sich anschlichen wie ein Rudel Wolfsjunge, die Witterung aufgenommen hatten.

Kip hatte noch den Nachhall von Max' Worten im Ohr, den Rat, den er ihm nach dem Marshmallow-Diebstahl später zu Hause noch mit auf den Weg gegeben hatte. *Versuch, ein guter Freund zu sein. Versetz dich in ihre Lage.* Das war jetzt seine Chance, ihnen zu beweisen, dass er Teil der Gang sein konnte; dass er nicht so nutzlos war, wie sie offensichtlich alle dachten.

Sie mussten drei Weiden überqueren, um zu dem steilen Wanderweg zu gelangen, der die Küste entlangführte. Max hatte ihm erklärt, dass er über die Felder gehen durfte, solange er sich an die öffentlichen Wege hielt. Womit Kip allerdings nicht gerechnet hatte, als er den dritten Zauntritt erreichte, waren die Milchkühe, die hinter dem Zaun auf der Weide standen. Sie hatten sich am anderen Ende um einen alten Wassertrog versammelt und verscheuchten mit ihren Schwänzen träge die Fliegen. «Worauf wartest du?», fragte Felix, der direkt hinter ihm war. «Das sind doch nur ein paar Kühe.»

«Schaut mal, Kälbchen!», sagte Juniper und zupfte an einem ihrer blonden Zöpfe. «Sind die niedlich!»

Kip mochte keine Kühe. Das lag nicht nur an dem penetranten Dunggestank. Etwas an den aufgeblähten Riesenkörpern, diesen baumelnden Eutern und den kohlschwarzen Augen machte ihn kribbelig. Aus der Ferne wirkten sie allerdings harmlos, und er musste zugeben, dass Juniper recht hatte: Die Kälbchen sahen wirklich niedlich aus, doch er zögerte trotzdem.

«Komm schon!», sagte Felix und gab ihm einen Schubs. «Schwing dich!»

Kip kletterte über den Zauntritt und wartete auf der anderen Seite, bis alle da waren, dann schlenderten sie weiter über das mit gelben Dotterblumen und Pusteblumen übersäte struppige Gras. Der Großteil der Herde schien sich mehr fürs Grasen als für die Eindringlinge zu interessieren, die da über ihre Weide stapften. Doch Kip sah genau, wie einige Kühe die Köpfe hoben und sie beobachteten, während River und Felix kichernd versuchten, sich gegenseitig in Richtung der tellergroßen Kuhfladen zu schubsen.

«Die Kühe sind hier nicht das Problem», sagte Felix mit tiefer Stimme, «sondern der Bauer, dem sie gehören. Vor dem müsst ihr euch in Acht nehmen. Ich hab gehört, er streift nachts mit seinem großen schwarzen Hund über die Felder, auf der Suche nach Kindern, die er umbringen und an seine Schweine verfüttern kann!» Felix gab ein lautes Schweinegrunzen von sich.

«Sei still, Felix!» Willow klang sauer. «Du machst den Kleinen Angst.» Willow war das älteste Mädchen und hatte irgendwie Autorität. Sie klang wie eine Lehrerin, als sie die Jungs zurechtwies, aber Felix wollte sich von einem Mädchen offenbar nichts sagen lassen.

«Stimmt doch, Kip, oder?», sagte er und stieß Kip in die Rippen.

Kip zögerte, er war hin- und hergerissen, ob er Felix in seiner haarsträubenden Gruselgeschichte unterstützen oder die beiden Kleineren beruhigen sollte. Wieder spürte er Felix' spitzen Ellbogen in seinen Rippen. Er nickte kurz und unverbindlich.

Juniper und Phoebe starrten Kip mit großen Augen an. Willow riss genervt die Hände in die Luft. «Mann!»

Als sie endlich sicher an den Kühen vorbei waren und den nächsten Zauntritt überquert hatten, kamen sie an eine Weggabelung. Links verschwand der Wanderpfad in einem wuchernden Dickicht aus Ginster und Brombeeren, die andere Abzweigung führte nach rechts, ein steiniger Pfad, der sich im Zickzack über das abschüssige Gelände auf das weit unter ihnen liegende Meer zubewegte. Kip nickte nach rechts, und sie machten sich an den Abstieg. Willow und Felix, die beiden Ältesten, drängten sich vor, beide wollten die Gruppe anführen. «Wir wechseln uns ab», rief Felix den anderen bestimmend zu. «Alle dürfen gleich lang schaukeln.»

Das klang fair, fand Kip, aber die Ankündigung trieb die Kinder trotzdem zur Eile an, mit donnernden Schritten rannten sie den Weg entlang und trampelten unterwegs über Farnkraut und Wildblumen. Kip merkte, dass Juniper und Phoebe zurückfielen, und wartete auf sie. Phoebe hielt ihren Teddybär beschützend im Arm. Am Saum ihrer Latzhose war ein langer Grashalm hängen geblieben.

Felix erreichte die Schaukel als Erster. Kip sah, wie er neben der alten Bergulme abrupt stehen blieb, sich umsah und plötzlich sichtlich entnervt die Arme in die Luft warf. «Hä? Was?», rief er.

Willow war direkt hinter ihm. «Was ist los?» Sie folgte seinem Blick und stieß einen enttäuschten Seufzer aus. «Oh!»

Kip rannte nach vorn.

«Wo ist die Schaukel?» Die beiden großen Jungs drehten sich mit vorwurfsvollen Blicken zu ihm um.

Die Schaukel war verschwunden. Kein Holzsitz mehr, der sanft im Wind hin und her schwang. Kein Seil. Nicht mal mehr der Ast. Nur ein abgebrochener Stumpf ragte weiß leuchtend aus dem Stamm heraus, wo neulich noch ein starker Ast gewesen war. Kip beugte sich über den Rand. In einer Wasserrinne weit unter ihnen lag der abgebrochene Ast mit der Schaukel und dem verknäulten Seil.

«Was ist denn passiert?», fragte Juniper.

«Ist er abgebrochen?» Felix drehte sich fragend zu Kip um, offensichtlich wollte er Antworten. «War das der Wind?»

Kip wusste nicht, was er sagen sollte, er hatte zu viel damit zu tun, die wilden Emotionen zu kontrollieren, die in ihm aufstiegen. Seine Schaukel war zerstört. Er wollte auf keinen Fall weinen. Nicht vor den anderen.

«Ist doch nicht schlimm, Kip», sagte Willow. Sie kam näher und wollte ihn am Arm berühren. Er zuckte zusammen und machte einen Schritt nach hinten. Willow hielt die Hände vor sich. «Alles gut.»

Aber es war nicht gut. Nichts war gut. Das hier war sein Platz, etwas, das Max und er gemeinsam erschaffen hatten. Nur sie beide.

Unter den anderen Kindern entbrannte eine heftige Diskussion. Willow wollte umkehren. Felix war dagegen. In all dem Trubel fing Phoebe plötzlich an zu pfeifen.

«Wo ist dein Inhalator?», fragte Felix.

Phoebe nahm den Bären in die andere Hand, fasste in ihre Brusttasche und holte den Inhalator heraus.

«Wir gehen zurück», sagte Willow noch einmal, immer noch in dem Versuch, sich durchzusetzen.

«Sicher nicht!», sagte Felix. «Wir waren gestern den ganzen Tag im Auto eingesperrt.» Er drehte sich um und zeigte auf den Weg, der sich über den Steilhang nach unten in Richtung der Schlucht schlängelte. «Wo geht es da hin, Kip? Zum Strand?»

Kip nickte.

River grinste.

Willow schüttelte den Kopf. Sie wirkte besorgt. «Lieber nicht.»

«Bis zum Essen ist's noch eine Ewigkeit», sagte Felix.

«Und, falls du dich erinnerst», fügte River hinzu und warf sich die Haare aus dem Gesicht, «sie haben uns quasi befohlen zusammenzubleiben.»

Willow biss sich auf die Unterlippe. Sie wirkte unentschlossen. «Das Wetter sieht auch nicht gut aus.»

Kip schaute zum Horizont und sah, dass sie recht hatte. Ein unheimlicher, irgendwie orangefarbener Dunstschleier hatte sich über die Sonne gelegt, und weiter draußen auf dem Meer verdunkelte sich der Himmel. Wolken türmten sich auf wie Rauch, der aus einem unsichtbaren Vulkan quoll.

«Noch mehr Grund, jetzt gleich runterzugehen. Wenn es erst angefangen hat zu regnen, hocken wir den ganzen Tag in irgendeinem Zelt und spielen Brettspiele», sagte River.

«Und du, Phoebe?» Felix sah seine kleine Schwester forschend an. «Willst du *unbedingt* zurück? Dann bringen wir dich natürlich.» Es war offensichtlich, dass dies das Letzte war, was Felix wollte. «Aber wenn du mit runter zum Strand kommst, dann können wir Muscheln suchen und Krebse.»

Phoebe sah die anderen skeptisch an. Sie klemmte sich

den Bären noch ein bisschen fester unter den Arm. «Ich liebe Muscheln.»

Willow drehte sich seufzend zu Kip um. «Dann ist es am besten, du gehst vor.»

Kip starrte in die erwartungsvollen Gesichter und wusste nicht, was er tun sollte. Er wollte nicht schon wieder Schwierigkeiten kriegen, aber er wollte die anderen auch nicht enttäuschen. *Versetz dich in ihre Lage.* Na ja, was die wollten, war ihm klar. Er nickte verhalten, drehte sich um und führte sie über den steilen Weg runter zum Strand.

ANNIE

Sonntagabend

Annie steht in der Küche und kocht Tee. Die Beamtin sitzt still am Tisch und geht ihre Notizen durch. Es fühlt sich an, als würde der Tag niemals enden, und es sieht nicht so aus, als würde sich daran bald was ändern. Eben ist der Hubschrauber der Küstenwache wieder übers Haus geflogen, mit laut dröhnenden Rotorblättern. «Glauben Sie, die haben was gefunden?», fragt Annie möglichst unbefangen, während sie den Teebeutel durch die Kanne zieht, eine Runde nach der anderen.

«Ich bin sicher, DI Lawson wird Sie so bald wie möglich auf den neusten Stand bringen.»

Das ist nicht wirklich eine Antwort.

Auf der Fensterbank neben dem Waschbecken steht eine leere Flasche Rosé. Der Anblick beschert Annie sofort wieder Schuldgefühle. «Wie schrecklich sich das jetzt anfühlt», sagt sie leise. «Wir saßen hier rum, haben uns über Renovierungspläne unterhalten und Nachtisch gemacht, während die Kinder da draußen ganz allein waren.»

DC Haines hebt den Kopf. «Mit wir meinen Sie alle Frauen?»

«Nein. Nur Suze, Kira und ich. Tanya hatte andere Pläne. Wir hatten sie natürlich eingeladen, mit herzukommen», fügt Annie eilig hinzu. «Wir haben immer versucht, ihr das Gefühl zu geben, bei uns willkommen zu sein, aber so ist Tanya eben. Sie hält sich offensichtlich gern abseits.»

Sie zögert, fragt sich, ob das zu vorwurfsvoll klang. «Es ist sicher nicht leicht, sich in eine Gruppe einzufügen, die seit Jahren befreundet ist. Wissen Sie, wir mochten Doms erste Frau Clare alle wirklich gern. Aber so läuft das nun mal, wenn ein Paar sich trennt, oder? Irgendwann muss man sich für eine Seite entscheiden. Ich treffe mich ab und zu noch mit Clare auf einen Kaffee, aber es ist nicht mehr wie früher.» Annie tritt mit der Kanne an den Tisch, stellt Haines eine Tasse hin und zieht sich einen Stuhl raus. «Wir geben uns mit Tanya wirklich Mühe, wir wissen, wie wichtig sie Dom ist, aber es gibt für alles Grenzen, finden Sie nicht? Vor allem, wenn nie wirklich was zurückkommt.»

DC Haines blättert eine neue Seite auf und greift zum Stift. «Ist es okay, wenn Sie mir noch ein bisschen erzählen?»

Annie nickt. Sie hat nicht das Gefühl, wirklich eine Wahl zu haben.

«Gut, zurück zu Samstagnachmittag. Sie drei waren also hier oben im Haus, und Tanya war nach St. Ives gefahren. Das heißt, die vier Männer waren allein am Campingplatz. Was schätzen Sie? Wie lange waren die Männer dort sich selbst überlassen?»

«Oh, keine Ahnung, ich weiß nicht genau.» Annie merkt, wie ihr die Farbe in die Wangen steigt, als sie daran zurückdenkt, wie Suze an den Kühlschrank trat und die zweite Flasche Wein rausholte, ein unwiderstehliches Glitzern in ihren grünen Augen, und mit baumelnden Ohrringen den Korken aus der Flasche zog.

«Ich weiß ja nicht, wie's euch geht», hatte sie gesagt. «Ich habe es jedenfalls nicht eilig zurückzugehen.» Kira hatte im Grunde nichts getrunken, lediglich einen winzigen Schluck Wein zum Essen, also hatten Annie und Suze die Flasche offensichtlich allein geleert.

DC Haines wartet schweigend auf Annies Antwort.

«Wir sind so gegen Mittag zum Haus raufgelaufen. Wir haben uns Salat gemacht, und ich habe den beiden die Pläne für die Renovierung gezeigt. Dann hatte ich die Idee, für abends ein Tiramisu zum Dessert zu machen. Wir haben viel geredet und dabei völlig die Zeit aus den Augen verloren. Wir waren sicher drei Stunden weg. Vielleicht auch länger.» Annie wird von Reue gepackt. «Ehrlich, keine von uns wäre auf die Idee gekommen, dass die Männer die Kinder einfach loslaufen lassen würden. Sonst wären wir doch nicht so lange weggeblieben. Aber hinterher ist man immer klüger, oder? Ich bin mir sicher, wir wünschten alle, wir hätten es anders gemacht.»

«Ganz bestimmt», sagt Haines leise.

Annie erinnert sich, wie sie vergeblich nach der Flasche Marsala gesucht hatte, die sie für das Rezept brauchte. Sie hatten gemeinsam die letzten unausgepackten Kisten durchwühlt, bis Suze auf eine Schachtel stieß, die fett mit «Schnaps & Co» markiert war, und Annie ganz unten endlich den Marsala fand.

«Also, jedenfalls ist es hier definitiv anders als in eurem alten Zuhause», hatte Suze gesagt, als sie sich wieder an den Tisch setzte und anfing, eine Tafel Blockschokolade zu reiben. «Gibt es irgendwas, das du vermisst?»

«Meinst du außer meiner wunderbaren deutschen Einbauküche, der Fußbodenheizung und den skandinavischen Pendelleuchten?» Annie trank einen großen Schluck Rosé. «Ich weiß, diese Küche ist ziemlich runtergerockt, aber sie ist grundsolide.» Sie schaute sich um und sah die uralte Bauernküche plötzlich mit den Augen ihrer Freundinnen: die fleckigen Formica-Arbeitsflächen, der tropfende Wasserhahn über dem rissigen Emaille-Waschbecken, die schief in den Angeln hängenden Schranktüren. Es war ein himmelweiter Unterschied zu dem von ihnen selbst entworfenen, eleganten Küchenanbau im Souterrain ihres Londoner Stadthauses. «Die hat doch Potenzial, oder?»

«Wenn irgendwer aus diesem Ort was machen kann, dann ihr beide», sagte Kira. «Ich wüsste gar nicht, wo ich anfangen sollte, aber Max und du, ihr seid richtig gut in so was.»

«Und du und Fred? Wie kommt ihr zurecht? Eltern zu werden, kann für jede Beziehung zur Belastungsprobe werden, und ihr zwei wurdet quasi gleich zu Beginn ins kalte Wasser geschubst. Wie lang seid ihr jetzt zusammen?»

Kira lächelte. «Wir haben letzte Woche unser Einjähriges gefeiert.»

Suze hob das Glas. «Gratuliere. Weißt du, es ist noch nicht so lange her, als wir deinen Vierzigsten gefeiert haben. Da warst du definitiv noch ganz anders drauf.»

Kira wurde rot. «Nicht gerade meine Sternstunde. Ich schieb die Schuld jetzt mal auf die Espresso-Martinis, die Dom geordert hat.»

Suze beugte sich vor und drückte sanft Kiras Arm. «Du hast uns so leidgetan. Du warst so unglücklich, wusstest nicht, ob dir je der Richtige über den Weg laufen würde … ob du überhaupt noch Mutter werden würdest. Weißt du, die Rede, die du beim Essen gehalten hast …»

Kira schlug sich die Hände vors Gesicht. «O Gott!»

«Und jetzt sieh dich an!», warf Annie ein. «Eine wunderschöne Tochter. Ein toller Mann. Erfolg im Beruf. Du hast es geschafft, Kira.»

Suze runzelte die Stirn, während sie weiter die Schokolade raspelte. «Warte mal. Ein Jahr? Seit ihr euch kennengelernt habt?»

Kira schaute von einer zur anderen, sie sah aus wie ertappt, ihr Lächeln versiegte. «Ich meine …» Sie zögerte, dann zuckte sie die Achseln. «Ja. Ein Jahr.»

«Aber Asha ist fünf Monate alt.»

Kira konnte Suze nicht in die Augen sehen. «Ja.»

«Äh … bitte entschuldige, wenn ich so direkt bin, aber wie soll das denn gehen?» Suze sah Kira forschend an, und Kira rutschte unbehaglich hin und her.

«Ich wollte es euch eigentlich sagen, aber irgendwie kam es nie dazu. Fred ist nicht Ashas Vater.»

Annie sah, wie Suze vor Überraschung der Kiefer runterklappte. Ihr ging es nicht anders.

«Im Grunde ist es völlig unwichtig», sagte Kira eilig.

«Wieso wissen wir das nicht?»

Kira sah Suze hilflos an. «Vielleicht, weil nie wer auf die Idee gekommen ist zu fragen. Alle sind einfach davon ausgegangen. Als ich euch sagte, dass ich schwanger bin, gab es Fred schon in meinem Leben. Irgendwie landeten die beiden Ereignisse automatisch in einem Topf.»

Annie schüttelte den Kopf. «Entschuldige, ich glaube, ich stehe ein bisschen auf der Leitung, aber willst du uns damit sagen, du warst schon schwanger, als du Fred kennengelernt hast?»

«Ja.» Kira nickte. «Aber ich wusste es selbst noch nicht. Wir haben uns letztes Frühjahr auf einer Fachtagung kennengelernt und haben kurz darauf angefangen, uns zu daten. Es war ziemlich … intensiv.»

Suze grinste Annie an. «Sie spricht vom Vögeln. Sie haben sehr viel gevögelt.»

Annie seufzte und griff lächelnd zu ihrem Glas. «Ach ja ... ich kann mich erinnern. Dunkel.»

Kira wurde rot, aber sie lachte. «Ja, okay, wir hatten jede Menge Sex.»

Suze erhob das Glas. «Bravo!»

«Wir waren erst ein paar Wochen zusammen, als mir der Verdacht kam, ich könnte eventuell schwanger sein. Ich dachte, das Kind wäre von ihm, wir hatten nicht wirklich aufgepasst. Ich machte einen Test, und am Abend sagte ich es ihm. Ich wusste nicht, wie er reagieren würde, aber er war toll. Wir fanden zwar beide, dass es ein bisschen zu schnell ging, aber er meinte, es sei Schicksal. Er wollte Vater werden, genauso sehr, wie ich Mutter werden wollte.» Zögernd schob sie sich eine Haarsträhne zurück hinters Ohr.

«Erzähl weiter», drängte Suze und trank noch einen großen Schluck Wein. «Das ist ja besser als *Coronation Street*.»

«Erst beim ersten Ultraschall wurde klar, dass ich viel weiter war, als wir gedacht hatten.» Kira seufzte gequält. «Ich hatte keine Ahnung. Meine Periode war immer schon unregelmäßig. Ihr könnt euch den Schock vorstellen. Es folgten ein paar ziemlich schwierige Gespräche – sogar von Trennung war die Rede –, aber dann entschied Fred sich für uns. Er wollte Ashas Vater sein. Er sagte, für ihn sei es nicht wichtig, ihr leiblicher Vater zu sein, solange er derjenige ist, der sie großzieht.» Sie zuckte die Achseln. «Tja. Und da sind wir nun.»

Annie sah sie stirnrunzelnd an. «Aber wenn Fred nicht der Vater ist ...?» Sie formulierte die Frage nicht zu Ende.

Kira drehte den Stiel ihres leeren Weinglases zwischen den Fingern. «Gott, warum kann ich jetzt nicht so richtig betrunken sein?» Sie warteten. «Ihr dürft jetzt bitte nicht schlecht von mir denken. Es war ein One-Night-Stand. Ein völlig unbedeutender Flirt – nichts, das je irgendwohin geführt hätte.»

«Ein Patient?»

«O Gott! Nein! So schlimm bin ich nun auch wieder nicht!»

«Wow!» Suze atmete hörbar aus. «Okay», sagte sie gedehnt. «Und ist er irgendwie involviert – der richtige Vater, meine ich?»

Kira funkelte sie wütend an. «Fred ist der richtige Vater! Er ist derjenige, der sie wiegt und füttert und nachts mit ihr durchs Haus läuft.»

«Ja, klar … ich wollte doch nicht … ich meine, ich wollte nur wissen, ob der andere Mann es weiß, ob er in irgendeiner Weise involviert ist.»

Kira schüttelte den Kopf. «Nein. Er weiß nichts davon. Ich habe ihn seitdem nicht mehr wiedergesehen. Was hätte ich denn tun sollen? Ihn aus heiterem Himmel anrufen und erzählen, dass ich ein Kind von ihm kriege? Ich hätte nicht gewusst, wozu. Fred und ich hatten bereits entschieden, das Kind gemeinsam großzuziehen.»

«Aber findest du nicht, dass du ihm das sagen solltest?» Annie fühlte sich unwohl in ihrer Haut. Plötzlich wurden Erinnerungen wach, an die vielen In-vitro-Termine, an die schmerzhaften Selbstinjektionen, an die hormonelle Achterbahnfahrt, der sie sich ausgesetzt hatte, den emotionalen Aufruhr, den Max und sie durchgemacht hatten. Eltern zu werden, war eine ernste Angelegenheit. Nichts, das man einfach auf die leichte Schulter nahm oder jemandem unüberlegt vorenthalten durfte. Was, wenn sich dieser Mann genauso nach einem Kind sehnte wie Kira? So sehr, wie Max und sie sich nach einem Kind gesehnt hatten?

Kira schüttelte wieder den Kopf. «In meinen Augen ist da kein Unterschied zu einer Samenspende. Ich will ja auch gar nichts von ihm. Ich habe einen tollen Job. Ich habe Fred.»

«Ja, aber vom ethischen Standpunkt aus? Samenspender unterschreiben Verträge und Abtretungserklärungen. Sie wissen, auf was sie sich einlassen.» Unbehaglich verlagerte Annie das Gewicht. «Der Mann, mit dem du im Bett warst, hat keine Ahnung, dass er Vater eines Kindes ist.»

«Ich wusste, sobald ich schwanger war, dass ich das Kind behalten wollte. Ich hätte es auch allein durchgezogen, aber Fred hat sich entschieden, mein Partner zu sein. Du hast es doch eben selbst gesagt, Suze: Ich habe alles bekommen, was ich wollte. Warum sollte ich das in Gefahr bringen, indem ich einen Dritten reinziehe?» Sie reckte das Kinn. «Irgendeinen Typen, dem das wahrscheinlich sowieso egal ist.»

In Annie herrschte Aufruhr. Was Kira sagte, klang überzeugend, aber irgendwas fühlte sich trotzdem nicht richtig an. Wieso hatte sie ihnen das nie erzählt? Weil sie sich schämte? Weil sie dachte, ihre Freundinnen würden sie wegen eines One-Night-Stands verurteilen? Sie hatten doch, mehr als alle anderen, gewusst, wie sehr Kira sich nach einem Kind sehnte. Ihr musste doch klar sein, dass sie ihr die Freude, endlich Mutter zu werden, niemals missgönnt hätten, es sei denn, sie wusste tief in sich, dass sie sich unfair verhielt.

Annie beobachtete, wie Kira Asha in der Trage vor ihrem Bauch zurechtrückte und ihr den verlorenen Schnuller wieder anbot. Vielleicht hatte Kira recht. Wieso sollte sich irgendjemand von ihnen Gedanken machen, solange Kira mit der Situation glücklich war? Ihr war der spitze Stachel der Kinderlosigkeit selbst nur allzu vertraut – dieses nagende Gefühl, das einen dazu trieb, Dinge zu tun, die man vorher niemals in Erwägung gezogen hatte. Vielleicht lag ihr eigenes Unbehagen ja in etwas Tieferem begründet, in jenem Stachel aus Eifersucht, der sich in ihr Fleisch gebohrt hatte, als sie vorhin hörte, wie leicht Kira schwanger geworden war.

«Dann sag uns wenigstens, dass die Vögelei noch nicht aufgehört hat», sagte Suze mit einem Grinsen.

Kira lächelte. «Sagen wir so: Meine Schwangerschaft hat es gut mit mir gemeint.»

In dem Moment fing Asha an zu quengeln.

«Darf ich sie nehmen?», fragte Annie. «Ich rieche nicht nach Milch. Vielleicht beruhigt sie sich bei mir wieder.» Annie nahm das Baby in die Arme und saß einen Moment lang ganz still da, das Gesicht an Ashas Kopf geborgen. «Mhm, dieser Babygeruch. Den sollte man auf Flaschen ziehen.»

«Meine Eierstöcke fangen an zu ziehen, wenn ich sie nur anschaue», sagte Suze seufzend.

Annie spürte einen schmerzhaften Stich. «Ich gebe zu, manchmal fühle ich mich wie beraubt, weil ich die ersten Jahre verpasst habe. Ich hätte Kip so gern schon als Baby gekannt. Ich frage mich, was wir verpasst haben.» Sie schluckte. «Was das mit ihm gemacht hat. Wie anders es für ihn hätte sein können, wenn wir … na ja … früher seine Eltern geworden wären.»

Suze beugte sich vor und drückte Annie die Hand. «Ihr macht einen großartigen Job. Du und Max, ihr seid wunderbare Eltern.»

Suzes Bestärkung wirkte wie eine Stimmgabel auf ihre Gefühle. Ihr brannten Tränen in den Augen. Sie reichte Asha an Suze weiter, stand auf und lenkte sich mit den Löffelbiskuits ab.

Ehe Kip zu ihnen kam, war Annie überzeugt gewesen, einem Kind alles geben zu können, was es brauchte. Liebe, Zuneigung, Stabilität, Unterstützung. Sie war sicher gewesen, dass Max und sie bestens geeignet waren, ein Kind großzuziehen. Sie hatten das Adoptionsverfahren mit links durchlaufen, hatten Berge von Formularen ausgefüllt, sich mit Sozialarbeiterinnen und Selbsthilfegruppen getroffen, hatten sich beurteilen und von allen möglichen Leuten zu Hause besuchen lassen. Sie hatten sich mit allen Informationen und Forschungsergebnissen gewappnet, die sie für nötig befunden hatten. Als der ersehnte Anruf dann endlich kam und sie erfuhren, dass es ein Kind für sie gab, hatte Annie gewusst, dass sie bereit waren.

Die erste Begegnung mit Kip hatte bei seiner Pflegefamilie stattgefunden. Sie hatten auf einem Sofa gesessen und Tee getrunken und Kip dabei zugesehen, wie er stumm mit sieben schmuddeligen Legosteinen spielte, sie immer und immer wieder auseinandernahm und auf die gleiche Weise zusammenbaute. Während Annie sich mit den Pflegeeltern unterhalten hatte, hatte Max sich behutsam auf den Fußboden gleiten lassen und ein paar weitere Steine aus dem Eimer genommen, bis die beiden - still und ganz allmählich - gemeinsam einen hohen Turm gebaut hatten. Ein Turm mit Fenstern und Erkern und einem beeindruckenden, mit Zinnen bewehrten Dach.

Als sie die beiden zusammen gesehen hatte, Kips schmale, blasse Hände, die die Steine betasteten, Max' sanfter Führung folgten, seine Augen, die ihn nach Bestätigung und Ermutigung suchend ansahen, hatte sie gewusst, dass er dazu bestimmt war, ihr Sohn zu werden. Tief in sich hatte sie eine Sicherheit verspürt, so wie sie bei Max' Anblick gespürt hatte, dass er dazu bestimmt war, Vater zu sein. Sie war zuversichtlich gewesen, dass alle Probleme, die mit Kips schwerem Start ins Leben zu tun hatten – Probleme, die seine Sozialarbeiterin ihnen immer wieder lang und breit auseinandersetzte –, gemeinsam überwunden werden konnten, mit der Hilfe von Liebe, Geduld und Zeit.

Sechs Jahre war das her. Sie war so naiv gewesen.

Annie blinzelte die Tränen weg, legte die Schachtel mit den Löffelbiskuits zurück auf den Tisch und trank noch einen Schluck Wein.

«Hat sich Kip schon an das Leben hier gewöhnt?», fragte Kira, die von Annies innerem Aufruhr nichts mitbekommen hatte. «Das ist doch auch für ihn eine riesige Veränderung.»

Annie riss sich zusammen. «Am Anfang war alles toll. *Er* war toll. Es wirkte, als hätte der Umzug viel Druck von ihm genommen.» Sie dachte kurz nach, unsicher, wie viel sie erzählen sollte, fragte sich, ob Max mit ihrer Offenheit einverstanden wäre. Das Mitgefühl in den Gesichtern ihrer Freundinnen brachte sie schließlich dazu weiterzusprechen. «Wir haben es niemandem erzählt, aber Kip hatte ziemliche Probleme ... in der Schule. Er wurde gemobbt ... und es kam zu Gewalt. Ich weiß, wie überarbeitet und gestresst Lehrer heutzutage sind, der Notendruck und die vielen Vorgaben aus dem Ministerium und so weiter, aber wir hatten das Gefühl, dass sie nicht dazu in der Lage waren, angemessen mit der Situation umzugehen.»

«Das hört sich ... schwierig an», sagte Suze behutsam.

«Habt ihr euch professionelle Hilfe geholt?», fragte Kira, nahm die quengelnde Asha wieder und schnallte sie sich vor den Bauch.

«Wir sind mit ihm zu einem Therapeuten gegangen. Der wollte uns eine ‹Diagnose› stellen. Max und ich waren verunsichert – weshalb eine Diagnose? Für was? Weil er ein bisschen anders tickt, introvertiert und sensibel ist?» Sie legte den Schneebesen auf den Tisch und wischte sich mit dem Zeigefinger einen Klecks Mascarpone vom Ärmel. «Wer wäre das nicht, unter den Umständen, mit denen er ins Leben gestartet ist?»

«Ja, das ist heutzutage das Problem», sagte Suze. «Sobald irgendwas auch nur ein bisschen herausfordernd oder anders ist, muss sofort ein Etikett draufgeklebt werden. Vor fünfzig Jahren wäre er einfach nur Kip gewesen, der schüchterne kleine Junge, der nicht gern mit Fremden spricht. Heutzutage werfen die Ärzte sofort mit Störungsbildern um sich, als wäre damit alles gelöst.» Suze verstummte abrupt, als ihr klar wurde, was sie gesagt hatte. «Das war nicht gegen dich gerichtet, Kira.»

Kira zuckte die Achseln. «Kein Problem. Bis zu einem gewissen Grad gebe ich dir recht.» Sie wandte sich an Annie. «Aber Kip weist tatsächlich ein paar Symptome auf, die meiner Meinung nach von spezialisierter Unterstützung profitieren könnten.»

«Gott, lass das bloß Max nicht hören», sagte Annie. «Er sträubt sich gegen die Vorstellung, Kip könnte ‹besonderen Förderbedarf› haben.» Er besteht darauf, dass die richtige Unterstützung durch uns alles ist, was er braucht.

Wenn wir ihn nur genug lieben, uns genug um ihn kümmern, dann können wir ihn da durch begleiten.»

«Und was ist mit dir?», fragte Kira sanft. «Was glaubst du?»

Annie sah sie an. «Ich habe das Gefühl, dass ich ihn im Stich lasse. Wir sind hierhergezogen, damit er sich wohler fühlt – mehr noch, sicher. Inzwischen mache ich mir Sorgen, dass wir einfach vor dem Problem davongelaufen sind. Dass wir alles nur noch schlimmer machen, wenn wir ihn vor der Welt abschotten. Er ist so … verschlossen. Manchmal schaue ich ihn an und will einfach nur wissen, was er denkt. Und dann habe ich Angst, dass er mir immer ein völliges Rätsel bleiben wird.»

Suze hob das Glas. «Willkommen in der wunderbaren Welt der Elternschaft.»

Annie schluckte. Sie sprach nicht aus, was ihr auf den Lippen lag. Ihre tiefste Angst behielt sie für sich: dass sie möglicherweise für ihn nie genug sein konnte. Dass es möglicherweise ihre Schuld war; dass Kip spürte, dass ihr etwas fehlte, dass es etwas gab, das sie behinderte. Dass sie von Natur aus nie dazu vorgesehen gewesen war, ein Kind zur Welt zu bringen, weil mit ihr etwas nicht stimmte.

Sie liebte Kip. Sie beide liebten Kip. Mit wilder Leidenschaft. Das hatte immer außer Frage gestanden. Doch was sie in den vergangenen sechs Jahren gelernt hatte, war, dass Muttersein bedeutete, einen anderen Menschen so vollständig, so bedingungslos zu lieben, dass der Schmerz, den dieser Mensch fühlte, zum eigenen Schmerz wurde und seine Wunden zu den eigenen. Sie hatte nicht erwartet, dass Mutterschaft so schwer sein würde. Sie hatte nicht erwartet, dass ihre Liebe derart großen Prüfungen würde standhalten müssen.

Wie oft hatte sie nachts wach gelegen, während Max friedlich neben ihr schlief, und das Gefühl gehabt, erstickt zu werden, nicht mehr atmen zu können. Wie oft hatte sie sich schlaflos herumgewälzt und mit der Frage gequält, ob es ein Fehler gewesen war, eine derart große Verantwortung auf sich zu nehmen. An besonders schweren Tagen oder auch Wochen, wenn Kip heftig reagierte oder ganz dichtmachte, sie beide nicht mehr an sich heranließ, hatte sie sich immer wieder bei Gedanken über die zwei Menschen ertappt, die ihn gezeugt hatten – nicht seine Eltern, dieser Begriff war nicht für sie, nicht nach allem, was sie ihm angetan hatten. Max und sie waren seine Eltern, sie waren diejenigen, die ihn liebten und nährten. Trotzdem fragte sie sich immer wieder, welches Erbe er tragen mochte. Sie fragte sich, ob je die Zeit kam, wo sie diesen komplizierten Jungen wirklich verstehen würde, der da in ihr Leben gekommen war. Denn sosehr sie ihn auch liebte, sie war sich immer noch nicht sicher, ob sie ihn tatsächlich kannte. Manchmal fragte sie sich, ob sie ihn jemals kennen würde.

All diese Dinge konnte sie unmöglich mit ihren Freundinnen teilen. All diese Dinge würde sie niemals laut aussprechen – nicht mal Max gegenüber –, Dinge, die sie nur widerstrebend zugab, auch sich selbst gegenüber, doch das hieß nicht, dass sie diese Gedanken nicht hatte. Es hieß nicht, dass es nicht immer wieder Momente gegeben hatte, wo sie sich mit aller Kraft zusammenreißen musste, um nicht zu Max zu sagen: *Es ist zu viel. Ich kann das nicht.* Allein daran zu denken, löste tiefe Scham in ihr aus.

In dem dringenden Bedürfnis, das Thema zu wechseln, fing Annie an, das Tiramisu aufzuschichten. Sie räusperte sich. «Also ... was macht Tanyas Entscheidung, shoppen zu gehen, mit uns? Sind wir jetzt beleidigt, weil sie lieber nach St. Ives fährt, als mit uns zusammen zu sein?»

«Sie konnte gar nicht schnell genug hier wegkommen.»

Kira nahm es gelassen. «Ehrlich gesagt, ich bin erleichtert.»

«Wer, bitte, trägt auf einem Camping-Trip *Balenciaga?*»

«Wisst ihr, was ich mich schon lange frage? Sind das eigentlich ihre eigenen Brüste?» Kira riss in gespielter Unschuld die Augen auf. «Ich meine, die sehen schon verdächtig ... aufrecht aus.»

Suze prustete. «Nein. Keine Frau, die je ein Kind zur Welt gebracht hat, besitzt solche Brüste.»

«*Meine* haben noch nie so ausgesehen. Vielleicht sollte ich über eine Verkleinerung nachdenken», sagte Annie, drückte mit den Händen ihre Brüste nach oben und musterte verzagt ihr Dekolleté. «Ich weiß auch nicht, wann aus den Äpfeln Birnen geworden sind.»

Sie wurden jäh unterbrochen, weil es an der Tür klopfte. Eine Sekunde später streckte Josh den Kopf in die Küche, und Annie, die immer noch ihre Brüste festhielt, wurde rot und ließ eilig los.

Josh schaute weg. «Tut mir leid, wenn ich störe, Ladys, aber da zieht wohl ein Gewitter auf. Ich fahre jetzt zurück zum Campingplatz, um die Halteseile zu überprüfen. Möchte jemand mitfahren?»

Suze sah Annie mit hochgezogener Augenbraue an. Sie saß mit dem Rücken zu Josh, und er konnte nicht sehen, was sie lautlos zu ihr sagte: «*Sehr heiß!*»

Annie versuchte, sich das Grinsen zu verbeißen. «Vielen Dank, ich glaube, das wäre gut. Wenn du noch zwei Minuten warten kannst, mache ich noch schnell das Dessert fertig.»

«Der ist wirklich ein netter Anblick», sagte Kira, sobald Josh sich wieder verzogen hatte.

«Ich bin mir nicht sicher, dass es angemessen ist, die Angestellten zu objektivieren», sagte Annie mit gespielter Empörung. «Ich meine, ja, natürlich, er ist zweifellos sehr attraktiv ...» Sie verstummte.

«Zweifellos», sagte Suze bestimmt.

«Ach, Schluss damit. Er ist höchstens halb so alt wie wir ... und ein ausgesprochen netter Kerl. Er kümmert sich um seinen Vater, wisst ihr. Und über seine Schwester sagt er nur die allernettesten Sachen. Wann erlebt man so was bei Geschwistern schon?»

«Ja, ja, Annie, red du nur weiter», sagte Suze grinsend. «Ich sitze jedenfalls vorn.»

Sie gingen raus in den Hof und quetschten sich kichernd und ein bisschen atemlos in den Wagen. Josh wartete, bis Annie sich hingesetzt hatte, ehe er ihr behutsam die Tiramisu-Form reichte. Kira rutschte, mit Asha in der Trage, neben sie. Suze beschlagnahmte, wie angekündigt, den Sitz neben Josh.

Erst draußen an der frischen Luft, als der Wind ihr mitten ins Gesicht blies, wurde Annie klar, wie viel Zeit vergangen war, wie viel Wein sie getrunken hatte und wie krass das Wetter in den paar Stunden, die sie im Haus verbracht hatten, umgeschlagen war. Der Himmel war nicht mehr blau, sondern grau und hing finster und geradezu bedrohlich über ihnen. Eine salzige Brise zerrte an ihrer Kleidung, und in der Luft lag mehr als nur ein Hauch von Regen.

«Wie es den Jungs wohl inzwischen geht?», rief Suze über das Dröhnen des Dieselmotors hinweg.

«Ich bin mir sicher, die sind auch ohne uns super zurechtgekommen», sagte Kira.

Annie fühlte plötzlich eine leichte Unruhe in sich, aber sie zwang sich zu einem Lächeln. «Da kennst du unsere Männer aber schlecht.»

KIP

Samstagnachmittag

Kip ging voraus, als sie sich zunehmend schneller über den felsigen Klippenpfad ihren Weg nach unten zur Bucht bahnten. Je näher sie dem Strand kamen, desto stechender wurde der mineralische Geruch nach Meer und desto unwegsamer wurde das Gelände, bis der gewundene Pfad schließlich auslief und eine herausfordernde Kraxelei über Felsen, Berge von Treibholz und Haufen von stinkendem schwarzen Seetang begann, um das dahinterliegende Stückchen Sandstrand zu erreichen. Als Felix sah, wie schwer Phoebe sich mit den letzten Hindernissen tat, machte er kehrt, um seiner Schwester über die Felsen zu helfen.

Der Strand mit den hoch aufragenden, spitzen Granitklippen dahinter fühlte sich an wie ein privates Amphitheater. Kip schaute zum Himmel. Die Sonne war verschwunden, verdeckt von riesigen, dunkelgrauen Wolken, und der Wind fegte mit einer Kraft über den Sand, von der sie oben in der geschützten Schlucht gar nichts mitbekommen hatten.

Das Wetter war ihnen egal. Befreit und mit einem Gefühl von Abenteuer rannten die Kinder kreischend über den Strand, und ihre aufgeregten Schreie und Juchzer vermischten sich mit den Schreien der aufgeschreckten Seemöwen, denen sie hinterherjagten. Felix und River lieferten sich ein Wettrennen und schwangen dabei triefend nasse Stränge aus Seegras wie Lassos über den Köpfen. Phoebe und Juniper kletterten ein Stückchen den Steilhang hinauf und pflückten Strandleimkraut und kleine Wildblumen, ehe sie sich Willow anschlossen. Gemeinsam kauerten sie an den Felsentümpeln und stocherten nach Schnecken und anderen kleinen Tieren und den winzigen, durchsichtigen Fischen, die im Wasser hin und her flitzten. Sie fingen einen Krebs und ließen ihn wieder frei.

Kip schlenderte in Richtung der Mädchen, als ihm plötzlich am Rand einer sandigen Pfütze etwas Glänzendes ins Auge fiel. Er ging in die Hocke und sah, dass es ein Messer war. Der hölzerne Griff ragte aus einem Haufen Seegras heraus, die Klinge war flach und rostig. Es sah aus wie ein Austernmesser, er hatte so was schon mal gesehen, bei den Ständen der Fischer am Hafenmarkt, zu dem Max ihn manchmal mitnahm. Er hob das Messer auf und wischte den Sand vom Griff. Es fühlte sich gut an, stabil und trotzdem leicht. Er ließ es ein paarmal durch die Luft gleiten und fuhr dann prüfend mit der Daumenkuppe über die Klinge.

Kip wusste, dass man stumpfe Klingen schleifen konnte, aber was war mit dem Rost? Vielleicht konnte er das Messer polieren, es wieder wie neu machen, damit es seins war. Das Gewicht in seiner Hand erinnerte ihn, wie es sich angefühlt hatte, mit Max' Taschenmesser zu schnitzen, das Gefühl von Kontrolle, als er die Stöcke angespitzt hatte, wie wichtig er sich vorgekommen war, als Max ihm sein gefährliches Werkzeug anvertraut hatte, und das Lob, das er für die gute Arbeit bekommen hatte. Bis Phoebe ihm sein Marshmallow geklaut und alles kaputt gemacht hatte.

In seinem alten Zuhause, dem mit den grünen Kreisen auf dem Teppich und der durchhängenden roten Couch, die nach Zigaretten und Schlimmerem gerochen hatte, das Zuhause, wo er mit seinen anderen Eltern gelebt hatte – die, die er nie wieder sah –, hatte es so etwas Leckeres wie Kekse oder Marshmallows nicht gegeben. Es hatte fast gar nichts gegeben. Keine Fahrten zum Supermarkt, um sich einen großen Einkaufswagen vollzuladen. Keine Pflaster für Schnitte oder Schürfwunden, keinen Kuss auf Kratzer oder blaue Flecken. Keine Stapel frisch gewaschener, zusammengelegter Wäsche. Keine Bücher in Regalen. Keine warme Heizung, keine Schuhe, die passten. Niemand, der einem sagte, dass man in die Schule gehen solle. Essen gab es unregelmäßig. Wurde vergessen. Manchmal tagelang.

Allein zurückgelassen, hatte Kip oft die Schränke durchwühlt, auf der Suche nach irgendwelchen Resten: die Brösel in einer Schachtel Frühstücksflocken, ein harter Brotkanten, zerkrümelte Cracker, ein verschrumpelter Apfel im Gemüsefach. Als keine Milch mehr da war, schrie das Baby und schrie und schrie – bis es irgendwann still war.

Er dachte nicht gerne an sie. Es war schwer, die guten Gedanken – ihre kleinen Babyfinger um seinen Zeigefinger, ihr Lächeln und Glucksen, ihre schmatzenden Lippen an der Nuckelflasche, sie zusammengerollt wie ein Eichhörnchen in ihrer Wiege, eine Faust unter dem Kinn – von den schlimmen Gedanken zu trennen, die danach kamen. Er, ganz allein mit ihr und ihrem endlosen Jammern, die stinkenden Windeln, wie er sie nicht beruhigen oder trösten konnte, ganz egal, was er machte. Ihr Anblick auf dem versifften roten Sofa, still und leblos, die Haut seltsam fleckig blau. Kip schauderte. Er hatte festgestellt, dass es am besten war, gar nicht an sie zu denken. Gar nicht an all das zu denken, was in *dem* Zuhause passiert war.

Er hatte die Kinder am Lagerfeuer beobachtet, wie sie sich um Fred scharten, sich ihre Marshmallows schnappten, maulten, weil es für jeden nur zwei gab. Wie sie sich zusammengedrängt hatten, die Gesichter im Feuerschein so bedrohlich, die Augen ganz hohl. Für Kip war etwas so Leckeres wie ein Marshmallow, und wenn es nur eins war, etwas sehr Kostbares, etwas, das man genießen musste, und als er merkte, dass sein zweites Marshmallow nicht mehr da war, als er Phoebes dicke Backen gesehen hatte und sie ihm triumphierend die Zunge rausgestreckt hatte, war es gewesen, als wäre er plötzlich in dichten Nebel gehüllt. In seinen Armen und Beinen hatte es angefangen zu surren, als würde elektrischer Strom durch ihn durchfließen, der aus der Erde durch seine Schuhsohlen hindurchgeschossen kam und die Kontrolle übernahm. Dann war er aufgesprungen.

Die Flammen. Die Stöcke. Die Rufe. Phoebes Schreie. Um ihn herum war das Chaos explodiert. Dann hatte dieser Mann ihn am Pullover gepackt, in die Luft gerissen, ihm die Kehle abgeschnürt, ihm seine gemeinen, bösen Worte ins Gesicht gespuckt. Aber das Schlimmste von allem, das Geräusch, das ihn blind gemacht hatte vor Angst und vor Wut, war das Schreien des Babys gewesen. Ashas Schreie im Dunkeln hatten ihn zurückgestoßen in das Haus mit dem grünen Teppich, dem schlimmen roten Sofa und dem Baby mit der blauen Haut. Er hatte nichts dagegen tun können. Er hatte gespürt, wie seine Blase sich entleerte, ihm die warme Flüssigkeit die Beine hinunterrann und in seine Schuhe lief, während die anderen Jungen entsetzt und feixend zuschauten.

Kips Faust umklammerte den rauen Griff des Messers, als er sich an diese Schande erinnerte. Wenn er so ein Messer hätte, würden sich die Leute gut überlegen, wie sie ihn behandelten. Er rieb sich den roten Striemen an seinem Hals. Sie würden sich gut überlegen, ob sie sich an seinen Sachen vergreifen, ihn anschreien, ihn packen, ihm wehtun wollten.

«He! Kip!» Das war Felix. Er rief quer über den Strand zu ihm rüber, den Kopf schräg gelegt, die Augen fest auf ihn gerichtet. «Was hast du da?»

Felix hatte sich schon in Bewegung gesetzt, aber Kip wollte seinen Schatz mit niemandem teilen. Er wusste, dass Felix oder River ihm das Messer wegnehmen und selbst behalten würden. Das war sein Fund – nur seiner. Er schob sich das Messer in die Hosentasche, wandte sich von Felix ab und ging auf die Felsentümpel zu.

«Willst du etwa mit den Mädchen spielen?», feixte Felix. «Na dann, viel Spaß, *Spacko*!»

Kip ging nicht zu den Mädchen. Er hockte sich auf den Felsvorsprung über einem Tümpel und sah eine Zeit lang der Brandung zu, sah zu, wie die Wellen sich auftürmten und einander jagten und schließlich mit schäumendem Krachen auf dem Sand brachen. Er hatte das Meer nicht gekannt, ehe er zu Max und Annie gekommen war. Jetzt war es einer seiner Lieblingsorte. Ein Ort, wo er frei denken und atmen konnte. Ein Ort, wo schöne Sachen passierten. Ein Ort, wo man einen geheimen Schatz finden konnte.

Seine Gedanken schweiften zu Scarlet ab und wie sie am Morgen mit ihm gesprochen hatte, er dachte an die glatte, gebräunte Haut ihres Oberschenkels und daran, wie ihr blumiges Parfüm aus den langen, dunklen Haaren in seine Nase gestiegen war, als sie sich zu ihm gebeugt hatte. Er hatte den plötzlichen und unerklärlichen Drang verspürt, in diese Haare hineinzugreifen und sie sich eng um die Finger zu wickeln. Sie war sehr hübsch – wie eine der Avatarinnen aus seinem Lieblingscomputerspiel. An Scarlet zu denken, machte, dass das Herz in seiner Brust zu stottern begann.

Schließlich riss ausgerechnet Phoebe ihn aus seinen Gedanken. Sie kam zu ihm gelaufen, um ihm ihren eigenen Schatz zu zeigen. Sie ging vor ihm in die Hocke, öffnete die Hand und präsentierte ihm eine zerknautschte weiße Blüte zwischen einer Handvoll winziger, rosiger Muscheln und einer Miesmuschel, deren dunkle Schale weiß überkrustet war von winzigen Rankenfußkrebschen. «Die nehm ich mit, damit ich sie meinem Daddy zeigen kann.»

Kip verzog das Gesicht. Phoebe hatte die weißen Blumen gepflückt, vor denen Annie ihn gewarnt hatte. Und die Muscheln – die Muscheln gehörten doch hierher. Er wusste, dass man vom Strand nichts mitnehmen durfte. Ein Messer war was anderes – das war menschengemacht. Aber Sachen aus der Natur mussten bleiben, wo sie waren. Er wollte Phoebe sagen, sie solle die Muscheln hierlassen, aber stattdessen nickte er nur.

Phoebe schaute zu ihm hoch. «Warum sprichst du nicht?»

Kip zuckte die Achseln.

«Willst du nicht?»

Kips Zunge fing an zu kitzeln, Buchstaben tanzten wild durcheinander, wollten keine Worte bilden. Er hob wieder die Schultern und wandte sich ab.

Der Himmel war inzwischen dunkel wie Blei, die Wellen krachten wütend auf den Strand und trieben weißen

Schaum über den Sand. Mit einem unruhigen Gefühl sprang Kip von dem Felsvorsprung, zupfte Willow am Ärmel und zeigte zum Himmel.

Sie folgte seinem Blick. «Ja», sagte sie, «Zeit zu gehen.»

Es war nicht einfach, alle zusammenzutreiben, aber schließlich brachen sie auf und machten sich auf den mühsamen Rückweg über die Felsen und den glitschigen Weg, der sich durch die Schlucht hinauf ans Hochufer schlängelte. Sie wechselten sich dabei ab, Phoebe gut zuzureden, die inzwischen angefangen hatte zu quengeln. «Ich habe Durst», sagte sie und leckte sich über die Lippen.

«Hör auf zu jammern», sagte Felix. «Wir haben alle Durst – und Hunger.»

Es kam ihm vor wie eine Ewigkeit, bis sie endlich wieder am Schaukelbaum waren, und als sie den Zauntritt zur Kuhweide erreicht hatten, war die Laune auf dem Tiefpunkt. Am Zaun blieb Kip stirnrunzelnd stehen. Die Kühe waren weitergezogen. Sie hatten den Trog verlassen und standen jetzt viel näher. Sie hatten Schutz an einer Hecke gesucht und blockierten den Trampelpfad.

«Wir müssen durch die Herde durch», sagte Felix und bestieg den Zauntritt. «Ist doch nichts dabei.»

«Regnet es?», fragte Juniper. «Ich glaube, ich habe gerade einen Tropfen gespürt.» Kip sah, dass sie zitterte. Das orangefarbene T-Shirt und die kurze Hose waren viel zu dünn für den starken Wind. Ihre dürren Knie stießen aneinander, und sie rieb sich über die Gänsehaut.

«Ich will nicht zu den Kühen», sagte Phoebe leise.

«Was sollen die dir schon tun?», fragte Felix. «Dich mit Milch vollspritzen?»

Kip sah ihn an. Manchmal klang Felix wie sein Vater.

«Kommt jetzt!» Willow wirkte besorgt. «Wir müssen weiter.»

River stieg als Nächster über den Zauntritt. Er warf sich die langen Haare aus dem Gesicht und stapfte zuversichtlich auf die Kühe zu, Felix direkt hinterher. Nacheinander kletterten auch die anderen über den Zauntritt. «Macht euch keine Sorgen», rief Felix über die Schulter, «das sind nur Kühe.» Er breitete die Arme aus und tat, als würde er auf die Herde zurennen, und ein paar Kühe wichen erschrocken zurück.

Willow half Juniper und Phoebe über den Zauntritt, dann fragte sie Kip: «Kommst du?»

Er machte das Schlusslicht, direkt hinter Phoebe, die unsicher durchs hohe Gras stolperte, die Unterlippe zwischen den Zähnen, und sichtlich mit dem Wind kämpfte. Ihre Schritte wurden immer müder, und sie schleppte sich voran. Der Abstand zwischen ihnen und den anderen wurde langsam, aber sicher größer. Kid musterte Phoebe aus dem Augenwinkel. Er hatte keine Lust mehr, auf sie aufzupassen – auf alle aufzupassen. Er wollte nur noch zurück zum Campingplatz. Nein, noch lieber zurück ins Haus. Weg von allen. Mit hochgezogenen Schultern lief er weiter, während seine Finger die rostige Klinge des Messers in seiner Tasche befühlten. Er ließ die wiederkäuenden Kühe nicht aus den Augen. Gut, dass sie es gleich geschafft hatten.

Was dann geschah, war nicht ganz klar, jedenfalls kamen, als Felix und River sich der Herde näherten, plötzlich drei lebhaft wirkende Jungtiere auf sie zugetrottet. Felix stieß einen Schrei aus, der die Tiere offenbar verscheuchte, aber von seiner Position aus konnte Kip sehen, dass immer mehr Kühe die Köpfe hoben, sich umdrehten und sich mit geblähten Nüstern in Bewegung setzten. Als wären sie einem stummen Befehl gefolgt, scharten die Kühe sich zusammen und bewegten sich gleichzeitig auf die Kinder zu.

Kip machte den Mund auf, wollte den anderen eine Warnung zurufen, aber als er sah, was keinem von ihnen bei der ersten Überquerung der Weide aufgefallen war, blieben ihm alle Worte in der Kehle stecken: Zwischen den Kühen und Kälbern auf der Weide stand noch ein Tier: Es war viel größer, riesig geradezu, und zeichnete sich wie ein Scherenschnitt mit breitem, bulligem Nacken und zwei spitzen Hörnern vor dem düsteren Himmel ab.

Kip sah das Weiße in den Augen des Stiers aufblitzen, als er den Kopf hin und her warf, ehe er die Hörner senkte und sich in Bewegung setzte.

Die schwerfällig wirkenden Tiere bewegten sich erstaunlich schnell, die Herde drängte sich zusammen und kam als eine fließende Masse auf die Kinder zu, der Stier war irgendwo mittendrin, nur ab und zu tauchten die Hörner aus dem Meer aus Leibern auf. Kip, der mit Phoebe noch immer in einigem Abstand zur Gruppe stand, spürte, wie sich der in seiner Lunge gefangene Atemzug endlich befreite, und seiner Kehle entrang sich ein einzelnes Wort.

«Stier!» schrie er, ohne zu wissen, ob sie ihn bei dem Getrampel überhaupt hörten.

Kip sah, wie Felix den Kopf wandte. Er sah noch, wie sich sein Mund zu einem überraschten Schrei öffnete, ehe die Kinder zwischen einer Staubwolke und donnernden Hufen verschwanden.

JIM

Sonntagabend

Das Röntgenbild von Jims Arm zeigt einen glatten Bruch mittig im Oberarmknochen des linken Arms. Der Arzt sagt ihm, er habe Glück gehabt – eine Operation sei nicht notwendig. Eine Krankenschwester, matronenhaft und wenig einfühlsam, reicht ihm eine Atemmaske mit Lachgas, während der Arzt den Knochen einrichtet und ihm den Arm eingipst. «Viel Ruhe», sagt er, «und die Schmerzmittel bis auf Weiteres hoch dosiert.»

«Danke, Doc.»

«Linda bringt Sie jetzt wieder zurück. Tut mir leid, dass wir unterbrechen mussten.»

Die Schwester führt ihn zurück in denselben kargen Verhörraum, wo er vorhin schon mit Lawson und Barnett gesprochen hatte. Nach ein paar Minuten kommen auch die beiden Officer zurück und setzen sich wieder an den Tisch. «Sprechen wir über Samstagnachmittag», sagt Lawson. Sie kommt direkt zur Sache. Die Stimmung im Raum hat sich spürbar verändert. Jim schaut die beiden an. Es muss etwas passiert sein.

Er lehnt sich zurück. «Was wollen Sie wissen?»

«Wann wurde Ihnen klar, dass mit den Kindern etwas nicht stimmte?»

«Max kam auf mich zu. Er sagte, es werde gleich anfangen zu regnen, und bat mich, ihm zu helfen, die Outdoor-

Spiele wegzuräumen. Bälle, ein Cricket-Set, die Zielscheibe fürs Bogenschießen, Pfeile und Bogen, Frisbeescheiben, alles lag kreuz und quer auf der Wiese verteilt.»

«Wie spät war es da?»

«Ich glaube, etwa vier ... vielleicht auch halb fünf. Ich muss gestehen, ich war ziemlich erschrocken, als mir klar wurde, wie spät es war. Ich hatte keine Ahnung, wohin die Zeit verschwunden war.»

Jim sieht, dass sich die Beamtin eine Notiz macht. Unter dem Gips breitet sich dumpfer Schmerz aus. «Als wir fertig waren, meinte Max, wir zwei sollten nach den Kindern schauen gehen. Es war ihm anzusehen, dass er sich langsam Sorgen machte, aber gerade als wir uns auf den Weg machen wollten, hörten wir den Buggy kommen. Josh saß am Steuer. Er hatte Annie, Suze, Kira und das Baby dabei. Annie hatte irgendeine Schüssel auf dem Schoß, und angesichts ihrer roten Wangen und ihres Gelächters war klar, dass sie es oben im Haus nett gehabt hatten.» Er ärgert sich darüber, wie defensiv seine Stimme klingt. «Wir waren also nicht die Einzigen, die sich zum Mittagessen ein bisschen was genehmigt hatten.»

Jim hatte Annie die Schüssel abgenommen und den Frauen dann nacheinander aus dem Buggy geholfen.

«Na, hier sieht ja alles überraschend ruhig und geordnet aus», sagte Suze. Sie wirkte angenehm überrascht. «Wo stecken die denn alle?»

Jim schielte zu Dominics Zelt hinüber. Er hatte Dom, seit er nach dem Gespräch über Kira und den Kredit davongestürmt war, nicht wieder gesehen. Schlechtes Gewissen, hatte Jim gedacht. Fred hatte ihm allerdings leidgetan. Er war ihn suchen gegangen, um sich für den Ausrutscher zu entschuldigen, hatte leicht mit der flachen Hand gegen die Zeltwand geschlagen, aber Fred hatte nicht reagiert. Daraufhin hatte Jim es sich wieder im Liegestuhl bequem gemacht, sich die Kopfhörer aufgesetzt und zugesehen, wie sich die schnell über den Horizont ziehenden Wolken zu beeindruckenden Bergen auftürmten, während er darauf wartete, dass die Frauen und die Kinder zurückkamen und ein bisschen Normalität einkehrte.

«Was habt ihr mit den Kindern gemacht? Sag mir bitte nicht, dass die alle in den Zelten hocken.» Ihr Lächeln versiegte. «Ihr habt denen aber nicht erlaubt, auf dem iPad zu daddeln, oder?» Suze drehte sich zu Kira um und rollte mit den Augen.

«Keine iPads. Nur gesunder, ganzheitlicher Frischluftspaß. Ehrlich gesagt, Max und ich wollten uns gerade auf die Socken machen und sie zurückholen.»

Annie sah ihn fragend an. «Sie *zurückholen*? Wo sind die Kinder denn?»

«Keine Sorge.» Max sprang ihm zur Seite. «Sie sind am Schaukelbaum. Die kommen bestimmt jeden Moment zurück.»

Annie runzelte die Stirn. «Dann ist Dominic mitgegangen?»

«Nein … äh, der … der hat sich ein bisschen abgelegt.» Die Frauen bemerkten die leeren Bierdosen auf dem Holztisch und Jim die wissenden Blicke, die sie wechselten. Ihm war klar, wie das aussah. «Die Großen haben die Verantwortung übernommen.»

«Und was habt ihr ihnen gesagt, wann sie zurück sein sollen?»

Jim kratzte sich am Kopf. «Ich bin mir nicht sicher, ob wir eine genaue Uhrzeit vereinbart haben.»

Annie warf entnervt die Hände in die Luft. «Mann!

Habt ihr eigentlich den Himmel gesehen? Da kommt eine fette Regenfront auf uns zu.»

Josh, der dabei war, den Anhänger vom Buggy abzukoppeln, schaute hoch. «Soll ich sie holen gehen?»

Annie sah ihn dankbar an. «Das wäre toll, Josh.»

Doch das war gar nicht mehr nötig, weil Jim im selben Moment am anderen Ende der Wiese etwas Orangefarbenes aufblitzen sah. «Schaut! Das ist Juniper.» Direkt hinter ihr kam Willow in Sicht. «Seht ihr? Kein Drama. Sie kommen gerade zurück.»

Kurz darauf tauchten die beiden ältesten Jungs an der Hecke auf. Als Juniper näher kam, fing sie an zu rennen, sie war knallrot im Gesicht und keuchte beim Sprechen so heftig, dass am Anfang niemand ein Wort verstand. «Wir ... mussten ... rennen ... die sind uns hinterher.»

«Ganz langsam, beruhige dich», sagte Max. «Hol erst mal Luft.»

«Wer ist euch hinterher?» Suze ging zu ihrer Jüngsten und nahm beruhigend ihre Hand. «Was ist passiert?»

«Da war ein Stier. Der ist direkt auf uns losgegangen. Die Kühe hatten voll die Panik.»

«Was?» Suze' Stimme klang schrill. «Ein Stier?» Sie schaute Annie besorgt an. «Das kann doch nicht sein!»

«Der Wanderweg führt quer über Kellows Weiden. Aber ich kann nicht glauben, dass er dort einen Stier stehen hat.» Annie sah Max an. «Das würde er doch nicht machen, oder? Ich meine, das ist ein öffentlicher Weg.»

Max runzelte die Brauen. «Ich hoffe nicht. Zumindest nicht ohne eindeutige Warnschilder.»

In dem Moment erreichten die beiden Großen den Unterstand. Sie waren ebenfalls außer Atem und hatten rote Wangen.

«Wie war die Schaukel?», fragte Jim.

Felix und River sahen sich an. «Keine Schaukel. Die Schaukel ist weg.»

«Was?» Max starrte sie erschrocken an.

«Das waren nicht wir», sagte Felix schnell. «Die war schon weg, als wir hinkamen. Sieht aus, als wäre der Ast abgebrochen, vielleicht vom Wind?»

«Und was habt ihr die ganze Zeit gemacht?» Fassungslos sah Annie die Kinder an.

Wieder sahen Felix und River sich verstohlen an. «Kip hat uns den Strand gezeigt.»

«Wie bitte?» Die Erwachsenen wechselten erschrockene Blicke.

«Ihr wart am Strand? Allein? Das klingt in meinen Ohren ziemlich gefährlich.» Annie drehte sich zu Max um. «Sag mal, wolltet ihr nicht die Aufsicht übernehmen?»

Max hob abwehrend die Hände. «He, guck bitte nicht mich an. Josh und ich haben uns um die Sickergrube gekümmert. Jim und Dom sind bei den Kindern geblieben.»

Der Tumult hatte Dominic aus seinem Zelt gelockt, und er kam zu ihnen hinüber. Jim registrierte, dass er seinen Blicken auswich, stattdessen verstohlen zu Kira und Asha rübersah und die Kleine versonnen musterte. Dann wandte er sich an die Kinder. «Was ist hier los? Wo ist Phoebe?»

Annie machte ein erschrockenes Gesicht. «Ja! Wo ist Phoebe? Und wo ist Kip? Warum sind sie nicht bei euch?»

Die vier Kinder sahen sich ratlos an. «Die waren direkt hinter uns», sagte Felix. «Ich schwör.»

«Du hast sie doch gesehen, Willow, oder?» River starrte seine Schwester an.

Willow schüttelte den Kopf. «Da war ein Schrei ... und dann hab ich den Stier gesehen. Ich habe Junipers Hand gepackt, und wir sind weggerannt.»

«Die sind immer noch da draußen?», fuhr Dominic seinen Sohn an. «Felix! Ich hab dir gesagt, du sollst auf deine kleine Schwester aufpassen!»

«Ich hatte keine Zeit, Dad. Ich musste wegrennen.»

«Großer Gott! Was, wenn sie unter die Hufe gekommen sind?» Die Angst machte seine Stimme schrill.

Als Felix merkte, wie wütend sein Vater war, war seine prahlerische Art wie weggeblasen. «Tut mir leid. Ich wusste nicht ... ich habe nicht ...»

Max wandte sich an Dominic. «Keine Angst. Wenn sie hinter den anderen waren, sind sie bestimmt umgekehrt.» Die Ruhe in seiner Stimme konnte die Angst in seinen Augen nicht verbergen. «Wenn es die Weide ist, die ich im Kopf habe, dann gibt es von dort einen Trampelpfad zu Kellows Hof. Kip kennt den Weg. Er geht mit Phoebe bestimmt über diese Route zurück.»

«Aha. Du willst also damit sagen, entweder sie wurde von einer Herde panischer Kühe zertrampelt, oder sie ist allein da draußen unterwegs – ausgerechnet mit Kip? Dem Jungen, der ihr gestern fast ein Auge ausgestochen hätte?»

Kira legte Dominic beschwichtigend die Hand auf den Arm. «Dom», sagte sie. «Hör auf.»

«Das noch mal aufzuwärmen, ist völlig unnötig», herrschte Max ihn an. «Wir gehen jetzt zur Weide und sehen nach. Vielleicht warten sie auf der anderen Seite auf uns.»

«Soll ich mitkommen, Dad?», fragte Felix mit kleiner Stimme.

«Nein! Du hast schon genug angerichtet», sagte Dom, und Jim sah, wie Felix noch röter wurde. «Das Letzte, was wir jetzt noch brauchen, ist, dass ihr wieder loszieht», fügte Dom etwas milder hinzu, als er das Gesicht seines Sohnes sah. «Ihr bleibt hier.» Dominic machte auf dem Absatz kehrt und lief im Dauerlauf über die Wiese in die Richtung davon, aus der die Kinder gekommen waren.

Jim und Max sahen sich an und setzten sich ebenfalls in Bewegung. Dom war so schnell, dass sie ihn erst am Zaun einholten. Als sie näher kamen, deutete Dominic auf einen Punkt hinter ihren Köpfen, oben auf dem Hügel. Jim drehte sich um, in der Hoffnung, Kip und Phoebe am Horizont zu sehen, stattdessen rumpelte in dem Moment Dominics Porsche hügelabwärts auf den Campingplatz zu. Leuchtend weiß hob sich der Wagen vor dem dunklen Himmel ab.

«Gott!» Dominic schüttelte den Kopf. «Wir sollten zusehen, dass wir sie finden – und zwar schnell. Tanya bringt mich um.»

MAX

Sonntagabend

«Ich wollte genauso wenig wie Dominic, dass Kip völlig allein da draußen ist und für Phoebe die Verantwortung hat. Aber nicht», fügt er bestimmt hinzu, «aus denselben Gründen wie Dom.»

Max mustert DC Haines, die ihm gegenüber am Küchentisch sitzt. Er hofft inständig, dass sie einen fairen Eindruck von den Geschehnissen bekommt, dass alle sich Mühe geben, es möglichst genau zu schildern. «Kip hatte mein Vertrauen. Auch wenn er erst zwölf ist, wusste ich, dass er nach Hause finden würde. Ich hatte ihm die Gegend gezeigt und ihm beigebracht, sich immer an die Wanderwege und Trampelpfade zu halten. Ich fand es einfach ungerecht, dass er allein war und für eine Sechsjährige die Verantwortung übernehmen musste. Deshalb war es für mich so wichtig, die Kinder schnell zu finden.»

«Also haben Sie zusammen mit Mr Davies und Mr Miller einen Suchtrupp gebildet.»

«Natürlich! Wir sind sofort los.»

Dom hatte das Tempo vorgegeben. Er war losgestürmt und hatte erst am ersten Zauntritt haltgemacht, um auf sie zu warten.

«Habt ihr das gehört?», fragte er.

Max schüttelte den Kopf. Auch Jim verneinte.

«Ich dachte, ich hätte jemanden rufen hören.»

Die drei standen am Übertritt und lauschten. Doch sie hörten nichts als den heftigen Wind, der in Böen über die Klippe kam und über die Weiden pfiff, und das ferne Donnern des Ozeans, der sich gegen die Landzunge warf. Hoch über ihnen segelte eine Krähe im Wind und stieß ein heiseres *Krah-Krah-Krah* aus.

«Das ist nur ein Vogel», sagte Max. «Kein Grund zur Panik.»

Er legte Dom die Hand auf die Schulter, doch der schüttelte sie ab. «Weiter!»

Dom stieg auf den Zauntritt. «Phoebe!», rief er, die Hände zum Trichter an den Mund gelegt. Dann, noch lauter: «Phoebe!» Es kam keine Antwort. Er sprang auf der anderen Seite des Zauns hinunter und bedeutete Max mit einer ungeduldigen Geste vorauszugehen. «Jetzt komm schon.»

Auf den ersten beiden Weiden war von den Kindern nichts zu sehen. Am Zauntritt zur dritten Weide blieben sie zögernd stehen. «Da sind die Kühe», sagte Max und zeigte auf die Herde. «Wenn wir nahe an der Hecke bleiben, sollte eigentlich nichts passieren, aber bleibt auf der Hut.»

«Ich hätte nicht gedacht ... dass Kühe ... so was tun», keuchte Jim.

Dominic reagierte nicht auf ihn. Zwischen den beiden herrschte eine seltsame Anspannung, die Max nicht deuten konnte. Er drehte sich zu Jim um, um zu sehen, ob es ihm gut ging, und sah den Schweißfilm auf seiner Stirn. «Alles gut?» Jim hatte offensichtlich Mühe, mit dem Tempo mitzuhalten.

Jim nickte. «Ernsthaft, ich dachte, Kühe wären sanftmütige Wesen, die den ganzen Tag friedlich über die Weide laufen und Gras fressen.»

«Sie können ihre Kälbchen durchaus beschützen. Und ein Stier ist noch mal eine ganz andere Hausnummer. Viel aggressiver.»

Dominic fuhr herum. «Findest du nicht, du hättest uns warnen sollen? Ich hätte die Kids niemals allein losziehen lassen, wenn ich das mit dem Stier gewusst hätte.»

Max hob abwehrend die Hände. «Das wusste ich doch selbst nicht. Ich gehe diesen Weg jetzt seit Monaten und bin noch nie einem Stier begegnet.»

«Ich verstehe das nicht», sagte Jim. «Wenn das hier tatsächlich ein öffentlicher Weg ist, wie kann das sein?»

«Es ist kompliziert. Hier gibt es alle möglichen landwirtschaftlichen Bestimmungen, aber du hast recht. Der Bauer hat die Pflicht, für Sicherheit zu sorgen. Einen Stier auf die Weide zu lassen, ohne ausreichend davor zu warnen, ist völlig daneben. Jetzt bringen wir erst mal die Kinder sicher nach Hause, und später gehe ich rauf zu ihm und kläre das. Versprochen.»

«Da bin ich dabei», sagte Dom zähneknirschend.

Max war genervt von Doms aggressiver Art, gleichzeitig verursachte Doms Besorgnis Schuldgefühle bei ihm. Natürlich hatte Dom Angst. Seine sechsjährige Tochter war irgendwo hier draußen, in einer für sie fremden Gegend. Kip kannte sich wenigstens aus. Max war überzeugt, dass er nach Hause finden würde, aber für Dominic war die Situation eine ganz andere. Max spürte etwas Gewaltiges in seinem Freund hochkochen. Er stand kurz vor dem Explodieren. «Mach dir keine Sorgen. Kip ist doch bei ihr.»

Dom antwortete nicht. Sein Schweigen sprach Bände.

«Die schaffen das», sagte Max bestimmt, aber ein einziger Blick zu den bedrohlichen Wolken am Himmel genügte, um seinerseits einen Zahn zuzulegen. Draußen auf dem Meer fiel bereits ein dichter Regenschleier. Nicht mehr lange, und der Regen wäre bei ihnen.

«Vielleicht haben sie sich ja geirrt.» Jim beäugte die Kuhherde. «Vielleicht haben sie sich in der ganzen Aufregung den Stier nur eingebildet.»

Der Wind fegte über das Gras und trug den stechenden Geruch von Kuhdung mit sich. Max musterte forschend das offene Weideland, in der Hoffnung, dass Kip und Phoebe jeden Augenblick auftauchten und auf sie zukamen. Er wusste nicht, ob es am Wetterwechsel lag oder an der Angst, die in seinen Eingeweiden rumorte, doch die sonst so friedliche, harmlose Aussicht hatte plötzlich etwas Finsteres, fast Bedrohliches bekommen.

Vorhin, auf dem Campingplatz, war ihm die Vorstellung, dass eine Herde Kühe den Kindern eine solche Angst eingejagt haben sollte, noch lächerlich erschienen, aber als er die Tiere jetzt selbst vor sich hatte, die massigen Leiber, die schweren Hufe, die wirkten wie gewetzte Feuersteine, war Max plötzlich klar, wieso die Kinder sich so erschreckt hatten.

«Ach du Scheiße!» Jim blieb wie angewurzelt stehen. Er deutete auf die Herde. «Ich glaube, das war keine Einbildung.»

Max drehte sich um. Ein paar Kälber hatten sich zur Seite bewegt und gaben den Blick auf den riesigen, nur aus Sehnen und Muskeln bestehenden, breitnackigen Stier frei, der in ihrer Mitte stand.

«Seht ihr ihn?», flüsterte Jim.

«M-hm», nickte Max. «Keine unbedachten Bewegungen, Jungs.»

Dominic sagte kein Wort, auf seinem Gesicht lag ein Ausdruck, den Max nicht ganz deuten konnte, Angst oder

Zorn, vielleicht auch eine Mischung aus beidem. Schritt für Schritt gingen sie weiter, hielten sich dicht an der Hecke, versuchten, Grasbüscheln und frischen Kuhfladen auszuweichen, bis sie endlich den Zauntritt auf der anderen Seite der Weide erreicht hatten. Dominic stieg hinauf, drehte sich um und suchte mit Blicken die Weide ab. Er schüttelte den Kopf. «Nichts. Hier sind sie nicht.»

Max war erleichtert. Seine größte Angst – die er nicht auszusprechen gewagt hatte – war gewesen, dass sie Kip und Phoebe schwer verletzt auf der Weide finden würden. Sie waren offensichtlich nicht unter die Hufe geraten.

«Also, wo stecken sie?», fragte Dominic. Er sprang vom Übertritt, drehte sich um und sah Max herausfordernd an. «Phoebe! Kip!» Seine Rufe blieben unbeantwortet.

«Jungs! Hierher!» Jim ging in die Hocke und zog etwas aus dem langen Gras neben dem Übertritt.

Max brauchte einen Moment, bis ihm klar wurde, was das blaue Ding auf Jims ausgestreckter Hand war. Dominic wurde aschfahl. «Phoebes Asthmaspray», sagte er. «Sie weiß, dass sie gut drauf aufpassen muss. Die Gräserpollen können ihr übel mitspielen, und wenn sie in Stress gerät …»

Die drei Männer verstummten. Max wandte sich dem Meer zu, spürte den Wind im Gesicht, grünes Heidekraut und Glockenheide zitterten zu seinen Füßen. Er fragte sich, ob diese überwältigende Landschaft seine Freunde zu einem anderen Zeitpunkt und in anderer Stimmung überwältigt hätte, ob sie die gewaltige Wildnis und deren Urkraft wohl ebenso beeindruckt hätte wie ihn; aber jetzt sah er die Umgebung auch nur mit ihren Augen: Überall lauerten Gefahren und Stolperfallen und Hindernisse, und vor ihnen raste ein gewaltiger Sturm auf sie zu. «Das Unwetter zieht schnell landeinwärts», sagte er.

«Gott, das hat uns gerade noch gefehlt.»

«Hey», sagte Max. «Kein Grund zur Panik.» Er versuchte, seine ganze Zuversicht in seine Stimme zu legen. «Wenn man nicht über die Felder geht, gibt es nur einen anderen Weg zurück zum Campingplatz.» Er deutete auf einen zugewucherten Trampelpfad, der von den Klippen wegführte. «Da entlang. Man läuft in einem Bogen bis zu Kellows Hof und von dort die Straße weiter bis zu uns. Sie sind inzwischen erschöpft, sie können nicht weit voraus sein. Wir holen sie bestimmt ein.» Dominic sah ihn finster an, und Max versuchte, ihn zu beruhigen. «Kip kennt den Weg, Dom. Kein Stress.»

«Kein Stress?» Dominic hatte sichtlich Mühe, sich im Zaum zu halten. «Meine kleine Tochter läuft hier irgendwo rum, in einer völlig fremden Gegend. Was haben wir uns nur gedacht? Sie ist sechs, verdammte Scheiße!» Plötzlich ging er auf Jim los. «Das ist alles deine Schuld. Ich hab sie nur mitgehen lassen, weil du … du …» Dominic verstummte. In seinen Augen loderte Hass.

«Weißt du, was? Wir verschieben die Nummer mit den Schuldzuweisungen auf nachher, wenn wir die Kinder gefunden haben», fuhr Max Dom an.

Dominic legte den Kopf in den Nacken, schaute zum Himmel hoch und atmete heftig aus. «Gut», sagte er an Max gewandt. «Du gehst vor.»

Sie waren erst einige Meter weit den Pfad hinaufgelaufen, als ihnen nach der nächsten Biegung ein gebückter Mann mit flatternder Wachsjacke und einem langen Stock entgegenkam. «Kellow!» Max rannte auf ihn zu. «He, Kellow! Sind Ihnen zufällig zwei Kinder entgegengekommen – Kip und ein kleines Mädchen? Sie müssten hier langgelaufen sein.»

«Zwei Kinder?» Kellow schüttelte den Kopf. «Hier sollen die langgekommen sein?» Der Bauer sah ihn finster an. «Ich hoffe nicht. Ich hab Ihnen gesagt, ich werde nicht dulden, dass ihr hierherkommt, meine Ernte niedertrampelt, mir die Zäune kaputt macht und das Vieh verstört. Das hier ist landwirtschaftliche Nutzfläche!»

«Wir machen gar nichts kaputt», sagte Max ruhig, aber bestimmt. «Wir halten uns an die öffentlichen Wege.»

«Und die Kinder wären hier nicht allein unterwegs, wenn dieser Scheißstier nicht gewesen wäre, den Sie dahinten auf Ihrer Weide stehen haben», bellte Dom, der sich neben Max aufgebaut hatte.

In Max wallte Ärger über Doms Einmischung auf. «Lass mich das machen, Dom», sagte er und wandte sich wieder an Kellow. «Ich fürchte, er hat recht. Ihre Herde ist auf unsere Kinder losgegangen – und sie hatten schreckliche Angst vor dem Stier, der auf Ihrer Weide steht.»

Dominic bebte immer noch vor Wut. «Müssen Sie keine Warnschilder aufstellen? Gibt es für so was keine Regeln?»

«Sie mit Ihrem illegalen Camping sollten besser still sein.»

«Hört auf», sagte Jim und stellte sich neben Max. «Wir verschwenden unsere Zeit. Wir müssen weiter.»

«Sehe ich genauso», sagte der Bauer. «Ich bringe die Kühe jetzt in den Stall. Der Himmel gefällt mir nicht. Sehen Sie zu, dass Sie Ihre Blagen einsammeln und nach Hause kommen, ehe es losgeht.»

Max nickte. «Genau das ist unser Plan. Falls Sie die Kinder sehen, tun Sie mir einen Gefallen und sagen Sie ihnen, sie sollen direkt zu uns nach Hause laufen. Auf den Hof.»

Der Bauer nickte knapp und stieß einen schrillen Pfiff aus. Sekunden später kam sein riesiger Rottweiler aus dem Gebüsch gesprungen und stellte sich gehorsam neben ihn.

Die drei setzten ihren Weg fort. Jim schüttelte den Kopf. «Der ist wirklich reizend.»

Dominic sah Max verzweifelt an. «Er hat sie nicht gesehen, hat er gesagt. Was jetzt?»

«Das ist ein gutes Zeichen, Dom. Wenn sie nicht an Kellow vorbeigekommen sind, müssen sie weiter sein, als ich dachte. Vielleicht sind sie schon zurück», fügte er hinzu, um Dom Hoffnung zu machen.

«Wenn es hier Empfang gäbe, wüssten wir längst Bescheid», murrte Dom.

Max holte das Telefon heraus, obwohl er wusste, dass es sinnlos war. «Weiter jetzt. Wetten, in spätestens einer Stunde werden wir feststellen, dass die ganze Sorge umsonst war.»

«Genau, Kumpel», sagte Jim und schlug ihm auf die Schulter. «Wir gehen zurück, zählen durch. Killen ein paar Dosen Bier, drehen den Sound auf und machen's uns gemütlich. Wir haben die Party ratzfatz wieder am Laufen.»

Dominic schnaubte abfällig, aber Max nickte entschieden und schluckte die Übelkeit runter, die sich in seinem Magen breitmachte. Er vertraute Kip, sagte er sich, und Kip kannte den Weg. Er würde dafür sorgen, dass sie beide gesund und sicher zurückkamen.

Gemeinsam wandten sich die drei Männer von der Küste und dem Sturm, der auf sie zukam, ab. Sie folgten dem Weg hinunter zu Kellows Hof und von dort aus weiter zur Straße, über die sie nach Hause gelangen würden.

ANNIE

Sonntagabend

Annie hat Max von der offenen Küchentür aus gelauscht, während er die Suchaktion schilderte. Ihrem Mann dabei zuzuhören, wie er jene ersten schrecklichen Augenblicke des Samstagnachmittags noch einmal durchlebte, hat ihr Nervenkostüm zum Zerreißen gespannt.

«Sie können sich gern zu uns setzen», sagt DC Haines, als sie Annie an der Tür stehen sieht. Sie deutet auf den Stuhl neben Max. «Ihre Sicht auf die Ereignisse könnte hilfreich sein.»

Annie nickt und betritt die Küche. Von irgendwo hinter ihr ertönt die vertraute Titelmelodie eines Kinderfilms, irgendwas Fröhliches, mit Schwung, ein krasser Gegensatz zur Stimmung im Haus. Sie zieht den Stuhl heraus und setzt sich seufzend.

«Sie sind erschöpft. Ich weiß.»

Annie nickt.

«Vielleicht erzählen Sie mir, was auf dem Campingplatz vor sich ging, während die Männer auf den Feldern nach den Kindern suchten?»

Annie schaut Max an. Er nickt. Sein Blick signalisiert Ermutigung, Verständnis, aber sie lässt sich nicht täuschen. Sie weiß, dass er genauso durcheinander ist wie sie, dass er genauso viel Angst hat wie sie. Sie holt tief Luft. «Ich hatte die wenig beneidenswerte Aufgabe, Tanya zu sagen, wohin die Männer verschwunden waren – und weshalb.»

Haines schaut sie mitfühlend an. «Das war sicher nicht einfach.»

«Nein.» Annie schaudert. «Aber jemand musste es tun.»

Annie erinnert sich, wie Tanya aus dem Wagen stieg. Die Männer waren gerade aufgebrochen. Der Wind zerrte an dem dünnen Stoff ihres Kleides und enthüllte die schlanken Fesseln, als sie sich über den Vordersitz nach hinten beugte, um eine Papiertüte aus dem Wagen zu holen. Scarlet ließ sich vom Beifahrersitz gleiten, und dann kamen die beiden im Eilschritt auf den Unterstand zugelaufen. Eine Windböe fuhr Scarlet in die Haare und wirbelte sie hoch, Scarlet kreischte und geriet kurz ins Schwanken. Dann richtete sie sich wieder auf und lief weiter hügelabwärts auf sie zu. Annie sah ihre roten, geschwollenen Augen. Scarlet wirkte noch entnervter als vorhin, ehe sie in die Stadt aufgebrochen waren. Vielleicht hatten die beiden gestritten.

«Was ist los?», fragte Tanya, als sie näher kam. «Was macht ihr für Gesichter?» Sie deutete zum Himmel. «Liegt es am Wetter? Zeit, die Segel zu streichen?» Der hoffnungsvolle Tonfall war nicht zu überhören.

Annie schluckte. Sie schaute erst Suze und dann Kira an, aber beide schauten nur wortlos zurück. Kira nickte. Sie war die Gastgeberin. Es lag an ihr. «Wir warten nur, dass die Jungs wiederkommen. Sie sind los, um Kip und Phoebe zu holen.»

«*Sie holen?*» Tanya runzelte die Stirn. «Wo sind sie denn hin?»

«So, wie's aussieht, haben die Kinder zusammen einen kleinen Ausflug gemacht. Zum Schaukelbaum.» Sie zögerte. Sie hatte keine Ahnung, wie sie Tanya den Umstand beibringen sollte, dass Phoebe und Kip nicht mit zurückgekommen waren, ohne dass die ausflippte. «Als sie zurückkamen, merkten wir, dass Kip und Phoebe verschwunden sind. Nein, nicht verschwunden», korrigierte sie sich eilig. «Ich meine, sie sind zurückgeblieben. Sie wurden von den anderen getrennt, als die Kinder die Felder überquerten.»

«Ja. Weil der wilde Stier hinter uns her war», meldete Juniper sich ungeschickterweise zu Wort. Sie stand an ihre Mutter geschmiegt, einen Apfel in der Hand.

«Pst», machte Suze.

«Der wilde Stier?» Tanya riss entsetzt die Augen auf und schaute suchend über den Platz. «Wovon redet ihr? Wo ist Dom?»

«Er ist mit Max und Jim los, um sie zu suchen.»

«Ich verstehe nicht. Ich dachte, die Väter hätten die Aufsicht übernommen?»

«Ja. Ja, das stimmt auch», meldete Suze sich zu Wort. Annie sah sie dankbar an. «Das hatten wir ja gemeinsam vereinbart. Aber offensichtlich haben Dominic und Jim den Kids erlaubt, alleine loszuziehen.»

Tanya schaute von Annie zu Suze und dann wieder zu Annie zurück. «Phoebe ist sechs», sagte sie tonlos.

Annie schluckte. «Wir wollen den Teufel nicht an die Wand malen, okay? Sie waren anscheinend nicht weit hinter den anderen. Du weißt doch, wie das ist, wenn kleine Beine müde werden.» Annie versuchte zu lächeln. «Wahrscheinlich will sie huckepack nach Hause.»

Tanyas Verwirrung wich Panik. Das stand ihr ins Gesicht geschrieben, und Annie bekam Mitleid. «Mach dir keine Sorgen. Dom kommt sicher jeden Moment mit ihr zurück.»

In diesem Moment fegte wie zum Hohn eine heftige Windböe über die Wiese, zerrte an den bunten Wimpeln und ließ das Holzdach des Unterstands erzittern.

Tanya zeigte zum Himmel. «Hoffentlich sehr, sehr bald. Das da dauert nicht mehr lange.»

Eine halbe Stunde verging wie in Zeitlupe, dann wurden fünfundvierzig Minuten daraus. Der Himmel färbte sich schwarz. Alles, was nicht niet- und nagelfest war, wurde in die Zelte geräumt. Lampen wurden angeknipst und die solarbetriebene Lichterkette eingeschaltet. Die kleinen Lampions schaukelten vor der düsteren Landschaft gespenstisch im Wind. Annie versuchte mit Gewalt, ruhig zu bleiben, Zuversicht auszustrahlen, die sie nicht spürte, aber die heftigen Windböen zerrten an ihren Nerven. Kira saß mit Asha im Unterstand. Suze blieb bei Tanya und sprach beruhigend auf sie ein. Josh lief über den Platz, überprüfte die Zeltleinen und befestigte unter größter Anstrengung flatternde Abdeckplanen an den Seiten des Unterstands, um für mehr Schutz zu sorgen.

«Du bist super.» Annie sah ihn dankbar an.

«Wo ist eigentlich Fred?», fragte Kira plötzlich.

Niemand hatte ihn gesehen.

Dann tauchte Felix aus einem der Zelte auf und rannte zu ihnen. «Die Mädchen fürchten sich. Sie haben Angst, dass die Zelte wegfliegen.»

Annie wusste nicht, was sie sagen sollte. Sie war selbst mit dabei gewesen, als Max und Josh die riesigen Erddübel eingeschlagen hatten, hatte selbst ein paar davon mit dem Vorschlaghammer in den Untergrund getrieben. Sie wusste, dass die Rundzelte so konstruiert waren, dass sie starken Winden standhielten, aber angesichts des heraufziehenden Sturms bekam sie Zweifel, dass die Verankerungen tatsächlich halten würden. Sie wünschte, Max wäre hier, um sie alle zu beruhigen.

Josh trat vor. «Die Konstruktion dieser Zelte ist auf Windgeschwindigkeiten bis zu achtzig Stundenkilometern ausgelegt. Ich habe die Zelte überprüft. Sag ihnen, sie müssen sich keine Sorgen machen.» Er wandte sich an Annie. «Wenn du willst, fahre ich schnell zu Kellow rüber. Vielleicht kann ich von der Straße aus was sehen? Ich vermute, sie kommen über den Weg zurück.»

Annie biss sich auf die Lippe. «Würdest du das tun?»

Josh nickte. «Klar. Kein Problem.»

«Da!» Kira zeigte zur Hügelkuppe hinauf. «Das ist doch Dom, oder nicht?»

Oben am Hang kam eine Männergestalt in Sicht, gefolgt von einer zweiten. «Gott sei Dank!», sagte Annie. «Haben sie die Kinder dabei?»

«Warte ... ja ... da sind Dom und Max ... und das ist doch ... oh ...» Kira verstummte.

Annie starrte den Hügel hinauf, versuchte, den Anblick von Kip und Phoebe zu erzwingen, wie sie neben den Männern heruntergehüpft kamen, doch als die drei sichtlich niedergeschlagen den Hügel heruntergelaufen kamen, wurde klar, dass sie allein waren.

Tanya keuchte ungläubig. «Du hast gesagt, sie bringen die Kinder zurück!», fuhr sie Annie an.

«Sind sie hier?», rief Dominic ihnen entgegen. Der Wind riss ihm die Worte aus dem Mund.

Annie wurde von eisigem Grauen gepackt. Sie schüttelte den Kopf.

«Was? Nicht?», sagte Max fassungslos. Auf seinem Gesicht spiegelten sich Verwirrung und Angst. «Ich war mir sicher, dass …»

Tanya rannte den Hügel hinauf, auf Dominic zu. «Wo ist sie?», brüllte sie ihn an. «Wie konntest du nur? Wieso hast du sie einfach so weggehen lassen?»

Dominic hob die Hände. «Tanya, ich weiß, wie sauer du bist, aber das ist jetzt nicht der richtige Zeitpunkt.»

«Du solltest auf sie aufpassen!»

Die drei Männer waren außer Atem und vom Wind zerzaust, erste Regentropfen sprenkelten ihre Klamotten. Jim war vor Anstrengung puterrot im Gesicht.

Wo zum Teufel steckten sie?, fragte sich Annie. Es war eigentlich nicht möglich, dass die Männer die Kinder verpasst hatten.

«Wir müssen Hilfe holen.» Händeringend sah Tanya die anderen an. Sie war sichtlich verzweifelt. «Es kann alles Mögliche passiert sein», schrie sie Dom an. «Ausgerechnet mit *dem*!»

Annie schaute Max warnend an. *Nicht,* sagte ihr Blick. Ein großer Regentropfen landete auf ihrem Arm, dann ein zweiter mitten im Gesicht.

Max schüttelte den Kopf. «Wir sind die ganze Runde gelaufen, quer übers Feld bis zur Weggabelung, dann zurück nach oben, über Kellows Hof und die Straße. Wir haben Kellow unterwegs getroffen. Er hat das Vieh heimgetrieben. Er meint, er habe sie nicht gesehen.»

Annie wurde schlecht.

«Das hier haben wir gefunden», nuschelte Dominic.

Beim Anblick von Phoebes Asthmaspray auf der ausgestreckten Hand stöhnte Tanya auf.

«Okay. Wir müssen jetzt Ruhe bewahren», sagte Kira entschlossen. «Ein paar Orte haben wir bereits ausgeschlossen, oder? Was heißt das? Wir stellen jetzt einen richtigen Suchtrupp auf.»

Annie wusste nicht, was sie sagen sollte. Das Gelände um sie herum wirkte plötzlich nur noch wild und riesig und gefährlich. Das ergab alles überhaupt keinen Sinn. Kip würde niemals einfach so weglaufen, und schon gar nicht mit Phoebe. Sie konnte es nicht fassen.

Als der Regen heftiger wurde und aufs Dach zu prasseln begann, verzogen sie sich unter den Unterstand. Irgendwer holte eine Wanderkarte hervor und breitete sie auf dem großen Tisch aus. Sie nahm die Teller aus der Außenküche und beschwerte die Ecken, weil der Wind an der Karte zerrte. Während Max den anderen mithilfe der Karte das Gelände erklärte und sämtliche Erwachsene anfingen, aufgeregt durcheinanderzureden, zog sich Annie schmerzhaft der Magen zusammen, während eine Horrorvorstellung in ihrem Kopf die nächste jagte ... zwei kleine Gestalten im Wind auf dem südwestlichen Küstenpfad ... riesige Wellen, die sich am Wegesende donnernd in der kleinen Bucht brachen ... ein falscher Schritt an den steilen Klippen. Plötzlich waren die unheilvollen Worte des Immobilienmaklers wieder da, der sie bei ihrem ersten Besuch herumgeführt hatte, seine Gruselgeschichten über Grubenunglücke, ungeklärte Todesfälle, ein Kind aus dem Ort, das sich bei den Klippen verlaufen hatte. Annie schauderte.

«He», brüllte plötzlich jemand und riss sie aus ihren Gedanken. «Da!»

Annie fuhr herum und sah Felix mit ausgestrecktem Arm über die Wiese deuten, genau entgegengesetzt der Richtung, aus der die Männer zurückgekommen waren, hin zu dem Pfad, den die Kinder ursprünglich genommen hatten. Sie kniff die Augen zusammen, versuchte, im Dämmerlicht etwas zu erkennen.

Dann sah sie es: Vor der dunklen Hecke zeichnete sich ein heller Fleck ab. Eine Gestalt kam stolpernd und hinkend auf sie zugelaufen. «Gott sei Dank!», sagte sie mit rauer Stimme. Sie hätte diese schmalen, gekrümmten Schultern überall erkannt. «Alles gut, Leute, sie sind wieder da», rief sie, und die Erleichterung durchströmte sie wie warmer, flüssiger Honig. «Sie sind es.»

Kip hatte sichtlich Mühe zu laufen. Er humpelte stark und hielt sich einen Arm seltsam vor die Brust. Annie stöhnte auf, löste sich aus der Gruppe und lief in den Regen hinaus, ohne auf die Kälte zu achten. Sie wollte nur zu ihrem Jungen. «Kip!», rief sie ihm entgegen. «Wo seid ihr nur gewesen? Was ist passiert?»

Kip hatte kaum Zeit, wortlos die Achseln zu zucken, da raste Dominic schon an Annie vorbei, stürzte auf ihn zu und packte ihn am T-Shirt. «Wo ist sie?», schrie er ihn an. «Wo ist Phoebe?»

Annie packte Dominic am Hemd und versuchte, ihn von Kip wegzuzerren. Sie drängte sich dazwischen, fiel auf die Knie und nahm Kips Gesicht zwischen die Hände. Sie sah ihm forschend in die Augen. «Was ist passiert?» Sie entdeckte das Blut auf seinem T-Shirt. «Hast du dir wehgetan?»

Kip antwortete nicht. Der Regen lief ihm über die wachsbleichen Wangen. Er starrte auf seine Schuhe hinunter. Annie folgte seinem Blick und sah den dick geschwollenen, roten Knöchel. Sie holte scharf Luft und ließ die Hände über seine dünnen, nassen Beine gleiten. «Wo hast du dir sonst noch wehgetan? Wo kommt das ganze Blut her?»

Sie versuchte, irgendwie ruhig zu bleiben, versuchte, Kip wenigstens ein Wort zu entlocken, doch Dominic konnte sich keine Sekunde länger beherrschen.

Er schob sich vor Annie, packte Kip und schüttelte den Jungen heftig. «Raus mit der Sprache!», brüllte er. «Wo ist sie?»

«Hör auf!», schrie Annie. «Du machst ihm Angst. Er ist verletzt!»

Kip, den Blick noch immer zu Boden gerichtet, fasste sich unter das blutverschmierte T-Shirt und zog etwas hervor: einen schmutzigen, braunen Teddybären, klitschnass und voller Sand.

Als Dominic Phoebes Kuscheltier sah, tickte er vollständig aus. «Wo ist sie?», brüllte er Kip an, das wütende Gesicht so dicht vor seinem, dass Speicheltropfen auf den Wangen des Jungen landeten.

«Dominic!», schrie Annie. «Er ist verletzt. Er blutet, siehst du das nicht?»

Als Kip schließlich ein paar wenige Worte herauspresste, war seine Stimme nicht mehr als ein tiefes, fast unverständliches Kratzen. «Nicht meins.»

Annie musterte seine Hände, sah ihm forschend in die Augen. «Was meinst du damit? Was ist nicht deins? Was willst du sagen, Kip?»

Kip verzog das Gesicht. Es sah aus, als müsste er all seine Willenskraft zusammennehmen, um die nächsten fünf Worte irgendwie aus sich herauszukriegen. «Nicht mein Blut … Phoebes Blut.»

Annie keuchte auf und fuhr zurück, als hätte der Wind sie umgeblasen.

Dominic schlug dem Jungen heftig ins Gesicht. Die anderen Erwachsenen erwachten aus ihrer Schockstarre, protestierten lautstark und versuchten, ihn zurückzuhalten, aber Dominic schien taub zu sein. Er hatte nur Augen für Kip. «Rede, du kleiner Scheißer!», tobte er. «Ich weiß, dass du reden kannst. Mach endlich dein Maul auf und sag, was du mit ihr gemacht hast!»

«Aber Kip sagte nichts.» Annie riss sich von der Erinnerung los, kehrte wieder in ihre Küche und zu DC Haines' entsetztem Gesicht zurück. «Dank Dom hat Kip seit dem Moment kein einziges Wort mehr gesprochen.»

MAX

Sonntagabend

«Das ging alles so blitzschnell. Als ich endlich dazwischengehen konnte, lag Kip zusammengerollt auf der Erde.» Er mustert DC Haines, fragt sich, ob er zu viel sagt, aber das Gefühl, das ihn bei der Situation am Vorabend überkommen hatte, liegt ihm wie Galle auf der Zunge. Dominic, mit geballten Fäusten drohend über Kip gebeugt. Sein Sohn, zu Dominics Füßen im Schlamm kauernd. Annie, die kreischend auf Dominics unnachgiebigen Rücken einschlägt. In dem Moment, als Max sich auf Dominic stürzte, hatte sein Freund sich umgedreht, und eine Millisekunde lang hatte Max die Rage in Dominics Augen lodern sehen, befeuert vom Schein der im Wind tanzenden Lichterkette. Eine derart rohe, wilde Wut hatte Max noch nie erlebt.

Sein erster Hieb war ein Treffer, und die Überraschung des Angriffs ließ Dominic zu Boden gehen. Schockiert darüber, dass sein Freund einfach so umzuhauen war, machte Max einen Schritt rückwärts, und in dem Moment sprang Dominic bereits wieder hoch, packte ihn um die Taille und riss ihn mit sich zu Boden. Im triefend nassen Gras versuchten beide ringend und um sich schlagend, die Oberhand zu gewinnen.

«Das heißt, Mr Davies ging auf Kip los, und Sie versetzten Mr Davies einen Fausthieb, um Ihren Sohn zu beschützen?»

Max seufzt. «Ja.» Er fährt sich mit beiden Händen über das Gesicht. «Genau so war es. Ich hätte nie gedacht, dass Dom zu so was fähig ist, aber ja, er ging auf Kip los. Auf ein zwölfjähriges Kind.» Max hebt den Kopf und begegnet dem festen Blick der Beamtin. «Er war blind vor Wut. Ich musste handeln, ich musste Kip beschützen. Ich weiß wirklich nicht, was passiert wäre, wenn Scarlet nicht plötzlich laut gerufen hätte.»

«Mr Davies' Tochter?»

«Ja. Sie stand direkt hinter uns. Sie schrie Dominic an, er solle aufhören. Sie wirkte verängstigt. Ich glaube, sie hat ihn aus seinem Zustand wieder rausgerissen.»

Max hatte nicht gesehen, ob Scarlet Tränen oder Regentropfen über das entsetzte Gesicht liefen, aber bei ihrem Anblick, wie sie da vor ihm stand, mitten im Regen, war Dominic wieder zu sich gekommen. Er rappelte sich schwer keuchend auf und blieb mit herabhängenden Armen stehen. Doch seine Hände, sah Max, waren immer noch zu Fäusten geballt. Max hatte einen metallischen Geschmack auf der Zunge und merkte, dass er an der Lippe blutete.

Einen Augenblick lang war alles totenstill gewesen, bis auf die beiden keuchenden Männer und den Regen, der auf die Zeltwände und das Dach des Unterstands prasselte. Dann hatte Annie die Stille durchbrochen. «Kip ist verletzt!», rief sie. «Max, hilf mir!» Sie kniete im strömenden Regen im nassen Gras, tastete mit zitternden Händen den Körper ihres Sohnes ab und versuchte rauszufinden, was ihm fehlte. «Er hat sich den Knöchel verletzt, und ich glaube, er blutet.»

«Bleib ja, wo du bist!», fuhr Max Dominic an, dann ging er neben Annie in die Hocke. «Alles gut», sagte er beruhigend. «Kip, alles ist gut. Wir sind hier.»

Kip zitterte heftig – ob vor Kälte oder Angst, konnte Max nicht sagen. «Er ist nass bis auf die Knochen. Wir bringen ihn in eins der Zelte.»

«Nehmt unseres», sagte Suze. «Das ist am nächsten.»

«Wo ist Phoebe? Frag ihn, wo Phoebe ist.» Das war Tanya. Sie stand regungslos daneben, das Gesicht so gespenstisch weiß wie die Zeltwand, die sich vor dem dunklen Himmel abhob.

«Er weiß, wo sie ist», knurrte Dominic, aber der Gewaltausbruch schien vorbei zu sein. «Er ist voll mit ihrem Blut.»

«Ihn anzuschreien, bringt uns nicht weiter. Wir machen das auf unsere Weise», sagte Annie an Tanya gerichtet. «Ich rede mit ihm.»

Tanya legte Dominic beschwichtigend die Hand auf den Arm.

Max hob seinen Jungen hoch und trug ihn zum Zelt von Suze und Jim. Dort legte er ihn aufs Bett. Die Deckenlampe schaukelte im Wind hin und her wie ein Suchscheinwerfer und tauchte sie abwechselnd in Licht und in Schatten. Irgendwer schaltete die Nachttischlampe an und hielt sie übers Bett. Der Regen trommelte auf die Leinwand wie endloser Donner. Max hatte das Gefühl, in einem Albtraum gelandet zu sein.

Im Schein der Lampe war Kips Gesicht aschfahl. Er lag regungslos da, die Augen fest zusammengekniffen. «Kip, Liebes», sagte Annie sanft. «Ich weiß, dass du Angst hast, aber du musst uns sagen, wo Phoebe ist. Das ist ganz wichtig. Wo hast du sie zuletzt gesehen?»

Kip reagierte nicht.

«Bringt ihm was zu trinken», sagte irgendjemand.

«Kip, bitte. Es ist wichtig. Sie ist ganz allein da draußen.

Gleich kommt ein großer Sturm. Du willst ihr doch helfen, oder?»

Kip machte die Augen auf, und Max sah ihn flehend an.

Kips Lippen teilten sich.

Komm schon, Kumpel, dachte Max, hilf uns.

Aber dann machte Kip die Augen wieder zu, als könnte er den Schmerz und die Angst auf ihren Gesichtern nicht ertragen.

«Kip, bitte!», sagte Max. Er konnte den frustrierten Unterton in seiner Stimme nicht vermeiden. «Wir müssen wissen, wo Phoebe ist. Ob sie … ob sie … verletzt ist?» Er zögerte kurz. «Warum hast du ihr Blut auf deinen Sachen?»

Kip schüttelte den Kopf und hielt sich die Ohren zu.

«Der tut doch nur so! Der spielt mit euch!» Plötzlich stand Dominic im Zelteingang. «Ihr müsst ihn zwingen, mit euch zu sprechen!»

«Komm schon, Mann!» Jim packte Dominic am Arm und versuchte, ihn aus dem Zelt rauszubugsieren. «Das bringt doch nichts.»

Dominic machte sich los. «Ich gehe nirgendwohin, bis er uns nicht gesagt hat, was passiert ist.»

Kip schlug die Augen auf und schaute suchend und mit flackerndem Blick zum Zelteingang. Als er Dominic sah, erstarrte er, drehte sich zur Zeltwand um, rollte sich zu einer kleinen Kugel zusammen und schaukelte langsam vor und zurück.

«Gut gemacht!», sagte Annie mit loderndem Blick zu Dominic. «Du hast ihn zu Tode erschreckt. Wie soll er uns in diesem Zustand irgendwas sagen?»

Max fluchte innerlich. Er als Kips Vater hatte nur einen einzigen Job - seinen Sohn zu beschützen. Er wusste, dass Kips Eltern hinter Gittern saßen, verurteilt für die fahrlässige Tötung von Kips kleiner Schwester. Er wusste, dass sie ihn freiwillig zur Adoption freigegeben hatten. Die Sozialarbeiterin hatte ihm von den Prellungen und schlecht verheilten Knochenbrüchen erzählt, die sie bei Kip gefunden hatten. Er hatte nur eine Ahnung davon, was dieser Junge durchgemacht hatte. Dominics Gewaltausbruch hatte ihn retraumatisiert und würde sie als Familie in einen schrecklichen Zustand zurückwerfen.

Das Zelt wurde von einer heftigen Windböe erfasst. Sie zerrte an den flatternden Wänden. Im gleichen Augenblick grollte lauter Donner über den Campingplatz. «Himmel!», murmelte Jim. «Die Sintflut.»

Die Zeltklappen wurden zurückgeschlagen, und Fred kam herein, durchnässt und zitternd. «Schnell, mach wieder zu», sagte Kira. «Wo warst du denn?»

«Ich hab Schreie gehört. Was ist denn los?»

Kira nahm ihn beiseite und redete flüsternd auf ihn ein.

«Ich gehe noch mal los», sagte Dominic. «Wir müssen sie verpasst haben.»

«Wenn wir bei dem Wetter da rausgehen, kann sonst was passieren. Der Weg bei den Klippen ist nicht zu sehen ... der Untergrund ist nicht mehr trittfest ...» Max verstummte, sobald ihm klar wurde, was er da sagte.

Tanya stöhnte leise und schloss die Augen. «Ich versteh das nicht.» Ihre Stimme war kaum mehr als ein Flüstern. «Was macht ihr Blut auf seinem T-Shirt?»

Max sah Annie an. Er hatte darauf auch keine Antwort.

«Vielleicht hat sie sich irgendwo untergestellt», sagte Jim, um sie zu beruhigen.

«Untergestellt?», rief Dominic höhnisch. «Wo zum Teufel glaubst du, kann man sich in dieser Scheißgegend unterstellen?»

«Hier sind doch nur Felder und Klippen ... und das Meer?» Tanya wirkte panisch.

Dominic knirschte mit den Zähnen. «Ich gehe jetzt zum Strand. Wir haben sicher was übersehen.»

«Was ist mit dem Bauernhof? Könnte sie nicht dahin gelaufen sein? Sich in einem Schuppen versteckt haben? Im Stall? Vielleicht könnte der Bauer für uns nachsehen? Wir können ihn doch anrufen», sagte Jim.

Die Vorstellung war nicht wirklich beruhigend. Ein kleines Mädchen in der Obhut des ruppigen alten Kellow.

«Wo ist das nächste Festnetztelefon?», fragte Dominic schneidend. «Hier gibt's nämlich kein Netz. Schon vergessen?»

«Bei uns im Haus», sagte Max. «Ich fahre sofort rauf. Fred, du kommst mit. Wir rufen die Rettungsdienste und versuchen es bei Kellow.»

Fred nickte. «Natürlich.»

Ein Blitz zerriss den Himmel über der Landzunge. Tanya stieß einen leisen Schrei aus. Dominic wollte sie tröstend an sich ziehen, doch Tanya stieß ihn weg.

«Suze, wie wär's, wenn du mit den Kindern ins Haus gehst?», sagte Max. «Der Sturm macht ihnen Angst. Bei uns haben sie's wenigstens warm und trocken.»

«Kip bleibt hier», sagte Annie bestimmt. «Schau ihn dir an. Er ist praktisch katatonisch. Es ist besser, er bleibt hier, mit mir. Für den Moment jedenfalls.»

Max zuckte zusammen. Er war hin- und hergerissen. Kip ins Haus zu schaffen, würde nicht leicht sein, aber sollte er ihn tatsächlich hierlassen, in Dominics Nähe?

«Ich bleibe an seiner Seite. Ich bin die Einzige, die ihn vielleicht zum Reden bringt», sagte Annie. «Wenn wir ihn nach Hause bringen und er dort zu reden anfängt, haben wir keine Möglichkeit, euch hier unten Bescheid zu geben. Dann können wir euch nicht sagen, wo ihr suchen sollt.»

«Okay.» Max stimmte zu, obwohl er sich mit der Entscheidung nicht wohlfühlte. Er schaute Jim an und zeigte mit dem Kinn auf Dominic. *Behalt ihn im Auge.* Jim antwortete mit einem leisen Nicken. «Dominic, Tanya und Jim bleiben auch hier», sagte er. «Falls Phoebe auftaucht. Vielleicht sieht sie die Lichter des Campingplatzes und findet allein zu uns zurück.» Max wusste, dass er sich an einen Strohhalm klammerte.

«Ich bleib auch hier», sagte Kira. «Falls ich gebraucht werde.» Keiner reagierte. Alle wussten, was sie meinte. Ihre medizinischen Kenntnisse.

«Bist du sicher? Ich meine …» Max zeigte auf Asha.

Kira schüttelte den Kopf. «Die bekommt gar nichts mit. Siehst du?» Sie drehte sich seitwärts, und er sah Ashas friedlich schlafendes Gesicht an der Brust ihrer Mutter. Wenigstens das.

«Ich gehe auch nirgendwo hin», sagte Scarlet.

«Scarlet!» In Dominics Stimme schwang ein warnender Unterton. «Du tust, was dir gesagt wird.»

Sie schüttelte den Kopf. «Hör auf, mich wie ein kleines Kind zu behandeln. Ich will helfen.»

Als Dominic ihren entschlossenen Blick sah, warf er entnervt die Hände in die Luft.

«Wenn ihr wollt, kann ich ebenfalls bleiben», sagte Josh. «Ich könnte dich und Fred mit dem Buggy zum Haus hochfahren und dann die Runde über Kellows Hof machen. Ein anderes Gebiet abdecken, wenn Dom runter zum Strand will.»

«Das ist eine gute Idee», sagte Max. «Danke.»

Suze machte sich auf den Weg, um die Kinder einzusammeln und sie in wasserdichte Kleidung zu stecken. Max stand unter dem Vordach des Zelts und schaute ihr nach. Unter anderen Umständen wären die Kinder sicher begeistert, bei derart wildem Wetter rauszudürfen, und würden sich lachend und aufgeregt ins Abenteuer stürzen, doch stattdessen herrschte bedrückte Stille. Allen war der Ernst der Lage bewusst.

«Ich behaupte nicht, dass das der ideale Plan war», sagt Max zu Haines. «Es hat mir widerstrebt, Kip im Zelt zu lassen, aber ich hatte nicht den Eindruck, dass es gut für ihn gewesen wäre, ihn zu bewegen, und Annie hatte nicht unrecht. Das Wichtigste war, Phoebe zu finden. Wir waren alle in Panik. Die Zeit drängte.»

«Nur noch mal zur Klarstellung: Ihre Absicht war, vom Haus aus die Rettungskräfte zu rufen?»

Max nickte. «Ja, aber als wir ankamen, war der Strom ausgefallen. Das schnurlose Telefon funktioniert nicht, ohne dass die Basis am Strom hängt. Ehrlich. Der Sturm war die Hölle.»

DC Haines beugt sich aufmerksam vor. «Was haben Sie dann getan?»

«Die Sache war eigentlich klar. Fred und ich ließen Suze und die Kinder mit Kerzen und Decken im Haus zurück. Die waren also erst mal versorgt. Josh fuhr, wie besprochen, mit dem Buggy los. Fred und ich nahmen meinen Wagen. Wir dachten, wir fahren so weit, bis wir Empfang haben, um Alarm zu schlagen. Außerdem wollte ich Kellow anrufen und ihn bitten, in seinen Nebengebäuden nachzusehen.»

«Aber daraus wurde nichts.»

Max schüttelt den Kopf, ihm ist elend zumute bei der

Erinnerung. «Nein. Wir sind gerade mal ein paar Hundert Meter weit gekommen. Die Scheibenwischer arbeiteten auf höchster Stufe, aber das reichte nicht aus. Wenn wir nur etwas schneller gewesen wären, wären wir direkt in den Strommast gekracht, der quer über dem Weg lag. Ich hatte gerade noch Zeit, eine Vollbremsung hinzulegen.»

Max verstummt kurz, dann spricht er weiter. «Kein Wunder, dass im Haus der Strom weg war. Fred meinte, wir sollten über die blanken Leitungen steigen und zur Stra-ße laufen, aber die Leitungen waren unter Strom, überall schlugen Funken. Es war einfach zu gefährlich. Es gab keine Möglichkeit, da sicher drum herumzukommen. ‹Und was zum Teufel machen wir jetzt?›, fragte Fred mich.»

Max sieht Haines gequält an. «Ich war mit meinem Latein am Ende.»

TANYA

Samstagabend

Der Sturm wütete überall, rüttelte am Unterstand und riss an den Leinen, mit denen die Zelte verankert waren. Tanya hatte das Gefühl, er wäre auch mitten in ihr. Ein tosender, erschütternder, qualvoller Gefühlsstrudel, der in ihren Eingeweiden tobte. Was die anderen sagten, war ihr egal. Sie konnte nicht einfach rumsitzen und abwarten. Sie musste etwas tun.

Sie griff nach ihrem Telefon, schlüpfte aus dem inzwischen geschlossenen Unterstand und wurde draußen vom Wind mit voller Wucht getroffen. Er zerrte an ihrem Sommerkleid und peitschte ihr den kalten Regen ins Gesicht. Mit zusammengekrümmten Schultern kämpfte sie sich vorwärts. Immer wieder verloren die hochhackigen Stiefel den Halt auf dem glitschigen Untergrund, während sie den Hügel hinaufstieg.

Vielleicht bekam sie ja oben, dort, wo die Autos geparkt waren, ein Signal und konnte Hilfe rufen. Es war auf alle Fälle einen Versuch wert. Möglicherweise waren sie bei unterschiedlichen Anbietern und vielleicht hatte ausgerechnet ihr Handynetz Empfang. Falls nicht, würde sie eben so lange die Landzunge entlanglaufen, bis sie ein Netz hatte.

Das Wetter war gnadenlos, aber Tanya sagte sich mit jedem Schritt, den sie sich vorwärtskämpfte, dass sie es für Phoebe tat. Immer wieder rutschte sie aus und landete auf Händen und Knien, bespritzte sich das Kleid mit Schlamm. Die nassen Haare klebten ihr im Gesicht. Als sie endlich die Hügelkuppe erreicht hatte, war sie durchnässt bis auf die Knochen, aber das war ihr egal. Sie kauerte sich neben Doms Wagen in den Windschatten, holte das Telefon aus der Tasche und streckte es weit über den Kopf, verzweifelt auf wenigstens einen Balken hoffend. Doch da war nichts. Sie tippte trotzdem die 999, aber die Leitung blieb tot.

Sie drehte sich im Kreis. In welche Richtung sollte sie gehen? Der Sturm hatte dem Himmel auch noch das letzte bisschen Licht geraubt, und die Landschaft um sie herum fühlte sich gefährlich und absolut unvertraut an. Sie zitterte jetzt schon vor Kälte und stieß einen verzweifelten Schrei aus. Diesem Sturm war sie unmöglich gewachsen.

Frustriert machte sie kehrt und stolperte den Hügel wieder hinunter, immer auf den schwachen Lichtschein des unter ihr liegenden Campingplatzes zu.

«O Gott, Tanya. Du bist ja völlig durchnässt.» Sichtlich erschrocken von ihrem Anblick, zog Kira sie in den Unterstand zurück. «Warst du allein da draußen?»

«Ich musste es wenigstens versuchen», schluchzte Tanya. Sie deutete mit einer hilflosen Geste auf ihr durchnässtes Kleid und die schlammigen Stiefel. «Ich bin nicht weit gekommen.»

«Komm, wir besorgen dir erst mal was Trockenes zum Anziehen. Scarlet?», rief Kira. «Kannst du ins Zelt laufen und Tanya trockene Sachen bringen?»

Verzweifelt ließ Tanya sich auf eine Bank sinken. Sie zitterte unkontrolliert. Eine einzelne Lampe malte einen kleinen Lichtkreis in die Dunkelheit, und in ihr tobte und toste die Panik wie die Welt um sie herum. Sie sah Phoebes Teddybären neben sich auf dem Tisch sitzen, riss ihn an sich und drückte ihn fest an ihre Brust. Sie hielt ihn umklammert, als wäre er ein Stück ihrer verschwundenen Tochter.

Scarlet kam mit Tanyas Sachen zurück, und gemeinsam zogen die beiden sie an wie eine Gliederpuppe, zogen ihr die weiße Jeans über die nassen Beine, steckten sie in einen von Doms Fleece-Pullovern, nahmen ihr dazu ganz behutsam den Teddybären aus der Hand und legten ihn sanft wieder zurück.

Scarlet blieb einen Moment unschlüssig neben ihr stehen, als wollte sie Tanya umarmen, doch dann machte sie ein paar Schritte und setzte sich ans andere Ende der Bank, wo sie sich immer und immer wieder dieselbe Haarsträhne durch die Finger zog. «Ich kann nicht bei den anderen drüben im Haus sein, solange ich weiß, dass Phoebe irgendwo da draußen ist.»

Tanya reagierte nicht.

«Es ist alles gut mit ihr», sagte Scarlet, doch ihre Stimme zitterte so sehr, dass es wie eine Frage klang, eine Frage, auf die Tanya keine Antwort hatte.

Sie konnte nur an das Blut auf Kips T-Shirt denken. An die steilen Klippen, die zum tosenden Meer abfielen. An den schrecklichen Kerl, der gestern plötzlich vor ihnen gestanden hatte, an seinen großen schwarzen Hund und an die Schüsse seiner Schrotflinte, die heute Morgen über die Hügel gehallt hatten. Sie konnte Scarlet nichts geben – keinen Trost und keine Beruhigung. In ihr war nur Platz für die vielen schrecklichen Bedrohungen, denen Phoebe ausgesetzt war, ganz allein da draußen, mitten im Sturm.

Schließlich war Kira diejenige, die Scarlet in den Arm

nahm und sie an ihrer Schulter weinen ließ. Kira war es, die versuchte, das Mädchen mit leisen, tröstenden Besänftigungen zu beruhigen, bis Scarlet schließlich aufstand und zurück ins Zelt ging. Tanya sah ihr nach.

Sie gab nicht nur Dom die Schuld. Wenn sie ehrlich war, machte sie auch Scarlet Vorwürfe. Wenn Scarlet wie verabredet im Café gewesen wäre, wenn Tanya sie nicht erst hätte suchen müssen, wenn sie nicht auf dieser dämlichen Bank am Meer gesessen und mit dem Gejammer über ihre albernen Teenie-Probleme wertvolle Zeit verschwendet hätte, dann wäre sie vielleicht früher zurück gewesen und hätte diesen Horror noch irgendwie abwenden können.

«Hast du Hunger?» Kira sah besorgt zu ihr runter. «Du hast das Mittagessen verpasst.»

Tanya schüttelte den Kopf. «Nein. Ich habe in St. Ives eine Kleinigkeit gegessen.» Sie konnte sich nicht mehr erinnern, ob das überhaupt stimmte, aber Essen war definitiv das Letzte, wonach ihr jetzt war. Ihr drehte sich permanent der Magen um, als würde er jeden Moment seinen Inhalt wieder von sich geben.

Kira setzte sich auf die Bank und rückte ein Stückchen näher zu ihr hin, das Baby sicher an ihrer Brust. Tanya hatte das Gefühl, am Rand eines tiefen Abgrunds zu stehen, aus dem Irrsinn und wilder Schrecken nach ihr griffen. Sie bemühte sich verzweifelt, von den schwindelerregenden Horrorszenarien auf Abstand zu bleiben, die sich vor ihrem inneren Auge abspielten. Stattdessen versuchte sie, sich auf die Kleinigkeiten um sie herum zu konzentrieren. Die Wimpel, die wie verrückt im Wind flatterten. Den Regen, der auf das Holzdach prasselte. Den nassen Sand, der im feuchten Fell von Phoebes Teddybär klebte.

Den salzigen, mineralischen Geruch, der ihr in die Nase stieg, wenn sie ihr Gesicht in das Kuscheltier drückte. Die Geräusche von Asha neben ihr, die in den Armen ihrer Mutter brabbelte und gurgelte.

Tanya hob den Kopf und sah Asha an. Große, braune Augen erwiderten ihren Blick, offen und ernst. Dunkle Wimpern lagen sanft auf bronzefarbener Haut. Sie hatte Kiras Teint geerbt. Mutter und Tochter. In Sicherheit. Zusammen.

Sie hatte damals keine Ahnung gehabt. Hatte nicht zu schätzen gewusst, wie einfach alles war, als Phoebe noch ein Säugling gewesen war, beinahe immer in Kontakt mit ihr, so wie Asha jetzt, sicher verankert an ihrer Mutter.

Ihre Erinnerungen an die erste Zeit damals waren erschütternd. Die Anstrengung, die sie durchlebt hatte. Der Groll. Nach der ersten Euphorie, die auf den positiven Test folgte, war die Schwangerschaft nur noch zermürbend gewesen. Sie hatte in keinster Weise irgendwas mit diesen Frauen auf Instagram zu tun gehabt, den strahlenden werdenden Mamas mit ihren knackigen kleinen Hintern in teuren Yoga-Outfits, die grüne Smoothies nippten, ihre Designer-Kinderzimmer in geschmackvoll neutralen Farben ausstatteten und auf ihren Feeds aufgeregte Countdown-Timer posteten. Bei ihr hatte es stattdessen nur permanente Erschöpfung und Übelkeit gegeben, sie war wochenlang bettlägerig gewesen, süchtig nach Zucker und leeren weißen Kohlehydraten, unfähig, irgendetwas Grünes oder Nahrhaftes zu sich zu nehmen. Die Veränderung ihres anschwellenden Körpers, diese Metamorphose in etwas Aufgeblähtes, Nichtwiederzuerkennendes, hatte ihr Angst gemacht. Sie hatte sich betrogen gefühlt. War ihr Körper etwa nicht dazu gemacht? Warum hatte ihr niemand etwas von Schwangerschaftsakne erzählt, von Stimmungsschwankungen, Blähungen, Schwangerschaftsstreifen, Hämorrhoiden und schlaflosen Nächten? Wer hatte sich da gegen sie verschworen?

Dann kam die Geburt – stundenlange Qualen und Schmerzen –, schlagartig gefolgt von der erschütternden, erbarmungslosen Verwandlung ihres Lebens. Plötzlich war sie der Gnade eines winzigen, unergründlichen Wesens ausgeliefert und all den Opfern, die sie jeden einzelnen Tag für ihre Tochter bringen musste. Trotz Flaschennahrung, Nachtschwester und Nanny, die sie über eine renommierte Agentur für drei Tage die Woche engagiert hatten, damit sie wenigstens etwas «Tanya-Zeit» bekam und zurück ins Fitnessstudio zu ihrem Personal Trainer konnte, war es hart gewesen. Der Alltag war brutal. Dabei hatte sie sich doch genau danach gesehnt, oder nicht? Clare hatte kein Kindermädchen gehabt. Clare war mit zwei Kindern zu Hause bestens zurechtgekommen. Tanya hatte in der Küche gestanden und Phoebe über den Baby-Monitor beim Weinen zugehört, während ihr die Tränen übers Gesicht liefen. Sie war so traurig gewesen und voller Groll … eine Versagerin. Sosehr sie sich danach gesehnt hatte, Mutter zu werden, als es so weit war, war die Realität ein Schock.

Tanya schnürte es die Kehle zu, ihre Gefühle drohten, sie zu überwältigen. Sie holte tief Luft und drängte sie mit aller Macht zurück. Reiß dich zusammen, sagte sie sich und drückte den nassen Teddybären an sich. Später, wenn Phoebe erst gefunden war, wäre noch genug Zeit für Selbstvorwürfe und Schuldzuweisungen. Sie konnte sich keinen Nervenzusammenbruch leisten, nicht jetzt, nicht hier. Das würde sie nicht zulassen. Phoebe war irgendwo da draußen, und sie würden sie finden. Eine andere Möglichkeit existierte nicht. Allein, etwas anderes zu denken, würde einer Alternative die Tür öffnen, die nicht auszuhalten war. Jede Faser ihres Wesens war mit aller Kraft darauf ausgerichtet, ihre Tochter zu ihr zurückzubringen.

«Weißt du, woran ich die ganze Zeit denken muss?», murmelte Tanya.

Kira sah sie an und schüttelte den Kopf.

«Daran, was ich immer zu ihr sage, wenn wir irgendwo sind, wo sie noch nie war, ein Ort mit vielen Menschen, wie ein Supermarkt oder ein Einkaufszentrum. ‹Wenn wir uns verlieren, bleibst du genau da, wo du bist. Rühr dich nicht vom Fleck. Ich finde dich. Versprochen.›» Sie biss sich auf die Lippe. Sie würde nicht weinen. Tränen halfen Phoebe auch nicht weiter. «Sie war noch nie in einer Gegend wie dieser. Aber hier ist niemand, der ihr helfen kann. Wie soll ich mein Versprechen halten? Wie soll ich sie finden?»

Tanya legte den Teddy vor sich auf den Tisch. Sie schauderte. Es wurde immer kälter. Automatisch warf sie einen Blick auf ihr Telefon und feuerte es dann entnervt auf den Tisch. Kein Empfang. Inzwischen war es fast acht Uhr abends. Phoebe hatte sich morgens ihre Latzhose und ein dünnes Kapuzensweatshirt angezogen. Nichts, um sich warm oder trocken zu halten. Bei dem Gedanken wurde ihr schlecht.

Und was hatte sie getan, während Phoebe verschwunden war?

Sie war shoppen gewesen. Shoppen, verdammt noch mal!

Stopp – das alles war nicht ihre Schuld, oder? Sie hatte ihre Tochter nicht allein gelassen. Sie hatte sie in Doms Obhut gelassen.

Sie schaute Kira an. «Er wollte Phoebe nicht.»

Kiras Augen wurden groß. «Oh, ich bin mir sicher, das stimmt nicht ...»

«Doch, es stimmt. Als wir uns kennenlernten, hat Dom mir eindeutig zu verstehen gegeben, dass er keine Kinder mehr will. Am Anfang hatte ich kein Problem damit. Ich dachte, er wäre mir genug. Aber das stimmte nicht. Nach einer Weile wurde mir klar, dass ich in meinem Leben nicht auf die Erfahrung, Mutter zu sein, verzichten wollte. Du kannst das nachvollziehen, oder?»

Kira nickte. «Ja.»

Tanya beugte sich vor, um Ashas flaumigen Kopf zu streicheln. Beim Anblick ihrer babyhaften Essenz, der runden Bäckchen mit den Grübchen regte sich eine grausame Sehnsucht, stieg in ihr auf wie ein stummer Schrei. «Ich habe ihm keine andere Wahl gelassen. Ich habe die Pille abgesetzt. Als ich schwanger wurde, behauptete ich, es sei ein Unfall gewesen. Aber das stimmt nicht. Ich wollte ein Kind.»

Kira war sichtlich unbehaglich zumute, doch das war Tanya egal. Was spielte es jetzt noch für eine Rolle, ob sie ihre schmutzigen kleinen Geheimnisse preisgab?

Damals, in den ersten Jahren, hatte sie tatsächlich geglaubt, sie wäre mit Dominics Entscheidung einverstanden. Sie wollte ihn – eine Zukunft mit ihm, was auch immer das hieß, für welche Form auch immer *er* sich entschied. Außerdem hatte sie keine Lust, ihr Aussehen, ihre Figur, ihren Job aufs Spiel zu setzen – für ein Baby.

Doch ein oder zwei Jahre nach der Hochzeit hatte sich etwas in ihr verändert. Sie hatte sich dabei erwischt, wie sie Frauen im Park hinterhersah, Mütter in Sportkleidung, die joggend ihre molligen Babys in Designer-Buggys durch die Gegend schoben, oder in der Schlange an der Kasse im Supermarkt, die zärtlich auf ihre moppeligen Kleinkinder im Sitz des Einkaufswagens einredeten. Ihr Blick wurde magisch von diesen Frauen mit ihren Babys angezogen, so wie er früher magisch von teuren Kleidern und schicken Schuhen in irgendwelchen Schaufenstern angezogen worden war.

Im Zusammensein mit ihren Freundinnen war ihr eine weitere Veränderung aufgefallen. Die Gespräche, die sich früher immer um Jobs, Beziehungen, Reisen und Einrichtung gedreht hatten, kreisten zunehmend um Kinder – ihre Fortschritte, ihre kleinen Verfehlungen, ihre bewundernswerten Fähigkeiten. Tanya hatte stumm danebengesessen, an ihrem Prosecco genippt und sich ausgeschlossen gefühlt, während ihre Freundinnen sich lang und breit über ihre kleinen Lieblinge ausließen.

Für Dominic war alles okay. Er hatte Scarlet und Felix. Mit deren Leistungen konnte er prahlen und sich im warmen Glanz seines väterlichen Stolzes baden. Ein privater und für sie unzugänglicher Bereich in seinem Herzen würde für immer den Kindern vorbehalten sein, die er mit Clare hatte. Für Tanya fühlte es sich an, als hätte Clare ihr etwas voraus. Manchmal, und Tanya schämte sich dafür, es zuzugeben, sogar sich selbst gegenüber, war sie eifersüchtig auf Dominics Liebe zu seinen Kindern. Sie wollte, dass seine Liebe nur ihr gehörte.

Aber Dominic war ein erfüllter Mann. Er war Mitglied «des Klubs». Tanyas Gefühl nach war es unfair von Dom, von ihr Verzicht zu verlangen. Er verweigerte ihr etwas, das er selbst hatte. Warum sollte Dominic alles haben? Wieso sollte sie einen essenziellen Teil von sich opfern, um ihn glücklich zu machen? Wenn er sie wirklich liebte, hatte sie gedacht, würde er sich den Luxus, den er besaß, auch für sie wünschen.

Abgesehen davon, dass die meisten Männer schließlich sowieso nicht wussten, was sie wollten. Bis man es ihnen unter die Nase hielt. Auf dem Silbertablett. Natürlich dachten alle Männer, sie wüssten genau, was sie wollten, aber in Wirklichkeit musste man es ihnen zeigen – buchstabieren sogar. Männer waren oft so ahnungslos.

Zum Beispiel, wenn sie sagten, «der natürliche Look» an einer Frau sei ihnen am liebsten. Sie glaubten, sie wollten eine Frau mit natürlichem Look, aber wenn sie den dann wirklich bekamen ... die rohe, unrasierte, ungebräunte, unpräparierte Frau in ihrem naturbelassenen Zustand, waren sie schneller weg als ein Toupet im Sturm. Männer waren nicht gut darin, unter die Oberfläche zu schauen. Sie nahmen alles für bare Münze. Sie sahen eine hübsche Frau und kapierten nicht, dass es sich bei dem «natürlichen Look», auf den sie so standen, in Wirklichkeit um eine geföhnte, kunstvoll geschminkte, gecremte, gezupfte, gefilterte Hochglanzversion handelte. Das war der «natürliche Look», den sie haben wollten. Nicht die Version einer Frau, die sich gehen ließ und bei der alles hängen durfte. Um das zu verstehen, musste man sich doch nur ansehen, was mit Clare passiert war.

Als Dominic sagte, er wolle kein Kind mehr, war Tanya deshalb klar gewesen, dass er nur *glaubte*, dass er das wolle. Wenn sie ihn jedoch vor vollendete Tatsachen stellte, wusste sie, dass sie ihn dazu würde überreden können. Schließlich musste er kein Opfer dafür bringen. Es war nicht so, dass sie sich ein Kind finanziell nicht leisten konnten. Ein Baby wäre ein wichtiges Band zwischen ihnen. Sicherheit. Es würde sie in den Augen anderer mit

Clare auf eine Stufe stellen. Sie wäre nicht mehr nur die Zerstörerin seiner Ehe – die *zweite* Ehefrau –, sondern die Mutter seines Kindes. Sie war bereit gewesen, das Risiko einzugehen.

Und jetzt? War es das? Die Strafe des Schicksals, weil sie etwas erzwungen hatte, das nie für sie bestimmt gewesen war – etwas, das Dominic eindeutig nie gewollt hatte. Denn wenn sie nicht in der Lage war, ihre Tochter zu beschützen, was für eine Mutter war sie dann? Hatte sie es überhaupt verdient, Mutter zu sein?

«Ich weiß, dass Dom nicht bereut, noch ein Kind bekommen zu haben», sagte Kira leise. «Wie sollte er?» Kira sah sie forschend an. «Er vergöttert Phoebe. Er ist ein hingebungsvoller Vater.»

«Wo ist er dann heute gewesen? Kannst du mir das sagen? Wieso hat er nicht auf sie aufgepasst?»

Es fiel Kira sichtlich schwer, Tanya in die Augen zu schauen. «Er ist ein toller Vater, Tanya. Er liebt seine Kinder. Das ist offensichtlich.»

Tanya wandte sich ab und starrte in die Dunkelheit hinaus. Sie saßen schweigend da, Kira rutschte unruhig auf der Bank hin und her. Schließlich räusperte sie sich. «Pardon», sagte sie, hob Asha hoch, roch an ihr und verzog das Gesicht, «aber ich glaube, sie braucht eine frische Windel.» Sie schaute Tanya entschuldigend an. «Kann ich dich einen Augenblick allein lassen? Oder willst du lieber mitkommen? Oder soll ich jemanden holen?»

«Geh.» Tanya schickte Kira mit einer Handbewegung weg und griff wieder zum Telefon, um sich abzulenken. Sie wählte immer wieder die 999, wollte nicht akzeptieren, dass sie keinen Empfang hatte, bis plötzlich Dom aus der Dunkelheit zu ihr trat, nass und bleich. Die Angst stand ihm offen ins Gesicht geschrieben. Sie brauchte ihn nicht zu fragen, ob sie irgendwas gefunden hatten, aber er schüttelte trotzdem den Kopf. «Es ist Flut. Ich konnte nicht runter bis zum Strand. Ich musste umkehren.»

Tanya schloss die Augen. Sie konnte seinen Anblick kaum ertragen.

«Sind die anderen schon zurück?», fragte er.

Sie schüttelte den Kopf.

«Warum dauert das so lange?»

«Wenn du die Kinder begleitet hättest, wäre Phoebe jetzt hier bei uns. In Sicherheit. Ich kann nicht glauben, dass du sie allein hast losgehen lassen ... mit diesem Typen!» Sie wandte sich ab.

«Glaubst du, ich weiß das nicht? Glaubst du, deine Vorwürfe helfen uns jetzt irgendwie weiter?»

Eine heftige Windböe hob eine der Seitenwände an und wehte Regen in den Unterstand. Dom rannte hinüber, um die Leinwand wieder festzuzurren. «Max und Fred müssten jeden Moment wiederkommen. Ich finde raus, wann die Polizei hier ist, und gehe dann noch mal den Weg ab, den die Kinder genommen haben. Tanya!» Er trat zu ihr, hob ihr Kinn zu sich hoch und zwang sie, ihn anzusehen. «Ich werde sie finden. Das verspreche ich dir.»

Sie konnte nicht antworten, sah ihm nur stumm hinterher, als er zurück ins Freie ging. Dann blieb sie stockstarr und allein im Unterstand sitzen, ohne auch nur einmal den Blick von der Dunkelheit abzuwenden, die hinter dem kleinen Lichtkreis lag, als könnte sie Phoebe durch schiere Willenskraft herbeidirigieren, zurück zu ihr, zurück in ihre Arme.

KIRA

Samstagabend

Kira zitterten die Hände, als sie das Zelt betrat und Asha auf die Wickelunterlage legte. Sie hatte Mühe, die Druckknöpfe des Strampelanzugs zu öffnen. Der Wind rüttelte an den dünnen Zeltwänden, und der Stützbalken in der Mitte knarzte beunruhigend. Kira schaute sich um und fluchte leise. Was zum Teufel hatten sie hier draußen eigentlich verloren? Das war alles völliger Irrsinn.

Als würde Asha die Unruhe ihrer Mutter spüren, fing sie an zu quengeln und schlug unruhig mit Armen und Beinen um sich. Kira wickelte sie, zog ihr einen frischen Strampler an und nahm sie in die Arme, um sie zu beruhigen. Sie gab ihr einen Kuss auf den warmen Kopf. «Na, siehst du? Alles wieder gut», sagte sie in leisem Singsang und schaukelte Asha sanft hin und her. «Dir geht's gut, dir geht's gut, alles ist ganz wunderbar.» Sie war sich nicht ganz sicher, wen sie mit ihrem Gesang eigentlich tröstete, Asha oder sich selbst, jedenfalls wurde Asha allmählich wieder ruhig.

Tanyas Geständnis hatte Kira zutiefst aufgewühlt. Was für eine schreckliche Situation. Tanya hatte gespenstisch ruhig gewirkt. Kira war klar, dass sie unter Schock stand. Hoffentlich kamen Fred und Max bald zurück, um ihnen zu sagen, dass die Polizei unterwegs war. Ihr war irgendwie das Zeitgefühl abhandengekommen, aber inzwischen musste eigentlich genug Zeit vergangen sein, um Hilfe zu holen. Sie brauchten dringend einen richtigen Suchtrupp. Sie brauchten Hubschrauber und Hunde und diese Riesenscheinwerfer, mit denen man nachts das Gelände ausleuchtete. Sie brauchten echte Profis mit ruhigen Stimmen und Erfahrung.

Sie wusste, dass es egoistisch war, noch einen Moment länger als unbedingt nötig im Zelt zu bleiben. Sie wusste, dass sie zu Tanya zurückgehen musste, aber sie war noch nicht bereit, sich schon wieder der Realität zu stellen, die sich erbarmungslos da draußen vollzog. Sie brauchte einen Augenblick Zeit, um sich zu wappnen. Sie setzte sich auf die Bettkante, hielt Asha ein Stückchen von sich, musterte forschend die Augen ihrer Tochter, die kleine Stupsnase, den dunklen Flaum auf ihrem Kopf, die zwei winzigen Grübchen.

Kira konnte sich nicht vorstellen, auch nur eine Nacht von ihrer Tochter getrennt zu sein. Die Erkenntnis, wie kostbar, wie zerbrechlich all das war, fühlte sich überwältigend an. Arme Tanya. Ihr Mitleid hatte sie zu der anderen Frau hingezogen, hatte sie dazu gebracht, sich zu ihr zu setzen und zu versuchen, sie zu trösten. Aber eigentlich war ihr klar, dass sie die Falsche war. Je mehr Tanya sich ihr geöffnet hatte, je mehr sie ihr erzählt hatte, wie Phoebe zustande gekommen war, wie sie Dom manipuliert hatte, desto heftiger hatte sich Kira der Stachel ihres eigenen Betrugs ins Fleisch gebohrt.

Plötzlich zog jemand den Reißverschluss zu ihrem Zelt auf. Kira drehte sich um, in der Hoffnung, Fred zu sehen, stattdessen tauchte Dominics aschfahles Gesicht im Eingang auf. «Ist Fred wiederaufgetaucht? Konnten sie Hilfe holen?»

«Nein, noch nicht.» Sie zog Asha an ihre Brust, um sie vor der kalten Luft zu schützen. «Ich wollte Asha gerade hinlegen. Willst du kurz reinkommen?», sagte sie. «Die müssten eigentlich jeden Moment zurückkommen.»

Dominic schüttelte den Kopf. «Ich kann nicht rumsitzen und nichts tun, solange ich weiß, dass sie irgendwo da draußen ist ... allein.» Das letzte Wort verließ als Schluchzen seinen Mund. Kurz sah es aus, als würde Dominic vor ihren Augen zusammenbrechen. «Was für ein beschissener Albtraum!»

Sie legte Asha in ihr Reisebettchen und zog Dominic zu sich ins Zelt.

«Wenn ich wenigstens mit Kip sprechen könnte ...» Er schlug sich die Hände vors Gesicht. «Warum war er voller Blut?»

Kira wusste nicht, was sie sagen sollte.

«Glaubst du, er hat ihr was angetan?»

«Dom, hör auf damit! Er ist ein Kind!»

Er hob den Kopf und sah sie mit rot geäderten Augen an. «Was, wenn Kip immer noch sauer ist wegen dem bescheuerten Marshmallow? Ich weiß, das wäre irre, aber der Junge ist komisch. Das musst du zugeben. Annie und Max haben kaum was über seine Vergangenheit erzählt. Was verschweigen sie? Wir wissen doch gar nicht, wozu der fähig ist!»

«Dom», sagte Kira leise. «Diese Situation ist äußerst quälend, aber überleg doch mal, was du da sagst. Glaubst du wirklich, Kip würde Phoebe absichtlich wehtun? Das ist ziemlich übel.»

«Ich weiß es nicht», stöhnte er. «Aber eins weiß ich. Wenn Annie und Max mich nur in seine Nähe lassen würden, ich würde ihn zum Reden bringen.»

Sie schüttelte den Kopf. «Ich kann mir nicht vorstellen, dass Kip etwas ... absichtlich Gewaltvolles tun würde.» Sie versuchte, ihn zu beruhigen, aber gleichzeitig spielte sich die Szene vom Vorabend noch einmal vor ihrem inneren Auge ab. Kip, der sich mit dem Stock in der Hand auf Phoebe stürzt. Das war Unreife gewesen. Eine kindliche Affektreaktion. Nicht mehr und nicht weniger. Oder doch?

«Vielleicht ist das meine verdiente Strafe», sagte Dominic heiser. Er hob den Kopf und sah sie an. «Für das, was passiert ist ... in jener Nacht.»

Kira erstarrte. «Dom!», sagte sie warnend.

«Glaubst du das? Glaubst du, das ist meine Strafe?»

Kira schüttelte heftig den Kopf. «Natürlich nicht! Das eine hat mit dem anderen nichts zu tun.»

Dominic machte die Zeltklappe hinter sich zu und trat an Ashas Reisebett, den Blick fest auf das schlafende Gesicht gerichtet. Kira überkam tiefe Unruhe, als sie den forschenden Blick bemerkte, mit dem er ihre Tochter ansah. «So funktioniert das Leben nicht, Dom», sagte sie, um ihn zu beruhigen. «Ein Fehltritt ist nicht der Auslöser für alles Schreckliche, das einem von da an widerfährt.»

Er konnte den Blick nicht von Asha lösen. «Vielleicht habe ich nichts anderes verdient. Ich bin ein schlechter Ehemann und ein schlechter Vater.»

«Dominic, niemand verdient so was. Du nicht. Tanya nicht. Phoebe nicht.»

Er hob den Kopf, sah sie an und machte den Mund auf, als wollte er etwas sagen, sie etwas fragen, doch dann schien er sich wieder zu fangen. Er ging zurück zum Eingang, und sie dachte schon, er würde gehen, doch dann drehte er sich zögernd noch einmal um. «Hast du es irgendwem erzählt? Das mit uns?»

Kira schüttelte den Kopf. «Nein!»

«Jim?»

«Nein!»

«Nicht mal Fred?»

«Nein! Ich habe mein Versprechen gehalten», sagte sie heftig. «Ich habe mit niemandem darüber gesprochen, und ich habe auch nicht vor, es zu tun.»

Er starrte zu Boden. «Tanya darf das nie erfahren. Das wäre unser Ende.»

«Dom. Das ist jetzt wirklich nicht der richtige Zeitpunkt. Jetzt geht es nur um Phoebe.»

Er schlug den Kragen seiner Regenjacke hoch, zog sich die Kapuze über den Kopf und verschwand wieder in der Dunkelheit.

Kira sah ihm nach und wartete darauf, dass ihr wild klopfender Herzschlag sich wieder beruhigte.

Jene Nacht.

Seit ihrem Geburtstag hatte Kira ihr gemeinsames, schmutziges Geheimnis für sich behalten. Seit jenem Abend, als sie plötzlich die Nähe ihrer Freunde mit ihrem perfekten Leben und dem Gerede über ihre perfekten Familien unerträglich gefunden hatte. Sie hatte dagestanden, konfrontiert mit der bedrohlichen Vierzig, immer noch Single und immer noch kinderlos. Sie hatte den Vorschlag gemacht, ein Wochenende in den Cotswolds zu verbringen, ohne Kinder, nur die Erwachsenen, endlich mal wieder ein bisschen zwangloser Spaß, schließlich kamen sie ohne Kinder kaum noch zusammen – nur die alte Clique. Sie hatte geglaubt, es würde sie von den üblichen Themen wie Kinder und Familie ablenken, und am Anfang hatte das tatsächlich funktioniert.

Es war wie in alten Zeiten gewesen, als sie sich zu siebt

an der Hotelbar trafen. Doch schon bei den Cocktails hatten Suze, Tanya und Annie wieder mit ihrem leicht konkurrenzhaften Geplänkel über die Kinder angefangen, über Schulprobleme und sportliche Erfolge, und dann hatten die Jungs sich auch noch eingemischt, und eine Weile hatte Kira geduldig dabeigesessen und dabei zugehört, wie sie sich im Elternsein suhlten. Doch innerlich hatte sie vor sich hin gekocht. Das war ihr Geburtstag. War ein einziger Abend mit Erwachsenenthemen und ein bisschen Spaß tatsächlich zu viel verlangt?

Sie hatte ihren Frust mit viel zu viel Alkohol kompensiert, und als der Kellner ihr zum Abschluss des Geburtstagsdinners das Schoko-Malheur mit der kunstvoll in Himbeer-Coulis geschriebenen «Happy 40th Birthday»-Verzierung servierte, hatte sie spontan den verhängnisvollen Entschluss gefasst, eine Rede zu halten. Leicht schwankend hatte sie am Kopfende der Tafel gestanden und sie alle nacheinander mit Blicken durchbohrt.

«*Jetzt schaut euch bloß an, ihr mit eurem perfekten Leben, euren perfekten Häusern, euren perfekten Kindern. Ich dachte immer, wir sieben hätten so viel gemeinsam ... dass wir für immer Freunde sein würden. Aber inzwischen glaube ich, die verschiedenen Wege, die wir eingeschlagen haben, haben uns ganz schön verändert. Und zwar*», hatte sie hinzugefügt und mit dem Zeigefinger auf sie gezeigt, «*nicht unbedingt zum Besseren, oder? Ich meine, wann seid ihr eigentlich so langweilig geworden? So öde? Wann habt ihr euch in so ...*» sie hatte Luft geholt und nach den richtigen Worten gesucht ... «*beschissene Spießer verwandelt?*»

Die entgeisterten Gesichter rund um den Tisch hatten Bände gesprochen, als Kira sich wieder auf ihren Stuhl plumpsen ließ.

Ihr drehte sich heute noch der Magen um, wenn sie daran dachte, wie sie sich aufgeführt hatte, wie sie nach dem Essen gemeinsam zurück an die Bar gegangen waren, die tapferen Bemühungen der anderen, ihren brutalen Ausbruch zu ignorieren und die Partystimmung irgendwie doch noch zu retten. Doch dazu war es zu spät gewesen. Ihre Geburtstagsfeier war hinüber.

Max und Annie hatten sich als Erste entschuldigt, hatten gesagt, sie müssten langsam ins Bett, weil sie am nächsten Morgen früh aufbrechen müssten, zurück zu Kip, Kiras lautstarken Protesten zum Trotz. Danach hatte Tanya sich zurückgezogen, angeblich hatte sie Kopfschmerzen. Kurz darauf hatte Suze das Handtuch geworfen. Sie hatte Jim einen Kuss auf die Stirn gegeben und ihm – ein bisschen zu laut – zugeflüstert, dass er und Dom bitte dafür sorgen sollten, dass Kira wohlbehalten in ihr Hotelzimmer zurückfand.

«Was seid ihr nur für Langweiler?», hatte Kira gerufen und sich in das Samtsofa fallen lassen, das in der Bar stand. «Ihr lasst mich an meinem Geburtstag doch wohl nicht alleine trinken?» Sie hatte dem Barmann zugewunken, der hinter dem Chromtresen stand und die Gläser polierte. «Eine Flasche von Ihrem besten Tequila und drei Gläser, bitte», hatte sie gerufen. Und dann, ohne sich die Mühe zu machen, die Stimme zu senken, hatte sie hinzugefügt: «Vielleicht hab ich mit dem heute Nacht Glück.»

Dom und Jim waren bei ihr geblieben. Sie hatten einen letzten Shot miteinander getrunken, während Kira ihnen lallend versicherte, sie wären «die Besten» und von dem ganzen Haufen mit Abstand die amüsantesten und deshalb auch ihre «absoluten Lieblingsfreunde», bis die beiden sie schließlich aus der Bar herauslotsten, durch die

Lobby begleiteten, in den Lift bugsierten und nach oben in ihr Zimmer brachten, wo sie auf direktem Weg ins Bad torkelte und die Cocktails, den Tequila, den Jahrgangschampagner und ihr siebengängiges Degustationsmenü wieder von sich gab.

Jim war besorgt gewesen. «Wir können sie doch so nicht allein lassen», hatte er zu Dom gesagt. «Was, wenn sie sich im Schlaf noch mal übergibt?»

«Kein Problem», hatte Kira verkündet, während sie aus dem Bad geschwankt kam, über den Hocker vor dem Schminkspiegel stolperte und auf dem großen Bett zusammenbrach. «Los, verschwindet, ihr zwei, haut ab zu euren perfekten kleinen Ehefrauen ... zu eurem perfekten Leben. Ich schaff das auch allein.»

Dominic hatte Jim zugenickt. «Geh du. Ich bleib bei ihr.»

«Mir geht's gut», hatte sie gelallt. «Alles tippitoppi.»

«Sicher?», fragte Jim.

Dom hatte wieder genickt und die Tür hinter Jim zugemacht. Er hatte den Fernseher eingeschaltet und es sich auf dem Berg plüschiger Kissen bequem gemacht, die auf dem Bett lagen. Er hatte durch die Kanäle gezappt, bis er einen alten Schwarz-Weiß-Film fand. Zwischendurch brachte er Kira dazu, kleine Schlucke Wasser aus der Flasche an ihrem Bett zu trinken. «Glaub mir, morgen wirst du mir dankbar sein.»

Kira hatte sich jammernd neben ihm zusammengerollt. «O Gott, Dom. Ich hab's verkackt, oder? Das war total daneben von mir. Was ich alles gesagt habe!»

Dom hatte ihr den Arm um die Schulter gelegt und ihr übers Haar gestreichelt. «Wir sind deine Freunde. Wir verstehen dich.»

Kira nickte. «Weißt du, ich kapier das nicht. Ich sehe euch und alles, was ihr habt. Wieso kann ich das nicht auch haben? Was stimmt nicht mit mir?»

Dominic drückte mitfühlend ihre Schulter. «Vierzig ist nicht schlimm, ganz im Gegenteil. Da fängt es für dich doch erst an. Glaub mir. Ich weiß das.»

Es war schön gewesen, so nah neben jemandem zu liegen, im Arm gehalten zu werden, den Geruch von Aftershave und warmer Haut zu inhalieren. Als sie so neben ihm lag, fühlte Dom sich gar nicht mehr so sehr wie Dom an, wie der alte Freund, den sie seit zwanzig Jahren kannte, sondern viel fremder, viel unbekannter. Plötzlich war sie sich der sanften Streichelbewegungen seiner Finger nur allzu bewusst gewesen, dem gleichmäßigen Heben und Senken seines festen Brustkorbs unter ihrem Kopf. Sie hatte ihm den Kopf zugedreht, um sich bei ihm für seine Fürsorge zu bedanken, doch als sie sich in die Augen sahen, brachte sie keinen Ton mehr heraus. Seine Augen waren so nah, so tief, und dann diese niedlichen Sommersprossen, die ihr vorher noch nie aufgefallen waren ... Überwältigt von einem plötzlichen Impuls, hatte sie sich vorgebeugt und ihn geküsst.

Dominic hatte nicht reagiert, sie nur erschrocken angesehen, aber als sie sich zurückziehen wollte, plötzlich ziemlich nüchtern und ziemlich verlegen, hatte er nur ein Wort gesagt. «Nein.»

Zuerst hatte sie gedacht, er meinte damit *nein, ich will das nicht.* Sie hatte gedacht, er meinte *nein, ich bin verheiratet.* Doch dann hatte er seine Arme um ihre Taille gelegt, sie wieder an sich gezogen, und ihre Lippen hatten sich ein zweites Mal getroffen, und diesmal ertastete seine Zunge behutsam ihren Mund.

Sie hatten beide nicht gesprochen, als sie sich aus ihrer Strumpfhose nestelte. Sie hatten kein einziges Wort gesagt, als er ihr das Kleid aufknöpfte, als sie seine Fliege löste und ihn bestieg, als ihre Haare über sein Gesicht fielen, als ihre Hände nach seinen griffen, als er ihre Hüften gehalten und vor Wonne gestöhnt hatte.

Ihre Lust war überwältigend. Dom war seit zwanzig Jahren Teil ihres Lebens – seit zwanzig Jahren ihr Freund, aber in diesem Augenblick wirkte er auf sie wie ein vollkommen Fremder. Anders als bei anderen Männern, mit denen sie im Bett gewesen war, verschwendete sie keinen Gedanken an ihre stoppligen Beine, ihren unperfekten Körper oder ihren Mangel an sexueller Raffinesse. Sie dachte weder darüber nach, wie es dazu gekommen war, noch was daraus werden würde – was er von ihr denken würde. Alles, worum es in diesem Moment ging, waren Emotionen, Körperempfindungen und Lust – und zwar ihre. Selbst wenn sie innegehalten hätte, um über Dominic nachzudenken, über seine Ehe und Tanyas Gefühle, über die drei Kinder, die er in die Welt gesetzt und das Ehegelübde, das er abgelegt hatte, hätte sie weitergemacht, weil es in diesem Augenblick, in diesem Hotelzimmer, ausschließlich um sie ging und darum, etwas anderes zu spüren als immer nur ihre schmerzende Einsamkeit.

Als sie hinterher neben ihm lag, hatte sie sich gefragt, ob es vor allem das Falsche, das schrecklich Verbotene dessen, was sie getan hatten, gewesen war, das sie derart angeturnt hatte. Dom hatte Übung. Während der Uni war er ständig fremdgegangen. Er hatte Clare mit Tanya betrogen. Es war für Kira nicht wirklich überraschend, dass er sich treu blieb. Aber sie war immer ein braves Mädchen gewesen. Sie hatte immer das Richtige getan – alles, was ihre Eltern, ihr Freundeskreis, die Gesellschaft von ihr erwartet hatten.

Ihr Vater hatte ihr von klein auf eingetrichtert, dass sie sich immer ein bisschen klüger anstellen und ein bisschen härter arbeiten musste. Er selbst war als Junge in den Sechzigern aus Sri Lanka gekommen und hatte gegen Vorurteile und Privilegien kämpfen müssen, um einer der besten Bauingenieure des Landes zu werden. «Kira», hatte er abends auf der Bettkante zu ihr gesagt. «Es gibt hier viele Menschen, die nicht an dich glauben, die nur deinen Nachnamen sehen, dein Geschlecht oder deine Hautfarbe. Du musst hart arbeiten für das, was du willst. Du musst stolz darauf sein, wer du bist – auf deine Herkunft. Auf das Erbe von uns beiden, deiner Mutter und mir. Du bist die perfekte Mischung aus uns. Du bist in zwei Welten zu Hause. Das ist eine Stärke. Lass dich von niemandem daran hindern, deine Träume wahr zu machen.»

Als Teenagerin hatte sie zwar die Augen verdreht, wenn er mal wieder mit seinen kleinen Pep-Talks bei ihr landen wollte, aber sie hatte trotzdem auf ihn gehört. Sie war eine ehrgeizige Schülerin gewesen, hatte immer hart gearbeitet und sich im Studium trotz der vielen Partys und der unzähligen Abende mit Jim und Dom, Max und Annie im Sender auf ihre Noten konzentriert und das Examen mit Auszeichnung bestanden. Sie war in ihrer Allgemeinarztpraxis zur jüngsten Teilhaberin aufgestiegen. Aber wozu? Wofür hatte sie so hart gearbeitet?

Sie saß tagein, tagaus in ihrem Sprechzimmer, hörte sich die Klagen ihrer Patientinnen und Patienten über unförmige Leberflecke und eingewachsene Zehennägel an, über Geschlechtskrankheiten und Beschwerden in der Menopause, über entzündete Mandeln und Bluthochdruck.

Manchmal kam sie sich vor wie ein wandelnder Rezeptblock. Wer kümmerte sich um sie und ihre Bedürfnisse? Wann schenkte das Leben ihr endlich, was *sie* wollte? Sie hatte ganz normale Wünsche – Erfolg im Beruf, einen Partner, mit dem sie ihr Leben teilen konnte, ein Kind, das sie lieben konnte. Das war doch nicht zu viel verlangt, oder? Warum waren ihr diese Dinge versagt geblieben, während alle anderen um sie herum durchs Leben segelten und dabei all das scheinbar mühelos um sich versammelten?

«O Gott!», hatte Dom neben ihr gestöhnt und sich weggedreht.

Sie wusste nicht, was er damit meinte. *O Gott, das war der Hammer* oder *o Gott, was haben wir getan?* Im Grunde war es ihr egal.

Sie hatten noch eine Weile nebeneinander auf ihrem Bett gelegen, beide still und in sich gekehrt, dann waren die unvermeidlichen Entschuldigungen gekommen. «Tut mir leid. Es tut mir so leid. Das hätte ich nicht tun dürfen, Kira.» Die Reue sickerte aus ihm heraus, erhob sich in die Luft und erfüllte mit ihrem klaustrophobischen Gewicht das ganze Hotelzimmer.

Sie wusste, dass er der Meinung war, er hätte sie ausgenutzt – arme, betrunkene, überemotionale Kira. Ganz kurz hatte sie überlegt, ob sie ihn beruhigen sollte, ihm sagen sollte, dass es okay war, dass es ihre Entscheidung gewesen war, dass sie zu keinem Zeitpunkt die Kontrolle über die Situation verloren hatte und es wirklich nichts zu bedeuten hatte. Aber sie tat es nicht. Sie lag einfach nur still da und schickte still und stumm ihre ganz eigenen Gebete ans Universum. Kira bereute nichts. Rein gar nichts.

«Tanya darf das nicht erfahren», sagte er schließlich, sichtlich entnervt von ihrem Schweigen.

«Wird sie nicht.»

«Im Ernst. Wir dürfen das niemandem erzählen.»

«Ich habe nicht die Absicht.» Sie hatte sich zu ihm gedreht und sanft seine Hand gedrückt. «Das war ein einmaliger Ausrutscher. Ein Geheimnis. Unter Freunden. Okay?»

Und dabei hatten sie es belassen, er hatte sich aus ihrem Zimmer geschlichen, zurück zu Tanya, und Kira war unter die Bettdecke geschlüpft und eingeschlafen, mit einem leisen Lächeln auf den Lippen.

Als sie nur ein paar Wochen später auf einer Tagung Fred begegnete, wurde die peinliche Nacht mit Dominic wie von selbst aus ihrem Gedächtnis verdrängt.

Eine heftige Windböe rüttelte am Zelt und riss Kira aus ihren Gedanken. Ihr Blick schoss zu Asha hinüber, die immer noch selig dalag und schlief, ohne etwas von dem Sturm zu ahnen, der da draußen tobte. Irgendwas an der Art, wie Dominic ihre Tochter eben angesehen hatte, machte sie nervös. Dieses Zögern, dieser fragende Blick. Oder hatte sie sich das eingebildet?

Das lag sicher nur an der allgemeinen Anspannung, sagte sie sich, an der Angst um Phoebe, die ihnen allen im Nacken saß. Trotzdem nagte etwas an ihr. War es naiv von ihr gewesen zu glauben, sie könnte mit Asha und Fred hierherkommen, ohne dass das irgendwelche Auswirkungen hatte?

Als sich mit einem lauten Geräusch der Reißverschluss am Eingang öffnete, fuhr sie hoch. Kalter Wind wirbelte herein, als Fred triefend nass das Zelt betrat.

«Gott!», sagte Kira, die Hand an der Brust. «Hast du mich erschreckt!»

Fred schüttelte sich. «Da liegt ein Strommast quer über

dem Weg. Es gibt weder Telefon noch Internet. Keine Verbindung in die Stadt.»

Kira schauderte. «Dann kommt also keine Hilfe?»

Fred schüttelte den Kopf. «Wir müssen einen anderen Weg finden.»

«Wir sitzen hier fest.»

Er schloss den Reißverschluss hinter sich und zog die Jacke aus. Auf seinem Gesicht lag ein seltsamer Ausdruck. «Sieht ganz so aus.»

«Meine Güte. Die Vorstellung, dass Phoebe ganz allein da draußen ist, ist unerträglich.»

«Das ist schlimm, Kira.» Fred setzte sich aufs Bett und fuhr sich mit den Händen durch die nassen Haare.

«Du machst alles nass. Willst du dich nicht erst mal ausziehen?»

Fred bewegte sich nicht.

«Fred?»

Er hob den Kopf und sah sie an. «Wann wolltest du mir das mit Dom erzählen?»

«Was?»

«Kira, ich weiß es.»

Kira drehte sich der Magen um. Schuldgefühle trieben ihr die Schamröte ins Gesicht.

«Sie ist von ihm, oder? Asha ist seine Tochter.»

Sie wollte es abstreiten, aber ein Blick genügte, um ihr klarzumachen, dass sie ihn nicht anlügen konnte. «Woher?»

Er zuckte die Achseln. «Ist das wichtig?»

Scheiße. Hatte sie sich durch irgendwas verraten? Hatte er aus ihrem Verhalten gestern Abend am Lagerfeuer seine Schlüsse gezogen? Ihre Gedanken rasten. «Das ändert gar nichts. Das hat für uns nichts zu bedeuten.»

«Kira! Das ändert alles.»

«Wieso? Du weißt genauso lange wie ich, dass du nicht ihr biologischer Vater bist. Wieso ändert das jetzt alles?»

«Wieso?» Fred lachte höhnisch auf. «Weil du mir erzählt hast, Asha sei bei irgendeinem zufälligen One-Night-Stand gezeugt worden, ehe wir uns kennenlernten. Aber Dom ist nicht irgendein Fremder, den du zufällig aufgerissen hast und nie wiedersehen wirst. Er ist einer deiner engsten Freunde.»

«Es *war* ein zufälliger One-Night-Stand. Nur, dass ich den Typen schon kannte.»

«Kira, kapierst du nicht, wie heikel das ist? Warum hast du mir das nicht erzählt, als wir damals beim ersten Ultraschall festgestellt haben, dass sie nicht von mir sein kann?»

Kira senkte den Blick. Sie erinnerte sich an den Schock. Sie beide gemeinsam bei der Untersuchung im Krankenhaus, aufgeregt und voller Vorfreude, ihre Hand in seiner, während die Assistentin behutsam den Schallkopf über ihren Bauch wandern ließ, den Fötus vermaß, dann der erstaunte Blick, mit dem sie sich ihnen schließlich zugewandt hatte. «Wie es aussieht, sind Sie erheblich weiter, als Sie dachten, Kira. Ihr Baby ist bereits in der sechzehnten Woche. Gratuliere.»

Fred hatte sie stirnrunzelnd angesehen. «Sechzehnte Woche?»

Kira hatte seinen Blick erwidert, während sich ihr vor Panik die Brust zusammenschnürte.

Es folgten diverse, sehr unangenehme Unterhaltungen. Freds Schock hatte sich in Enttäuschung verwandelt, als Kira ihm, ohne ins Detail zu gehen, den zufälligen One-Night-Stand beichtete, nur Wochen, ehe sie sich kennengelernt hatten. Niemand von Bedeutung, hatte sie zu ihm gesagt. Ein Tinder-Date. Niemand, den sie wiedersehen wollte.

Sie hatten sich mit allen möglichen Fragen gequält, und schließlich hatte Fred sich entschieden, bei ihnen zu bleiben. Er wollte mit Kira zusammen sein. Er wollte der Vater ihres Kindes sein. Wenn er es war, der sie großzog, würde er darüber hinwegkommen. Sie würden trotzdem die Familie sein können, von der sie beide geträumt hatten.

«Wirst du es ihm sagen?», hatte er sie gefragt.

«Wozu die Dinge unnötig verkomplizieren? Unser Kind hat alles, was es braucht.»

Es war kein idealer Start gewesen, aber sie hatten beide hart daran gearbeitet, das Thema hinter sich zu lassen. Bis jetzt.

Fred sah sie entsetzt an. «Du wolltest, dass ich dieses Wochenende mit hierher komme, damit ich deine Freunde kennenlerne. Ich habe die letzten vierundzwanzig Stunden damit verbracht, Doms Bekanntschaft zu machen, habe versucht, mich bei ihm einzuschmeicheln, um dann plötzlich zu erfahren, dass er Ashas Vater ist? Findest du nicht, du hättest mich vorwarnen können? Kapierst du eigentlich, wie ich jetzt dastehe?»

«Du stehst überhaupt nicht irgendwie da.»

«Da irrst du dich. Ich stehe da wie der letzte Vollidiot.»

«Ich verstehe nicht, warum du dich so aufregst. Er weiß schließlich nichts von Asha.»

Fred schüttelte den Kopf. «Tja. Da wäre ich mir nicht so sicher.»

Kira starrte ihn an. Dominics Blicke vorhin an ihrem Bettchen, die unausgesprochene Frage in seinen Augen. Ihr wurde schlecht.

«Du musst mit ihm reden», sagte Fred matt.

«Auf keinen Fall.»

«Kira, er ist ihr biologischer Vater. Alles andere wäre falsch.»

«Ach, jetzt schwingst du auf einmal die Moralkeule? Bis jetzt warst du doch auch nicht der Meinung, dass Ashas Vater Bescheid wissen muss. Woher der Sinneswandel?»

Fred hob frustriert die Hände. «Ich glaube, ein anonymer, hypothetischer Vater ist die eine Sache. Aber den Typen plötzlich kennenzulernen und zu wissen, dass du ihm ausgerechnet das verschwiegen hast? Das ist enorm.»

«Du willst also, dass ich die Ehe meines Freundes zerstöre, nur um mein schlechtes Gewissen zu beruhigen? Wie nett von dir.»

«Hier geht es nicht um ‹nett›. Hier geht es darum, ehrlich zu sein. Du belügst deinen gesamten Freundeskreis. Dass du ihnen verschwiegen hast, dass ich nicht Ashas leiblicher Vater bin, hat mir nicht gefallen, aber ich war bereit mitzuspielen, weil ich dachte, du willst nicht, dass sie dich verurteilen – oder Asha. Es ist viel leichter zu behaupten, sie wäre in einer Liebesbeziehung entstanden als bei einem zufälligen One-Night-Stand. Aber weißt du, was das Schlimmste ist? Du hast mich belogen. Es gibt mir das Gefühl, weniger wert zu sein – als wären wir in unserer Partnerschaft nicht auf Augenhöhe. Dass du mich in Wirklichkeit doch nicht als ihren echten Vater betrachtest.»

Kiras Augen blitzten. «Du bist ihr echter Vater!»

«Und was ist mit Asha? Was, wenn sie eines Tages ihren biologischen Vater kennenlernen möchte? Was sagst du ihr dann?»

«Ich weiß es nicht. Ich dachte, bis dahin…»

Fred schüttelte den Kopf. «Wir müssen an Asha denken.»

«Ach, willst du mir etwa was über die Bedürfnisse meiner Tochter erzählen?» Die Worte waren raus, ehe Kira sie aufhalten konnte. Dieses fiese Possessivpronomen im Singular, das sie immer so sorgfältig vermieden hatte. *Meine* Tochter.

Fred starrte sie fassungslos an. Um abzulenken, setzte sie noch einen drauf. «Vielleicht geht es dir gar nicht um Asha – oder um Dom. Geht es hier vielleicht um dich, Fred?»

«Wie bitte?»

«Wenn du auf der Suche nach dem Notausgang bist, wenn du die Nase von uns voll hast – von Asha und mir –, dann sag es einfach. Dazu brauchst du nicht dieses ganze Tamtam mit moralischer Entrüstung und Empörung abzuziehen.»

Fred sah sie durchdringend an. «Glaubst du das im Ernst? Hast du tatsächlich eine so geringe Meinung von mir? Von meiner Bindung an Asha? Glaubst du wirklich, ich würde euch beide jetzt einfach so im Stich lassen?»

Kira zuckte die Achseln und wandte sich ab, um ihre flammend roten Wangen zu verstecken. Sie hatte eine Grenze überschritten, aber zurückrudern konnte sie nicht mehr. Jetzt setzte ihr Verteidigungsmechanismus ein, das verzweifelte Bedürfnis, ihre Schutzwälle um sich zu errichten.

Fred musterte sie. Seine Augen glitzerten, entweder weil er den Tränen nahe war oder vor Wut, sie war sich nicht sicher. «Geht es dir darum? Willst du, dass ich gehe?»

Kira spürte ein lautes «Nein!» in sich hochblubbern, aber der Stolz versiegelte ihre Lippen.

«Ich verstehe dich nicht, Kira. Wieso lässt du mich völlig blind in dieses Wochenende reinstolpern? Hast du so wenig Respekt? Ich dachte, du würdest in mir langsam tatsächlich Ashas richtigen Vater sehen. Dass wir eine echte Familie wären. Ich dachte, dir ginge es genauso!»

«Ich dachte … ich dachte…» Kira fehlten die Worte.

«Empfindest du was für ihn?»

Sie schüttelte den Kopf. Er lag damit so falsch wie nur irgendwas, aber diese wütende, starrköpfige Ader in ihr, diese Stimme, die ihr sagte, dass die Dinge immer so für sie endeten, dass sie sich auf niemanden verlassen durfte, dass sie alles allein tun musste, brüllte auf sie ein. Irgendwie hatte sie von Anfang an gewusst, dass sie ihn nicht würde halten können. Es war nur eine Frage der Zeit gewesen.

Fred warf entnervt die Arme in die Luft. «Dein Schweigen ist immens beruhigend, Kira. Danke!»

Sie sah mit einem verstohlenen Seitenblick, wie er sich über das Reisebett beugte und Asha einen Kuss gab. Er zog ihren Schlafsack zurecht, schlüpfte in seine nasse Jacke, drehte sich um und verließ das Zelt, zurück nach draußen in den tosenden Sturm.

«Wo gehst du hin?», rief sie ihm nach, doch er antwortete nicht. Entweder er hatte sie nicht gehört, oder er hatte keine Lust, ihr zu antworten.

Gott, es war schrecklich gewesen. Kira lehnt sich in der behaglichen Küche auf ihrem Stuhl zurück, reißt sich von den Gedanken an den fürchterlichen Streit los und schaut die Beamtin an. Die Details der Auseinandersetzung hat sie für sich behalten. Manche Dinge gehen niemanden etwas an. Es war schlimm genug, dass Fred und sie sich so krass gestritten hatten. Es gab keinen Grund, die Einzelheiten jetzt an die große Glocke zu hängen und damit ganz nebenbei noch eine Ehe zu zerstören. Egal, was Dominic dachte, diese eine geheime Nacht hatte mit den Ereignissen des Wochenendes nicht das Geringste zu tun. Also hatte sie DC Haines stattdessen mit einer schlichten Zusammenfassung der Ereignisse abgespeist, ihr erzählt, wann Dominic und Fred wo gewesen waren und von der allgemeinen Bestürzung, als klar war, dass sie von der Außenwelt abgeschnitten waren. «Das wird Fred Ihnen sicher bestätigen», fügt sie hinzu, «falls das nötig ist.»

«Tja, das ist ja die Sache, Dr. de Silva. Meine Kollegen würden sich sehr gerne mit Mr O'Connor unterhalten, aber wir können ihn nicht erreichen. Er geht nicht ans Telefon.»

Kira seufzt. «Und ich dachte, ich wäre die Einzige, mit der Fred nicht sprechen will.»

DC Haines sieht sie stirnrunzelnd an. «Also haben Sie noch nicht wieder mit Mr O'Connor gesprochen, seit er gestern Abend das Zelt verlassen hat?»

Kira rutscht unbehaglich auf ihrem Stuhl hin und her. «Nein.»

«Und Sie wissen nicht, wohin er wollte?»

Kira schüttelt den Kopf. «Wenn Sie es unbedingt wissen müssen, wir hatten uns gestritten. Bei uns allen lagen die Nerven blank. Er ist rausgerannt.»

Die Beamtin schaut sie besorgt an. «Und das war das letzte Mal, dass Sie Mr O'Connor gesehen haben?»

Kira nickt.

«Darf ich Sie fragen, ob Mr O'Connor einen blauen Leinenrucksack besitzt?»

«Ja, den habe ich ihm letztes Jahr zu Weihnachten geschenkt. Warum fragen Sie?» Kira gefällt die Richtung nicht, die die Fragen plötzlich nehmen.

DC Haines greift zu ihrem Telefon, öffnet eine E-Mail und klickt den Anhang an. Dann dreht sie Kira den Bildschirm zu. «Erkennen Sie das hier wieder?» Sie wischt durch eine Reihe Fotos.

Kira beugt sich vor. «Ja, das ist Freds Rucksack – zumindest sieht er genauso aus.» Sie schaut sich die Bilder genauer an. Der Rucksack liegt auf die Seite gekippt in einem düsteren Raum, es sieht aus wie ein alter Schuppen oder Heuschober. Der Rucksack ist geöffnet, und sie erkennt die Kleidungsstücke, die daraus hervorquellen. Gestreifte Socken. Die alberne Schlafanzughose mit den Elfen drauf, die sie ihm letztes Jahr zu Weihnachten geschenkt hat. Eins seiner Lieblings-Liverpool-T-Shirts. «Das sind Freds Sachen, aber die anderen Gegenstände sagen mir nichts.» Auf einem anderen Foto ist eine Rolle Klebeband zu sehen, eine Drahtzange und eine weiße Tablettendose, die glänzend das Blitzlicht reflektiert. «Das könnten die Schlaftabletten sein, die wir manchmal nehmen. Die bekomme ich auf Rezept. Ärztin sein hat Vorteile.» Sie wirf DC Haines einen verlegenen Blick zu. «Nur manchmal. Wir wechseln uns ab, wenn Asha mal wieder eine harte Nacht hat. Es macht schließlich keinen Sinn, dass am nächsten Tag beide fix und fertig sind, oder?» Sie runzelt die Stirn. «Aber ich verstehe das nicht. Ich dachte, Freds Gepäck wäre aus Versehen zu Hause geblieben. Woher stammen die Fotos?»

Die Frau antwortet nicht auf Kiras Frage. Sie knipst nur den Bildschirm wieder aus und macht sich eine Notiz.

«Geht es Fred gut? Ich meine, muss ich mir Sorgen machen?»

«Eine letzte Frage noch. Wissen Sie, was Mr O’Connor anhatte, als Sie ihn Samstagabend zum letzten Mal gesehen haben?»

«Keine Ahnung. Das ist alles so durcheinander. Eine Regenjacke und einen Hoodie wahrscheinlich? Er hatte ja kaum was dabei, weil der Rucksack weg war.»

«Erinnern Sie sich noch an die Farbe?»

Kira schaut sie ratlos an. «Grün, vielleicht? Nein, blau. Ich glaube, blau.»

«Danke, Dr. de Silva, Sie waren uns eine große Hilfe.»

Kira mustert forschend das Gesicht der Polizistin, doch nichts darin kann die plötzliche, überwältigende Angst lindern, die sie überschwemmt. Wo ist Fred? Und was zum Teufel hat er getan?

JIM

Samstagabend

Er kam sich vor wie im Windkanal. Um das Zelt zu erreichen, musste er einen Fuß vor den anderen zwingen, während ihm der Regen ins Gesicht schlug. Als er endlich den Eingang erreicht hatte, hatte er Salzgeschmack auf der Zunge. «Ich bin's nur», sagte er und schüttelte das Wasser ab. «Wie geht es Kip?»

Annie sah auf. Erleichtert, ihn zu sehen, winkte sie ihn herein. «Er hat sich nicht bewegt. Er hat komplett dichtgemacht.»

«Hat er irgendwas gesagt?»

Annie schüttelte den Kopf. «Wie spät ist es?», fragte sie. «Ich habe völlig das Zeitgefühl verloren.»

«Kurz vor zehn.»

Sie beugte sich übers Bett und zog die Decke über Kip zurecht. Sachte legte sie ihm die Hand auf die Schulter. «Kip?», sagte sie leise. «Hörst du mich?»

Jim räusperte sich. «Wir wollen den kleinen Kerl nicht noch mehr stressen, aber soweit wir wissen, war Kip der Letzte, der Phoebe gesehen hat. Wenn er uns doch nur einen winzigen Hinweis geben könnte, wo wir suchen sollen …»

«Glaub mir, ich tue, was ich kann», sagte sie seufzend. «Kip, Liebes», raunte sie zärtlich und beugte sich über ihren Sohn, der zusammengekrümmt unter der Bettdecke lag. «Kip, kannst du mich hören?»

Kip gab keinen Mucks von sich, die einzige Antwort war das Trommeln des Regens auf dem Zeltdach über ihnen und das heftige Beben der Zeltwände. Frustriert sah sie zu Jim hoch und wandte dann den Blick zum Eingang. Draußen waren aufgeregte Stimmen zu hören.

Jim öffnete den Reißverschluss ein kleines Stück und spähte in die Dunkelheit. «Verdammt!», murmelte er.

«Ist das Dom?»

Er nickte. In der trüben Beleuchtung des Unterstands konnte er trotz der Entfernung Max und Dominic erkennen. Dominic gestikulierte wild. Nach einem weiteren hitzigen Ausbruch machte Dom abrupt auf dem Absatz kehrt und kam direkt auf sie zu. «Er kommt», sagte Jim warnend.

Annie sah aus, als würde sie sich körperlich wappnen. Sie richtete sich auf und setzte sich vor Kip, um ihn zu beschützen. Schon riss Dominic den Reißverschluss auf und schob sich an Jim vorbei. «Hat er was gesagt?», blaffte er.

«Ich versuche es, Dom. Aber dein Rumgetöse ist nicht wirklich hilfreich.»

«Ich bin bis nach unten an den Strand und wieder zurück gelaufen, aber keine Spur von ihr. Ich sag dir also, was hilfreich wäre. Wenn der kleine Spinner endlich das ...»

«Stopp, Kumpel!» Jim stellte sich zwischen sie.

«He, du!», brüllte Dominic und deutete mit ausgestrecktem Arm an Jim und Annie vorbei in Richtung Bett. «He, Kip! Ich weiß, dass du mich hörst. Ich sag dir jetzt mal was. Wenn du Phoebe irgendwas getan hast - ganz egal was -, bekommst du's mit mir zu tun. Kapiert?»

«Es reicht jetzt.» Jim stellte sich Dom in den Weg. «Du hast gesagt, was du sagen wolltest. Je mehr Angst du dem

Jungen machst, desto weniger wahrscheinlich ist es, dass er spricht. Geht das in deinen Schädel?»

Dominic riss frustriert die Arme hoch. «Warum stellen sich eigentlich alle auf die Seite des Täters? Wenn der mein Sohn wäre, ich würde ihn schon zum Reden bringen.»

Kurz sah es so aus, als würde Dom sich aufs Bett stürzen. Annie sprang auf und richtete sich zu ihrer vollen Größe auf, um ihm den Weg zu versperren. In ihren Augen lag ein Feuer, das Jim noch nie an ihr gesehen hatte. «Du musst jetzt gehen», sagte sie bestimmt. «Du musst das mir überlassen.»

Dominic hielt ihrem Blick stand, dann machte er wortlos auf dem Absatz kehrt.

«Wo gehst du hin?», rief Jim ihm nach.

Dominic drehte sich zu ihm um. Er wirkte verzweifelt. «Hast du's nicht mitbekommen? Es kommt keine Hilfe. Wir sind von der Außenwelt abgeschnitten. Sie ist meine Tochter. Ich muss was tun. Ich gehe los und suche an den Klippen weiter.»

Jim drehte sich zu Annie um. «Scheiße. Das hat uns gerade noch gefehlt.»

Annie wirkte fassungslos. «Das ist viel zu gefährlich. Er kennt die Wege nicht. Ein falscher Schritt …»

Jim nickte. «Ich weiß. Ich gehe mit.» Er zog die Regenjacke zu und trat hinaus in den Sturm. «Dominic!», schrie er. «Warte auf mich!»

SCARLET

Samstagabend

Scarlet sah zu, wie ihr Vater in klitschnassen Socken im Zelt herumfuhrwerkte, die Taschenlampe und Ersatzbatterien einsteckte. «Soll ich mitkommen?», fragte sie.

Er drehte sich mit ernster Miene zu ihr um. «Du bleibst hier», antwortete er. «Du gehst nirgendwohin, verstanden?»

Sie nickte.

«Versuch, dir nicht allzu viele Sorgen zu machen», sagte Jim und zog sich die Regenkapuze fest über seine Kappe. «Ich gehe mit.»

Als sie die beiden im Sturm verschwinden sah, verspürte Scarlet trotz der überwältigenden Hilflosigkeit ein winziges bisschen Erleichterung. Sie wusste, dass es gefährlich war, bei diesem Wetter draußen zu suchen, aber jemand musste doch was tun. Sie konnten unmöglich einfach so hier rumsitzen und Phoebe da draußen ganz allein lassen.

Aus reiner Gewohnheit griff sie zum Telefon. Der Bildschirm zeigte natürlich keine neuen Nachrichten an, und als sie ihren Messengerdienst öffnete, war da immer noch das letzte Foto, das sie in St. Ives runtergeladen hatte, das Bild von Lily mit Harry. Sie starrte die beiden an, und als würde sie auf einen blauen Fleck drücken, war plötzlich der Schmerz wieder da. Jetzt hatte sie niemanden mehr, den sie anrufen konnte, selbst wenn es möglich gewesen wäre. Immer war Lily diejenige gewesen, an die sie sich gewendet hatte, wenn es eng wurde, und jetzt wusste sie nicht, ob sie überhaupt je wieder in der Lage sein würde, mit Lily zu sprechen. Sie warf das Telefon weg und sah zu, wie es von der Matratze abprallte und auf den Holzboden fiel.

Plötzlich hörte sie jemand hinter sich das Zelt betreten. Sie fuhr herum, in der Erwartung, ihren Dad oder Jim zu sehen, und stieß einen leisen Schrei aus, als ein großer Mann mit Kapuze das Zelt betrat. «Oh!», sagte sie, die Hand auf der Brust. «Du hast mich erschreckt.»

Fred schob sich die Kapuze aus dem Gesicht und schaute sich mit wildem Blick im Zelt um. «Ist dein Vater hier? Ich muss mit ihm sprechen.»

«Nein.» Scarlet zog die Beine hoch, rutschte auf dem Bett nach hinten, schnappte sich ein Kissen und drückte es Schutz suchend an sich. Ihr war schlagartig bewusst geworden, dass sie ganz allein mit dem Typen war, der sie heute Morgen splitterfasernackt gesehen hatte. «Du hast ihn verpasst. Aber wenn du dich für heute Morgen entschuldigen willst», sagte sie affektiert, «kannst du das gern auch direkt bei mir tun.»

Er sah sie fragend an, tat so, als könnte er sich nicht mehr daran erinnern. Aber der machte ihr nichts vor. Dann fing er an zu grinsen. «Scheiße. Ja, sorry. Das war ziemlich peinlich, oder? Schwamm drüber, oder?»

Er *grinste*? Er fand das *witzig*? Er hatte eine Flasche Wodka in der Hand – sie war halb leer. Scarlet sah ihm dabei zu, wie er sie aufschraubte und einen Schluck trank, ehe er ihr den Wodka hinhielt. «Willst du auch?»

Scarlet zögerte. «Nein danke.»

«Ach, komm schon! Das ist gut gegen Stress.» Seine dunklen Augen glitzerten im Schein der Lampe. «Das entspannt.»

Sie war sich nicht sicher, ob sie das wollte, trotzdem nahm sie achselzuckend die Flasche entgegen, trank einen Schluck und spürte, wie sich der Alkohol seinen Weg durch ihre Kehle bis in den Magen bahnte, wo er wie flüssiges Feuer herumschwappte. Sie gab die Flasche zurück. «Danke.»

Fred schwieg einen Moment und sah sie seltsam an. Scarlet drückte das Kissen fester an sich. Sie wünschte, er würde abhauen. «Du bist ein sehr hübsches Mädchen», lallte er.

Scarlet runzelte die Stirn. Sie hatte keine Ahnung, was für eine Antwort er erwartete. «Danke. Kann schon sein.» Sie schob sich eine lose Haarsträhne hinters Ohr.

«Und? Was sagen die Leute? Siehst du eher deiner Mutter ähnlich ... oder deinem Vater?»

«Ich – weiß ich nicht.»

«Tja, deine Mum kenn ich nicht, ich kann also nur deinen Dad in dir sehen.»

Scarlet nickte.

«Lauter gut aussehende Kids, was? Ihr *Davies*-Kinder.»

Er betonte es sehr seltsam. Was für ein Widerling. Scarlet wünschte, sie hätte den Wodka abgelehnt. Der Alkohol brannte in ihrem Bauch, und jetzt versuchte der Typ offenbar, sich an sie ranzuwanzen.

«Du mit deinen kleinen Grübchen.» Er streckte die Hand aus und drückte ihr einen eiskalten Finger in die Wange.

Sie drehte den Kopf weg. «Wo ist Kira?», fragte sie mit hoher Stimme. «Die sucht doch sicher nach dir?»

Fred winkte ab. «Kira macht ihr eigenes Ding. Da hab ich nichts zu melden.»

Fred starrte sie noch einen Augenblick lang an, dann

drehte er sich zum Glück um und verließ das Zelt. Er verschwand in der Dunkelheit, während Scarlet immer noch den kalten Finger in ihrem Gesicht spürte und ihr der Wodka im Magen brannte. Weil er es nicht mal für nötig befunden hatte, den Reißverschluss wieder zuzuziehen, stand Scarlet auf und ging zum Zelteingang. Als sie nach draußen spähte, sah sie drüben unter dem Unterstand Tanya zusammengesunken am Tisch sitzen. Josh, den sie vor einer Weile mit dem Buggy hatte zurückkommen sehen, reichte ihr eine dampfende Tasse und legte ihr eine Decke um die Schultern. Als er Scarlet entdeckte, gab er ihr mit einem Handzeichen zu verstehen, dass er zu ihr rüberkam, und sprintete kurz darauf mit einer zweiten Decke durch den Regen zum Zelt. «Hier», sagte er. «Damit dir nicht kalt wird.»

«Danke.» Scarlet nahm die Decke, vergrub das Gesicht darin und atmete den Geruch feuchter Wolle ein. «Und? Wie war es da draußen?»

«Es ist ziemlich heftig. Ich bin gefahren, so weit ich konnte, aber irgendwann musste ich umdrehen. Ich wollte nicht riskieren, mit dem Buggy im Schlamm stecken zu bleiben. Tut mir leid. Ich hab's echt versucht.»

«Glaubst du, der Bauer hat was damit zu tun? Ich finde, der ist voll pädo.»

Josh sah sie an. «Er ist ein mies gelaunter alter Penner, aber ich glaube nicht, dass …» Die Vorstellung, dass Phoebe einem so schrägen Typen ausgeliefert war, wollten sie beide nicht weiter verfolgen. «War das eben Fred?»

Scarlet nickte.

«Was wollte er?»

«Keine Ahnung. Der ist voll eklig. Der hat mich gerade angebaggert», fügte sie hinzu, in der Hoffnung, ihn damit ein bisschen eifersüchtig zu machen. «Keine Ahnung, was Kira an dem findet.»

Josh spähte ins Freie. Er sah aus, als wollte er wieder gehen.

«Die finden sie doch, oder?», fragte Scarlet kleinlaut. Plötzlich wollte sie, dass er hierblieb. Er sollte sie beruhigen.

«Klar. Ganz sicher.»

«Glaubst du, Kip hat was damit zu tun?»

Josh sah sie stirnrunzelnd an. «Ich finde, er ist ein guter Junge. Aber wahrscheinlich weiß man nie mit Sicherheit, was in einem anderen Menschen vorgeht, oder?»

Es klang nicht wirklich beruhigend. Ganz und gar nicht. «Wenn ihr irgendwas passiert ist ...» Scarlet verstummte. Er sah immer noch aus, als wollte er gehen, als würde er nur eine möglichst günstige Gelegenheit abwarten, in Wind und Regen zurückzusprinten. Sie streckte die Hand aus und berührte ihn am Arm. «Kannst du noch kurz hierbleiben, bitte? Falls Fred zurückkommt.»

Zu ihrer Erleichterung nickte er. «Klar.»

Er drehte sich zu ihr um, und sie sah, wie seine Augen das warme Licht der Lampe reflektierten, sah die hohen Wangenknochen und spürte, wie es sie durchrieselte. Er sah wirklich gut aus. Vielleicht sogar noch besser als Harry Taylor. An den hatte sie sowieso schon zu viele Tränen verschwendet. Josh war kein kleiner Junge mehr. Josh war ein Mann. Einen wilden Augenblick lang gab sie sich der Fantasie hin, mit Josh auf einer Party aufzukreuzen. Mit einem richtigen Mann, der sexy war und älter. Sie stellte sich Harrys dummes Gesicht vor – und das von Lily.

Sie ging zurück zum Bett und setzte sich. «Ich werde noch verrückt!»

Josh lehnte sich an den Tisch und sah sie an. «Das ist ganz schön hart, oder? Sich um die eigene Familie Sorgen zu machen? Ihr steht euch alle ganz schön nahe, oder?»

Scarlet nickte. «Felix und ich streiten zwar ständig wie verrückt, aber wir lieben uns trotzdem. Mit Phoebe ist es natürlich leichter, sie ist auch viel niedlicher.» Sie biss sich auf die Lippe. «Ich habe noch mal drüber nachgedacht, was du gestern gesagt hast … im Whirlpool. Dass die Familie an erster Stelle kommt.» Ihr war bewusst, dass sie das ganze Wochenende rumgestöhnt hatte, weil sie gezwungen war, bei ihrer Familie zu sein, und jetzt so was. «Ich würde alles dafür tun, dass wir alle wieder zusammen sind, in Sicherheit.»

Nachdenklich ließ Josh den Finger über die Tischkante gleiten. «Das kann ich gut verstehen.»

«Ich meine, stell dir mal vor, deine Schwester wäre irgendwo da draußen. Amber, oder? Stell dir das vor. Sie allein da draußen, irgendwo, in Gefahr.»

«Ja.» Er nickte. «Ich würde ausrasten.»

Eine Windböe riss an der Zeltwand und ließ sie heftig hin und her flattern. Scarlet schauderte. «Hoffentlich passiert meinem Dad nichts.»

Josh legte den Kopf schief und musterte sie. «Du siehst aus wie er. Du hast seine Augen.»

«Ja, alle sagen, wir seien uns sehr ähnlich. Beide gleich stur.» Sie zuckte die Achseln. «Und ein bisschen egoistisch vielleicht.»

«Muss seltsam sein, einen berühmten Vater zu haben. Jemand, den alle kennen.»

«Das ist ja die Sache. Alle glauben, sie würden ihn kennen, aber das stimmt nicht.» Sie sah ihn an. «Er ist nicht so wie im Fernsehen. Das ist nur Fassade. Eine Rolle.»

Josh sah sie zweifelnd an. «Nach dem, was ich bisher an diesem Wochenende erlebt habe, ist er genau wie im Fernsehen. Ganz schön aufbrausend, oder? Ich meine, er ist ziemlich krass auf Kip losgegangen.»

In Scarlet wallte Solidarität auf. «Das kannst du ihm kaum zum Vorwurf machen. Wenn Kip *deine* kleine Tochter angegriffen hätte, wärst du auch ausgetickt.»

Josh musterte sie, ließ sie nicht aus den Augen, und wieder lief es Scarlet wohlig den Rücken runter. Sein Blick war so intensiv, dass sie einen kurzen, wilden Augenblick lang dachte, er würde sie küssen. Sie wusste nicht, ob sie sich freuen oder fürchten sollte. «Ja», sagte er leise. «Wahrscheinlich schon.»

Er stieß sich vom Tisch ab und ging zum Eingang, und Scarlet sah ihm enttäuscht nach. Würde er sich nicht mal von ihr verabschieden? Doch dann blieb er noch mal stehen und drehte sich zu ihr um. «Ich habe Tanya Tee gekocht. Möchtest du auch einen Becher?»

Seine Augen lagen im Schatten, sein Blick ließ sich schwer deuten, aber sie hoffte, dass sich ihre eigenen Gefühle darin spiegelten: Aufregung, Angst und vielleicht ein winziger Funke Begehren … Gefühle, denen es kurzzeitig gelungen war, die große, tiefe Angst zu verdrängen, die von ihr Besitz ergriffen hatte. Scarlet schüttelte den Kopf. «Nein, vielen Dank.»

«Wie du meinst.»

Sie sah ihm nach, hörte, wie der Reißverschluss wieder runterging, und wünschte, sie könnte zurücknehmen, was ihn so schnell vertrieben hatte, auch wenn sie nicht wusste, was es gewesen war.

TANYA

Sonntagabend

Mit Rücksicht auf ihre Bitte, eine Begegnung mit Dominic möglichst zu vermeiden, haben die Beamten sie in ein Besprechungszimmer der Notaufnahme gebracht, das sonst für heikle Gespräche mit Angehörigen vorgesehen ist. An einer Pinnwand hängen verblasste Plakate mit Schlaganfallsymptomen, Informationen zu Bluthochdruck und Trauerbegleitung. Auf dem Tisch steht eine Schachtel mit Papiertaschentüchern. Die Schwester mit den heftigen Augenbrauen hat ihnen ein Tablett mit Tee hingestellt, ehe sie wieder hinauseilt. «Keine Angst», sagt sie und sieht Tanya mitfühlend an. «Meine Schicht endet erst in ein paar Stunden. Sobald sich an ihrem Zustand etwas ändert, gebe ich Ihnen Bescheid.»

«Mir ist bewusst, dass es schon spät ist und es sich vielleicht so anfühlt, als würden wir ständig wieder dieselben Sachen durchkauen», sagt der Jüngere der beiden. «Aber wir möchten verstehen, was genau auf dem Campingplatz passiert ist, nachdem Ihr Mann und Jim Miller aufgebrochen sind, um Phoebe zu suchen. Wer war wo? Welche Dynamik herrschte zwischen den Beteiligten? All solche Dinge eben.» Barnett mustert sie ruhig. Die beiden haben offensichtlich beschlossen, dass diesmal er - der junge Mann mit den blonden Haaren und den freundlichen blauen Augen - die Fragen stellt. Tanya hat nichts dagegen.

Sie findet die weibliche Ermittlerin – Lawson – ungehobelt und reichlich streng. Frauen wie die liegen ihr nicht.

Tanya sieht ihn achselzuckend an. «Ich erzähle Ihnen gerne, was ich kann, aber ich muss Sie vorwarnen. Ich stand ziemlich neben mir. Die Angst um Phoebe hat mich fast um den Verstand gebracht.»

Barnett sieht von seinen Notizen auf. «Verständlich», sagt er. «Sie haben sich sicher schreckliche Sorgen gemacht. Also, es war schon gegen dreiundzwanzig Uhr, als sich Ihr Mann und Jim Miller noch mal auf die Suche gemacht haben.»

«Ich weiß, wie gefährlich es war, aber das war mir egal.» Sie sieht unter gesenkten Wimpern zu ihm hoch. «Jemand musste doch was tun. Ich wollte nur Phoebe wiederhaben, sicher und gesund.»

Barnett räuspert sich. «Ich glaube, zu dem Zeitpunkt befanden sich außer Ihnen noch Annie und Max Kingsley auf dem Campingplatz, die Eigentümer, gemeinsam mit ihrem Sohn Kip. Außerdem Joshua Penrose, der von seiner eigenen Suche bereits wieder zurückgekehrt war, sowie Kira de Silva und deren Lebensgefährte Fred O'Connor mit ihrer gemeinsamen Tochter. Und Ihre Stieftochter Scarlet, die darauf bestanden hatte, ebenfalls bei den Zelten zu bleiben. Die anderen vier Kinder waren ins Farmhaus gebracht worden und befanden sich dort unter der Aufsicht von Suzanne Miller. Stimmt das so?»

Mit gerunzelter Stirn versucht Tanya, die Einzelheiten zu einem Bild zusammenzufügen. «Ja, das hört sich richtig an. Ich weiß noch, dass Scarlet sich weigerte, den Campingplatz zu verlassen.» Sie lächelt zaghaft. «Scarlet zu etwas zu zwingen, das sie nicht möchte, ist ein Ding der Unmöglichkeit. Sie ist ein ziemlicher Dickkopf.»

«Mir ist bewusst, dass Sie sich in einem Ausnahmezustand befanden, aber ich frage Sie trotzdem: Gibt es irgendetwas, das Ihnen von dem Abend und den Stunden, die dann folgten, besonders in Erinnerung geblieben ist?»

Tanya hält den Blick gesenkt. «Ich bin das immer wieder durchgegangen, weil ich selbst versucht habe, es zu verstehen.» Sie hebt den Kopf und schaut erst Barnett und dann Lawson an. «Hab versucht, die Mosaiksteinchen zu einem Bild zusammenzufügen. Ich versuche immer noch zu kapieren, was wir übersehen haben.»

«Woran erinnern Sie sich denn?», hakt Barnett sanft nach.

Tanya zögert. «Ich bin davon ausgegangen, dass Kip die ganze Zeit im Zelt war. Max und Annie habe ich so gut wie gar nicht gesehen – sie waren bei ihm. Ich habe gehofft, sie würden ihn endlich zum Reden bringen – damit er uns sagt, wo sie ist. Irgendwann hat Kira Asha ins Bett gebracht. Josh kam und gab mir eine Decke. Er hat gesagt, ich würde aussehen, als wäre mir kalt. Scarlet war in unserem Zelt. Das Licht hat gebrannt. Ich konnte ihre Silhouette sehen. Weil ich dachte, ihr wäre vielleicht ebenfalls kalt, bat ich Josh, ihr auch eine Decke zu bringen. Sie hatte an dem Tag erfahren, dass ein Junge, den sie mochte, was mit ihrer besten Freundin angefangen hat. Sie war ziemlich außer sich.» In Tanya branden Schuldgefühle auf. «Ich fürchte, ich hatte nicht genug Kapazitäten, um mich auch noch um sie zu kümmern. Scarlets Liebeskummer hatte für mich keine Priorität. Ich musste mich auf Phoebe konzentrieren. Ich dachte, wenn ich nur lange genug da sitzen bliebe, wenn ich es mir nur fest genug wünschte, könnte ich sie mit der Kraft meiner Gedanken zurückholen.»

«Kommen wir zu Mr O'Connor», sagt Lawson und beugt sich leicht nach vorn. «Wo war er?»

«Fred?» Tanya sieht die Polizistin stirnrunzelnd an. Sie hat gehofft, dass ihr diese Frage erspart bleiben würde. «Er war bei Kira und dem Baby. Zumindest habe ich das gedacht.» Sie zögert. Was hat Lawson sie noch mal gefragt? Ob ihr etwas besonders in Erinnerung geblieben ist? «Aber dann, kurze Zeit später, sah ich ihn plötzlich ganz in meiner Nähe im Unterstand sitzen. Ich habe mich ziemlich erschrocken. Ich hatte ihn überhaupt nicht kommen hören.»

«In was für einem Zustand war er da?»

Tanya zögert. «Zustand?»

«Ja. Wirkte er aufgewühlt? Wütend? Nervös? Versuchen Sie, sich zu erinnern. Jedes noch so kleine Detail könnte hilfreich für uns sein, Mrs Davies.»

«Ich glaube, er war ... aufgewühlt.» Der Blickwechsel zwischen den beiden entgeht ihr nicht.

«Wissen Sie, was ihn so aufgewühlt hat?»

Tanya nickt. Sie kratzt am abgesprungenen Nagellack ihres Zeigefingers herum, und ein kleiner Splitter landet auf ihren Jeans. Blutrot auf weißem Untergrund. «Ich glaube, er und Kira haben sich gestritten.»

«Hat er Ihnen das gesagt?»

Tanya schluckt und sieht sich um. Der Raum ist fensterlos, und sie hat das Gefühl, von den grau gestrichenen Wänden erdrückt zu werden. «Nicht wirklich, aber es war offensichtlich.»

«Und weiter?» Die freundlichen blauen Augen sehen sie mitfühlend an, und sie weiß, dass sie ihm alles erzählen muss. Ungeachtet der Konsequenzen. Es steht zu viel auf dem Spiel.

«Er hat getrunken. Wodka. Bevor ich ihn entdeckte, habe ich die Flasche gesehen», fängt sie an.

Im Dunkeln reflektierte die Flasche glitzernd den Schein der Lichterkette, als Fred sie zum Mund hob. Sie drehte sich überrascht um und entdeckte ihn zusammengesunken auf einer Bank ganz hinten, wo der Wind an der Plane zerrte. Bestimmt traf ihn der Regen von hinten. «Du wirst nass», sagte sie und winkte ihn zu sich.

Fred stand auf, kam zu ihr herüber und ließ sich schwer auf die Bank gegenüber plumpsen. Er war triefend nass. Regenwasser rann ihm aus den Haaren in die Augen, doch er schien es nicht zu merken. «Sag mal, Tanya», sagte er. «Du kennst diesen Haufen doch schon viel länger als ich – wie lange dauert es, sie zu unterwandern? Wann fängt man an, sich als einer von ihnen zu fühlen?»

Er war ernstlich angetrunken. Er schwankte, seine Gesten waren übertrieben, und er lallte. Sie zuckte die Achseln. «Ich glaube nicht, dass ich mich wie eine von ihnen fühle.»

Er nickte, als hätte er diese Antwort erwartet, und beugte sich quer über den Tisch zu ihr vor, so nahe, dass sie den Alkohol in seinem Atem riechen konnte. «Tja. Dann sind wir die Außenseiter. Du und ich.» Er machte eine ausladende Handbewegung über den Campingplatz. «Die *Außenseiter*. Kapiert?» Er lachte. Es klang gezwungen. Sie bereute es, ihn zu sich gewunken zu haben. Sie hatte keine Kraft für so was. In ihr war nur Platz für Phoebe.

«Ich sag dir mal, was ich an der ganzen Nummer hier so superschräg finde», lallte er.

«Und das wäre?» Sie schaute über seine Schulter hinaus in die Dunkelheit, hoffte auf Rettung aus diesem eigenartigen Austausch, vielleicht in Form von Annie oder Max, die aus ihrem Zelt auftauchten. Oder von Kira, die auf der Suche nach ihm war.

«Kommt dir das nicht auch komisch vor, diese Clique ‹Uraltfreunde›?» Er malte übertriebene Gänsefüßchen in die Luft. «Ich hab dich gesehen, Tanya. Ich hab dich gestern gesehen, wie du dich schön im Hintergrund gehalten und alle beobachtet hast. Ich glaube, du bist genau wie ich. Beobachtest sie. Diese ganze erzwungene Kameradschaft. Diese ganzen Erinnerungen und Sentimentalitäten. Weißt du, was ich mich frage?»

Eigentlich wollte sie sich nicht an diesem betrunkenen Geläster beteiligen, doch gleichzeitig war es faszinierend, wie sehr sich in seinem Ausbruch ihre eigenen Gedanken spiegelten. «Was denn?»

«Ich frage mich die ganze Zeit, ob die sich in Wirklichkeit überhaupt noch mögen - nach all den Jahren.»

Tanya lehnte sich zurück und ließ seine Worte auf sich wirken, während er den nächsten Schluck aus der Flasche nahm und sich den Mund am Ärmel abwischte. «Außer Dominic und Kira, logisch. Die mögen sich immer noch – und wie die sich mögen!»

Tanya hatte das Gefühl, eine eiskalte Klinge würde ihr ins Fleisch schneiden. «Was hast du gesagt?»

«Das muss dir doch aufgefallen sein. Die *Sache* zwischen denen.» Er schüttelte den Kopf. «An ihrem Geburtstag? Direkt vor deine Nase.» Er schaute hoch und sah ihr entsetztes Gesicht. «Upsi.» Er streckte die Hände aus. «Sorry. Versteh schon. Du hattest auch keine Ahnung.»

Sie starrte Fred an. Die kleinen Lämpchen der Lichterkette spiegelten sich in seinen Augen und setzten sie in Brand, während die Zahnrädchen in ihrem Kopf langsam ineinandergriffen. Sie hatte auch keine Ahnung? Keine

Ahnung wovon? «Dominic und Kira?» Tanya lachte auf. «Mach dich doch nicht lächerlich. Die beiden kennen sich seit Jahren. Sie sind nur gute Freunde.»

«Fragt sich nur, wie gut, oder, Tanya?» Er hob den Zeigefinger wie zur Betonung. «Das ist hier die Frage.»

«Du bist betrunken, Fred. Geh ins Bett.»

«Ja, ja, hast ja recht. Ich dachte nur, du wüsstest sicher gern über das ganz besondere *Geburtstagsgeschenk* von deinem lieben Ehemann zu Kiras Vierzigstem Bescheid.»

Sie schaute Fred entgeistert an. Wovon redete er? Sie wusste nicht mehr, was für ein Geschenk sie besorgt hatten. Hatten sie alle für irgendwas zusammengelegt – ein Satz teurer Weingläser oder eine Dekantierkaraffe? Woran sie sich allerdings noch sehr genau erinnerte, war der schreckliche Zustand, in dem Kira an dem Abend gewesen war – so betrunken und ausfallend, dass Tanya irgendwann die Geduld verloren hatte und früher ins Bett gegangen war, in der Hoffnung, dass Dominic nachkam, sobald er sich von dem Katastrophenabend würde loseisen können. Sie erinnerte sich noch dunkel, dass er irgendwann zu ihr ins Bett gekrochen war – weiß der Himmel, wann das gewesen war. Und ja, er war am nächsten Morgen seltsam drauf gewesen, aber sie hatte die Stimmung seinem Kater in die Schuhe geschoben. «Du kanntest Kira damals doch noch gar nicht. Du warst nicht dabei. Warum sollte ich dir diesen Blödsinn glauben?»

Fred hob die Hände und ließ sie wieder fallen. «Weil ich Kira *jetzt* kenne. Und *Asha* kenne ich auch», fügte er hinzu und nahm den nächsten tiefen Schluck. «Das ist schon eine verblüffende Ähnlichkeit, findest du nicht?»

Tanya starrte Fred an. Er hatte den Verstand verloren.

«Er hat's doch gestern selbst gesagt, oder? Seine charmante kleine Stegreifrede am Lagerfeuer? Dass er für seine Freunde *alles* tun würde. Wie rührend.»

Tanya wurde schlecht. «Willst du damit sagen...» Sie schluckte. «Willst du damit sagen, Asha ist von Dominic?»

«Diese niedlichen kleinen Grübchen.» Er grinste sie an. «Weißt du, wie du aussiehst? Als könntest du jetzt auch was zu trinken gebrauchen.» Er bot ihr die Flasche an, aber sie schob seine Hand weg.

«Wer nicht will, der hat schon.» Fred stand schwankend auf und bahnte sich einen Weg raus aus dem Unterstand in den Sturm. Schwankend breitete er die Arme aus und stemmte sich gegen den Wind. Dann drehte er sich um und verschwand in der Dunkelheit. Schockstarr blieb Tanya allein auf der Bank sitzen.

«Das muss für Sie in der Tat sehr schwierig gewesen sein», sagt die Ermittlerin in die Stille hinein, die sich über den Raum gesenkt hat.

Tanya nickt. Niemand zwingt sie dazu, der Polizei das Gespräch in allen Einzelheiten schildern. Sie hätte Dominic die Peinlichkeit ersparen können, aber wozu sollte sie ihn beschützen? Er nimmt auf ihre Gefühle ganz offensichtlich auch keine Rücksicht. Sie schuldet ihm gar nichts.

«Und dann ist Mr O'Connor einfach so verschwunden? Haben Sie gesehen, in welche Richtung?»

Tanya schüttelt den Kopf. «Es war zu dunkel. Ich meine, er lief quer über die Wiese runter in Richtung Klippenweg, den gleichen Weg, den die Kinder ursprünglich genommen hatten, aber sicher bin ich mir nicht. Ganz ehrlich? Nach dem Gespräch war mir einfach nur schlecht. Ich bin zurück in unser Zelt gegangen und habe mich hingelegt.»

Wieder schauen Barnett und Lawson sich an.

«Was ist los?», fragt Tanya.

«Er hat Ihnen die Flasche angeboten. Haben Sie daraus getrunken?», fragt DC Barnett.

Tanya runzelt die Stirn. «Nein. Nein, ich glaube nicht. Das sagte ich schon. Ich wollte nichts trinken. Ich wollte nur, dass er verschwindet.»

«Verstehe. Und vermutlich können Sie sich nicht erinnern, was Mr O'Connor anhatte, als Sie ihn zum letzten Mal gesehen haben?»

Tanya schaut DC Barnett irritiert an. Sie hat keine Ahnung, weshalb das wichtig sein sollte. «Tut mir leid, das weiß ich nicht mehr. Eine Jacke. Oder einen Hoodie?» Sie versucht, sich zu erinnern. «Jedenfalls was Blaues, glaube ich.»

Der Polizist dreht sich zu seiner Kollegin um und nickt. Tanya versucht, den Blickwechsel zu deuten, doch in dem Moment klopft es an der Tür. Die Schwester mit den Augenbrauen ist zurück. «Ich wollte Sie umgehend informieren. Die Patientin ist wieder bei Bewusstsein.»

Tanya steht eilig auf und atmet lang und erleichtert aus. «Gott sei Dank! Kann ich zu ihr?»

«Sie wirkte ziemlich verzweifelt. Sie hat nach einem ‹Kip› gefragt.»

«Ich hätte bei ihr sein müssen.» Tanya sieht die beiden Beamten an, doch Lawson hebt die Hand.

«Hat sie sonst noch etwas gesagt?»

«Nein, sie hat nur immer wieder gefragt: ‹Wo ist Kip?›» Die Schwester sieht sie der Reihe nach an. «Sie wirkte, als hätte sie große Angst.»

Tanya schlägt sich die Hand vor den Mund. «Ich *wusste*, dass er was damit zu tun hat!»

«Wir müssen mit ihr sprechen.» Lawson schiebt ihre Unterlagen zusammen. «So schnell wie möglich.»

«Die Ärztin musste ihr ein Beruhigungsmittel geben», sagt die Schwester. «Ehe sie einer Befragung zustimmt, muss sie die Patientin gründlich untersuchen. Ich schlage vor, Sie kommen morgen früh wieder.»

Lawson seufzt, dann nickt sie höflich. «Verstehe. Wir unterhalten uns jetzt noch ein letztes Mal mit Mr Miller und kommen morgen wieder, um mit dem Mädchen zu sprechen.»

«Bis dahin», sagt die Schwester, wieder an Tanya gewandt, «sorgen wir dafür, dass sie es ruhig und bequem hat.»

Tanya ist außer sich. Sie stemmt die Hände auf den Tisch und sieht erst Barnett und dann Lawson an. «Werden Sie jetzt endlich etwas unternehmen?», blafft sie. «Sie müssen diesen Jungen einbestellen. Bringen Sie ihn zum Reden. Sonst wird sich das alles niemals klären lassen.»

DOMINIC

Samstagnacht

Sie waren absolut blind. Der Sturm kam von überall. Oben auf den Klippen waren sie den Elementen schutzlos ausgeliefert, es gab keine Gnade. Es war wie ein Boxkampf mit einem unsichtbaren Gegner, der einen von allen Seiten gleichzeitig attackierte. Der Wind prügelte auf sie ein, der Regen schlug ihnen ins Gesicht, durchnässte ihre Klamotten und verwandelte den steinigen, unebenen Untergrund in eine einzige rutschige, tückische Stolperfalle. Jim stolperte hinter ihm her, prustend und keuchend, aber Dominic begriff diesen Kampf gegen die Elemente als etwas Persönliches, Mann gegen Sturm, seine Verzweiflung gegen die finstere, urgewaltige Rage.

«Warte doch mal!», rief Jim und rutschte hinter ihm den Pfad hinunter. «Sonst verlieren wir uns noch!»

Dominic ignorierte ihn, stürmte weiter schlitternd und schwankend den abschüssigen Pfad entlang. Jim lief ihm hinterher, seit er den Campingplatz verlassen hatte. Der Strahl seiner Taschenlampe hüpfte ein Stückchen hinter seinem eigenen Lichtkegel her, die schweren Schritte und das Keuchen waren meistens direkt hinter ihm. Dominic hatte keine Ahnung, wie lange sie schon im Dunkeln herumirrten. Die Zeit hatte ihre Konturen verloren, doch dem Gewicht seiner durchweichten Klamotten und dem Grad der Erschöpfung nach waren sie schon seit Stunden unterwegs. Er hatte das Gefühl, diese Höllennacht würde niemals enden. Die Konfrontation mit seiner Nemesis. Eigentlich müsste es doch bald wieder hell werden, oder?

Immer wieder blieb Dominic stehen und rief nach Phoebe. Ihr Name ritt auf dem Wind davon, und er wurde immer heiserer. Irgendwann schob er, in dem vergeblichen Versuch, sich die Finger zu wärmen, die Hände in die durchnässten Taschen und ertastete dort ihr Asthmaspray. Unwillkürlich schluchzte er auf. Was, wenn sie immer noch hier draußen war, frierend und einsam, und einen Asthmaanfall hatte? Was, wenn sie dringend ihr Spray brauchte, um die Atemwege wieder frei zu machen und Luft zu kriegen? Bei dieser Vorstellung, bei dem Gedanken, wie sie keuchend um Luft rang, mit riesengroßen Augen, Gesicht und Lippen leichenblass, wurde ihm vor Schmerz fast schlecht. Er würde nicht aufgeben. Nichts würde ihn davon abhalten können, immer weiter nach Phoebe zu suchen; nicht der peitschende Regen, nicht der grollende Donnerhall draußen auf dem Meer, nicht die stockdunkle Finsternis, die jede Wurzel und jeden Stein vor ihm verbarg, über die er stolperte. Er würde nicht aufgeben, bis er sie gefunden hatte.

Er schämte sich, wie unaufmerksam er an diesem Nachmittag ihr gegenüber gewesen war, dass er nicht Phoebe, sondern nur seine eigenen Probleme im Blick gehabt hatte. Er hatte nur gewollt, dass sie und die anderen Kinder möglichst schnell verschwanden, ehe jemand was von dem Gespräch mit Jim mitbekam.

Dominic rief sich all die vielen Gründe vor Augen, weshalb er ein schlechter Mensch war - all seine Verfehlungen und Versäumnisse als Mann -, und fragte sich, ob es jetzt so weit war. War dies endlich die Abrechnung, von der er tief in sich immer gewusst hatte, dass sie ihm irgendwann blühte? Das wunderbare Leben, das er bis jetzt geführt hatte, drohte plötzlich, sein prekäres Gleichgewicht zu verlieren. Die ganzen materiellen Verlockungen, die hohen Einschaltquoten, das Hofiertwerden durch Fernsehbosse und Produzenten, die fiesen Kommentare und Urteile, die er jeden Samstagabend ahnungslosen Kandidatinnen und Kandidaten ins Gesicht schleuderte, um zu schockieren, um billige Lacher abzusahnen, um seinem berüchtigten Ruf gerecht zu werden.

All das war völlig unwichtig. Künstlich. Er würde all das sofort aufgeben – würde alles aufgeben, was von ihm erwartet wurde –, wenn er nur seine Tochter wiederhätte, ihre kleine Hand sicher in seiner, wenn er seine Familie nur wieder um sich hätte, sicher und gesund. Stumm sprach er sein persönliches Stoßgebet – seinen Handel mit dem Universum. Das Universum konnte alles von ihm haben: seinen schicken Wagen, seine Karriere, sein Haus, seinen Ruhm, sein gutes Aussehen. Egal was. Hauptsache, seine Familie blieb verschont.

Doch sein Zorn richtete sich nicht allein gegen sich selbst. Aus der Wut auf Jim und Max zog er Kraft, um sich zu jedem einzelnen Schritt in dieser Hölle anzutreiben. Jim, dieser Arsch. Mit seinen dämlichen Theorien und seinem erbärmlichen Bestechungsversuch. Und Max, dieser Arsch, der vor seinem Zelt hockte und Wache hielt und so tat, als wäre Dominic die Gefahr und Kip derjenige, der beschützt werden müsste. Der Kerl hatte Phoebes Teddy bei sich gehabt, war mit ihrem Blut beschmiert gewesen. Keine der vielen Erklärungen, die Dominic sich zusammenreimte, endete nicht damit, dass Kip Phoebe etwas Schreckliches angetan hatte. Die Tatsache, dass niemand von den anderen – von ihren Freunden – für ihn eingestanden war oder mit ihm einer Meinung war, dass es höchste Zeit war, den Jungen zum Reden zu bringen, war besonders ätzend. Eines stand fest. Fünf Minuten allein mit Kip hätten gereicht, und der Kerl hätte ihm bereitwillig sein Herz ausgeschüttet.

Im Schein ihrer Taschenlampen folgte er weiter dem gefährlichen Küstenpfad, bis der Weg vor ihm plötzlich verschwand. Das von Stechginster überwucherte, unnachgiebige Geröll öffnete sich auf ein Felsplateau. Dominic schwenkte die Taschenlampe auf der Suche nach dem Pfad, aber sie waren offensichtlich irgendwo vom Weg abgekommen. Sie befanden sich auf einer gefährlichen Landzunge hoch über dem tosenden Meer. Es hörte sich an, als lieferten sich der heulende Wind und die auf Felsen krachenden Wellen da unten einen Wettkampf. Weit draußen durchzuckte plötzlich ein Blitz die undurchdringliche Schwärze, und eine Sekunde lang war alles beleuchtet, der Himmel zerriss in zwei Teile, unter ihnen brodelte dunkel und bösartig der schäumende Ozean, dann wurden sie wieder zurück in die Dunkelheit geworfen. Als der Donner grollte, zitterten Dominic die Beine.

«Dom, hier ist es zu gefährlich», rief Jim. «Wir müssen weiter runter.»

Rasend vor Wut, fuhr Dominic herum. Er kam sich vor wie ein Instrument, das den elementaren Zorn des Sturms kanalisierte. «Ich weiß nicht, warum du hinter mir herrennst, wenn du nichts anderes tust, als zu jammern und zu flennen. Wenn du es warm und gemütlich willst, wieso bist du dann nicht mit Suze und den Kids rauf ins Haus gegangen, um schön die Beine hochzulegen?»

«Komm schon, Mann. Das ist unfair. Ich versuche nur, dir beizustehen.»

«Und ich versuche, meine Tochter zu finden.»

«Das ist doch Irrsinn», rief Jim. «Wir stolpern seit Stunden im Dunkeln rum. Bald wird es hell. Wir sollten unsere Kräfte sparen und dann weitersuchen.»

Dominic stieß ein bitteres Lachen aus. «Wow! Wo kommen nur die tollen Ideen her? Weißt du, was? Wenn du nicht gewesen wärst, wäre sie gar nicht erst hier draußen. Dann läge sie sicher in unserem Zelt im Bett.»

«Was? Wenn *ich* nicht gewesen wäre?» Jim sah aus, als würde er vor dem Vorwurf regelrecht zurückprallen. «Wie kommst du denn darauf?»

«Du hast mich aufgestachelt.» Dom trat auf ihn zu und stieß ihm den Zeigefinger vor die Brust. «Du hast mich mit deinen widerlichen kleinen Theorien bedroht. Hast das Maul aufgerissen. Hast mich unter Druck gesetzt mit dem, was du angeblich über mich weißt, um dich vor der Rückzahlung der Kohle zu drücken, die du mir schuldest. Klar wollte ich, dass sie außer Hörweite verschwindet.»

Wieder zerriss ein Blitz den Himmel. Das grelle Licht beleuchtete Jims verquollenes, erschöpftes Gesicht. Ihm stand vor Schock der Mund offen. In diesem Augenblick jagten zwanzig Jahre Freundschaft, Kameradschaft, Pints in Pubs und nächtliche Musiksessions, gemeinsame Hochzeitsfeiern und Kindstaufen, Schulter an Schulter durch alle Höhen und Tiefen des Lebens, auf dem Wind davon. In diesem Augenblick hasste Dominic Jim und alles, wofür er stand, aus tiefstem Herzen.

«Weißt du, warum du es im Leben nie zu irgendwas gebracht hast?», brüllte er. «Weil du ein fauler Sack bist, Jim. Du hast keinen Antrieb, keinerlei Engagement für irgendwas – weder für Plattenlabel noch für Foodtrucks. Es war von Anfang an aussichtslos. Schau dich doch mal an. Du bist ein beschissener Versager, sogar als lächerlicher Jugendarbeiter.» Dominic war nicht mehr zu bremsen. Jim stand da wie ein begossener Pudel, klitschnass und erbärmlich. Der Anblick entfesselte in Dominic all das aufgestaute Gift.

«Mit Sicherheit hast du viel mehr Probleme als diese Kids, denen du helfen sollst. Ich wette, die lachen sich hinter deinem Rücken über dich schlapp. Ich wette, du tust ihnen leid. Der fette alte Knacker, der immer noch versucht, irgendwie mitzuhalten. Immer noch versucht, einen auf wichtig und cool zu machen.»

Jim starrte ihn entgeistert an.

«Du machst dich über mich lustig, wegen meiner tollen Klamotten, wegen dem Wagen, den ich fahre, weil ich bekannt bin – aber weißt du, was? Du bist einfach nur neidisch. Du hast in deinem Leben außer deiner verdammten Faulheit absolut nichts vorzuweisen. Und eigentlich wäre mir das auch scheißegal, aber jetzt hast du mit deiner ‹Nimm noch ein Bier und vergiss es›-Nummer nicht nur dein Leben verkackt – sondern auch meins!»

Sichtlich erschüttert wandte Jim sich ab und ging davon.

«Ja, klar. Hau nur ab. Mach’s dir schön leicht. So wie immer.»

Jim hielt inne und drehte sich langsam wieder um. Er starrte Dominic wütend an. «Du willst *mir* die Schuld geben? Du wirfst hier mit Beleidigungen um dich und prahlst mit deinen super Instinkten?» Er verdrehte die Augen. «Dom, *du* bist hier die Witzfigur.»

Dominic sah ihn aus zusammengekniffenen Augen an.

«Ich habe zwar keine Tausende Social-Media-Follower, hab nicht jede Menge Kohle auf der Bank, einen schicken Wagen oder Designerklamotten, aber wenigstens weiß ich, wofür ich stehe. Ich habe Prinzipien.»

Der Wind riss Dominic das Lachen aus dem Mund, aber Jim war noch nicht fertig.

«Im Gegensatz zu dir, Dom. Du lügst dir selbst in die Tasche. Hältst dich für ach so stark. Du bist derjenige, der sich an die Reality-TV-Maschinerie verkauft hat. Du bist derjenige, der eine groteske TV-Persönlichkeit aus sich gemacht hat. Und ausgerechnet du schwafelst immer wieder von deinen ‹besseren Instinkten›? Ich weiß genau, was dich antreibt, Dom. Stolz und Eitelkeit und …» Jim holte tief Luft und spie ihm das letzte Wort förmlich ins Gesicht. «Geilheit.» Jim richtete sich zu seiner vollen Größe auf. «Weißt du, unter dem Strich kann ich wenigstens problemlos in den Spiegel schauen. Ich weiß, dass ich ein guter Vater bin und ein treuer Ehemann. Das ist mehr, als ich über dich sagen kann.»

Mit wildem Gebrüll stürzte Dominic sich auf ihn, packte Jim um die Mitte und riss ihn mit sich zu Boden. Ein oder zwei Sekunden lagen sie benommen da, dann holte Jim aus und traf ihn mit dem Ellbogen am Kinn. Sie kämpften wie zwei Teenager, schlugen prügelnd um sich, kamen wieder auf die Beine, sprangen sich an, schlitterten durch den Matsch. Dominic landete zwei Fausthiebe, die Jim ins Taumeln brachten. Er ging wieder in die Knie. Dominic drehte sich um, um etwas Abstand zu gewinnen, aber Jim war noch nicht mit ihm fertig. Er stürzte sich auf Dominics Knöchel und riss ihn zu Boden. Dom schmeckte Blut, ob sein eigenes oder das von Jim, wusste er nicht. Er war angewidert von der körperlichen Nähe, von Jims

Gewicht auf ihm, von seinem heißen Atem. Er stieß ihn von sich, und Jim landete kurz vor dem Rand der Klippe auf dem Rücken. Dominic stand auf und versetzte ihm drei brutale Tritte, zwei gegen die Rippen, der letzte traf mit einem schrecklichen Knacken Jims Arm.

Jim heulte auf. Dominic drehte sich um, ließ seinen ehemaligen Freund winselnd im Schlamm zurück und ging davon. Er machte sich nicht die Mühe, sich noch einmal umzudrehen. In diesem Augenblick war Jim ihm scheißegal. Er stolperte weiter durch die Dunkelheit und rief immer wieder Phoebes Namen, den der Sturm mit sich hinaus aufs Meer trug.

SCARLET

Früher Sonntagmorgen

Scarlet wurde von einem sanften Rütteln geweckt.

Sie rieb sich die Augen und sah sich verwirrt um. Es war noch dunkel draußen, aber der Regen prasselte nur noch leise aufs Zeltdach, und offensichtlich hatte es aufgehört zu donnern. Sie lauschte. Sogar der Wind hatte nachgelassen. Die Zeltwände flatterten nicht mehr wild wie Wäsche auf der Leine, sondern blähten sich abwechselnd sanft nach innen und nach außen. Der Sturm war definitiv vorbei.

«Was ist?», murmelte sie im Halbschlaf. Dann fiel ihr wieder ein, wo sie war und was passiert war, und sie sah, wer da vor ihrem Bett kauerte. Sie setzte sich ruckartig auf und rutschte ein Stück weg von ihm. «Was willst du denn hier?» Sie schaute ihn an. «Geht es um Phoebe?»

Er nickte. Sein Gesicht war im Dunkeln nicht richtig zu erkennen, nur die Augen, die fest auf sie gerichtet waren.

Sie starrte ihn an. «Ist sie wieder da?»

«Ich weiß, wo sie ist.»

«Was? Wirklich?» Scarlet runzelte die Stirn.

Er legte den Finger auf die Lippen und deutete zu Tanya rüber, die, eine Decke über den Beinen, zusammengekauert auf ihrem Bett lag. Sie schien tief zu schlafen.

Mit einer Geste bedeutete er ihr, mit nach draußen zu kommen.

«Ich muss ihr doch Bescheid sagen.» Sie war schon aus dem Bett gesprungen und zog sich die Turnschuhe an, doch er schüttelte den Kopf und legte wieder den Finger auf die Lippen.

Er hatte recht. Tanya war letzte Nacht so erschöpft gewesen. Scarlet dachte an den Schmerz und die Sorge, die sich ihrer Stiefmutter tief ins Gesicht gegraben hatten. Es war besser, sie schlafen zu lassen. Leise schlüpfte sie hinter ihm aus dem Zelt und zog behutsam den Reißverschluss zu.

Der Campingplatz war dunkel, nur die Lichterkette schaukelte unheimlich im Unterstand hin und her. Die Planen des Unterstands flatterten noch immer im Wind. Er deutete wortlos auf den Buggy. Immer noch nicht ganz wach, rutschte Scarlet neben ihm auf den Beifahrersitz und blinzelte, als die Scheinwerfer aufleuchteten und zwei helle Lichtkegel in die Dunkelheit warfen. Der Motor heulte auf, und sie fuhren los.

Sie dachte, sie würden über die Wiese runter Richtung Klippen fahren, aber er wendete und lenkte den Buggy hügelaufwärts Richtung Haus. Sie schaute ihn verwundert an. «Wieso denn hier lang?»

«Die suchen alle am falschen Ort.»

Scarlet musterte ihn zweifelnd. «Aber es geht ihr gut, oder?»

Er nickte wieder und umklammerte mit beiden Händen das Lenkrad, während sie sich vom Campingplatz entfernten. Obwohl er sie ziemlich nervös gemacht hatte, kam sie sich plötzlich wichtig vor. Sie freute sich, dass er gerade sie geweckt hatte. Sie beide hatten etwas zu erledigen.

«Schau. Es wird hell.» Sie zeigte rüber zum Meer, wo

das erste graue Tageslicht am Horizont erschien. In dem Moment überquerten sie eine besonders tiefe Furche auf dem Weg, und sie flog nach vorn. Er streckte den Arm aus und legte ihr die Hand aufs Bein.

«Wie hast du sie gefunden?», rief sie ihm über das Dröhnen des Dieselmotors zu.

Sie wartete auf seine Erklärung, aber er antwortete nicht, konzentrierte sich stattdessen auf den holprigen Weg, der sich in rasender Geschwindigkeit vor ihnen im Scheinwerferlicht manifestierte. Zitternd hüllte sie sich, so gut es ging, in ihre Regenjacke. Er zeigte in den Fußraum, und als sie sich runterbeugte, entdeckte sie eine Thermosflasche in Tarnfarben.

«Was ist das?» Scarlet schraubte den Deckel ab und roch. «Tee?» Sie wartete, bis es nicht mehr ganz so holprig war und nahm einen tiefen Schluck. Es schmeckte heiß und süß. «Das tut gut. Danke.»

Sie bot ihm die Flasche an, aber er schüttelte den Kopf. «Stell dir die Gesichter vor, wenn wir mit Phoebe zurückkommen. Dann sind wir die Helden.»

Der Weg vor ihnen wurde zunehmend schmaler und schließlich selbst für den Geländebuggy unpassierbar. Er hielt an, stieg ab und winkte sie mit sich.

Scarlet nickte. Sie hatte kaum geschlafen, ihre Beine waren schwer, und ihr Verstand hatte Mühe, mit den Ereignissen mitzuhalten, doch die Angst um Phoebe gab ihr Kraft. Wenn ihre sechs Jahre alte Schwester es mitten in einem Sturm bis hierher geschafft hatte, dann war es das Mindeste, dass Scarlet jetzt ein paar Schritte lief, um dabei zu helfen, sie zurückzubringen.

Um sie herum schälte sich allmählich die Landschaft aus der Dunkelheit wie ein verschwommenes Polaroidfoto, das immer schärfer wird. Die Konturen der Landzunge hoben sich wie mit Filzstift gemalt vor dem rosaroten Horizont ab, Gestrüpp und Felsbrocken wurden sichtbar. «Was ist denn das da drüben?», fragte sie, als auf einmal vor dem Morgenhimmel der Umriss einer Kuppel auftauchte.

«Da gehen wir hin.» Er deutete auf einen steilen, fast zugewucherten Trampelpfad, der vom Hauptweg abzweigte.

Die Vorstellung, Phoebe plötzlich so nahe zu sein, machte Scarlet froh. Sie bog störrische Zweige beiseite und suchte sich auf dem unebenen Untergrund ihren Weg. Dabei versuchte sie, nicht über die wuchernden Ginsterzweige und Brombeerranken zu stolpern, die nach ihren Knöcheln griffen, und dabei die dunkle Ruine, die über dem tosenden Ozean auf den Klippen thronte, nicht aus den Augen zu lassen. Sie ließ ihre Fantasie vorauseilen, stellte sich vor, wie sie triumphierend zum Campingplatz zurückkehrten und alle sich um sie scharten, jubelnd und dankbar, dass Phoebe wieder da war, wohlbehalten und munter. Scarlet, die Retterin! Das wäre endlich mal was anderes als der ständige Shitstorm, der ihr normalerweise zu folgen schien.

Ein Geräusch drang an ihre Ohren, ein Chor, seltsam und ätherisch; der ferne Gesang klagender Stimmen, wie weit übers Meer getragen. Scarlet legte den Kopf schief und lauschte, fragte sich, ob sie sich das schräge Gejammere nur einbildete. Plötzlich kam ein relativ windstiller Moment, und mit dem Wind legte sich auch der Gesang. Scarlet schüttelte überrascht den Kopf. Das war der Wind, der auf den Klippen sang - oder es war doch Einbildung. Jedenfalls lenkte es von der Aufgabe ab, die sie vor sich hatten: Phoebe zu retten. «Danke!», rief sie laut. «Gott sei Dank, dass du sie gefunden hast!»

Phoebe, wir kommen, gleich sind wir da, dachte sie. Es dauert nicht mehr lange.

JIM

Sonntagabend

«Sie behaupten also, Ihre Verletzung – Ihr gebrochener Arm – rührt von einem Sturz auf den Klippen her? Bei der Geschichte wollen Sie bleiben, richtig?» DI Lawsons rasiermesserscharfer Blick ist fest auf ihn gerichtet. Es muss inzwischen fast Mitternacht sein, doch sie lässt sich keinerlei Ermüdungserscheinungen anmerken. Sie sitzen noch immer in dem zum Verhörraum umfunktionierten Zimmer im Krankenhaus.

Jim sieht ihr an, dass sie ihm nicht glaubt. Er denkt kurz nach. Natürlich könnte er ihnen die Wahrheit sagen, aber was würde es bringen, ihnen Schlag für elenden Schlag die Prügelei mit Dom auseinanderzusetzen? Das würde auf keinen von beiden ein besonders gutes Licht werfen. Jetzt, wo sie ihn endlich wieder zusammengeflickt haben, will er nur noch so schnell wie möglich hier weg.

Er räuspert sich. «Ja. Es war höllisch glatt da draußen, man konnte gar nicht jede Stolperfalle, jeden Schlammtümpel voraussehen. Ehrlich gesagt, ich hatte Glück, dass mir nicht mehr passiert ist.» Er probiert es mit einem Lächeln, doch es fühlt sich nicht überzeugend, sondern nur gezwungen und dämlich an.

Lawson nickt kurz angebunden. «Na schön. Dann machen wir mal weiter. Sie kamen also draußen auf der Landzunge in der Dämmerung wieder zu sich, nachdem

315

Sie und Mr Davies beschlossen hatten ... getrennt weiterzugehen?»

«Ja.» Er meidet ihren Blick. «Wir dachten, wir hätten vielleicht mehr Glück, wenn wir uns trennen.»

«Sie müssen doch ziemlich müde gewesen sein, Mr Miller.»

«Ja. Ich war fix und fertig.»

Die Verlockung, einfach liegen zu bleiben, war riesig gewesen. Er hatte auf dem Rücken im Schlamm gelegen und zugesehen, wie der Himmel sich verfärbte. Das erbarmungslose Schwarz wandelte sich zu Schiefergrau, und hoch oben kam die Silhouette eines Vogels in sein Blickfeld, der einsam seine Kreise zog. Während Jim die Flugbahn des Vogels verfolgte, wurde ihm klar, dass es aufgehört hatte zu regnen. Es wurde Tag. Endlich.

Sein linker Arm lag in einem seltsamen Winkel abgespreizt, und dumpfer Schmerz zog sich bis hinauf ins Schlüsselbein. Er hatte das Gefühl, von einem schweren Felsbrocken auf den Boden genagelt zu werden. Er wusste, dass er sich bewegen musste. Er wusste, dass er aufstehen musste, von dem nassen Boden wegmusste, aber er war zu erschöpft. Er war die ganze Nacht gelaufen, bis auf die Knochen durchnässt, die Anziehsachen eiskalt, und jetzt auch noch die Sache mit Dom.

Dom glaubte, er wäre schuld daran, dass Phoebe verschwunden war. Vielleicht stimmte das ja.

Er kniff die Augen zu. Reiß dich zusammen, Mann, steh auf, sagte er zu sich, aber er konnte nicht. Ein nur zu vertrautes, düsteres Gefühl, zähflüssig wie Pech, kroch in ihm hoch und schloss ihn ein, und er lag da und ließ zu, dass ihm die Tränen übers Gesicht liefen und im Schlamm versickerten. Weit unter ihm krachten mit unaufhörlichem Tosen die Wellen gegen die Klippen. Es war ein hypnotisierendes Geräusch.

Gott, was für ein Idiot er doch war. Auf so vielen Ebenen. Ein Idiot, weil er sich in dieser Situation befand, klitschnass und erschöpft und geschlagen im Schlamm. Ein Idiot, weil er geglaubt hatte, Dominic hätte ihn jemals geschätzt, respektiert, sogar *geliebt*. Ein Idiot, weil er ihm blindlings hinterhergerannt war, mitten im Sturm. Was für eine Metapher für ihre Freundschaft!

Dominic, der vorausstürmte, Jim, der hinterherhechelte.

War es zwischen ihnen nicht immer schon so gewesen? Zwanzig gemeinsame Jahre, und erst jetzt sagen sie sich, was sie wirklich voneinander halten? Was für ein Witz!

Doch es war kein Witz. Irgendwo hier draußen war ein kleines Mädchen, ganz allein, und falls Phoebe etwas zugestoßen war ... Gequält machte Jim die Augen wieder zu. Stimmte das, was Dom gesagt hatte? War es wirklich seine Schuld?

Ja, es war richtig, dass Jim Dom aufgestachelt hatte. Er hatte diesen seltenen Moment der Macht über Dom genossen, die Erkenntnis, dass er tatsächlich mehr wusste als sein Freund. Er hätte es niemals erwähnt – hätte die Tatsache, dass er wusste, was damals zwischen Dom und Kira gelaufen war, aus Loyalität für sich behalten. Aber als Fred dann den erst kürzlich zurückliegenden Jahrestag erwähnte, hatte das in Jim ein wahres Feuerwerk an Fragen entzündet, die sich alle darum drehten, wer Ashas Vater war. Und als Dom dann auch noch angefangen hatte, ihn wegen des Kredits zu piesacken, als er damit gedroht hatte, Suze einzuweihen – da hatte es ihm gereicht. Dom hatte bei ihm sämtliche Knöpfe gedrückt, und Jim war verlässlich darauf angesprungen. Gut gemacht, Jim! Wieder mal auf ganzer Linie versagt.

Dominic hatte recht. Er war ein Versager. Er hatte das Scheitern im Laufe der Zeit quasi zur Kunstform erhoben. Der jämmerliche Versuch, ein Indie-Plattenlabel zu gründen. Die immer selteneren Schichten im Jugendzentrum. Und dann noch das Schlamassel, das er sich mit diesem Foodtruck eingebrockt hatte, viel zu viel Kohle für einen Transporter, in den man erheblich mehr Arbeit stecken musste, als er sich das je hätte träumen lassen. Und der jetzt bei ihnen vor dem Haus stand, Standplatzgebühren kostete und dringend repariert werden musste – und zwar, ehe er auch nur ein einziges Festival, einen einzigen Auftrag klargemacht hatte.

Den Clown spielen, das konnte er gut – fast sein ganzes Leben lang hatte er seine Unsicherheit und Minderwertigkeitsgefühle mit Witzen und Humor überspielt. Auch an diesem Wochenende hatte er hart gearbeitet, um die Fassade aufrechtzuerhalten, um ihnen allen den Jim zu präsentieren, den sie erwarteten. Aber er war am Ende. Er konnte das nicht mehr. Die Fassade brachte ihn um.

Er wusste, was Suze sagen würde. Sie würde ihn mit diesem ganz speziellen Blick ansehen – aus großen Augen und mit ihrem aufmunternden Lächeln –, den sie benutzte, um ihre Schülerinnen zu motivieren. Sie würde ihm sagen, dass er ein wunderbarer Vater war, ein liebevoller Ehemann. Sie würde ihm sagen, dass er liebenswert war, humorvoll und loyal. Sie würde ihm sagen, dass ihr die Jobs und das Geld egal waren und auch, dass es bei ihnen immer mal wieder eng wurde. Sie würde versuchen, ihm Mut zu machen, indem sie die vielen Dinge aufzählte, die sie an ihm liebte. Und falls das nicht funktionierte, würde sie ein bisschen streng werden und ihm sagen, er solle die Arschbacken zusammenkneifen und aufhören, sich in Selbstmitleid zu suhlen.

Nur dass ihre unermüdlichen Versuche, positiv zu denken und ihn zu ermutigen, in den letzten Monaten nicht wirklich funktioniert hatten. Dabei wusste sie noch nicht mal die Hälfte. Sie wusste nichts von den Tagen, an denen er einfach aufgab, sobald die Kids aus dem Haus waren und sie auf dem Weg in die Praxis. Sie wusste nichts von den Tagen, an denen er einfach zurück ins Bett ging, sich die Decke über den Kopf zog und sich erst wieder nach unten schleppte, kurz bevor ihr Schlüssel sich im Schloss drehte, damit er rechtzeitig am Küchentisch saß und ihr irgendwelche Geschichten über Arbeitsverträge und Meetings und Spaziergänge an der frischen Luft erzählte, um sie zu beruhigen, obwohl er in Wirklichkeit nichts anderes getan hatte, als stundenlang regungslos auf dem Rücken zu liegen, die Decke anzustarren und über die vielen Gründe nachzudenken, weshalb Suze und die Kids ohne ihn wahrscheinlich besser dran wären.

Suze war ein Kraftpaket. Er wusste, dass sie ohne ihn zurechtkam. Sie war die Frau, die damals, parallel zu ihrer Arbeit im Jugendzentrum, schon Abendkurse in Yoga und Reiki belegt hatte. Sie war diejenige, die einen Abschluss in Ernährungsberatung gemacht hatte, während sie mit River schwanger war, und nur ein paar Monate später ihre eigene Wellness-Praxis eröffnet hatte, mit einem Neugeborenen an der Brust. Sie war diejenige, die für all ihre Probleme und Leiden die richtige Kur parat hatte, die Körper und Seelen heilte. Ihre Erfolge überragten seine um ein Vielfaches. Nur ihn konnte sie nicht heil machen. Während sie losstürmte und lautstark Heilung und Wellness anpries, löste ihr Ehemann sich zu Hause in einer Pfütze aus Lethargie auf.

Suze ahnte nichts von dem Ausmaß seiner Depression, genauso wie sie nichts von den fünfzigtausend Pfund ahnte, die er sich von Dom geliehen hatte und die er in absehbarer Zeit auf keinen Fall zurückzahlen konnte. All das hatte er vor Suze geheim gehalten. Seine schändlichen kleinen Geheimnisse. Bei dem Gedanken wurde ihm übel.

Er stöhnte laut, dann rappelte er sich mühsam hoch, versuchte vorsichtig, auf seinen mit Prellungen übersäten, schlammbespritzten Beinen das Gleichgewicht zu halten, und untersuchte sich mit schmerzenden Rippen auf Verletzungen. Ein Auge fühlte sich geschwollen an, der linke Arm baumelte hilflos herunter. Er hatte sich was gebrochen, so viel stand fest. Es wäre sicher gut, sich eine Schlinge zu basteln, aber er hatte keine Ahnung, womit und wie er das mit einer Hand zustande bringen sollte.

Seine geliebte Trucker-Cap schwamm in einer Pfütze. Er hob sie auf und schob sie in die Jackentasche. Ein Stück entfernt entdeckte er seine Taschenlampe. Sie lag im Gras und leuchtete schwach. Er knipste sie aus und schob sie in die andere Jackentasche. Dabei ließ er den Blick über den Weg schweifen, der von der Steilklippe wegführte, der Weg, den auch Dom genommen hatte.

Was hatte das eigentlich alles noch für einen Sinn? Er drehte sich um und ging in Richtung Klippe.

Der Wind kam direkt von vorn. Im Vergleich zur Nacht war er abgeflaut, aber er blies immer noch heftig, und Jim musste jeden Schritt mit Bedacht setzen, um sich dagegenzustemmen. Langsam näherte er sich der Kante.

Das Schlimmste, dachte er, als er runter zu den Felsen starrte, zusah, wie sie unter weiß schäumenden Wogen verschwanden und wieder auftauchten, war nicht Dominics Brutalität gewesen. Das Schlimmste war gewesen, die vielen schlimmen Dinge, die Jim über sich selbst dachte, aus dem Mund seines ältesten Freundes bestätigt zu bekommen. Jim waren seine Schwächen und Unsicherheiten durchaus bewusst, aber er hatte immer geglaubt, er hätte die anderen erfolgreich getäuscht. Er hatte gehofft, dass er bei seinen engen Freunden Gefühle wie Zuneigung, Liebe und Respekt auslöste. Er hatte sich getäuscht. Offensichtlich waren seine Fehler und Schwächen für sie genauso deutlich zu erkennen wie für ihn.

«Du nutzloses Stück Scheiße!» Er brüllte seinen Selbsthass in den Himmel hinauf. «Du Loser!»

Er gab zu schnell auf. Er war faul. Er war für Suze und die Kids nichts als ein Klotz am Bein. Sie hatten was Besseres verdient als ihn. Und jetzt hatte sogar sein bester Freund ihn fallen lassen, und das aus gutem Grund. Er war es gewesen, der mit Gras und Bier um sich geworfen hatte wie ein verantwortungsloser Teenager. Er hatte den Vorschlag gemacht, die Kids sollten allein losziehen. Er hatte seinen Freund absichtlich mit dem gequält, was er über ihn wusste. Jim stieß mit der Hand den gebrochenen Arm an und ließ zu, dass der Schmerz in ihm tobte. «Wann wirst du endlich erwachsen?», brüllte er. «Wann kapierst du's endlich?»

Er stand inzwischen direkt am Rand. Seine Zehen ragten über die Kante, direkt unter ihm tobte das schäumende Wasser. Die Möglichkeit dieses Augenblicks machte ihn benommen. Eine einzige heftige Böe, und das Gleichgewicht wäre weg. Wenn er jetzt den Halt verlor, stürzte er über den Rand in die tosenden Wellen. Falls der Sturz ihn nicht umbrachte, würde die Strömung ihn unter Wasser drücken und raus ins offene Meer ziehen. Er konnte einfach verschwinden, ohne jede Spur.

Draußen am Horizont erhob sich schwach rosarotes Licht, ein silberner Schimmer auf den Wellen. Und im gleichen Augenblick, als er das sah, trug der Wind ein seltsames Geräusch zu ihm, fern, hoch und jammernd. Ein Vogel, dachte er. Er schaute in den Himmel. Die Wolken waren inzwischen sichtbar, immer noch dunkel und schnell, aber ein Vogel war nirgends zu sehen. Vielleicht hatte er sich das Geräusch auch nur eingebildet, doch dann kam es wieder, ein verzweifeltes Jammern, vom Wind übers Wasser getragen.

Jim wandte den Kopf.

Das musste Einbildung sein, ein Streich seines übermüdeten Gehirns, denn jetzt klang es wie ein Lied. Ein Chor aus nicht zu unterscheidenden Stimmen. Klagend. Menschlich beinahe.

Der Wind ebbte ab, und mit ihm verklang das Geräusch. Jim stand regungslos da, wartete, ob es wiederkäme, aber jetzt war nur noch der Ozean zu hören, der unter ihm gegen die Felsen krachte.

Enttäuscht wandte er sich um. Nein – da *war* etwas! Ein bisschen näher diesmal. Kein Vogelschrei im Wind. Eine Stimme. Eine Kinderstimme – ein Kind, das nach seinen Eltern rief!

Jim machte einen Schritt zurück vom Rand, sehr vorsichtig, er war sich plötzlich der Gefahr bewusst, war sich bewusst, was auf dem Spiel stand. «Phoebe?», brüllte er, so laut er konnte, und drehte sich dabei langsam um die eigenen Achse. Er hatte Angst, dass er in dem Tosen nicht zu hören war. «Phoebe!»

Er stand da und lauschte, und einen schrecklichen

Augenblick lang dachte er, er hätte sich das alles nur eingebildet, Wunschdenken hätte ihn vom Rand der Klippe zurückgelockt, doch dann hörte er es wieder. Ein einziges, flehendes Wort. Der unmissverständliche Ruf nach «Daddy!».

«Phoebe!», schrie er. «Ich bin's, Jim. Hör nicht auf zu rufen. Ich finde dich. Halte durch, Süße, ich komme!»

Er stolperte kreuz und quer über die Klippe, blieb immer wieder stehen, um zu lauschen, versuchte, die Rufe zu verfolgen, immer weiter, bis zu einer Stelle, wo sich die Klippe plötzlich zu teilen schien. Direkt vor ihm befand sich ein Spalt. «Phoebe?», rief er und spähte hinunter.

«Hier bin ich.» Die Stimme war schwach, aber es war eindeutig ihre.

«Phoebe, ich bin's, Jim.» Sie musste irgendwo unter ihm sein, als hätte der Erdboden sich aufgetan und sie verschluckt, sie in eine geheime Höhle gezogen und sich wieder geschlossen. «Hast du dir wehgetan?», rief er.

Nach einem kurzen Moment sagte sie: «Ich habe Hunger.»

Jim musste lächeln. «Halte durch, Süße. Ich hole Hilfe. Wir holen dich so schnell wie möglich da raus. Bis dahin machst du keinen Mucks.»

«Ich will zu meiner Mama», sagte sie leise. Das Flehen in ihrer Stimme zerriss ihm das Herz.

Er wollte sie nicht noch mehr traumatisieren, indem er sie wieder allein ließ, aber er musste Hilfe holen. Allein konnte er sie unmöglich bergen - nicht mit einem gebrochenem Arm. Er musste sie allein lassen und Dom zurückholen. «Ich komme wieder. Das versprech ich dir. Ich gehe deinen Daddy holen. Rühr dich nicht vom Fleck.»

«Nicht weggehen!», rief sie weinend.

«Nur ganz kurz. Nur, um Hilfe zu holen. Alles wird wieder gut, Phoebe. Bleib, wo du bist.»

Ihr Weinen zerrte an ihm, aber er zwang sich kehrtzumachen und eilte, so schnell sein Zustand es zuließ, zum Weg zurück und schlug die Richtung ein, in die Dominic vorhin verschwunden war.

KIP

Früher Sonntagmorgen

Kip lag wach im Zelt, das erste Licht der Morgendämmerung streifte die Leinwände und tauchte sie in sanftes Taubengrau. Seine Finger spielten mit dem rostigen Messer, das in der Tasche seiner Shorts versteckt war. Annie lag schlafend neben ihm auf dem Bett, unter einer Wolldecke zusammengerollt. Max lehnte zusammengesunken in einem Sessel am anderen Zeltende und schlief ebenfalls.

Nicht der Sturm hatte ihn aus dem Schlaf gerissen. Soweit er es beurteilen konnte, war das Schlimmste vorüber. Nein, das hochtourige Motorgeräusch des Buggys hatte ihn geweckt.

Im ersten Moment hatte er gedacht, er wäre zu Hause bei sich im Bett, und Max wäre schon auf dem Weg zu einer seiner zahlreichen Baustellen irgendwo auf dem Campingplatz. Doch dann war ihm der Geruch nach nassem Gras und das Flappen der Zeltwände bewusst geworden. Mit einem Schlag wusste er wieder, wo er war und was passiert war. Phoebe war immer noch verschwunden, und alle dachten, er wäre schuld.

Er drehte sich von Annie weg, blieb still liegen und sah zu, wie das Zelt allmählich die Farbe wechselte, von taubengrau zu schmutzig weiß, während die Messerklinge zwischen seinen Fingern langsam warm wurde. Er wusste, dass Max und Annie die ganze Nacht bei ihm geblieben waren, weil sie Angst hatten – Angst, dass Phoebes Vater zurückkäme, Angst, dass er nicht mehr sprach, Angst, dass er ihnen nie erzählte, was mit Phoebe passiert war. Sie hatten ihm geschmeichelt und gut zugeredet, sie hatten ihn angefleht und rumgerätselt, doch die Wahrheit lautete: Selbst wenn er hätte sprechen können, er konnte ihnen nicht sagen, wo Phoebe war. Er hatte keine Ahnung. Er war genauso ratlos wie alle anderen.

Er war den Nachmittag in Gedanken noch einmal durchgegangen, hatte ihn immer wieder vor seinem inneren Auge abgespult, als würde er bei dem Versuch, in einem seiner Computerspiele ein neues Level zu meistern, immer wieder auf denselben Block einschlagen und daran scheitern. Ganz egal, wie er es auch anging: Die Hindernisse blieben immer dieselben. Er landete immer wieder in der gleichen Sackgasse.

Bei den wild gewordenen Kühen fing er an. Phoebes erschrockenes Kreischen hatte ihn schließlich aus seiner Lähmung gerissen. Ihm war nur der Bruchteil einer Sekunde geblieben, um eine Entscheidung zu treffen. Vor ihnen versperrten die Kühe den Weg zu den anderen, da konnten sie also nicht weiter. Die einzige Möglichkeit war gewesen umzukehren.

Kip hatte Phoebes Hand gepackt und sie in die entgegengesetzte Richtung gezerrt. Sie hatte sich nicht gewehrt. Sie war an seiner Hand mit ihm zurück zum Zauntritt gerannt, wo er sie unsanft die Sprossen hochgeschoben und sich dann hinterhergeworfen hatte. Beim Übersteigen des Zauns hatte Phoebe plötzlich aufgeschrien.

Kip hatte sich oben noch mal umgedreht, in der Hoffnung, irgendwo jemand von den anderen zu entdecken, aber alles, was er sah, waren trampelnde, buckelnde Kühe. Phoebe hatte angefangen zu weinen. Sie hatte heulend auf der obersten Trittstufe gesessen, dicke Tränen waren ihr übers Gesicht gelaufen, und vor ihrem rechten Nasenloch hing eine Rotzglocke. Quer über ihrem Arm war eine große Schramme zu sehen. Das Blut lief ihr übers Handgelenk. Als sie sah, dass sie blutete, weinte sie noch lauter. «Ich hab mir wehgetan!» Sie zeigte zu dem Zauntritt hinauf, und Kip sah, was passiert war. Als er sie rüberschubste, hatte sie sich an einem aus dem Holz ragenden Nagel den Arm aufgerissen.

Kip hatte versucht, die Blutung mit den Fingern zu stoppen, und als das nicht funktionierte, drückte er fest sein T-Shirt gegen die Wunde.

«Aua!», jammerte sie.

Sie hatte immer schneller geatmet, flach und keuchend, und Kip hatte sich auf die Brust geklopft, in der Hoffnung, dass sie es nachmachte. Sie hatte verstanden, was er meinte, das Spray aus der Tasche geholt und tief inhaliert.

Eine Zeit lang hatten sie nur stumm dagesessen. Phoebe hatte sich schniefend die Tränen abgewischt, und er hatte darauf gewartet, dass das Rasseln aufhörte. Durch den Zaun sah er die Kühe, inzwischen am anderen Ende der Weide, sie waren immer noch unruhig, stampften hin und her und blockierten den Rückweg zum Campingplatz. Immer wieder schaute er hin, versuchte, irgendwas zu erkennen, aber von den anderen keine Spur.

Wenigstens waren die am richtigen Ende der Weide. Phoebe und er hatten ein Problem. Selbst wenn er sie dazu gebracht hätte, noch mal über den Zaun zu klettern, gab es keine Möglichkeit, die Weide zu überqueren, ohne dem Bullen zu begegnen. Vor den Kühen konnten sie unmöglich davonrennen. Das hieß, es gab nur einen Weg zurück: die lange Runde über Kellows Hof und dann weiter auf der Landstraße bis zum Bauernhaus. Kip musterte den Himmel. Es wurde immer düsterer. Ihm war klar, dass sie es nicht vor dem Regen zurückschaffen würden.

Vorsichtig nahm er das T-Shirt von Phoebes Arm. Der Druck hatte geholfen. Es hatte aufgehört zu bluten, dafür war sein T-Shirt jetzt im Eimer. Er hoffte, dass Annie nicht allzu sauer sein würde. Er griff nach Phoebes Hand und versuchte, sie zum Aufstehen zu bewegen, aber sie schüttelte den Kopf und machte sich los. «Ich will nicht», sagte sie, wischte sich die Nase am Ärmel ab und verschränkte bockig die Arme vor der Brust. «Mein Daddy soll kommen.»

Kip hatte gespürt, wie er ungeduldig wurde. Er wollte genauso wenig hier sein wie sie – und erst recht nicht mit ihr. Seit Phoebe hergekommen war, hatte sie ihm nichts als Ärger gebracht.

Er bewegte die Zunge in seinem Mund, spürte ihren störrischen Widerstand, fragte sich, ob er es noch einmal schaffen würde, ob er die Worte finden würde, die nötig waren, um sie mit sich zu locken. Die Versuchung, sie einfach hier sitzen zu lassen, war groß. Aber das konnte er nicht machen – oder doch?

Er schürzte die trockenen Lippen, holte tief Luft und machte den Mund auf. «Hier lang.» Die Worte, die aus seiner Kehle drangen, klangen komisch, gezwungen, kratzig und irgendwie falsch.

Phoebe schaute in die gezeigte Richtung, hinüber zu dem kaum sichtbaren Trampelpfad, der weg vom Strand führte. Sie schniefte, dann sagte sie: «Sind da Kühe?»

Kip schüttelte den Kopf.

Sie schien zu überlegen.

Kip stieg vom Übertritt, machte ein paar Schritte in die richtige Richtung, dann blieb er stehen und wartete.

Schließlich stand Phoebe auf, sprang vom Übertritt, ihre Turnschuhe landeten mit einem dumpfen Aufprall auf dem trockenen Boden, und Kip spürte, wie Erleichterung durch ihn durchrieselte, weil sie endlich weitergehen konnten. Er ging los, bahnte sich einen Weg durch den überwucherten Pfad, hielt einen dornigen Brombeerzweig zur Seite und drehte sich um, um nachzusehen, ob sie noch hinter ihm war.

War sie nicht. Phoebe hatte kehrtgemacht und stand wieder neben dem Zauntritt. Sie drehte sich langsam um die eigene Achse, den Blick zu Boden gerichtet, als würde sie was suchen. Unglücklich schaute sie zu Kip rüber. «Wo ist Bär?» Sie sah aus, als würde sie jeden Moment wieder anfangen zu weinen, und auf ihren Wangen erschienen rosarote Flecken.

Kip dachte nach, und ihm wurde klar, dass er den Teddy schon eine ganze Weile nicht mehr gesehen hatte. Sie hatte ihn definitiv nicht mehr bei sich gehabt, als er ihre Hand gepackt hatte und mit ihr zurück zum Zauntritt gerannt war. Wahrscheinlich hatte sie ihn schon nicht mehr gehabt, als sie alle zusammen vom Strand zurück nach oben geklettert waren.

Phoebes Augen wurden plötzlich kugelrund. «An dem Felsentümpel hab ich ihn gesehen. Ich hab ihn da hingesetzt, weil ich nicht wollte, dass er beim Spielen nass wird.» Ihre Unterlippe fing an zu zittern.

Kip schaute zu der Stelle rüber, wo der Fußweg über den Rand der Klippe verschwand, dort, wo es runter zum Wasser ging. Die Vorstellung, dass sie beide noch mal da runtermussten, dass er Phoebe über die riesigen Steine helfen musste, um den Teddy zu suchen, während der Wind an ihnen zerrte und die fetten Regenwolken ihnen im Nacken hingen, war wirklich nicht reizvoll. Er hatte sich achselzuckend wieder umgedreht und Phoebe mit einer Geste ungeduldig aufgefordert, endlich mitzukommen.

«Nein!» Phoebe sah ihn erschrocken an. «Ich kann ihn doch nicht allein lassen. Ohne Bär gehe ich nicht zurück.»

Kip verzog das Gesicht. Er hätte alles dafür gegeben, endlich wieder zurück am Campingplatz zu sein oder, noch besser, zu Hause in seinem Zimmer, mit seiner Xbox, weg von den anderen mit ihrem Lärm und ihren verwirrenden Spielen und ihren dämlichen, vergessenen Teddybären.

Phoebe weinte schon wieder, die Tränen liefen ihr über das verschmierte Gesicht. Als er sie sah, die tieftraurige Mine, der blutige Arm, das Peppa-Pig-Pflaster, das lose über ihrem Auge hing, hatte er plötzlich die Stimme seines Vaters im Ohr. *Versuch, ein guter Freund zu sein, Kip.*

Wenn er noch mal allein zum Strand runterlief, wäre er viel schneller. Er würde Phoebe ihren Teddy wiederbringen und sie dann nach Hause führen. Wer weiß, vielleicht hatte der alte Kellow sogar Mitleid mit ihnen und brachte sie mit dem Auto zurück zum Campingplatz, auch wenn das eher unwahrscheinlich war. Unter größter Anstrengung machte Kip den Mund auf. «Bleib. Ich geh.»

Phoebe schaute sich ängstlich um. «Ich soll hier warten? Ganz allein?»

Kip klopfte einladend auf das obere Trittbrett.

Phoebe kaute nachdenklich auf der Lippe, dann nickte sie, und Kip schob alle Gedanken an seine müden Beine beiseite und machte sich auf den Rückweg zu dem Pfad, der die Klippe runterführte. Ehe er um die Kurve verschwand, drehte er sich noch einmal um. Phoebe saß auf dem hölzernen Zauntritt und baumelte mit den Beinen. Sie winkte. *Bär holen. Phoebe holen. Nach Hause laufen.* Er sang es leise im Kopf vor sich hin und machte sich an den Abstieg runter zum Ufer, seine Schritte im Takt der sieben stummen Worte.

Unten am Strand schlug ihm der Wind entgegen, wehte ihm salzige Gischt ins Gesicht, stieß ihn mit kräftigen Böen seitwärts. Es fühlte sich an, als würde ihn jemand auf dem Schulhof anrempeln. Die Fußspuren, die sie vorhin im Sand hinterlassen hatten, waren verschwunden, weggespült von der steigenden Flut.

Eine einsame Möwe hüpfte dem Wind trotzend über den Strand und pickte erfolglos an Treibgut herum. Kip ging ihr nach und sah sich dabei suchend nach etwas Braunem um, einem Stück Teddyfell, einem hochstehenden Ohr oder einem glänzenden Knopfauge. Irgendwann überließ sich die Möwe dem Wind und flog davon, wahrscheinlich, um Schutz zu suchen, dachte er. Genau das, was er und Phoebe jetzt tun sollten.

Ihr Teddy war nirgends zu sehen. Kip fragte sich, ob er ins Meer gespült worden war. Die Vorstellung hatte etwas Befriedigendes nach allem, was er wegen Phoebe inzwischen mitgemacht hatte. Er wollte schon aufgeben, als ein Bild in seiner Erinnerung aufstieg. Phoebe und Juniper, über einem Felsentümpel am anderen Ende vom Strand kauernd. Sie hatten die Köpfe zusammengesteckt und mit einem Stück Treibholz kichernd im Wasser herumgestochert.

Die Gischt hatte die Felsen nass gesprüht, und es war glitschig geworden. Kip stolperte, fing sich wieder und ging dann weiter auf den größten Tümpel zu. Dabei behielt er die großen Wellen im Auge, die am hintersten Ende der Bucht gegen die zerklüfteten Felsen donnerten. Er entdeckte den Teddy tatsächlich oberhalb des größten Tümpels, zusammengesunken unter einem sandigen, mit winzigen Muscheln überkrusteten Felsen. Der Kopf war nach unten gekippt, und der Teddybär sah aus, als würde er sein trauriges, einsames Spiegelbild in der gekräuselten Wasseroberfläche betrachten. Erleichtert kletterte Kip hinauf, packte den Teddybären, und stopfte ihn sich unters T-Shirt, damit er nicht wieder verloren ging. Mission erfüllt. Jetzt musste er nur noch Phoebe holen und sie beide nach Hause bringen, ehe es anfing zu regnen.

Er hatte schon ein gutes Stück über die glitschige Felsnase geschafft, als er spürte, wie unter ihm ein Stein nachgab. Er rutschte ab, blieb mit dem Fuß in einer engen Spalte stecken und verlor das Gleichgewicht. Er fiel hin und landete auf Händen und Knien. Sein Knöchel verdrehte sich komisch, und brennender Schmerz schoss das Bein hinauf. Sein Aufschrei verlor sich im Wind.

Kip atmete ein paarmal tief ein und aus, versuchte, sich zu beruhigen, wartete darauf, dass der Schmerz nachließ. Es geht mir gut, sagte er zu sich. Nicht anhalten. Weitergehen. *Bär holen. Phoebe holen. Nach Hause laufen.*

Aufgeschürft, wund und mit pochendem Knöchel befreite er beidhändig den Fuß aus dem Spalt. Ihm liefen vor Anstrengung und Schmerz die Tränen runter. Mit gequältem Gesicht schob er den Socken runter und untersuchte den Knöchel. Er war rot und schwoll dick an.

Aber er konnte nichts tun, er musste weiter. Der Sturm kam immer näher. Er durfte keine Zeit mehr verlieren. Er humpelte weiter über den glitschigen Felsen, von dort runter zum Strand, kletterte mühsam über die großen Steine und machte sich dann an den Aufstieg über den gewundenen Pfad zurück nach oben. Wenigstens lag der Steilhang im Windschatten.

Die letzte Kurve vor dem Zauntritt war schon in Sicht, als irgendwo hoch über Kip ein schriller Schrei ertönte. Er blieb stehen und lauschte, aber er hörte nur seinen eigenen, abgehackten Atem, das Tosen des Windes und die Wellen, die irgendwo weit unten gegen die Felsen klatschten. Eine Möwe ließ sich vom Wind über den Himmel tragen und kreischte gegen den kommenden Sturm an.

Kip bog um die Kurve und erwartete, Phoebe vor sich auf dem Zauntritt sitzen zu sehen. Aber sie war nicht da. Er schluckte angestrengt, bewegte mühsam die Zunge in seinem Mundraum, spitzte die Lippen auf der Suche nach dem richtigen Klang. «Ph-ph-Phoebe!», rief er stotternd. Dann versuchte er es noch mal, lauter diesmal. «Phoebe! Ich hab B-b-Bär gefunden.»

Er sah sich suchend um, versuchte herauszufinden, wo sie war. Das Gras um den Zauntritt herum war platt getreten, wie von schweren Schuhen. Neben dem Zauntritt lag ein Büschel zertrampelter Löwenzahn. Alles fühlte sich an, als wäre gerade erst wer hier vorbeigekommen. Hatte sie keine Lust mehr gehabt, weiter auf ihn zu warten? Dachte sie, er würde nicht wiederkommen? Waren die anderen zurückgekommen und hatten sie mit nach Hause genommen?

Kip spürte, dass er sauer wurde. Er hatte ihr gesagt, sie solle warten. Er war den ganzen Weg zurückgelaufen, um ihren dämlichen Teddy zu holen, hatte sich unterwegs schlimm wehgetan, und sie war einfach weggegangen, ohne ihn? Vielleicht war ihr das doofe Kuscheltier doch nicht so wichtig. Er hatte gute Lust, den Bären einfach liegen zu lassen. Das würde ihr recht geschehen.

Er sah sich ratlos um und überlegte, was er machen sollte, als er es aus weiter Ferne muhen hörte. Mühsam erklomm Kip den Zauntritt und stellte überrascht fest, dass auf der Weide keine Kühe mehr standen. Das Gatter schräg gegenüber stand offen. Dahinter entdeckte er die gebeugte Gestalt des alten Kellow, der langsam in Richtung Hof schlurfte, der große schwarze Hund ging direkt hinter ihm. Kip fragte sich, ob er es schaffte, seine Stimme so hochzuschrauben, dass er ihm nachrufen konnte - um zu fragen, ob er Phoebe gesehen hatte -, aber der Bauer war zu weit weg. Er würde ihn über das Glockengebimmel der Kühe, die auf ihren Stall zuliefen, nie hören.

So war es gewesen, dachte er. Phoebe hatte gesehen, wie Kellow die Kühe zum Stall trieb, und hatte die Chance ergriffen, die Weide zu überqueren. Für ihn bedeutete das zumindest einen kleinen Lichtblick. Ohne Herde konnte er den direkten Weg nehmen und musste mit dem verstauchten Knöchel nicht außen rum nach Hause humpeln. Er konnte Phoebe nachgehen.

Es roch nach Regen. Der Horizont sah seltsam aus. Es wirkte, als würden die dunklen Wolken auslaufen und sich mit dem inzwischen dunkelvioletten Meer vermischen. Er musste weiter. Gleich würde es losgehen.

Kip überstieg vorsichtig den Zauntritt und humpelte mühsam über die leere Weide zurück Richtung Campingplatz. Er zuckte jedes Mal zusammen, wenn er den verletzten Fuß belastete, und versuchte, sich nur auf den Rhythmus seiner Schritte und die Wärme zu konzentrieren, die Phoebes Teddybär ihm dort schenkte, wo er ihn fest an sich drückte. Um sich abzulenken, stellte er sich den Empfang vor, den man ihm bereiten würde, Phoebes dankbares Lächeln, wenn er ihr den Teddy zurückgab, das Lob, das sie ihm schenken würden, weil er ihr Kuscheltier gefunden hatte, und dann wäre auch das gestrige Missverständnis mit den Marshmallows endgültig vergeben und vergessen. Als er so dahinhumpelte, stahl sich ein leises Lächeln auf sein Gesicht. Dann war alles wieder gut.

Jetzt lag Kip bei Tagesanbruch im Zelt, und vor seinem inneren Auge wiederholten sich immer wieder dieselben Szenen. Der Zauntritt. Der Strand. Der Teddy. Der mühsame Rückweg. Er hatte nicht ahnen können, dass Phoebe nicht am Campingplatz auf ihn warten würde – hatte nichts von dem schrecklichen Empfang geahnt, der ihn stattdessen erwartete. Hatte keine Ahnung, warum alle ihn so entsetzt anstarrten, mit angstverzerrten Gesichtern. Als Dominic ihn gepackt hatte, als er seine riesigen Pranken auf und an sich gespürt hatte, die wütenden Augen gesehen und den Zorn in seiner Stimme gehört hatte, war er auf einen Schlag zurückkatapultiert worden, zurück nach dort, in das alte, eklige Haus, das mal sein Zuhause gewesen war, das Haus mit dem grünen Teppichboden und dem roten Sofa und den schrecklichen Erinnerungen, an die er möglichst nie mehr denken wollte. Alle Worte, die in ihm waren, hatten ihn verlassen, waren davongeflogen, als hätte der Sturm sie ihm entrissen und aufs Meer getragen.

Kip drehte sich um und sah erst Annie und dann Max verstohlen an. Bald würden sie aufwachen, und dann würde die Fragerei wieder von vorne losgehen. Aber selbst wenn er die richtigen Worte hätte finden können, wenn er sie hätte aussprechen können, er hätte nicht gewusst, was er sagen sollte. Er wusste wirklich nicht, wo Phoebe war.

DOMINIC

Früher Sonntagmorgen

Dominic war hin- und hergerissen. Er bereute den Streit mit Jim. Welche Dinge auch immer zwischen ihnen standen, mit welchen Geheimnissen auch immer sie einander bedrohten, ihm war klar, dass sich das nicht mit einer heftigen Prügelei aus der Welt schaffen ließ. Ihm war klar, dass er umkehren und nach Jim schauen sollte, dass er sich für die hässlichen Dinge entschuldigen sollte, die er gesagt hatte, für seinen Gewaltausbruch, aber er musste auch dringend weiter nach Phoebe suchen. Jim war ein erwachsener Mann, aber Phoebe war ein kleines Kind, und sie war ganz allein irgendwo hier draußen, in Gott weiß was für einem Zustand. Er musste sie endlich finden.

Am Horizont schwebte die Dämmerung. Das Schlimmste des Sturms war vorbei, und er konnte nur hoffen, dass damit die Chancen stiegen, sie zu finden. Vielleicht war im Hof inzwischen der Strom wieder da. Vielleicht war es den anderen gelungen, Hilfe zu holen. Ein professionelles Rettungsteam. Suchhunde. Die ganze Palette. Er konnte sich nicht erlauben, ein anderes Ende in Betracht zu ziehen als das, wo seine Tochter unversehrt aufgefunden würde. Er musste weitermachen – für Phoebe.

Dominic drehte sich langsam um die eigene Achse, um den spektakulären Küstenverlauf einmal vollständig zu erfassen und sich dann für eine Richtung zu entscheiden.

Zum ersten Mal sah er im zunehmenden Licht die zerklüfteten Klippen, übersät mit Büscheln von zähem Farnkraut und Stechginster, das aufgewühlte Meer, das sich bis zum Horizont erstreckte, und den lebhaften Himmel darüber, violettgrau verwaschen, mit leuchtend orangefarbenen Streifen, die hier und da durch die dichten Wolken brachen.

Als er an den Klippenrand trat und nach unten spähte, sah er plötzlich etwas Dunkles, Rundes auf dem wirbelnden Schaum wippen. Er schaute genauer hin. Es kam ihm entfernt menschlich vor – ein Kopf, der versuchte, sich über Wasser zu halten. Dominic fuhr eisiger Schreck in die Glieder. Er starrte nach unten, musste mitansehen, wie der Kopf verschwand und ein paar Sekunden später wieder auftauchte, diesmal näher am Ufer. Glatt und dunkel und definitiv ein Kopf – aber kein menschlicher. Eine Robbe. Nur eine Robbe, die in der Brandung spielte. Ihm wurde vor Erleichterung beinahe schwindelig.

Zu seiner Linken ragte in der Ferne so was wie ein Turm in den Himmel, eine Art Kamin vielleicht. Dominic runzelte die Stirn. Ein Gebäude, am Ende der Landzunge, in dieser Einsamkeit? Es fiel ihm schwer, im schwachen Licht der Morgendämmerung die Entfernung einzuschätzen. Eine Meile vielleicht? War es möglich, dass Phoebe so weit gelaufen war? Hatte sie dort Unterschlupf gefunden? Einen Versuch war es auf alle Fälle wert.

Entschlossen wandte Dominic sich nach Osten und folgte dem Pfad. Er war noch nicht weit gekommen, als hinter ihm ein Schrei ertönte. Er fuhr herum und sah eine vertraute Gestalt auf sich zustolpern, humpelnd und eigenartig gekrümmt.

«Dom!» Der Wind trug Jims Stimme über die Entfernung zu ihm. Er winkte mit einem Arm. Es sah seltsam aus. «Dom! Komm zurück!»

Dominic zögerte. Er wollte nicht noch mehr kostbare Zeit mit Streiten vergeuden.

«Ich habe sie gefunden! Phoebe! Ich hab sie!»

Anfangs ging Jim voraus. Sie liefen, so schnell es der holprige Küstenpfad zuließ. «Sie ist irgendwie unter die Erde geraten. Da muss ein Riss oder eine Spalte im Fels sein oder so was, das konnte ich nicht rausfinden. Aber es muss eine Möglichkeit geben, sie da rauszubekommen.»

Dominic überholte ihn und stürmte voraus. Jims Lahmarschigkeit machte ihn wahnsinnig. Erst als Jim ihm zurief, langsamer zu gehen, bremste er ab. «Pass auf, nicht, dass du auch noch in irgendeinen Hohlraum fällst.»

«Wo?», rief Dominic verzweifelt. «Wo ist sie denn?»

Jim deutete zu einem Felsen hinüber. «Da unten!»

«Phoebe!», rief Dominic, die Hände zum Trichter an den Mund gelegt. «Ich bin's, Daddy!»

«Daddy!» Die Antwort war leise, aber sie war es, eindeutig!

«Nicht bewegen, Süße. Wir holen dich da raus. Versprochen.»

Dominic schaute Jim an. «Oh Mann, Kumpel, ich würd dich ja gern umarmen, aber ich glaube, das wäre zu schmerzhaft.»

«Ja, ja, wir knutschen später. Erst mal müssen wir rausfinden, wie wir sie da rauskriegen.»

Die beiden Männer verbrachten zwanzig verzweifelte Minuten damit, einen Zugang zu der Höhle im Fels zu finden. «Das ist sinnlos. Wir brauchen Hilfe.» Jim stand gekrümmt da und hielt sich den verletzten Arm. Er war aschfahl im Gesicht.

Dominic hätte am liebsten mit bloßen Händen die Erde aufgerissen. Er war frustriert und hatte beim Anblick seines Freundes schreckliche Schuldgefühle, aber er konnte nichts für ihn tun – noch nicht, nicht, solange Phoebe da unten gefangen war. «Ich fürchte, einer von uns beiden muss zum Hof laufen und Hilfe holen.» Dominic musterte Jim. Er wollte seine Tochter nicht verlassen, aber ihm war klar, dass er schneller wäre. «Kommst du zurecht? Kannst du dafür sorgen, dass sie ruhig bleibt?»

Jim nickte. Er war leichenblass im Gesicht, aber das änderte nichts an seiner Entschlossenheit.

Dominic entledigte sich des überflüssig gewordenen Ballasts in Form von Taschenlampe und Batterien und wollte gerade losrennen, als ein Geräusch in der Ferne sie beide innehalten ließ. «Hörst du das?», fragte er.

Jim legte den Kopf schief. «Klingt wie ein Funkgerät.»

Vom Pfad drangen elektrostatisches Knistern und eine blecherne Männerstimme zu ihnen herüber. Dann das Geräusch schwerer Schritte. Dominic und Jim standen wie angewurzelt da. Auf dem Pfad oberhalb von ihnen bot sich der herrlichste Anblick aller Zeiten. Vier Männer, eindeutig Mitglieder eines Suchtrupps, ausgestattet mit Signaljacken, blauen Helmen und Kletterausrüstung, kamen direkt auf sie zu. Der Anführer, ein grauhaariger Typ mit massivem Schnauzbart, hielt ein Walkie-Talkie in der Hand. Als er Dominic und Jim sah, hob er grüßend den Arm. «Sind Sie die Herren von der Morvoren-Farm? Auf der Suche nach einem kleinen Mädchen?»

Jim und Dominic sahen sich entgeistert an. «Ja! Woher wissen Sie Bescheid?»

«Jemand von Ihrer Gruppe ist die ganze Nacht gelaufen, um Hilfe zu holen.»

«Jemand von unserer Gruppe?» Dom und Jim wechselten einen erstaunten Blick. «Wer denn?»

«Mehr weiß ich auch nicht. Ein junger Mann, glaube ich.»

Dominic dämmerte es. «Josh», sagte er.

Jim nickte. «Verflucht noch mal. Was für ein Held!»

«Ich schulde ihm definitiv ein Bier.»

Jim schaute den Leiter des Suchtrupps ratlos an. «Ich dachte, die Halbinsel wäre abgeschnitten.»

«Stimmt, haben wir auch gehört, es hieß, da lägen umgestürzte Stromleitungen im Weg, aber ihm ist es offensichtlich gelungen, zu Fuß drum rumzukommen. Die Polizei hat uns über Funk informiert und gebeten, eine Suchaktion einzuleiten. Wir sind übers Kap gekommen.»

«Phoebe ist irgendwo dadrin!», sagte Dominic und deutete auf den Spalt. «Wir haben sie gefunden, aber wir haben keine Ahnung, wie wir sie da rauskriegen sollen.»

Der Mann trat zu ihnen auf den Felsvorsprung. Er sah sich gründlich um, nahm Kontakt zu Phoebe auf und machte dann Meldung. «Hier Charles Brown», sagte er in sein Funkgerät. «Charles Brown an Zentrale. Wir sind am nördlichen Ende des Suchgebiets. Beide Männer und das Mädchen wurden auf dem Morvoren Point lokalisiert. Die Kleine ist offensichtlich in einen Minenschacht gestürzt. Sie ist ansprechbar. Wir konnten noch nicht zu ihr vordringen oder sie auf Verletzungen untersuchen. Over.»

Das Funkgerät erwachte knisternd zum Leben. Der Mann lauschte konzentriert und wandte sich im Anschluss wieder an Dominic und Jim.

«Wir müssen den Stollen finden.»

«Was für einen Stollen?»

«Es gibt irgendwo auf ebener Erde einen Zugang zu diesem Minenschacht. Die ganze Gegend ist quasi durchlöchert. Die meisten Zugänge wurden schon vor Jahren vernagelt, aber es gibt immer noch jede Menge unentdeckte, zum Beispiel, weil sie zugewuchert sind. Ich vermute, Ihre Tochter ist in einen Stollen gekrabbelt, weil sie Schutz suchen wollte, und dachte, es wäre eine Höhle. Entweder sie hatte Glück, und dieser Stollen führt tatsächlich zu einem aufgegebenen horizontalen Schacht, oder ihr Sturz wurde von irgendwas aufgehalten.»

«Um Gottes willen, da müsste es doch Warnschilder geben!»

«Eigentlich gibt es die auch. Leider gehen die Schilder immer wieder kaputt, entweder im Sturm oder durch Vandalismus. Manchmal werden sie auch geklaut. Kids! Sie wissen schon.» Er klopfte Dominic beruhigend auf die Schulter. «Am besten, Sie überlassen alles Weitere uns.»

Dominic wollte nicht tatenlos zusehen, aber Jim zog ihn sanft beiseite, und sie setzten sich in die Nähe auf einen Felsen und schauten schweigend zu, während die Männer ihre Ausrüstung auspackten und sich daranmachten, sorgfältig die Umgebung abzusuchen. Es dauerte nicht lange, und ein Ruf erschallte. Die vier Männer versammelten sich um dichtes Gestrüpp, das den Großteil einer dunklen Öffnung im Fels überwuchert hatte.

«Eigentlich nicht zu sehen, es sei denn, man ist selbst weiter unten, so wie ein Kind eben», erklärte Charles und zeigte ihnen den Stollenzugang.

Seile und Kameras wurden aus den Rucksäcken geholt. Der Leiter nahm wieder Kontakt zur Zentrale auf und holte sich neue Anweisungen. Die vier machten sich eifrig am Stollenzugang zu schaffen, dann kam Schnauzbart-Charlie, wie Dom ihn inzwischen insgeheim nannte, wieder zu ihnen. «Wir konnten uns ein Bild von ihrer Position machen. Der Stollen führt etwa vier Meter horizontal in den Fels hinein und trifft dann auf den Hauptschacht.» Er malte für sie mit Händen die Topografie in die Luft. «Ihre Tochter befindet sich in etwa drei Meter unterhalb des Stollens.» Er wischte sich mit dem Handrücken über die Augenbraue. «Sie hatte großes Glück. Sie ist auf einem flachen Vorsprung gelandet, der hat den Sturz gebremst und ihr das Leben gerettet. Dieser Schacht fällt dreißig Meter tief ab, bis runter auf Meereshöhe. Nach dem Sturm letzte Nacht ist der wahrscheinlich geflutet, vermute ich.»

«O Gott!» Dominic wurde blass.

«Es wird ein bisschen heikel werden, sie zu bergen. Das Allerwichtigste ist, dass sie ganz ruhig bleibt, während wir uns zu ihr runterarbeiten.»

Dominic schluckte. Ihm war schlecht von dem Gedanken, was hätte passieren können – was immer noch passieren konnte.

«Ich denke, es ist gut, dass Sie den Zugang nicht gefunden und einen eigenen Rettungsversuch unternommen haben. Das hätte übel ausgehen können.»

Dominic und Jim sahen sich an.

«Haben Sie noch etwas Geduld. Wir seilen jetzt gleich jemanden zu ihr ab.»

Dominic atmete auf. «Vielen Dank», sagte er und ergriff die behandschuhte Hand des Mannes. «Vielen, vielen Dank!»

TANYA

Montagmorgen

Ungeduldig wartet Tanya hinter dem Vorhang, während die Ärztin auf der anderen Seite die Untersuchung beendet, den Blutdruck überprüft, die Verbände kontrolliert und ihr Sehvermögen testet. Mit quietschenden Schuhsohlen bewegt sie sich um das Bett herum und stellt leise ihre Fragen.

«Tut das weh? Und das hier? Und jetzt folge bitte mit den Augen meinem Stift, ja? Gut.»

«Ich habe Kopfschmerzen.»

«Und das Bein, tut das auch weh?»

«Ja. Sehr.»

«Ich kümmere mich um ein etwas höher dosiertes Schmerzmittel. Du hast ganz schöne Torturen hinter dir, junge Dame. Du bist sehr tapfer.»

«Wie lange wollen Sie sie noch hierbehalten?» Eine zweite Frauenstimme mischt sich ins Gespräch. Obwohl Tanya wusste, dass sie kommen würde, versteift sich alles in ihr, als sie die Stimme hört. Sie fragt sich, ob sie umdrehen und einfach gehen soll, aber in dem Moment zieht die Ärztin den Vorhang zurück, und es ist zu spät, um so zu tun, als wäre sie nicht hier.

Blass und einbandagiert, aber endlich bei Bewusstsein, liegt Scarlet in dem Krankenbett. Ihre Mutter sitzt an ihrer Seite auf einem Stuhl. Es ist derselbe, auf dem Tanya bis vorhin noch ausgeharrt hat. Clare ist ungeschminkt, sie wirkt müde und besorgt. Die langen, dunklen Haare sind ungekämmt, und sie ist nachlässig gekleidet, in Sweatshirt und Jogginghose – Sachen, wie man sie eben hektisch überzieht, wenn man plötzlich erfährt, dass man sofort aus dem Haus muss, weil das eigene Kind Hunderte Meilen weit weg im Krankenhaus liegt. Tanya hat das Gefühl, ihr Spiegelbild vor sich zu haben. In mehr als nur einer Hinsicht.

Die beiden Frauen sehen sich an, nicken einander kurz zu, dann schaut Tanya Scarlet an.

Scarlet lächelt vage und versucht mühsam, sich aufzusetzen. Aber ihr fehlt es an Kraft, und sie lässt sich zurück aufs Kissen fallen. «Phoebe. Geht es …»

«Ja», sagt Tanya und tritt vor. «Mach dir keine Sorgen. Jetzt ist nur wichtig, dass du wieder zu Kräften kommst.»

Sie schaut Clare verstohlen an und ist froh über die Wärme in ihren Augen.

«Danke», sagt Clare. «Die Schwester hat mir erzählt, du seist ihr kaum von der Seite gewichen, seit sie eingeliefert wurde.»

Tanya nickt. «Ist doch klar.»

Clare deutet auf den zweiten Besucherstuhl auf der anderen Bettseite. Tanya setzt sich, und Scarlet überrascht sie, indem sie nach ihrer Hand greift.

«Du siehst schrecklich aus», sagt sie heiser.

«Vielen Dank auch.» Tanya bringt ein Lächeln zustande. «Ich glaube, in den letzten zwei Tagen hat niemand viel geschlafen.»

Scarlet schluckt mühsam und leckt sich über die rissigen Lippen. «Ich hab dir ja gesagt, wir sollten nach Hause fahren.»

Tanya muss grinsen.

Plötzlich taucht die Ärztin wieder am Fußende auf. «Die Polizei ist wieder hier», sagt sie. «Sie würden gerne so bald wie möglich mit dir sprechen, Scarlet. Fühlst du dich dazu in der Lage?»

Scarlet zuckt sichtlich zurück und schließt die Augen. Eine einzelne Träne läuft ihr übers Gesicht. Sie umklammert Tanyas Hand. «Ich – ich weiß nicht. Sobald ich die Augen zumache, höre ich nur noch das tosende Meer. Als würde es in meinem Kopf feststecken, die Wellen, die gegen die Felsen donnern ... und dieser seltsame Gesang. Das macht mich ganz irre.»

Gesang? Tanya schaut Clare besorgt an. Sie hat keine Ahnung, wovon Scarlet spricht. Vielleicht ist sie von den starken Schmerzmitteln etwas verwirrt.

Plötzlich reißt Scarlet die Augen wieder auf. Die Angst steht ihr ins Gesicht geschrieben. Sie packt Tanyas Hand, die abgebrochenen Fingernägel graben sich in ihre Haut. «Wo ist Kip?»

Tanya mustert Scarlet einen Moment lang, ihr Blick schweift über die bandagierten Handgelenke. Sie weiß nicht, was sie ihr erzählen soll. Sie will sie nicht zu sehr beunruhigen. «Mach dir keine Sorgen, Scarlet. Die Polizei ist dabei herauszufinden, was passiert ist. Du bist jetzt in Sicherheit.»

Scarlet schließt wieder die Augen und dreht den Kopf weg. Tanya schaut Clare an.

«Alles ist gut», sagt Scarlets Mutter mit sanfter Stimme. «Du bist in Sicherheit. Ich bin bei dir. Tanya ist auch hier.»

Eine kurze Weile herrscht Schweigen, aber dann kann Tanya sich nicht mehr zurückhalten. «Es tut mir so leid, Scarlet», sagt sie hastig. «In meinen Gedanken war nur

Platz für Phoebe. Als ich gestern früh aufgewacht bin, habe ich gar nicht gemerkt, dass du nicht im Zelt warst. Ich wusste nicht, was vor sich ging. Es tut mir so leid.» Tanya beißt sich schuldbewusst auf die Lippen, unsicher schaut sie von Scarlet zu Clare.

Clare nickt verhalten. «Soviel ich weiß, hattest du genug eigene Sorgen wegen – wegen Phoebe.»

Die Ärztin räuspert sich. «Wir können die Polizei durchaus vertrösten», sagt sie, «wenn du dich noch nicht bereit dazu fühlst.»

Scarlet schaut erst Clare und dann Tanya an. «Bleibt ihr beide hier?»

Sie nicken.

Zu Tanyas Erleichterung nickt Scarlet ebenfalls. «Na gut, Sie können sie reinlassen.»

KIRA

Montagmorgen

Kira sitzt in einem der Gästezimmer im ersten Stock und füttert Asha, als sie draußen den Streifenwagen vorfahren hört. Es ist noch früh, und bis auf vereinzeltes Vogelgezwitscher und das Geräusch der Brandung in der Ferne ist alles still. DC Haines war gestern Abend bis kurz nach elf Uhr bei ihnen, viel Schlaf hat die Beamtin also auch nicht abbekommen.

Sie hatten den Kindern im Wohnzimmer mit Matratzen und Decken ein Bettenlager gebaut, und Suze und sie hatten sich in den zwei Gästezimmern im ersten Stock einquartiert. Irgendwann war Jim mit dem Taxi aus dem Krankenhaus zurückgekommen, seine Stimme hatte sie geweckt. Später hörte sie dann unter sich in der Küche die gedämpften Stimmen von Max und Annie. Danach konnte sie nicht wieder einschlafen. Die Sorgen um Fred haben sie wach gehalten – sie fragt sich weiter, wo er ist und warum er sich nicht meldet.

Der entsetzliche Streit liegt inzwischen mehr als vierundzwanzig Stunden zurück, und sie hat immer noch kein Wort von ihm gehört. Bis jetzt hat sie ihre Sorgen für sich behalten. Die anderen haben schon genug um die Ohren, und sie wollte sie nicht mit einem weiteren Problem behelligen. Fred ist ein erwachsener Mann und durchaus in der Lage, auf sich selbst aufzupassen. Aber je länger sein

Schweigen andauert, desto größer wird ihre Verzweiflung. Wo steckt er? Wieso ist er jetzt nicht bei ihnen? Bei ihr und Asha? Sie hätte nicht so reagieren dürfen, hätte mehr Verständnis zeigen müssen. Natürlich hat es ihn aus dem Gleichgewicht gebracht, die Sache mit Dom auf diese Weise zu erfahren. Sie hat viel zu abwehrend reagiert, war seinen Gefühlen gegenüber zu respektlos gewesen. Sie hätte niemals gewollt, dass er auf diese Weise erfährt, wer Ashas Vater ist. Sie hatte gehofft, wenn Fred Dom erst mal etwas besser kennengelernt hätte, wäre es vielleicht leichter geworden, ihm irgendwann die Wahrheit zu sagen. Sie hatte gedacht, dann hätte er es leichter nehmen können.

Aber vielleicht ging es auch gar nicht um Dom? Was, wenn es um Fred ging? Was, wenn er in Wirklichkeit doch nicht bereit dazu ist – bereit für eine ernsthafte Beziehung mit ihr, bereit für eine Vaterschaft? Was, wenn er nur mit ihnen gespielt hat – an ihnen ausprobiert hat, wie es sich anfühlen würde? Was, wenn er zu dem Schluss gekommen ist, so, wie sie es am Anfang befürchtet hatte, dass er für eine derart gewaltige Verpflichtung doch zu jung ist? Sie hat ihm einige Jahre voraus. Sie ist nicht naiv. Er ist nicht gezwungen, sich auf sie und ihr Drama einzulassen. Er kann sich jederzeit eine andere suchen. Für ihn herrscht keine Eile.

Und was, wenn auch das nicht der Grund ist? Was, wenn er Dominic hinterhergelaufen ist, raus in den Sturm? Was, wenn er vorhatte, ihn zur Rede zu stellen, und ihm draußen auf den Klippen etwas zugestoßen ist? Diese Schreckensszenarien haben sie die halbe Nacht wach gehalten, starr vor Angst und Sorge.

Asha gähnt an ihrer Brust. Unten schlägt DC Haines die Autotür zu. Die Schritte der Beamtin knirschen leise über den Kies. Dann ertönt überraschend das Klingeln eines Mobiltelefons. Muss ein Satellitentelefon sein, denkt Kira. Sie dreht den Kopf zum geöffneten Fenster, um etwas zu verstehen. «Ja, Ma'am. Gerade eingetroffen.» Dann eine Pause. «Nein. Kein Wort.» Wieder eine Pause. «Ja. Sehe ich genauso. Die Eltern sind der Schlüssel.» Nach einer kurzen Weile fragt Haines: «Wurde die Leiche von den Klippen schon identifiziert?»

Kira stockt der Atem. Sie sitzt da wie erstarrt. Welche Leiche?

«Ja, hab ich gehört. Übel, oder? Wie soll man jemanden anhand eines blauen Hoodies identifizieren?»

Kiras Mund ist auf einen Schlag wie ausgedörrt. Ihr schnürt sich schmerzhaft der Brustkorb zusammen, und sie fragt sich, ob sie eine Panikattacke hat – oder einen Herzinfarkt? Die sagen, sie haben auf den Klippen jemanden gefunden! Jemanden mit einem blauen Kapuzenpullover.

Haines' Schritte entfernen sich, sie verschwindet um die Hausecke, und ihre letzten Worte sind nicht mehr zu verstehen. Das Geräusch des Türklopfers hallt durchs Haus, gefolgt von Max' polternden Schritten, als er die Treppe runtereilt.

Kira bewegt sich nicht. Sie sitzt still da, während Asha selig an ihrer Brust schläft, und fragt sich, wie sie es zulassen konnte, dass plötzlich alles den Bach runterging. Fragt sich, wie lange sie hier liegen bleiben kann, in diesem Bett, weil dann ihre schlimmsten Befürchtungen vielleicht doch nicht wahr werden.

Leises Klopfen an der Tür reißt sie aus ihrer Trance. Suze streckt den Kopf ins Zimmer. «Geht's dir gut?», flüstert sie.

Kira antwortet nicht.

«Ich wusste nicht, ob du wach bist.» Suze schaut sie an, kommt herein und macht leise die Tür hinter sich zu. «Ich mach den Kindern was zu essen. Willst du auch was frühstücken?»

Kira schüttelt den Kopf.

Suze mustert sie besorgt. «Hast du geschlafen?»

Kira schüttelt wieder den Kopf. «Ich weiß, gerade ist wirklich die Hölle los, aber ich mache mir solche Sorgen um Fred. Wo steckt er? Wieso ist er nicht zurückgekommen?»

Suze zieht die Augenbrauen hoch. «Hast du immer noch nichts von ihm gehört?»

«Nein. Wir ... wir hatten einen Megastreit.» Kira beißt sich auf die Lippe. «Es war ziemlich heftig. Er ist mitten im heftigsten Sturm rausgerannt. Und als ich gestern mit der Polizistin sprach, hat sie mir plötzlich jede Menge Fragen gestellt. Wann ich ihn zum letzten Mal gesehen habe. Was er anhatte. Und dann hat sie mir Fotos von seinem Rucksack gezeigt – den, von dem wir dachten, wir hätten ihn zu Hause vergessen. Es sah aus, als läge er in irgendeinem Schuppen, aber sie wollte nichts dazu sagen.»

Suze sieht sie stirnrunzelnd an. «Hat Fred dir irgendeinen Hinweis darauf gegeben, wohin er gegangen sein könnte?»

«Nein. Kein Wort.» Kira brennen die Augen, vor Tränen und vor Müdigkeit.

«Weshalb habt ihr gestritten? Würde es helfen, darüber zu sprechen?»

Kira schüttelt den Kopf. «Ich kann nicht. Noch nicht. Tut mir leid.»

Suze mustert sie aufmerksam, ohne sie zu bedrängen.

«Da ist noch was.»

«Ja? Sag.»

«Ich habe die Polizistin eben beim Telefonieren belauscht. Sie haben offensichtlich eine Leiche gefunden ... unten an den Klippen.»

Suze sieht sie entsetzt an. «Nein!»

Jetzt, wo sie es laut ausgesprochen hat, spürt Kira die volle Wucht der Angst über sich hinwegrollen. «Ich habe nicht alles gehört, aber es war von einem blauen Hoodie die Rede.» Sie zögert. «Suze! Ich glaube, Fred hatte was Blaues an, als ich ihn zuletzt gesehen habe.»

«Oh, Kira!» Suze starrt sie an. «Das kann nicht er sein, oder? Ich weiß nicht, was ich sagen soll. Ich meine, weswegen hätte er denn da draußen bei den Klippen sein sollen?»

«Er war so wütend. Was, wenn er sich verlaufen oder die Orientierung verloren hat? Was, wenn er den anderen hinterher wollte? Was, wenn er versucht hat, Phoebe zu finden – oder Dom –, und gestürzt ist?» Sie unterdrückt ein Schluchzen.

«Kira! Hör auf. Keiner von uns hat viel geschlafen. Wir drehen alle völlig am Rad. Du ziehst im Augenblick schreckliche Schlüsse, aber wenn die Polizei dir was zu sagen hätte, dann hätten sie's doch inzwischen längst getan.» Suze sieht Kira besorgt in die Augen. «Das könnte irgendwer sein. Ein Wanderer, der sich verlaufen hat. Jemand aus der Gegend ...» Sie verstummt. «Ich glaube, es ist besser, wenn du mit mir nach unten kommst. Ja? Allein hier rumzusitzen, tut dir nicht gut.»

Kira starrt Suze verzweifelt an. Sie möchte ihr glauben, aber nichts von dem, was sie gesagt hat, kann die schreckliche Angst lindern, die in ihr tobt. Wo ist er? Warum ist er nicht hier, bei ihr?

SCARLET

Montagmorgen

Nervös knetet Scarlet die weiße Krankenhausbettwäsche zwischen den Fingern. Ihr Herz pocht. Zwei Beamte betreten die Kabine und setzen sich hin, eine Frau und ein Mann. Scarlet starrt die weibliche Beamtin an, beeindruckt von der silbernen Strähne in der Kurzhaarfrisur und den schwarzen Doc Martens. Im Gegensatz zu dem Mann, der sie begleitet, trägt sie keine Uniform, das heißt, sie ist wichtiger als er. Sie wirkt irgendwie abgebrüht. Das gefällt ihr.

Die Frau stellt sich als DI Lawson vor. «Wir möchten, dass du uns alles erzählst, woran du dich erinnern kannst. Jedes Detail, und sei es noch so klein. Meinst du, du schaffst das, Scarlet?» Ihr Tonfall ist weich, trotzdem klingt sie ernst. «Mach ganz langsam. Nimm dir so viel Zeit, wie du brauchst.»

Scarlets Blick huscht zwischen den beiden hin und her. «Was hat Kip Ihnen denn erzählt?»

Die Frau runzelt die Stirn und schaut dann zu ihrem Kollegen hinüber. «Kip sagt im Augenblick leider überhaupt nicht sehr viel, deswegen sind wir so gespannt, was du uns erzählen wirst, wenn das okay ist.»

Scarlet kaut auf ihrer Unterlippe. Ihre Mum und Tanya sind aufgestanden und haben den beiden ihre Stühle überlassen, aber sie sind nicht rausgegangen. Sie stehen zusammen am Vorhang und hören zu.

«Alles ist gut», sagt Tanya und nickt ihr aufmunternd zu. «Sag ihnen einfach das, woran du dich erinnerst. Es muss dich nicht kümmern, ob du ihm Schwierigkeiten machst. Das ist Sache der Polizei.»

Scarlet verzieht das Gesicht. «Es ist mir egal, ob er Schwierigkeiten bekommt. Für das, was er mit mir gemacht hat, müsste er eigentlich lebenslang hinter Gitter.»

«Ich weiß. Sag ihnen einfach die Wahrheit.»

«Mrs Davies!» DI Lawson wirft Tanya einen finsteren Blick zu. «Bitte!»

Scarlet schaut erst Tanya an, dann die Beamtin. Sie schüttelt den Kopf. «Ich bin mitgefahren, weil ich helfen wollte. Ich habe dabei nur an Phoebe gedacht.»

«Und weiter?», sagt DI Lawson.

«Er sagte, er wisse, wo sie ist.»

Tanya murmelt etwas Unverständliches. Lawson ignoriert sie. «Erzähl weiter», sagt sie wieder zu Scarlet.

«Wir sind mit diesem Buggy vom Campingplatz rauf zur Landzunge gefahren. Irgendwann mussten wir zu Fuß weiter. Er hatte eine Taschenlampe.» Scarlet unterbricht sich und denkt an den Lichtstrahl, der über den Farn und die Stechginsterbüsche hüpfte, die im Wind raschelten. «Aber bald veränderte sich das Licht.»

«Ich würde dich an dieser Stelle gerne kurz unterbrechen, Scarlet. Kannst du uns bitte sagen, wen du meinst, wenn du ‹er› sagst?»

«Sie meint Kip», mischte Tanya sich wieder ein.

«Mrs Davies», sagt DI Lawson mit warnendem Unterton. «Wenn Sie ständig unterbrechen, wäre es vielleicht besser, Sie gehen hinaus.»

«Doch nicht Kip!», sagt Scarlet und schaut die Anwesenden überrascht an. «Ich spreche von Josh.»

«Josh?» DI Lawson zieht eine Augenbraue hoch. «Joshua Penrose?»

«Ja. Er hat mich geweckt. Er ist mit mir da raufgefahren. Dann sind wir ausgestiegen, er ist vorausgelaufen, und ich bin ihm nachgegangen.»

Tanya macht große Augen, aber sie unterbricht nicht noch einmal.

«Danke sehr. Du kannst gern weitererzählen, Scarlet.»

Scarlet holt tief Luft. Plötzlich ist es ganz still. Der Bleistift des Polizisten verharrt regungslos über dem Notizbuch, Tanya und ihre Mutter schauen sie unverwandt an. Angst steigt in ihr auf. Sie packt mit beiden Händen die Bettdecke und krallt sich daran fest. Sie holt tief Luft, dann kehrt sie zu ihrem Albtraum zurück.

Sie weiß noch, wie sie beim Gehen diesen komischen Turm im Blick hatte, der sich vorne am Kap gegen den Himmel abzeichnete. Es sah aus wie ein Schornstein – groß und rund – und stand neben einem Steinhaus direkt am Steilhang. Sie war so froh, dass Phoebe einen sicheren Unterschlupf gefunden hatte, aber die Vorstellung, wie ihre kleine Schwester im Sturm mutterseelenallein über dieses Gelände stolperte, jagte ihr Schauer über den Rücken. Es war ein Wunder, dass ihr nichts passiert war.

Das Meerestosen nahm zu, als sie sich der Ruine näherten. In der Hektik stolperte Scarlet auf dem felsigen Untergrund. Sie fiel hin und schlug sich das Knie auf. Sie stand wieder auf und klopfte sich den Schmutz ab. Es war ihr etwas peinlich, dass sie hingefallen war, aber Josh hatte offensichtlich gar nichts davon mitbekommen. Er stürmte weiter, und sie hatte Mühe, mit ihm Schritt zu halten.

Wahrscheinlich lag es an dem seltsamen Dämmerlicht, hatte sie gedacht, an der frühen Uhrzeit und dem Schlafmangel, dass sie sich so schwerfällig fühlte, so desorientiert. Dann das permanente Tosen des Meers zu ihrer Linken, der Wind, der immer heftiger an ihr zog und zerrte, je näher sie dem verlassenen Gebäude kamen. Sie hatte das Gefühl, es würde ihr jeden Moment die Füße wegziehen. Sie hatte Angst, dass ein falscher Schritt genügte und sie über die Klippen stürzte, runter in die tiefe, felsige Bucht.

Je näher sie kamen, desto bedrohlicher türmte sich die seltsame Ruine vor ihr auf. Ihr wurde schwindlig vom Hinsehen. «Was ist das?», fragte sie.

«Ein Maschinenhaus», sagte Josh. «Ein Relikt aus der Zeit, als in dieser Gegend der Zinnabbau blühte.»

Das Gebäude war fast drei Stockwerke hoch, ein grauer Steinblock, uralt und trostlos. Ganz in der Nähe, am Rand der Klippe, entdeckte Scarlet ein Holzkreuz, an dessen Fuß kleine weiße und rosarote Wildblumen wuchsen. Das Kreuz trug ein Schild. Scarlet schauderte. An diesen schwindelerregenden Klippen Bergbau zu betreiben, war bestimmt furchtbar gefährlich gewesen.

Josh umrundete das Haus und blieb vor einer Metalltür an der Rückseite stehen. Sie wirkte im Gegensatz zum Rest verstörend modern und versperrte ihnen den Weg. «Die Verwaltung versucht, die Leute vom Betreten abzuhalten», sagte Josh. «Das ist hier alles abgeriegelt.»

Gut möglich, dass die mit Graffiti besprühte Tür dazu da war, Kinder und Landstreicher fernzuhalten, aber das Vorhängeschloss hing lose in der Öse. Ein paar an der Hausmauer herumliegende Glasflaschen und Dosen reflektierten das schwache Morgenlicht. Scarlet kannte solche Plätze - verlassene Orte, die von herumlungernden Kids für sich reklamiert wurden, die nicht wussten, wohin sie sonst gehen sollten. Sie hatte selbst oft genug mit ihrer Clique an aufgegebenen Orten abgehangen – hinter Skateparks, in Unterführungen, öffentlichen Toilettenhäuschen. Teenager waren äußerst kreativ, wenn es darum ging, sich verwahrloste Grundstücke anzueignen.

«Ist Phoebe da drin?», fragte sie ihn.

Josh antwortete mit einem Nicken und zerrte an der schweren Tür. «Phoebe», rief er ins Dunkle hinein. «Ich habe Scarlet mitgebracht. Ich hab dir doch gesagt, ich komme wieder.»

Unwillkürlich überlief Scarlet ein Schaudern. Phoebe musste verzweifelt gewesen sein, sonst hätte sie niemals freiwillig ein derart gruseliges Gebäude betreten. Sie spürte Schweiß auf der Stirn, ihr war schon wieder so seltsam zumute, ganz schwummerig im Kopf. Von weit weg drang wieder dieses seltsame Geräusch an ihr Ohr, dieses Klagen. «Phoebe!», rief sie und streckte die Hand aus, um sich an der nasskalten Mauer abzustützen. «Ich bin's, Scarlet!»

Irgendwo vor sich hörte sie es rascheln. «Du kannst rauskommen. Alles ist gut. Folge einfach meiner Stimme, Pheebs. Siehst du, hier? Hier ist es hell.» Wieder raschelte es. Die Dunkelheit war desorientierend. «Phoebe? Hab keine Angst.»

Sie wandte sich Hilfe suchend nach Josh um, wusste nicht, was sie machen sollte, und er nickte ermunternd. «Ich glaube, du musst reingehen und sie holen. Mit mir wollte sie nicht mitgehen, und ich wollte ihr nicht noch mehr Angst machen.»

«Pheebs?», sagte Scarlet flehend. Ihre Stimme hallte in dem finsteren Raum wider. «Josh? Kannst du bitte mal mit der Taschenlampe leuchten? Ich gehe da jetzt rein.»

Josh trat dicht hinter sie und hielt den Lichtstrahl steil über ihren Kopf. Scarlet betrat das Gebäude, das unruhige

Licht zuckte über feuchtkalte Wände. Schritt für Schritt wagte sie sich weiter vor, während ihre Augen sich langsam an die Dunkelheit gewöhnten. Vor ihr lag offensichtlich ein riesiger Raum. Das Dach war größtenteils intakt, nur durch ein paar wenige fehlende Schindeln fiel bleiches Morgenlicht herein. Es roch nach feuchtem Stein, Moder und Erde.

Scarlet starrte in die Dunkelheit, versuchte, irgendetwas zu erkennen, die Umrisse ihrer Schwester. Sie hatte Mühe, im schwankenden Lichtstrahl der Taschenlampe den Blick scharf zu stellen. Obwohl ihr die Knie zitterten, ging sie weiter. In der hintersten Ecke streifte Joshs Lampenstrahl ein Stoffbündel – es war das gleiche Blau wie Phoebes Latzhose. Scarlets Herz machte vor Schreck einen Satz. «Oh, Pheebs, du Ärmste!»

Scarlet eilte stolpernd zu ihrer Schwester hinüber und beugte sich zu ihr runter. Als ihre Hand das nasse Stoffbündel berührte, zuckte Scarlet zurück. Das war nicht Phoebe, die da in der Ecke kauerte, sondern ein großer, blauer Rucksack. Er lag auf der Seite, der Inhalt auf dem Boden verstreut, lauter Sachen, die sie noch nie gesehen hatte. Unter dem Rucksack kam eine Maus zum Vorschein, flitzte an der Wand entlang und verschwand in einer Ritze zwischen zwei Steinen. Scarlet kreischte erschrocken auf. Sie sank auf die Knie. In ihrem Kopf drehte sich alles. «O Gott! Ich dachte …» Sie musste schlucken. Ihr Herz pochte wie wild, Übelkeit stieg ihr die Kehle hoch. «Das ist sie nicht, Josh», rief sie mit zitternder Stimme. «Sie ist nicht hier. Ich komme zurück.»

Sie versuchte aufzustehen, aber ihre Beine gehorchten nicht mehr. Sie versuchte es noch einmal, wollte verzweifelt aus diesem schrecklichen Raum heraus, aber ihre

Gliedmaßen waren völlig schlaff geworden. Scarlet sackte auf dem feuchten Steinboden zusammen. «Josh», lallte sie mit schwerer Zunge. «Ich ... ich ... mit mir ... stimmt was nicht.»

Er leuchtete mit der Taschenlampe in ihre Richtung, den Strahl direkt in ihre Augen gerichtet. Mit letzter Kraft hob sie abwehrend den Arm. «Josh, nicht ... ich ... blendet ... kann ... nichts sehen.» Sie versuchte, auf Händen und Knien Richtung Tür zu kriechen, aber ihr Körper schaffte es nicht, die Befehle ihres panischen Hirns zu befolgen. Warum stand er einfach nur da? Er musste ihr doch helfen. «Josh», lallte sie wieder, doch dann ging die Taschenlampe aus, und sie saß im Dunkeln.

Sein Umriss zeichnete sich vor der offen stehenden Tür ab, beleuchtet vom Dämmerlicht. «Bemüh dich nicht, Scarlet. Du hast eine Handvoll Schlaftabletten intus. Am besten, du wehrst dich nicht und lässt die Dinger ihren Job machen.»

Er klang ganz ruhig. Sie starrte ihn an. Die Panik in ihr wuchs immer weiter. Wovon redete er? Was für Schlaftabletten? Wo war Phoebe? War das alles nur ein mieser Scherz?

Sie versuchte wieder, sich aufzurappeln, aber es ging nicht. Das war kein Scherz. «Mein Dad ... bringt ... dich um.»

Josh grinste. Seine Zähne leuchteten im Dunkeln. «Dein Dad – stimmt, das wäre ein Thema, über das es viel zu reden gäbe. Menschen wie dein Dad haben keinen Schimmer, welchen Einfluss sie auf andere haben, stimmt's?» Seine Stimme war ruhig und eiskalt. «Haben keine Vorstellung davon, wie viel Macht in ihren Worten und Handlungen steckt. Ich habe ihn dieses Wochenende genau beobachtet, deinen Dad. Er ist einfach nur ein Tyrann.»

Scarlet versuchte, in Richtung Tür zu robben, aber der Wirkstoff in ihren Adern gewann die Oberhand. Ihr wurden die Augenlider schwer. Ihr Kopf schwamm. Seine Schritte kamen näher.

«Ich konnte seinen Scheißdreck nicht mehr ertragen. Höchste Zeit, dachte ich, dass er lernt, dass jede Familie auseinandergerissen werden kann – sogar seine. Er muss kapieren, dass ein kleines bisschen leichtfertige Grausamkeit genügt, um Träume zu zerstören.»

«Phoebe», lallte Scarlet. Die Angst schnürte ihr fast die Kehle zu. «Was hast du mit ihr gemacht?»

«Mit Phoebe? Nein, Scarlet. Hier geht's nicht um Phoebe. Hier geht es um dich.»

Er packte sie am Arm. Seine Finger gruben sich in ihre Haut. Sie spürte seinen warmen Atem an ihrem Hals.

«Hau ab!», brüllte sie und mobilisierte die allerletzten Kraftreserven, um nach ihm zu treten. Sie traf ihn tatsächlich in der Leistengegend, und er stöhnte auf.

«Verdammt!», keuchte er. Er versetzte ihr einen heftigen Stoß, und sie fiel nach hinten. Ihr Kopf donnerte krachend gegen die Mauer, vor ihren Augen explodierten weiße Sterne. Benommen sank sie zu Boden, hob wie in Zeitlupe die Hand an die Schläfe und spürte warmes Blut.

«Scheiße!», hörte sie ihn sagen. Das Wort kam wie durch einen Tunnel auf sie zugeschwebt. «Scarlet? Hörst du mich?»

Sie konnte keine Sekunde länger dagegen ankämpfen. Sie ließ kraftlos die Hand auf den feuchten Steinboden fallen, dann hüllte Dunkelheit sie ein.

SCARLET

Sonntagmorgen

Es war ein Traum. Ein Albtraum, besser gesagt. Musste es sein, denn als sie die Augen wieder aufmachte, war sie immer noch in diesem schrecklichen, verfallenen Haus – nur dass sie sich jetzt tatsächlich nicht mehr bewegen konnte. Sie konnte zwar mit Fingern und Zehen wackeln, aber ihre Hände und Füße waren gefesselt. Es fühlte sich nach dicken Stoffstreifen oder Klebeband an.

Das Licht, das durchs Dach fiel, war heller als vorhin. Sie wandte blinzelnd den Kopf und sah, dass sie in einer Blutlache lag. Das Licht war wie ein Hammer, der direkt hinter ihren Augen auf ihr Hirn einschlug. Sie hob den Kopf und spürte ein Rinnsal Blut an ihrer Schläfe. Sie ließ den Kopf wieder sinken und schloss die Augen. Ihr war so schwindelig. «Josh?», rief sie krächzend. Ihr Mund war trocken, die Zunge war schwer von den Schlaftabletten, die er ihr in den Tee gemischt hatte. «Josh? Bist du hier?»

Sie hatte das Gefühl, auf einem Trip zu sein. Hinter dem lauten Pochen in ihrem Kopf und dem gleichmäßigen Tröpfeln von Wasser, das innen an den Wänden des alten Maschinenhauses langlief, meinte sie, noch etwas anderes zu hören – aus weiter Ferne. Es klang wie Gesang. Unheimlich. Klagend. Verzweifelt. Ein Chor aus misstönenden Stimmen.

Und da war noch etwas – ganz in der Nähe, sie konnte es über das viel zu laute Pochen ihres Herzens hinweg hören. Ein Geräusch, das ihr Gänsehaut machte. Ein. Aus. Ein. Aus. Es war der schwere, gleichmäßige Atem eines Menschen.

Er war da irgendwo. Lauerte im Schatten, beobachtete sie. «Josh», rief sie, und ihre Stimme zitterte vor Angst.

Er antwortete nicht. Sie stöhnte. «Josh», sagte sie flehend, «bitte, lass mich gehen. Die anderen werden sich Sorgen um mich machen. Sie werden nach mir suchen.»

Sie fragte sich, ob das stimmte. Soweit sie wusste, machten sich im Augenblick alle nur Sorgen um Phoebe. Würde überhaupt jemand merken, dass sie weg war, angesichts der Panik über das Verschwinden ihrer Schwester? Phoebe! O Gott. Sie war immer noch irgendwo da draußen. Ihr zog sich krampfend der Magen zusammen. War das *alles* Joshs Schuld? War er schuld, dass Phoebe verschwunden war? Lag Phoebe auch gerade irgendwo gefesselt herum, so wie sie? Bei der Vorstellung wurde ihr schwindlig, aber sie weckte noch ein anderes Gefühl. In ihren Eingeweiden erwachte ein Funke Wut.

Sie blieb ganz still liegen und ließ die Wut in sich aufsteigen, während sie dem Klagelied des unheimlichen Stimmenchors in weiter Ferne lauschte und Joshs gleichmäßigen Atemzügen. Warum machte er das mit ihr? Was hatte sie ihm angetan? Was für ein krankes Arschloch stand einfach so im Dunkeln da und sah dabei zu, wie sie litt?

Dann, plötzlich, kam ihr ein Gedanke.

Das war nicht Josh. Das, was sie da hörte, war gar nicht sein Atem.

Es war das Meer, das unaufhörlich und völlig gleichgültig gegen ihre Not gegen die zerklüfteten Felsen donnerte. Sie war allein. Gefesselt. Eingesperrt. Und außer Josh wusste niemand, wo sie war.

Sie machte vor Angst die Augen zu, und während der seltsame Chor aus traurigen Stimmen sein Lied sang, überließ Scarlet sich wieder der Dunkelheit. Jetzt war Josh nicht hier, aber er würde wiederkommen. Bald. Da war Scarlet sich sicher.

KIP

Sonntagmorgen

Kip sah den anderen von seinem Bett im Zelt beim Feiern zu. Die zurückgeschlagenen Leinwandklappen gaben ihm freie Sicht auf den Unterstand und alle, die unter dem grauen Morgenhimmel dort versammelt standen. Max' Holzkonstruktion hatte den Sturm unbeschadet überstanden, ebenso wie die meisten Zelte, nur die beiden hintersten wirkten ein bisschen ramponiert, sie standen schief, und die Wände waren nicht mehr ganz gespannt, sie sahen aus wie schlaffe Segel. Der Wind hatte ein paar Liegestühle quer über die Wiese geweht, die Whirlpool-Abdeckung fehlte, die Wimpel waren zerfleddert, aber alles in allem hatte der Campingplatz den Sturm ganz gut überstanden.

Kip hatte hier noch nie so viele Leute auf einmal gesehen. Außer den Familien waren noch ein paar Mitglieder der Suchmannschaft geblieben. Sie ließen sich von Annie zu Tee und Speckbroten nötigen, und Max stand geschäftig am Grill. Alle lachten und unterhielten sich fröhlich, es herrschte eindeutig Feierstimmung.

Kurz zuvor war Dominic mit Phoebe auf dem Arm zum Campingplatz zurückgekommen und hatte sie der überglücklichen Tanya in die Arme gelegt. Tränen waren geflossen, erleichtertes Lachen war zu hören gewesen. Tanya hatte Phoebe fest an sich gedrückt, und Phoebe hatte protestiert, sie kriege keine Luft mehr. «Wir haben uns solche Sorgen gemacht. Dir geht es doch gut, ja? Hast du dir wehgetan?» Besorgt hatte Tanya die Kleine abgetastet. «Aua! Das ist aber ein böser Kratzer. Den soll sich gleich mal jemand anschauen.» Phoebe hatte sich an den Hals ihrer Mutter geschmiegt. «Ich habe Hunger! Was gibt's zum Frühstück?»

«Wir sind dir nicht böse», sagte Tanya, «aber weißt du, wir müssen trotzdem wissen, was passiert ist.» Kip sah, dass sie einen Blick zu seinem Zelt rüberwarf. «Sag, Liebes? Warum bist du ganz allein unterwegs gewesen? Wie hast du dich verlaufen?»

Neugierig scharten die Leute sich um sie. Phoebe thronte auf dem Schoß ihrer Mutter, den Teddybären fest im Arm, und hielt Hof wie eine Prinzessin. «Kip hat mich allein gelassen», sagte sie. «Er hat gesagt, ich soll auf dem Zaundingsda warten. Aber da war es nicht schön. Ich hatte Angst. Und dann kam ein großer, schwarzer Hund – der Hund von dem bösen Mann. Ich dachte, er will mich holen. Die Jungs haben gesagt, der böse Mann gibt seinen Schweinen kleine Kinder zum Fressen. Ich wollte nicht von einem Schwein gefressen werden.»

«Wie bitte?» Max drehte sich erschrocken zu den anderen Kindern um. «Was habt ihr erzählt?»

Felix und River schauten sich schuldbewusst an. «Das war doch nur ein Witz.»

Phoebe genoss es sichtlich, im Mittelpunkt zu stehen. Sie erzählte weiter: «Da bin ich weggelaufen. Ohne stehen zu bleiben. Ich bin gerannt und gerannt. Ich wollte Kip zum Strand hinterherlaufen, aber der Hund hat mich verfolgt. Ich konnte ihn hinter mir hören. Da hab ich plötzlich eine kleine Höhle gesehen, in der wollt ich mich verstecken. Ich bin reingekrabbelt, und weil der Hund immer noch draußen rumgeschnüffelt hat, bin ich noch weiter reingekrabbelt und dann ... dann bin ich wo reingefallen. Wie Alice. Als sie ins Kaninchenloch gefallen ist.»

Kip konnte Dominics Gesicht sehen. Er hatte Tränen in den Augen.

«Ich hab mir gar nicht wehgetan. Aber es war so dunkel. Ich hab mit den Händen rumgespürt und gemerkt, dass ich auf einem Felsen sitze. Und dann ist mir eingefallen, was Mummy immer sagt, wenn wir einkaufen gehen. Wenn du dich verläufst, dann bleibst du genau, wo du bist. Also hab ich mich nicht vom Fleck gerührt. Ich hab gewartet, bis sie kommt und mich findet.»

Tanya beugte sich vor und drückte Phoebe an sich. «Das war sehr klug von dir.»

«Aber dann ist es immer noch dunkler geworden und furchtbar laut. Ich konnte den Wind und den Regen hören. Dann ist das Wasser runtergetropft, das hab ich getrunken, und dann bin ich eingeschlafen.» Phoebe erzählte, als wäre es die normalste Sache der Welt. «Als ich wieder aufgewacht bin, hab ich gerufen. Und dann hat jemand zurückgerufen. Das war Jim. Er hat mich gefunden.»

Tanya sah Jim dankbar an. «Gott sei Dank, Jim. Aber was ist eigentlich mit dir passiert? Das sieht übel aus!» Sie deutete mit dem Kinn auf Jims Arm, der in einer provisorischen Schlinge steckte.

Jim warf Dominic einen Blick zu und sagte: «Ich bin ausgerutscht.»

«Du musst damit ins Krankenhaus», sagte Dominic. «Ich fahre dich, sobald die Straße wieder frei ist.»

«Glaubst du etwa, ich lasse mir die Speckbrote entgehen?»

Suze lehnte sich an ihn, stellte sich auf die Zehenspitzen und gab ihm einen Kuss.

Kip sah Annie zu Max rübergehen. Sie legte ihm die Hand auf den Rücken und flüsterte ihm etwas ins Ohr. Sie drehten sich beide zu seinem Zelt um und sahen ihn an. Annie hob die Hand und winkte ihm lächelnd zu. Kip hob die Hand, um ihr zu zeigen, dass er sie gesehen hatte, und Annie winkte ihn zu sich rüber. Er schüttelte den Kopf.

Es hieß, Phoebe sollte auch ins Krankenhaus fahren, aber die wollte offensichtlich nirgendwo hin. Sie klammerte sich abwechselnd an Tanya und an Dominic wie ein Koalababy. Schließlich ließ sie sich von den Sanitätern aus dem Rettungsteam untersuchen. Sie hatte ein paar Schürf- und Schnittwunden – die schlimmste war von dem Nagel, wie Kip wusste – und ein paar heftige Prellungen von dem Sturz in den Minenschacht, die schon in ein paar Tagen, so das Versprechen, wunderschön schillern würden, aber sonst war ihr nichts passiert. Sie war, so wurde verkündet, eine echte Superheldin. Sie hatte ihr Abenteuer «erstaunlich unversehrt» überstanden.

«Meine Tochter eben», prahlte Dominic. Er nahm sie auf die Schultern und drehte mit ihr eine Siegesrunde durch den Unterstand. Ihren Teddybären hielt sie im Arm wie eine Trophäe.

Kip wartete die ganze Zeit drauf, dass endlich jemand Phoebe erzählte, wie er ihren Bären wiedergefunden hatte, wie er sich dabei am Strand den Knöchel verstaucht hatte, wie er trotzdem auf den Bären aufgepasst hatte und ihn sicher zu ihr zurückgebracht hatte – aber niemand tat es. In der großen Aufregung darüber, dass sie Phoebe gefunden hatten, waren diese Einzelheiten offensichtlich völlig in Vergessenheit geraten.

«Pass doch auf!», sagte Tanya nicht sehr nett, als Dominic Phoebe auf seinen Schultern hopsen ließ. Er grinste und streckte den Arm aus, um sie in den Freudentanz miteinzubeziehen, aber Tanya wollte offensichtlich nicht und wich ihm aus.

«Hat jemand Fred gesehen?» Kira ging durch die Gruppe und fragte sie alle einzeln, aber die schüttelten nur den Kopf und schauten sie ratlos an. «Ich dachte, er hätte vielleicht irgendwo in einem der anderen Zelte seinen Rausch ausgeschlafen, aber ich kann ihn nirgends finden. Und diesen Tumult könnte wahrscheinlich sogar er nur schwerlich verschlafen.»

Sie verließ den Unterstand, stellte sich mitten auf den Campingplatz und drehte sich langsam um die eigene Achse. Kip beobachtete, wie Tanya zu ihr rüberging, sich nah zu ihr beugte und ihr etwas ins Ohr flüsterte, etwas, von dem Kira große Augen bekam und sehr blass wurde. Kip sah, wie Kira erst Tanya und dann Dominic anstarrte und mit beiden Armen das Baby an sich drückte. Sie zögerte kurz, dann streckte sie die Hand nach Tanya aus, aber die wich eilig zurück. Sie blickte Kira eiskalt an, drehte sich um und ging. Kip schaute dem Treiben ratlos zu. Erwachsene benahmen sich so seltsam. Kinder sagten wenigstens meistens das, was sie meinten – und was sie fühlten, stand ihnen offen ins Gesicht geschrieben. Kinder waren viel einfacher zu verstehen.

Nach einer Weile erschien oben auf dem Hügel ein Mann mit einem orangen Arbeiteroverall und Schutzhelm und kam zu ihnen nach unten gelaufen. Er nahm Max beiseite, um mit ihm zu sprechen, und als Max den anderen erzählte, dass die Zufahrt zur Farm wieder frei war und die Stromkabel gesichert worden waren, erschallte lauter Jubel. «Bald haben wir wieder Verbindung zur Außenwelt.»

Dann kam Annie zu ihm ins Zelt. Kip hatte gewusst, dass sie kommen würde. Sie hatte einen Blechteller mit einem Speckbrot und einen Becher Milch dabei. «Das mit der Stromleitung ist super. Willst du nicht doch zu uns rüberkommen?»

Kip schüttelte den Kopf. Sie sah traurig aus, aber er konnte den lauten Jubel nicht ertragen, und vor allem wollte er auf keinen Fall in Dominics Nähe sein.

«Er wird sich bei dir entschuldigen», sagte Annie, als hätte sie seine Gedanken gelesen. «Dafür sorgen wir, Max und ich.»

Kip wurde stocksteif. Das war das Allerletzte, was er wollte.

«Du bist zurückgelaufen, um ihren Teddybären zu holen, hab ich recht?»

Er nickte.

«Das war sehr lieb von dir. Dein Knöchel sieht schon wieder ein bisschen besser aus», sagte Annie und streckte die Hand nach seinem Fuß aus, aber ohne ihn zu berühren.

Er nickte wieder. Es tat immer noch weh, aber die Schwellung hatte nachgelassen. Kip bewegte die Zunge in seinem Mund. Sie fühlte sich schlaff an, trocken und wie gelähmt, aber er wusste, dass er die Worte brauchte, um irgendwie hier wegzukommen. «Kann ... ich ... rauf ins Haus?», fragte er. Die Erleichterung in ihren Augen, weil er endlich was gesagt hatte, machte ihm ein schlechtes Gewissen. Er wusste, wie sehr sein Schweigen sie belastete.

Annie sah ihn stirnrunzelnd an. «Mit dem Knöchel solltest du nicht laufen. Es ist zu weit. Wir fahren dich nachher hoch, okay? Entweder dein Dad oder ich. Jetzt iss erst mal was.»

Sie blieb noch ein bisschen bei ihm, machte ihr Annie-Tamtam, wollte, dass er das Sandwich probierte, schüttelte die Decke aus und streichelte ihm über die Haare, aber schließlich wurde sie unruhig, weil die Leute draußen sie offensichtlich brauchten, und dann verschwand sie wieder zwischen den anderen.

Kip drehte sich zur Zeltwand, weg von dem Lärm, und spürte, wie sich etwas Scharfes in sein Bein bohrte. Er fasste in die Hosentasche und betastete die Klinge des Austernmessers. Er schloss die Augen und ließ die Finger sanft über die scharfe Spitze gleiten. Sein geheimer Schatz.

«He!» Plötzlich streckte Felix den Kopf ins Zelt. «Wie geht's?»

Kip drehte sich zu ihm um. Er wusste nicht, was er sagen sollte.

«Hör mal, was ich gestern am Strand zu dir gesagt hab, tut mir leid. Du bist kein Spacko.»

Es war ein Friedensangebot, irgendwie – oder aber, jemand hatte ihm gesagt, dass er sich entschuldigen sollte. Wie auch immer, es machte keinen Unterschied. Kip war ziemlich egal, was Felix Davies über ihn dachte. Der Junge sah aus, als wollte er wieder gehen, aber dann sagte er: «Scarlet hast du wahrscheinlich auch nicht gesehen, oder?»

Kip schüttelte den Kopf.

«Komisch.» Felix wirkte irgendwie ratlos. «Dad und Tanya sind oben im Auto und haben einen Megastreit wegen irgendwas, und ich kann sie nirgendwo finden.» Er verdrehte die Augen. «Aber die kann nicht weit sein. Sie hat ihr Telefon im Zelt gelassen.»

Felix ging wieder, und Kip sah durch die geöffneten Zeltklappen, wie Juniper und Willow auf der nassen Wiese Rad schlugen, wie Kira mit abwesendem Blick ihr Baby wiegte und Max den Tisch abräumte. Suze war dabei, Klamotten und anderes Zeug zusammenzusammeln, vielleicht packte sie schon für die Heimreise. Am hinteren Tischende war Josh damit beschäftigt, die Planen zusammenzulegen, die den Unterstand vor dem schlimmsten Regen bewahrt hatten. Plötzlich sah Kip, wie Josh sich verstohlen umsah und dann Max' Taschenmesser vom Tisch nahm und heimlich in die Tasche schob. Dann nahm er die Planen vom Tisch und schaute zu Max rüber. «Falls du mich nicht mehr brauchst», rief er, «mache ich mich langsam auf die Socken.»

Max winkte Josh dankbar zu. «Klar», sagte er. «Du bist sicher müde. Vielen Dank, dass du letzte Nacht hiergeblieben bist. Du warst uns eine Riesenhilfe. Wir zahlen dir natürlich die Überstunden.»

Josh zuckte die Achseln. «Ist doch klar. Ich bin froh, dass alles gut gegangen ist. Soll ich noch den Müll zum Hof rauffahren?»

«Ja, Kumpel, danke. Nimm den Buggy.» Max hatte sich schon halb wieder abgewandt, weil Annie irgendein Problem mit der Gasflasche vom Grill hatte.

Als Josh die Runde machte, um sich vom Rest der Gruppe zu verabschieden, witterte Kip seine Chance. Wenn er sich jetzt beeilte, konnte er rauf zum Hof, ehe jemand ihn aufhalten konnte – ehe irgendwer überhaupt gemerkt hatte, dass er weg war. Ihn würde sowieso niemand vermissen, und so konnte er Dominic aus dem Weg gehen.

Er stand auf, schlich sich aus dem Zelt und humpelte, so schnell er konnte, zum Buggy hinüber. Er kletterte auf den Anhänger und krabbelte unter der Abdeckplane ganz nach hinten. Dort rollte er sich zusammen. Möglichst regungslos lag er unter dem schweren Stoff und atmete ganz ruhig. Dann näherten sich Schritte. Etwas – wahrscheinlich die Müllsäcke – landete mit einem dumpfen Schlag neben ihm auf dem Hänger. Er spürte, wie der Wagen sich zur Seite neigte, als Josh aufstieg und hinter dem Lenkrad Platz nahm, dann erwachte ruckelnd der Motor zum Leben.

Kip musste sich mit beiden Händen an den Seitenwänden festhalten, als der Buggy die steile Steigung rauf zum Hof nahm. Das Geruckel jagte ihm Schmerzwellen durch den verstauchten Knöchel, aber er war trotzdem froh, dem Lärm und dem Feiertrubel auf dem Campingplatz entkommen zu sein. Sein Plan war zu warten, bis Josh den Buggy in der Scheune abgestellt hatte und zu seinem Wagen ging, ehe er es riskierte, unter der Plane rauszukriechen und sich ins Haus zu schleichen. Wenn der Strom wieder da war, würde er sofort nach oben in sein Zimmer verschwinden und sich die Xbox schnappen.

Sie durchquerten die Hofzufahrt, was er daran merkte, dass sie über die alten Kuhgitter fuhren, doch dann bog Josh plötzlich falsch ab, weg von der Scheune, weg vom Haus, und weiter Richtung Kap.

Perplex hob Kip vorsichtig die Plane an und sah, dass sie den Küstenweg entlangfuhren. Was sollte das denn? Da draußen war nichts außer den Klippen, dem Meer und ganz hinten dem alten, verfallenen Maschinenhaus. Kip hielt den Atem an, hoffte, dass Josh wieder zur Vernunft kam und den Buggy wendete, aber er fuhr einfach immer weiter.

Der Weg war nach dem vielen Regen furchtbar matschig. Ein-, zweimal verloren die Reifen den Halt, der Wagen kam ins Schlingern, und die Hinterreifen schleuderten in hohem Bogen Schlamm über den Hänger. Josh fluchte laut. Je weiter sie fuhren, desto drängender fragte Kip sich, ob er sich bemerkbar machen sollte. Aber irgendwas an Joshs Energie – sein spürbarer Zorn und die viele Flucherei – hielt ihn davon ab. Er hatte Josh noch nie so erlebt. Es machte ihm Angst. Und warum hatte er das Messer geklaut? Was, wenn er ihn auf dem Anhänger entdeckte und ausrastete? Kip wusste, was passierte, wenn Erwachsene ausrasteten.

Es blieb ihm nichts anderes übrig, als sich weiter versteckt zu halten und abzuwarten, bis Josh erledigt hatte, was auch immer er tun wollte, und zu hoffen, dass er auch noch unentdeckt von dem Hänger runterkam, wenn der Buggy irgendwann wieder auf dem Hof landete.

Nachdem sie noch ein Stückchen gefahren waren, kam der Buggy schlingernd zum Stehen. Josh stellte den Motor ab, sprang vom Wagen und landete mit beiden Füßen in einer Pfütze. Kip hielt ängstlich den Atem an. Joshs Schritte kamen direkt an ihm vorbei, dann machte er sich am Anhänger zu schaffen. Die Plane raschelte. Regungslos lag Kip da. Dann entfernten sich die Schritte. Kip wartete eine ganze Minute, dann hob er die Plane an und spähte nach draußen. Josh war schon ein ganzes Stück entfernt. Er bahnte sich einen Weg durchs Gestrüpp auf das verfallene Maschinenhaus zu. Er trug eine der Schutzplanen vom Campingplatz unter dem Arm.

Kip wusste, dass er einfach im Anhänger hätte bleiben und warten können, bis Josh wiederkam – das wäre für seinen Knöchel definitiv besser gewesen –, aber etwas an Joshs Art weckte seine Neugier. Der hatte was vor. Kip wollte wissen, was. Er ließ sich vom Anhänger gleiten, bückte sich und schlich Josh humpelnd hinterher.

Der Himmel klarte nach dem Sturm wieder auf. Einzelne Wolken wurden sichtbar, trennten sich voneinander wie zerbrechliche Eierschalen und ließen hier und da orangefarbene und gelbe Streifen durch, die aussahen wie quer über den pastellfarbenen Himmel gemalt. Vom Meer kam noch immer eine steife Brise, aber das war nichts im Vergleich zu den Sturmböen von letzter Nacht.

Kurz vor dem Maschinenhaus blieb Josh plötzlich zögernd stehen und schaute sich um. Schnell ging Kip hinter einem Ginsterbusch in Deckung und fragte sich, ob er entdeckt worden war, doch als er sich traute, den Kopf wieder zu heben, hatte Josh sich schon wieder in Bewegung gesetzt und verschwand gerade hinter den hohen Steinmauern der alten Ruine. Aus Angst, ihn aus den Augen zu verlieren, humpelte Kip, so schnell er konnte, hinterher. Als er näher kam, hörte er zu seiner Überraschung Joshs Stimme. Er klang böse.

Kip schlich sich an die dicke Hausmauer heran und versuchte dabei, möglichst leise zu atmen. Er hatte Angst, dass man ihn hörte. Er presste ein Auge an einen Riss in der Mauer und konnte innen tatsächlich etwas erkennen. Da war Josh. Er stand vornübergebeugt. Vor ihm lag etwas auf dem Boden. Dann blitzte im Dunkeln etwas Silbernes auf, ein Lichtstrahl fiel durchs Dach auf ein Stück Metall, und Kip erkannte Max' Taschenmesser.

Er brauchte noch ein bisschen, bis seine Augen sich an die Dunkelheit gewöhnt hatten, doch als er schließlich mehr erkennen konnte, stockte ihm der Atem.

Da war Scarlet. Sie lag vor Josh auf dem Boden, ihr Kopf war voller Blut, und sie war an Händen und Füßen gefesselt. Josh versuchte offensichtlich, sie auf die Plane zu zerren, die inzwischen ausgebreitet auf dem Boden lag. Aber Scarlet wehrte sich, versuchte stöhnend, ihm Widerstand zu leisten. «Scheiße noch mal, halt endlich still!», brüllte Josh.

Kip schlug sich die Hände vor den Mund und unterdrückte einen Schrei. Er konnte nicht hinsehen, als Josh sich mit dem Taschenmesser in der Hand über sie beugte.

SCARLET

Montagmorgen

Die Schilderung ihrer Qualen erschöpft sie, und auf Bitte ihrer Mutter wird beschlossen, die Befragung für ein paar Minuten zu unterbrechen. Während die Beamten draußen auf dem Gang ein paar Telefonate führen, sitzt Scarlet im Bett und nippt an einem Plastikbecher mit Wasser. Sie mustert ihre bandagierten Handgelenke. Sie kann die wunden Striemen spüren, wo die Kabelbinder ihr ins Fleisch geschnitten haben.

«Ich weiß, wie schwer das für dich sein muss. Du machst das ganz toll», sagt ihre Mutter und streicht ihr sanft die Haare aus dem Gesicht. «Du bist sehr tapfer.»

Scarlet fühlt sich überhaupt nicht tapfer. Sie fühlt sich dumm. Dumm, weil sie ihn sympathisch gefunden hatte. Dumm, weil sie dachte, sie könnte Lily und Harry eifersüchtig machen. Dumm, weil sie nichts anderes ist als eine dämliche, selbstsüchtige Teenie-Kuh, die einfach gar nichts rafft.

«Es ist alles wieder gut, Scarlet», sagt ihre Mutter und wischt ihr mit dem Daumen die Tränen von der Wange. «Nichts davon ist deine Schuld.»

Das hört sie die ganze Zeit, aber sie glaubt denen kein Wort. Scarlet hat das Gefühl, alles wäre ihre Schuld.

Dann kommt Tanya wieder rein. Sie bleibt am Fußende stehen und wirft Clare einen besorgten Blick zu.

«Was ist los?»

Unbehaglich tritt Tanya von einem Bein aufs andere. «Draußen ist jemand vom medizinischen Personal. Sie wollen Scarlet untersuchen. Einen Abstrich machen. Außerdem ihre Fingernägel nach Hautpartikeln untersuchen. Beweise sammeln. Solche Dinge. Die Polizei muss wissen … ob … ob Scarlet …»

Scarlet schüttelt den Kopf. «Er hat mich nicht vergewaltigt. Darum ging es nicht. Er wollte ganz was anderes.»

Ihre Mutter sinkt gegen die Lehne und atmet erleichtert auf. «Gut!»

Scarlet macht die Augen zu und versucht, das Zittern in den Beinen zu unterdrücken. Sie kann es immer noch hören. Das Geräusch der Wellen, die gegen die Klippen donnern.

Sie wusste, dass sie wieder eingeschlafen sein musste, immer noch benebelt von den Schlaftabletten, denn als sie zum nächsten Mal die Augen öffnete, stand Josh über ihr, mit gezücktem Messer, und packte sie. Scarlet stieß einen Angstschrei aus und versuchte, sich aus seinem Griff zu befreien.

«Scheiße noch mal! Halt endlich still!», rief er und durchtrennte die Fesseln an ihren Hand- und Fußgelenken. Endlich konnte sie sich wieder bewegen.

Mühsam rappelte sie sich zum Sitzen hoch. Ihr war schwindlig. Benommen massierte sie sich die wunden Handgelenke. Neben ihr auf dem Boden war eine Plastikplane ausgebreitet, die vorhin noch nicht da gewesen war.

Sie fasste sich in die Haare. Sie waren verfilzt von geronnenem Blut, und ein frisches Rinnsal lief ihr von der Schläfe über den Hals. Scarlet wusste nicht, ob die Schlaftabletten oder ihre Kopfverletzung schuld daran waren, dass ihr so schwummrig war. Sie stöhnte auf. «Mir geht's nicht gut.»

«Steh auf», sagte er und stieß sie mit dem Stiefel an. «Tu einfach, was ich sage. So wird es leichter.»

«Warum tust du das?» Ihre Stimme war heiser, kaum mehr als ein Flüstern.

Josh stieß ein hohles Lachen aus. «Es gibt Menschen, die glauben, sie könnten einfach unbehelligt durch die Gegend spazieren und das Leben anderer Menschen zerstören, wie es ihnen gefällt, zu ihrem eigenen Vergnügen und Vorteil.»

Sie hatte keine Ahnung, wovon er sprach. «Was immer ich getan habe», sagte sie in dem verzweifelten Versuch, an sein Herz zu appellieren. «Es tut mir wirklich leid, okay? Aber bitte, tu mir nicht weh.»

«Was? Glaubst du tatsächlich, hier geht es um *dich*?» Josh lachte höhnisch. «Klar, der Apfel fällt nicht weit vom Stamm. Ja, ja, Dominic Davies ist es gewohnt, dass sich immer alles um *ihn* dreht. Was ihn eher nicht so interessiert, ist, auch nur einen überflüssigen Gedanken an uns Normalsterbliche zu verschwenden, an die, deren Leben er zerstört hat.»

«Mein Dad?»

«Schon ein bisschen ironisch, oder? Dein Dad hat meine Familie kaputt gemacht, dabei bezweifle ich, dass er sich auch nur an den Namen meiner Schwester erinnern kann.»

«Was? Du machst das wegen meinem Dad … und deiner Schwester?» Ihr war so schrecklich schwindlig, dass sie dachte, sie müsste sich übergeben. «Amber.» Plötzlich war der Name wieder da. «Hier geht's um Amber?»

«Schluss mit dem Gelaber. Du kommst jetzt mit.»

Scarlet schüttelte den Kopf, und Josh, der ihren Widerwillen spürte, ließ wieder das Messer aufblitzen. «Ich meine es ernst. Hoch mit dir.»

Sie rutschte auf dem Hintern rückwärts, bis sie mit dem Rücken an der modrigen Wand saß. «Hör zu. Lass mich gehen. Wir reden mit ihm. Wenn Amber Sängerin … wenn sie singen will … er findet eine Möglichkeit, sie zu unterstützen. Aber so, wie du dir das vorstellst, geht das nicht. Mein Dad reagiert ganz bestimmt nicht auf Erpressung. Wenn mir was passiert …»

«Erpressung?» Josh schüttelte den Kopf. «Ach so? Du glaubst, ich will ihn erpressen?»

«Hat sie schon ein Demotape? Etwas, das wir ihm zeigen können? Vielleicht könnte sie ja zu ihm in die Sendung?» Aus lauter Verzweiflung redete Scarlet immer schneller. Aber Josh hörte ihr nicht zu, zerrte sie nur auf die Beine. Bei der groben Berührung zuckte sie zusammen, sie taumelte, konnte kaum stehen. «Ich erzähl niemandem was, versprochen, falls du dir deshalb Sorgen machst.»

«Ich hab's dir schon mal gesagt», knurrte er durch zusammengebissene Zähne. «Tu einfach, was ich sage.»

Er schubste sie auf die offene Tür zu. «Vielleicht ist das alles nur ein Missverständnis? Mein Vater ist ein guter Mensch, das schwör ich dir.»

«Ein guter Mensch? Ja, klar!» Josh schüttelte den Kopf und versetzte ihr wieder einen Stoß.

Scarlet stolperte raus ins Freie. Das grelle Tageslicht blendete sie. Fast wäre sie hingefallen. Josh packte sie am Arm und zerrte sie mit einer Hand hinter sich her. In der anderen hielt er immer noch das Messer. Scarlet war so schwach, dass sie sich kaum auf den Beinen halten konnte.

Sie befanden sich auf einem nackten, schmalen Kap, ein beinahe spitzwinkliges Stück Land, das steil zum tosenden Meer abfiel. Hinter ihr ragte das halb verfallene graue Steinhaus auf, in dem er sie gefangen gehalten hatte, und dieses melancholische Geräusch – der Gesang, der sie dadrinnen so gequält hatte – war hier draußen sogar noch lauter. Ihr Blick verschwamm. Sie wollte nur noch die Augen schließen und warten, bis dieser Albtraum vorbei war, aber ihr war klar, dass sie durchhalten musste. Wenn sie jetzt ohnmächtig wurde, konnte er mit ihr machen, was er wollte. Sie musste unbedingt durchhalten.

«Weißt du, Amber war fest davon überzeugt, dass sie durch die Sendung von deinem Dad an die richtigen Leute kommen würde, dass es für sie die Plattform wäre, die sie brauchte, ‹um ganz groß rauszukommen›. Ich hab sie angefleht, da nicht hinzugehen», sagte Josh und zerrte sie weiter, «aber sie fuhr natürlich trotzdem nach London, wurde von den Machern rausgepickt und auf die Bühne gezerrt, vor die Kameras, vor die Jury und die johlende Menge. Sie war nur ein Stück Frischfleisch, das man der Reality-TV-Meute zum Fraß vorwarf.»

Joshs Tirade wurde abrupt unterbrochen, als irgendwo hinter ihnen ein Geräusch ertönte. Es klang wie rutschende Steine. Irritiert drehte Josh sich um und schaute zurück zu dem Gebäude. Scarlet witterte ihre Chance. Sie riss sich los und rannte den Pfad entlang. Sie hatte das Gefühl, durch Treibsand zu waten. Nach wenigen Metern hatte er sie wieder eingeholt. «Oh nein», sagte er. «Sicher nicht!», und zerrte sie zurück in Richtung Klippe. «Hier geht's lang.» Er deutete auf die Stelle, wo der Rand der Klippe zum Meer hin abfiel. Unten brachen noch immer hohe Wellen auf den Felsen.

Scarlet starrte entsetzt den Klippenrand an. Das konnte nicht sein Ernst sein. Sie schüttelte den Kopf. Der Gedanke war kaum zu greifen, das Tosen des Meeres und der seltsame Klagegesang erfüllten ihren Kopf. «Was ist das?» Sie sah sich benommen um. «Hörst du das auch?»

Josh neigte den Kopf und lauschte. «Robben. In der Bucht drüben hinter Morvoren Rock lebt eine Robbenkolonie. Sie singen ... oder weinen. Wahrscheinlich hat sich der Sturm ein paar geholt.»

Scarlet wusste nicht, ob sie ihm glauben sollte. Robben sollten solche Geräusche machen? Es klang so unheimlich – fast menschlich.

«Früher glaubten die Leute hier, es wäre der Gesang von Sirenen.»

Scarlet schauderte. «Bitte erzähl mir, was passiert ist», sagte sie in der Hoffnung, damit Zeit zu schinden. Wenn sie ihn dazu bringen konnte, immer weiter zu reden, wäre sie vielleicht in der Lage, ihn von seinem Plan abzubringen, was auch immer er vorhatte. «Mit Amber. Bitte.»

Josh richtete den Blick zum grauen Horizont. «Sie wäre das Beste gewesen, was die Idioten an dem Tag zu hören bekommen hätten, wenn sie ihr nur eine richtige Chance gegeben hätten. Aber Amber war nervös. Sie kam auf die Bühne, und die haben ihr die üblichen Fragen gestellt, woher sie kommt, und was sie macht. Sie hat denen erzählt, sie ist Schülerin und arbeitet am Wochenende in einer kornischen Konditorei. Sie hat erzählt, dass sie ihre Lieder selbst schreibt. Sie sagte, sie wollte einen von ihren Songs vorstellen. Als sie sich die Gitarre umhängte, hat dein Dad sie von oben bis unten gemustert und so laut, dass alle es hören konnten, geflüstert: ‹Ich würd ja sagen, da steht jemand ein bisschen zu sehr auf kornischen Kuchen.›»

Josh drehte sich zu ihr um, und Scarlet sah den Schmerz und die Wut in seinem Blick. «Er hat ihr mit einem einzigen, gemeinen Kommentar den Wind aus den Segeln genommen. Amber stand im Scheinwerferlicht und erstarrte. Das Lampenfieber hat sie überrollt wie ein Güterzug. Sie machte den Mund auf, um zu singen, aber es ist kein Ton herausgekommen. Und willst du wissen, was dein Dad dazu gesagt hat?»

Scarlet schüttelte den Kopf. Ihr war elend zumute.

«Er sagte, ‹Weißt du, Süße, ich glaube nicht, dass du was für diese Branche bist. Der Star, den wir suchen, braucht den richtigen Look *und* die richtige Stimme. Wie's aussieht, fehlt's dir an beidem.›» Josh sah sie an. «Amber hat angefangen zu weinen. Sie bettelte um eine zweite Chance. Sie flehte ihn regelrecht an, ihr noch einen Versuch zu gönnen, aber da war es schon zu spät. Ihr Song - als es ihr dann endlich gelang zu singen - kam völlig falsch rüber, weil ihre Stimme so gezittert hat. Nach der ersten Strophe hat die Jury sie abgewürgt. Dein Dad sagte, bei so viel Mittelmäßigkeit würden ihm die Worte fehlen. Er sagte, sie solle ‹zurück in ihre Backstube gehen und sich einen anderen Traum ausdenken›. Natürlich hat das Publikum ihn ausgebuht, das gehört schließlich zum Spiel. Aber Ambers Haut war nicht dick genug, um seine Kommentare an sich abperlen zu lassen. Als sie nach Hause zurückkam, war sie völlig verändert. Sie hat gedacht, die ganze Welt würde sie auslachen, und als irgendein Arschloch dann auch noch die Großaufnahme ihres weinenden Gesichts in ein fieses Meme verwandelt hat, das sich blitzschnell in den sozialen Medien verbreitete, war es vorbei.»

«Das ist furchtbar.» Scarlet war schrecklich zumute. Joshs Geschichte weckte die unbehagliche Erinnerung an ein junges, rothaariges Mädchen, das auf der Bühne vor ihrem Vater geweint hatte. Das musste ungefähr in der vorletzten Staffel gewesen sein. Sie hatte den Vorfall sofort wieder vergessen, hatte keinen einzigen weiteren Gedanken mehr an dieses Mädchen verschwendet.

«Kannst du dir vorstellen, wie es ist, auf ein einziges, demütigendes Meme reduziert zu werden? Mit der größten Blamage deines Lebens viral zu gehen?»

Scarlet starrte Josh erschrocken an. «Ich weiß, dass mein Dad manchmal grausam wirkt, aber doch nicht in echt. Das liegt an der Show. Die Produzenten verlangen von ihm, dass er das Arschloch spielt. Das erwartet das Publikum von ihm.»

Josh unterbrach sie harsch, die Augen schmal, die Faust um das Messer geballt. «Ach so? Du willst über die Wahrheit reden, das echte Leben? Danach hat Amber sich geweigert, die Gitarre wieder in die Hand zu nehmen. Sie hat aufgehört zu singen. Wir, mein Dad und ich, haben versucht, ihr zu helfen, aber sie hatte völlig dichtgemacht. Ich hab ihr gesagt, dass sie sich von der Meinung eines einzigen Menschen nicht von ihrem Weg abbringen lassen darf. Ich hab ihr gesagt, dass wir immer noch an sie glauben, aber egal, was wir sagten, wir sind nicht mehr zu ihr durchgedrungen. Er hat sie zerstört. Hat ihr das Gefühl gegeben, absolut wertlos zu sein.»

Scarlet schüttelte den Kopf. «Mein Vater würde ihr ganz bestimmt gern helfen, wenn wir ihm erklären ...»

Josh packte sie und zerrte sie zu sich, so nah, dass sie ihm in sein wütendes Gesicht sehen musste. Sie spürte seinen Atem heiß an ihrer Wange. «Frühmorgens ist sie aus dem Haus gegangen, noch vor Sonnenaufgang. Wir haben sie beide nicht gehört, aber dann hat Dad die Nachricht gefunden. Sie schrieb, sie könne keine Musik mehr machen – sie habe nur noch *seine* Stimme im Ohr, den Widerhall seiner brutalen Worte.»

«Wo ist sie hingegangen?»

Josh quetschte ihren Arm zusammen, und Scarlet musste sich auf die Zunge beißen, um nicht laut aufzuschreien. «Die Polizei brauchte drei Tage, um ihre Leiche zu finden. Dabei war sie die ganze Zeit hier, direkt da unten, am Fuße der Klippen.»

Scarlet keuchte auf. Josh zerrte sie weiter. Ihre Füße schlitterten über das nasse Gras. Dann standen sie direkt am Rand, starrten beide nach unten, wo das tosende Meer schäumend gegen die Felsen krachte. «Hier ist sie gesprungen.»

Scarlets Blick schoss zu dem kleinen Holzkreuz, das direkt am Abgrund stand. «Es tut mir so leid!»

«Du hast doch keine Ahnung. Er hat nicht nur Ambers Leben zerstört. Seit ihrem Selbstmord ist mein Vater ein gebrochener Mann. Sein Gesundheitszustand wird immer schlechter. Es war damals schlimm genug, Mum zu verlieren, aber als Amber starb, war es, als hätte alles Licht ihn verlassen.»

Josh kniff die Augen zu schmalen Schlitzen zusammen. «Ich wusste, dass ich irgendwas tun muss. Dass ich dafür sorgen muss, dass dein Vater für das, was er getan hat, bezahlt. Und als ich dann in Dads Sonntagszeitung den Artikel sah, auf seinem Schoß, direkt vor meiner Nase, den Bericht über Max' und Annies Pläne mit Wildernest, wusste ich endlich, was. Klar ging es in dem Artikel auch um den Glampingplatz, aber die Reporterin hatte sich vor allem wegen Dominic Davies ins Höschen gemacht. Eigentlich ging es die ganze Zeit nur um ihn, darum, was für ein

Glücksfall es sei, dass ausgerechnet ein ‹riesiger Fernsehstar› seinen Freunden hier in unserer Gegend einen Besuch abstattete. Also sorgte ich dafür, dass ich Max hier draußen ‹zufällig› über den Weg lief. Dann genügten ein paar Andeutungen, dass ich jederzeit gerne mit Hand anlegen würde, und seitdem bin ich hier … und habe darauf gewartet, dass sich der berüchtigte Dominic Davies endlich blicken lässt.»

«Warum hast du nicht mit meinem Dad gesprochen?», fragte Scarlet. «Ihm erzählt, was passiert ist? Ihm klargemacht, dass…»

Josh wirkte abwesend. Er schaute direkt durch Scarlet hindurch. «Ich habe mir immer wieder vorgestellt, was ich zu ihm sagen würde. Aber als ich ihn dann traf, am ersten Tag auf dem Campingplatz, als dein Vater mir endlich die Hand gab, wusste ich nicht, was ich sagen sollte. So ein Verlust lässt sich nicht in Worte fassen. In dem Moment wurde mir klar, dass ich ihm den Schmerz, den er verursacht hatte, *zeigen* muss. Es wäre doch falsch, wenn Dominic Davies weiter durchs Leben laufen würde, ohne den Schaden, den er angerichtet hat, zu begreifen, findest du nicht?»

In ihren Eingeweiden tobte die nackte Angst, kroch in ihr nach oben, prickelte auf ihrer Haut. Sie schaute sich um, auf der Suche nach irgendwas, das sie benutzen konnte, um sich zu verteidigen, fragte sich, in welche Richtung sie rennen sollte. Ihr war klar, dass sie keine Chance hatte.

«Dein Vater muss am eigenen Leib erleben, wie zerbrechlich das Leben ist … er muss wissen, wie es sich anfühlt, seine geliebte Tochter zu verlieren.»

«Das weiß er doch längst», schrie Scarlet. «Du hast ihn an diesem Wochenende selbst erlebt, seine verzweifelte Suche nach Phoebe. Er ist ein Wrack.»

Ein wilder, verzweifelter Ausdruck trat in seine Augen. Er schüttelte den Kopf. «Das reicht aber nicht.»

Mit gezücktem Messer drängte er sie noch einen Schritt weiter. Scarlet konnte den Rand der Klippe unter ihren Füßen spüren. Sie hörte eine Handvoll kleiner Steine über die Felswand rieseln. Sie verstand. Er würde sie zwingen. Er würde dafür sorgen, dass sie sprang, wie Amber gesprungen war. «Tu das nicht», flehte sie ihn an. «Das macht sie auch nicht wieder lebendig. Und wer kümmert sich um deinen Dad, wenn du im Gefängnis bist?»

Kurz flackerte Zweifel in seinen Augen auf, Zögern, nur für den Bruchteil einer Sekunde, doch dann lachte er höhnisch. «Das ist ja das Schöne. Wer sollte es je erfahren? Ein labiles Mädchen, allein auf den Klippen unterwegs. Auf der verzweifelten Suche nach ihrer Schwester. Unglücklich, weil ihr Freund eine andere geküsst hat. Mit Schlaftabletten im Blut. Glaub mir, der Polizei ist das scheißegal. *Tod durch Selbstmord.* Stand in dem Bericht des Gerichtsmediziners, als Amber starb. Ich dachte, bei der Untersuchung würde alles ans Licht kommen. Ich wartete die ganze Zeit darauf, dass die Bombe platzen würde, dass die Medien die Wahrheit über die brutalen Bemerkungen deines Vaters schreiben würden und dass er Ambers Leben zerstört hat. Aber die Untersuchung war ein Witz. Niemand hatte Lust, tiefer einzusteigen. Niemand wollte wissen, weshalb eine völlig gesunde Sechzehnjährige – ein Mädchen mit Träumen und Talent und einer Zukunft – auf einmal ihrem Leben ein Ende gesetzt hat. Es war ihnen egal. Sie haben gesagt, sie sei eben labil gewesen, aber das stimmt nicht. Sie war nicht labil. Nicht, bis sie deinem Vater begegnete. Und wenn sie dich dann finden, wird es genauso sein.»

Scarlet rutschte mit der Sohle ihres Turnschuhs auf dem glitschigen Untergrund aus. Sie keuchte auf, verlor kurz das Gleichgewicht und wurde von scheußlichem Schwindel erfasst. Von unten drang das Tosen des Meeres zu ihr hinauf, weiter draußen in der Bucht sangen die Robben. Sie dachte an Felix und Phoebe und ihren Vater, an ihre Mutter, zu Hause in London, an Lily. Die bescheuerte Sache mit Harry war ihr völlig egal. Sie wollte einfach nur nach Hause. Wieder bei ihnen sein. Eine einzelne Träne lief ihr über das Gesicht.

«Dreh dich um», sagte Josh kalt. «Schau zum Horizont. Ich will, dass du siehst, was Amber gesehen hat.»

Scarlet schüttelte den Kopf und stöhnte leise. «Ich kann nicht.»

«Doch. Kannst du.» Er stieß zu, und sie kreischte auf, als die Klinge tief in ihren Oberschenkel glitt. Zuerst spürte sie gar nichts, stand nur da, unter Schock, schaute nach unten auf den Riss in ihrer Jeans und den dunklen Fleck, der sich darauf ausbreitete. Aber dann kam es doch: Ein brennender Schmerz schoss durch sämtliche Nervenbahnen und erschütterte ihr benebeltes Gehirn. Sie taumelte leicht und fing sich wieder, winselnd vor Schmerz und vor Angst.

«Dreh dich um.»

Weinend drehte Scarlet sich zum Meer um, die Schuhspitzen ragten schon über die bröckelnde Kante der Klippe. Unter ihr donnerten tosende Wellen gegen zerklüftete Felsen, scharfe Granitspitzen ragten wie faulende Zähne aus dem schäumenden Meer. Das laute, viel zu schnelle Pochen ihres Herzens konkurrierte in ihrem Kopf mit dem Brüllen des Meeres und den Windböen.

Sie spürte ihn als dunkle Präsenz direkt hinter sich. Er

drängte sie weiter. «Mach schon», sagte er. «Worauf wartest du noch?»

Unter ihren Füßen geriet etwas in Bewegung. Ein Klumpen Erde brach ab, rieselte die Felswand hinunter und verschwand weit unten in den Wassermassen. Der Wind trug den klagenden Schrei eines Vogels zu ihr, vermischt mit dem Robbengesang. Sie hob den Blick und sah im Himmel eine weiße Möwe kreisen. Frei.

«Tu es. Spring.» Sie hörte wieder seine Stimme, lauter, noch näher, sie bekam Gänsehaut davon, als würden seine Worte durch die Luft zirkeln und ihren Nacken streifen. Es gab keinen Ausweg. Sie konnte nirgendwo hin.

Mit einem letzten Atemzug schloss sie die Augen, breitete die Arme aus, ganz weit, wie der Vogel über ihr, und betete um ein Wunder.

KIP

Sonntagmorgen

Kip kauerte im Schatten der Ruine und beobachtete, wie Josh Scarlet in Richtung Klippe zerrte. Er hatte durch den Spalt in der Mauer zwar nicht alles verstanden, was Josh gesagt hatte, aber ihm war klar, dass Scarlet in Gefahr war. Josh war stark – viel stärker als er –, und er wusste nicht, was er tun sollte, aber er wusste auch, dass er nicht einfach dastehen und dabei zuschauen konnte, wie Josh Scarlet wehtat. Er musste etwas tun. Josh redete und redete und fuchtelte dabei wie wild mit dem Messer herum. Vorsichtig schlich Kip um die Ecke. Er stolperte mit dem verletzten Fuß und trat versehentlich ein paar Steine los. Erschrocken duckte er sich hinter die Mauer zurück. Im selben Moment fuhr Josh herum. Kip schlug das Herz bis zum Hals. Er war sicher, dass Josh ihn gesehen hatte. Aber es passierte nichts, und als er sich traute, wieder um die Ecke zu lugen, sah er, dass Scarlet die Chance ergriffen hatte. Sie hatte sich losgerissen und stolperte auf den Klippenweg zu.

Sie kam nicht weit. Josh lief ihr nach, fing sie wieder ein und zerrte sie zurück. «Oh nein. Sicher nicht. Hier geht's lang», sagte er böse.

Kip verstand nicht. Wo denn lang? In der Richtung, in die Josh gezeigt hatte, war doch gar nichts, nur das Steilufer und darunter das tosende Meer. Aus der Ferne hallten die Schreie der Robbenkolonie drüben auf dem Morvoren Rock übers Wasser. Der Wind trug den seltsamen Gesang bis zu ihm.

Josh zerrte Scarlet weiter bis zum Klippenrand. Er redete mit monotoner Stimme auf sie ein. Scarlet hatte Todesangst. Kip sah, wie ihre Beine zitterten, sie hatte Mühe, das Gleichgewicht zu halten. Die Kopfwunde blutete immer noch, und erschreckend rotes Blut lief über ihr aschfahles Gesicht. Sie sah gruselig aus, wie einer dieser Zombies aus dem Spiel, von dem Annie nicht wollte, dass er es spielte.

Josh stand mit dem Rücken zu ihm. Vorsichtig kroch Kip noch ein Stückchen näher. Ab und zu verstand er ein paar Wortfetzen. «... Der Polizei ... scheißegal... sie dich finden, ... genauso sein.»

Scarlet stand viel zu nah am Rand.

«Dreh dich um», sagte Josh mit kalter, abweisender Stimme. «Schau zum Horizont. Ich will, dass du siehst, was Amber gesehen hat ...»

Scarlet schüttelte den Kopf und stöhnte. «Ich kann nicht.»

Die Todesangst in ihrer Stimme, das in ihrer Kehle gefangene Schluchzen sagten Kip, dass es höchste Zeit war zu handeln. Er musste etwas tun, und zwar *jetzt*. Scarlet schrie auf. Langsam drehte sie sich um zum Meer. Das war Kips einzige Chance. Er rannte auf Josh zu. Das Adrenalin trug ihn vorwärts. Der verstauchte Knöchel war vergessen. Seine Füße donnerten über den felsigen Untergrund. Scarlet breitete die Arme aus. Sie sah aus, als wollte sie abheben.

«Halt!», schrie Kip. Seine Stimme war so laut und kräftig, dass das Geräusch ihn selbst genauso überraschte wie Josh.

Der fuhr herum, und Kip war klar, dass er nur diese eine Chance hatte. Er warf sich auf ihn. Scarlet taumelte, direkt am Klippenrand. Sie hatte das Gleichgewicht verloren, und einen schrecklichen Moment lang dachte Kip, sie würde runterfallen. Sie schwankte und stürzte dann nach hinten, auf den sicheren Felsboden, aber immer noch gefährlich am Rand.

Kip warf sich gegen Joshs Beine, versuchte, ihn zu Fall zu bringen. Er wollte Scarlet die Möglichkeit geben, sich in Sicherheit zu bringen. Aber Josh war zu stark für ihn. Er hielt dem Aufprall mit Leichtigkeit stand, packte Kip um die Mitte und riss ihn in die Luft. Den Bruchteil einer Sekunde lang war Kip gewichtslos. Er sah den Himmel, das Meer, sah seine Beine über dem Abgrund baumeln, und ihm drehte sich der Magen um, als ihm klar wurde, dass er hoch über dem Meer mitten in der Luft hing. Doch schon einen Augenblick später wurde er umgedreht und schaute wieder Richtung Boden. Josh schleuderte ihn herum und drückte ihn brutal auf die Felsplatte. «Was soll die Scheiße? Kip!», keuchte er. «Was hast du hier zu suchen?»

Kip hörte Scarlet schluchzen. Sie krabbelte auf allen vieren vom Rand der Klippe weg, versuchte, so viel Abstand wie möglich zwischen sich und die Gefahr zu bringen, zwischen sich und Josh.

Josh bekam es ebenfalls mit. Er zerrte Kip hoch, drückte ihn vor sich an die Brust und hielt ihn im Klammergriff. Kip wurde von eiskalter Panik gepackt. Er musste sich wehren, er musste kämpfen und treten, sich mit allem zur Wehr setzen, was er hatte, aber er war wie erstarrt, geflutet von alten Erinnerungen. Bruchstückhafte Bilder, wie er festgehalten und getreten wurde, verprügelt von den Leuten, die ihn doch eigentlich lieben sollten – die doch eigentlich seine Familie sein sollten. Der Verrat kam durch die Zeit auf ihn zugerast und lähmte ihn. Er hatte gedacht, Josh wäre sein Freund, aber Josh war kein bisschen besser als die anderen. Kip wurde ganz schlaff. Er konnte nicht mehr kämpfen.

«Das war so dumm von dir, Kip. Du hättest mir nicht folgen dürfen. Du hättest dich nicht einmischen dürfen.» Josh drehte sich zu Scarlet um. «Wo willst du denn hin?», rief er. Er klang fast ein bisschen, als würde er sich amüsieren.

Scarlet drehte den Kopf. Ihr Blick ging zwischen Josh und Kip hin und her. Kip sah, wie schwach sie war. Sie schaute ihm eine Sekunde lang fest in die Augen, sie beide gefangen im selben schrecklichen Albtraum. Kip versuchte, ihr mit den Augen zu sagen, dass es ihm leidtat – dass er versucht hatte, ein Freund zu sein.

«Los jetzt, Scarlet, oder willst du etwa dafür verantwortlich sein, dass ich Kip auch noch wehtue?» Joshs Arm schlang sich um Kips Brustkorb, und er konnte die Klinge von Max' Messer an seiner Kehle spüren.

Scarlet stöhnte.

«Du willst doch nicht, dass ich einem kleinen Jungen was tue, oder?»

Scarlet schloss die Augen, und Kip wusste, dass er versagt hatte. Er hatte ihr kein bisschen geholfen. Er hatte Josh lediglich ein weiteres Druckmittel gegen Scarlet verschafft und sie beide in Gefahr gebracht. Er wollte ihr zurufen, dass sie wegrennen sollte. Er wollte ihr sagen, dass sie sich in Sicherheit bringen sollte. Er glaubte nicht, dass Josh ihn laufen lassen würde, aber vielleicht konnte er Scarlet dazu bringen, sich selbst zu retten. Wenn nur die Worte kommen würden. Aber seine Lippen waren erstarrt, die Worte tief in seinem Körper gefangen, von Angst erstickt.

Scarlet kam schwankend auf die Beine und streckte beide Hände aus. «Bitte…», flehte sie. «Bitte tu das nicht …»

«Doch. Ich tue es», knurrte Josh und rüttelte Kip heftig. «Das schwör ich dir.» Die Messerspitze stach ihm direkt unter dem Ohr in die Haut. Er keuchte auf, als ihm warmes Blut den Hals Richtung Schlüsselbein hinunterrann. Josh schüttelte ihn wieder. In dem Moment spürte Kip etwas Hartes, das sich durch die Hosentasche an sein Bein drückte. «Komm sofort hierher!», brüllte Josh.

Scarlet stolperte auf sie zu. Ihr liefen Tränen übers Gesicht. Sie sah aus, als würde sie jeden Moment zusammenbrechen.

«Tu es endlich!», schrie Josh. «Du tust es jetzt, oder Kip fliegt.»

Kip spürte, wie Joshs ganzer Körper sich anspannte, wie er ihn noch fester an sich presste. Das Gefühl an seinem Bein verstärkte sich. Kip schloss die Augen, streckte ganz vorsichtig den Arm, steckte die Hand in die Hosentasche und dehnte die Finger, bis er die schartige, rostige Klinge ertastete, kalt und scharf. Das Austernmesser. Sein geheimer Schatz. Es war ihre einzige Chance.

Brüllend riss er die Hand mit dem Messer aus der Tasche und rammte Josh die Klinge, so tief er konnte, in die Seite.

Josh schrie auf. Instinktiv ließ er Kip los, um sich zu schützen, und Kip versetzte ihm einen Stoß in Richtung Klippe. Kip ließ sich zu Boden fallen, rollte sich zu einer Kugel zusammen und kniff die Augen zu. Er hörte Steinchen knirschen, Scarlet kreischen und einen lauten Schrei. Dann war da für einen sehr langen Augenblick nur noch Schluchzen, das Geräusch der Wellen und der ferne Klagegesang der Robben.

«Kip», hörte er sie sagen. «Kip. Alles ist gut.»

Als er die Augen wieder aufmachte, kauerte Scarlet vor ihm. Sie sah entsetzlich aus, blutüberströmt. Sie war weiß wie die Wand, die Hände voller Schlamm, die Fingernägel abgerissen. Zitternd ließ sie sich neben ihn fallen.

«Wo ist er hin?», fragte Kip. Er hatte Angst, sich umzusehen. «Was hab ich gemacht?»

Scarlet legte sich rücklings auf den Felsen und schaute mit glasigem Blick zum bleigrauen Himmel hinauf. «Schau selber nach.»

Kip hob widerstrebend den Kopf und schaute sich um. Von Josh war nichts zu sehen. Langsam, vorsichtig, kroch er zum Rand und spähte hinunter. Weit unten lag, regungslos und seltsam gekrümmt, ein Körper auf den zerklüfteten Felsen. Rotes Blut vermischte sich mit dem schäumenden Wasser, während das Meer weiterhin ungerührt die Wellen ans Ufer trieb und die Robben ihr trauriges Lied sangen.

ANNIE

Montagmorgen

Mit ernstem Gesicht beendet DC Haines das Telefonat und dreht sich zu ihnen um. Annie sieht den Ausdruck in ihren Augen. Die Angst steigt in ihr hoch und schnürt ihr die Kehle zu. Sie wusste, dass dieser Moment kommen würde, aber sie hatte gehofft, ihnen bliebe noch etwas mehr Zeit. Sie stößt Max heimlich an. «Sie wissen Bescheid», murmelt sie.

«Meine Kollegen sind bei Scarlet gewesen. Sie hat ihre Aussage gemacht», sagt Haynes.

Annie dreht sich der Magen um. «Wie geht es ihr?»

«Sie ist in der Lage zu sprechen. Sie hat uns bestätigt, dass Kip bei dem Vorfall an der Klippe beteiligt war.» Haines mustert sie beide forschend, und Annie wirft Max unwillkürlich einen kurzen Seitenblick zu. «Scarlets Aussage legt nahe, dass Sie Ihren Sohn gedeckt haben.» Haines schaut sie abwechselnd an, und Annie spürt, wie Max neben ihr das Gewicht verlagert. Er greift nach ihrer Hand. «Ich glaube, es ist höchste Zeit, dass Sie mir die Wahrheit sagen.»

«Wir wollten nicht ... wir wussten nicht ...»

Max fällt ihr ins Wort. «Annie. Hör auf damit.»

Haines schüttelt den Kopf. «Ich möchte Sie darauf hinweisen, dass es ernsthafte Konsequenzen für Sie haben kann, wenn Sie jetzt nicht die Wahrheit sagen. Falschaussagen. Strafvereitelung. Ich muss Ihnen sicher nicht sagen, dass beides strafbar ist.»

Annie beißt sich auf die Lippe. «Wir wollten nur etwas Zeit ... um zu verstehen. Kip hätte nie...» Sie verstummt. Sie will den Satz nicht beenden. «Er hätte ihr niemals etwas getan.»

«Warum setzen wir uns nicht?» Haines deutet zum Tisch. «Und dann erzählen Sie mir alles – aber diesmal bitte die Wahrheit.»

Annie wendet sich ab, birgt das Gesicht an Max' Schulter, wie um sich für das, was kommt, bei ihm Kraft zu holen. «Komm, Liebling.» Er führt sie zum Tisch.

Annie holt tief Luft, ehe sie den Kopf hebt und die Beamtin anschaut. «Als Phoebe längst wieder da war und wir nach der Frühstücksfeier aufgeräumt hatten, merkten Max und ich, dass Kip verschwunden war. Weil wir es nicht an die große Glocke hängen wollten, überließen wir die anderen sich selbst und gingen zusammen rauf zum Haus.»

«Wir hatten ihm gesagt, dass er auf dem Campingplatz bleiben soll», fügt Max hinzu, «und waren ziemlich enttäuscht, als wir merkten, dass er nicht gehorcht hatte. Mir war natürlich klar, dass die letzten vierundzwanzig Stunden für alle stressig gewesen waren, aber einfach so abzuhauen, nach dem, was mit Phoebe passiert war, das war einfach nicht okay.»

Haines nickt. «Und was war, als Sie hier ankamen?»

«Ich ging davon aus, dass Kip sich in sein Zimmer verkrochen hatte.»

Annie erinnert sich, wie sie durch das stille Haus liefen, erst unten in allen Zimmern nachgesehen hatten und dann nach oben gegangen waren. Wie sie Kips Zimmer leer vorgefunden hatten. «Der Strom war noch nicht lange wieder da. Ich dachte, er würde mit seiner Xbox spielen, aber er war nirgends zu finden. Wir haben das ganze Haus abgesucht, inklusive Scheune und Schuppen. Nichts. Ich konnte es nicht fassen. ‹Wo zum Teufel ist er hin?›, sagte ich zu Max.»

«Kurz darauf haben wir den Buggy kommen gehört», fügt Max hinzu. «Ich dachte, es wäre Josh. Ich dachte, er hätte Kip vielleicht irgendwo gesehen, und bin raus auf den Hof, um ihn zu fragen, aber dann habe ich gesehen, dass gar nicht Josh am Steuer saß.»

Annie schüttelt den Kopf. «Ich glaube, wir haben beide unseren Augen nicht getraut.»

Haines beugt sich aufmerksam vor. «Und weiter?»

«Kip saß am Steuer», sagt Max. «Der Buggy schlingerte und rumpelte zwar etwas, aber angesichts der Umstände machte er seine Sache ziemlich gut. Ehrlich gesagt, ich habe gar nicht so sehr auf Kip geachtet. Ich hatte nur Augen für die Person neben ihm. Sie saß zusammengekrümmt da. Ich habe sie gar nicht sofort erkannt. Sie war in einem schrecklichen Zustand.»

Max verstummt, und Annie greift den Faden auf. «Sobald Kip uns sah, hat er den Motor abgewürgt. Ich glaube, erst die plötzliche Stille riss uns aus unserem Schock. Max reagierte sofort. Er ist losgerannt und war rechtzeitig da, um Scarlet aufzufangen, die in dem Moment seitlich aus dem Wagen kippte.»

Bei der Erinnerung zuckt Max zusammen. «Sie hatte die Augen verdreht und war schwer verletzt. Überall war Blut. Sie hatte eine üble Kopfwunde und einen tiefen Schnitt am Bein, der aussah … der aussah wie eine Stichverletzung.» Max schluckt.

«Max hielt Scarlet im Arm, aber ich war immer noch

starr vor Schreck. Und Kip saß einfach nur da. Ich wollte zu ihm laufen, aber ...» Annie schluckt. «Ich muss zugeben, ich hatte Angst.»

«Wovor hatten Sie Angst?»

Annie ringt die Hände. Sie mustert die Beamtin, die ihr gegenübersitzt. Sie weiß nicht, wie sie es sagen soll; weiß nicht, wie sie ihr von Kips winziger Handbewegung erzählen soll, bei der es ihr eiskalt den Rücken hinuntergelaufen war. Wie Kip, während Max sich um Scarlet kümmerte, Annie direkt in die Augen gesehen, in die Hosentasche gefasst und ein Messer herausgezogen hatte – die blutige Faust fest um einen kleinen, rostigen Dolch geballt. Sie fragt sich, ob dies der richtige Zeitpunkt ist, um das zu erzählen, der Polizistin und Max, doch dann erspart er ihr die Entscheidung, indem er wieder das Wort ergreift.

«Ich hab Annie zugerufen, sie solle sofort ins Haus laufen und den Notarzt rufen.»

Annie nickt. «Kip starrte mich stumm an. Er hatte Angst und war in großer Not, das konnte ich ihm ansehen, und ich wollte zu ihm, aber mir war klar, dass Max recht hatte. Scarlet ging es schlecht. Also habe ich sie auf dem Hof zurückgelassen und bin ins Haus gerannt.»

Nach einer kurzen Pause fährt sie fort. «Der Krankenwagen brauchte eine halbe Ewigkeit, und während wir warteten, habe ich Max dazu überredet.» Sie schaut ihren Mann betreten an. «Scarlet war bewusstlos. Sie konnte uns nicht sagen, was passiert war. Sie war in einem schrecklichen Zustand. Ich wusste nicht, ob sie überhaupt ...» Annie verliert den Faden. «... Ich dachte, wenn uns nur etwas Zeit bliebe, mit Kip – um zu verstehen, was passiert war ...» Sie versucht es noch einmal. «Wissen Sie, wenn Sie gekommen wären und ihn einfach mitgenommen hätten, aufs Revier, hätte Kip niemals geredet. Dazu hatte er zu viel erlebt. Ich dachte, es wäre das Beste – für ihn und für Scarlet –, wenn wir es selbst versuchen, hier, auf unsere Weise. Wir brauchten dringend etwas Zeit.»

Während Annie versucht, ihre Beweggründe zu erklären, ertappt sie sich bei der Frage, wie viel davon die Wahrheit ist. Hatte sie tatsächlich rausfinden wollen, was passiert war, oder war es schlicht ihr Mutterinstinkt gewesen, der Drang, Kip zu beschützen, egal um welchen Preis? Und welche Rolle hatte das blutverschmierte Messer gespielt, das sie in seiner Hand gesehen hatte? Hatte sie wirklich aus ganzem Herzen an seine Unschuld geglaubt? Sie war sich immer noch nicht ganz sicher, was sie dachte – und befürchtete.

«Sie haben gelogen. Sie haben den Rettungskräften gesagt, Sie seien nach Hause zurückgekommen und hätten Scarlet allein dort vorgefunden, bewusstlos, mitten auf dem Hof.»

Annie nickte. «Während Max bei Scarlet blieb und auf den Krankenwagen wartete, bin ich mit Kip nach oben gegangen. Ich habe ihn unter die Dusche gestellt und ihm was Sauberes zum Anziehen gegeben. Und ich habe ihm gesagt, er solle in seinem Zimmer bleiben.» Sie zögert. Sie schaut von Max zu Haines, und etwas lähmt ihr die Zunge. Sie erwähnt das Messer immer noch nicht, das sie Kip aus der Hand genestelt hatte, das Blut, das an ihren Händen kleben blieb, als sie das Ding in ein altes Handtuch gewickelt und unter einen Berg Schmutzwäsche in den Wäschekorb geschoben hatte. Wie Kip ihr stumm dabei zusah, ohne sie aus den Augen zu lassen. Sie erzählt ihnen nicht, mit welchem Gefühl sie sich das Blut von den Händen gewaschen und dabei zugesehen hatte, wie das rosarot gefärbte Wasser im Ausguss verschwand. Nicht einmal Max wusste etwas davon.

Haines runzelt die Stirn. «Ist Ihnen bewusst, dass Sie damit – Duschen und Umziehen – wichtige Beweismittel vernichtet haben? Außerdem haben Sie wissentlich eine Falschaussage gemacht und die polizeilichen Ermittlungen behindert, indem Sie wichtige Informationen zurückgehalten haben. Informationen, die uns geholfen hätten – uns und Scarlet.»

«So ist es nicht gewesen.» Annie steigen Tränen in die Augen. Sie möchte sich rechtfertigen, ihr klarmachen, dass sie es nur gut gemeint hat, aber tief in ihrem Herzen ist ihr klar, dass das, was sie getan haben – was *sie* getan hat –, falsch war.

Die Polizistin steht auf und schlägt ihr Notizheft zu. «Ich muss so bald wie möglich mit Kip sprechen.»

Annie senkt den Kopf.

«Er ist minderjährig, das heißt, das geht nur im Beisein eines Erziehungsberechtigten. Was meinen Sie? Besteht irgendeine Chance, dass er mit mir redet?»

Annie sieht sie hilflos an. «Ich weiß es nicht. Vielleicht, wenn wir beide dabei sind?»

DC Haines lehnt sich seufzend zurück. «Okay. Ich habe noch eine allerletzte Frage an Sie.» Sie schaut beide neugierig an. «Ich frage mich ernsthaft, warum um alles in der Welt Sie uns das nicht erzählt haben. Ich weiß, wie groß Ihre Sorge um Scarlet ist. Sie beide wollen offensichtlich helfen. Kann es sein, dass Sie Kips Beteiligung vor uns geheim gehalten haben, weil Sie glaubten, er hätte was damit zu tun? Mit Scarlets Zustand?» DC Haines schaut sie beide ernst an. Ihr Blick geht immer wieder hin und her. Sie wartet geduldig.

Annie spürt, wie die Emotionen sie zu überwältigen drohen. Ihr Junge. Ihr wunderbarer, schwieriger Junge. Dieses verdammte Messer. Weil sie kein Wort herausbringt, nickt sie stattdessen kaum erkennbar.

Sie hört ein Geräusch, hinter sich, auf der Treppe, und dreht sich um. Kip steht auf der untersten Stufe, den Blick fest auf Annie gerichtet, einen Stapel Blätter in der Hand. In seinem Blick liegt so viel Traurigkeit, dass Annie das Gefühl hat, es würde ihr das Herz zerreißen. Als ihre Blicke sich treffen, lässt Kip die Blätter fallen, und die Seiten segeln zu Boden.

«Kip!», sagt sie. «Kip, komm zurück!» Aber er ist bereits weg, ist die Treppe zurück nach oben gehumpelt, zurück in sein Zimmer geflohen, und lässt sie in der Küche zurück, allein mit ihren Gewissensbissen und einem Sammelsurium an bunten Bildern auf dem alten Steinfußboden.

MAX

Montagmorgen

Sie räumen den Küchentisch ab und breiten die Bilder aus, etwa ein Dutzend von Kips Filzstiftzeichnungen liegen in der Morgensonne und bedecken fast den ganzen Tisch. «Mein Gott!», sagt Max. «Da ist alles drauf. Alles, was passiert ist. Alles, was er uns nicht sagen konnte.»

DC Haines fotografiert ein Bild nach dem anderen. Dann richtet sie sich auf und sieht sie an. «Ich muss die DI anrufen. Das will sie sicher sehen.»

«Wer ist das?», flüstert Annie und deutet auf die grob skizzierte Gestalt, die mit Scarlet am Klippenrand steht, ein Messer in der Hand. «Ist das ...», sie muss schlucken, «... Kip?»

«Nein. Schau hier.» Max deutet auf den Umriss eines angedeuteten Gebäudes aus Stein. «Das ist das verfallene Maschinenhaus draußen auf der Landzunge. Schau dir den Schornstein an. Ganz eindeutig. Und hier, direkt dahinter, siehst du das?»

Annie betrachtet das Bild genauer: Direkt neben der Mauer ist noch eine kleine Gestalt zu sehen.

«Schau dir die Haare an. Das T-Shirt und die Brille. Das ist er. Das ist Kip.»

«Wenn das Kip ist», wiederholt sie schaudernd und lässt den Finger zurück zu der größeren Gestalt mit dem Messer gleiten, «wer ist dann das da?»

Während DC Haines nebenan mit dem Satellitentelefon telefoniert, betreten Kira und Suze die Küche. Kira wirkt besorgt und mitgenommen. Sie mustert die ausgebreiteten Bilder und will gerade etwas sagen, als die Polizistin zurück in die Küche kommt. «Die Leiche, die wir unten am Steilufer gefunden haben, konnte inzwischen zweifelsfrei identifiziert werden.»

«O Gott!» Kira stöhnt leise auf und greift nach einer Stuhllehne. Suze tritt neben sie, nimmt ihre Hand und drückt sie leicht.

«Es handelt sich bei dem Opfer um einen Einheimischen. Joshua Penrose.»

«Josh?», ruft Max entsetzt. «Josh ist tot?»

Kira atmet mit einem langen, tiefen Seufzer aus. Annie keucht auf.

«Ja. Es tut mir leid. Laut Scarlets Aussage hat Joshua Penrose sie in die Ruine auf der Landzunge entführt.»

«Was? Wieso das denn?»

Annie schüttelt den Kopf. «Ich verstehe das nicht. Warum sollte Josh Scarlet etwas antun wollen?»

«Und wieso war Kip auch da draußen?», fragt Max.

«Nach der Aussage von Miss Davies wollte Mr Penrose sich an Scarlets Vater rächen. Offenbar hegte er wegen eines Vorfalls in seiner Familie, der sich vor ein paar Jahren ereignet hatte, tiefen Groll gegen Mr Davies.» In einer Geste, die Max inzwischen vertraut ist, streicht DC Haines sich die Haare zurück und schiebt die Brille nach oben auf die Nasenwurzel. «Genaueres kann ich Ihnen im Augenblick noch nicht sagen. Die Einzelheiten sind Teil der laufenden Ermittlungen, aber nach allem, was wir wissen, erfuhr Penrose durch einen Artikel in der Lokalzeitung von Ihrer Freundschaft mit Mr Davies. Er hat sich hier in

Wildernest einen Job in der Hoffnung besorgt, durch Sie irgendwann die Gelegenheit zu bekommen, dem Mann persönlich zu begegnen.»

Max schüttelt fassungslos den Kopf. «Er hat uns benutzt, um an Dominic ranzukommen?»

«Ja. Mr Davies' Anwesenheit entfachte in dem jungen Mann den Wunsch nach Rache. Er hat Scarlet benutzt, um Mr Davies zu schaden. Im Augenblick deutet alles darauf hin, dass Kip in die Sache eher zufällig reingeriet. Wir vermuten, er ist heimlich versteckt auf dem Anhänger mitgefahren. Sehen Sie? Hier.» Sie tippt auf eines der Bilder. Es zeigt den Buggy, der mitsamt Anhänger über den Küstenweg holpert.

«Wie ist Josh gestorben?», fragt Annie plötzlich.

«Die Autopsie steht noch aus, aber wir können wohl davon ausgehen, dass der Sturz ihn getötet hat.»

Annie nickt. «Und Kip? Hat Scarlet irgendwas über ihn gesagt?»

«Scarlet Davies hat ausgesagt, dass Kip Joshs Tat im entscheidenden Moment vereitelte. Er hat ihr auf den Buggy geholfen und sie zurück zum Hof gebracht. Er war sehr tapfer. Kip hat ihr das Leben gerettet.»

Max streckt den Arm aus und drückt sanft Annies Schulter. «Ich wusste, dass Kip unschuldig ist», sagt er. «Er würde niemals jemandem wehtun. Das habe ich schon immer gewusst.»

Er hört, wie Annie die Luft ausatmet, die sie die ganze Zeit angehalten hat. Er wendet sich ihr zu und sieht, wie ihr die Tränen übers Gesicht laufen. Er will sie tröstend in die Arme nehmen, aber sie entzieht sich seiner Umarmung. Schuldgefühle und Schmerz stehen ihr offen ins Gesicht geschrieben.

KIRA

Montagmittag

Max und Annie sitzen immer noch mit der Polizistin in der Küche, als das Telefon klingelt. Suze geht ran, und ein strahlendes Grinsen breitet sich auf ihrem Gesicht aus, als sie hört, wer in der Leitung ist. «Bleib dran», sagt sie und drückt Kira den Hörer in die Hand.

«Kira, bist du das?»

«O Gott, Fred! Wo steckst du?»

«Haben sie die Kleine gefunden?»

«Phoebe? Ja. Ja, haben sie – es geht ihr gut.»

«Gott sei Dank.»

«Wo bist du?»

«Gute Frage. Irgendwo am Arsch der Welt. Kannst du mich abholen, wenn ich dir die Postleitzahl sage?»

Suze bietet ihr an, sich um Asha zu kümmern. «Los, ab mit dir», sagt sie. «Ihr müsst reden.»

Kira lässt sich von ihrem Navi zu einem winzigen Weiler etwa sechs Meilen landeinwärts leiten. Sie hält vor einem kieselverputzten Cottage mit ausgeblichenem Bed & Breakfast-Schild, das knarzend im Wind schaukelt. Am Fenster bewegt sich ein großer Vorhang, und ein paar Sekunden später geht die Haustür auf, und Fred kommt herausgesprungen, die Hände in den Jackentaschen vergraben und ein breites Grinsen im Gesicht. «Perfektes

Timing», sagt er und steigt sofort ein. «Die Dame des Hauses hat mir Speck und Blutwurst aufgezwungen. Und zwar bergeweise. Ich dachte, ich platze gleich.»

Kira dreht sich zu ihm und schaut ihn an. «Fred, es tut mir ...»

«Mir tut es ...»

Sie haben gleichzeitig angefangen zu reden, jetzt verstummen sie gleichzeitig und müssen lachen.

«Du zuerst.»

In die Gardine kommt wieder Bewegung. Kira schneidet eine Grimasse. «Ich glaube, wir haben Publikum. Komm, wir fahren ein Stück, damit wir in Ruhe reden können.»

Sie wendet und fährt zurück Richtung Morvoren-Farm. Irgendwann biegt sie in eine unmarkierte Seitenstraße ab und parkt den Wagen auf einem Wanderparkplatz mit Blick auf den Atlantik. Der Sturmhimmel ist nur noch eine ferne Erinnerung, inzwischen ist alles wieder strahlend blau. Der Wind treibt rauchweiße Wolken übers silbern glitzernde Meer, und direkt neben dem Auto raschelt hoher Farn. Kira stellt den Motor ab und schaut Fred an. «Ich dachte, dir wäre was Furchtbares passiert. Ich habe mir schreckliche Sorgen gemacht.»

Er wirft ihr einen Blick zu und sieht dann weg. «Ich muss dir etwas sagen. Was Schlimmes.»

«Was denn?» Kira wappnet sich. Gleich wird er ihr sagen, dass es vorbei ist. Dass er sie endgültig verlässt.

Fred rauft sich die Haare. «Ich habe es Tanya erzählt. Ich habe ihr das mit dir und Dominic erzählt. Dass Asha von ihm ist.»

Kira atmet erleichtert auf. «Das weiß ich schon. Sie hat es mir gesagt.»

«Scheiße. Es tut mir echt leid. Ich war so sauer.»

«Dom weiß auch Bescheid. Die beiden hatten gestern deswegen einen Megakrach, aber seit wir mitbekommen hatten, dass Scarlet mit dem Notarzt ins Krankenhaus gebracht w de, habe ich beide nicht mehr gesehen. Sie waren die ganze Zeit im Krankenhaus, genau wie die Polizei.»

«Scarlet? Was um alles in der Welt ist denn passiert?»

Kira erzählt ihm alles, was sie weiß. Sie erzählt ihm, dass Phoebe gefunden wurde, wie durch ein Wunder unverletzt und putzmunter, und von Scarlets Entführung durch Josh.

«Oh Mann! Der wirkte so normal. Netter Typ.» Fred schüttelt den Kopf.

«Ja, es ist schrecklich. Sie haben seine Leiche unten am Steilufer gefunden.» Kira beißt sich auf die Lippe. «Ich dachte, das wärst du.» Sie schluchzt leise auf.

Fred greift ihre Hand. «Dummie! Ich bin doch hier.»

«Er trug offensichtlich einen blauen Hoodie. Ich habe die Polizistin telefonieren hören und dachte …» Sie schüttelt den Kopf. «Er war das. Josh hat deinen Rucksack geklaut. Ich wusste, dass ich in der ersten Nacht was gehört hatte – oder jemanden. Direkt vor unserem Zelt. Die Polizei glaubt, dass er unsere Schlaftabletten benutzt hat. Sie gehen davon aus, dass er Tanya was eingeflößt hat, und als sie schlief, hat er Scarlet aus dem Zelt gelockt und überredet, mit ihm zu fahren.»

«Gott!» Fred schaudert. «Das ist … übel. Arme Scarlet.»

Kira mustert ihn lange, dann boxt sie ihn in den Oberarm. «Wo bist du gewesen? Warum hast du dich nicht früher gemeldet? Ich habe mir solche Sorgen gemacht!»

«Ich war total besoffen. Ich bin einfach losgelaufen. Ich brauchte dringend einen klaren Kopf. Ich habe überhaupt nicht nachgedacht, wohin ich gehe. Ich konnte die ganze Zeit nur an dich und Asha denken, daran, wie sehr ich euch liebe. Dass ich euch nicht verlieren will. Ich habe darüber nachgedacht, wie es mir gehen würde, wenn Asha plötzlich verschwunden wäre.»

Kira berührt Fred zärtlich am Arm, dankbar, dass er wohlbehalten neben ihr sitzt.

«Nass und unglücklich war ich sowieso schon, also dachte ich, ich könnte genauso gut weiterlaufen und versuchen, Hilfe zu holen. Ich bin gelaufen und gelaufen, hab immer wieder den Empfang gecheckt, und dann, kurz ehe es dämmerte, hatte ich plötzlich ein Signal. Ich hatte keine Ahnung, wo ich war, also habe ich einfach die Rettungsdienste informiert und gesagt, sie sollen zum Farmhaus fahren. Die Adresse wusste ich nicht mehr. Mit Wildernest konnten sie auch nichts anfangen. Dann ist mir zum Glück dieser schräge Kauz wieder eingefallen. Kellow. Seinen Hof kannten sie. Sie sagten, sie würden ein Team losschicken.»

«Dann warst du das!»

Er nickt. «Ich war völlig am Ende», erzählt er weiter. «Und total verkatert. Als ich das kleine Cottage mit dem Schild entdeckt hab, dachte ich, ich wäre im Paradies.» Er grinst. «Die Besitzerin war nicht allzu glücklich darüber, dass ich um fünf Uhr morgens an ihre Haustür trommelte, aber als ich ihr alles angeboten habe, was in meiner Brieftasche war, hat sie sich ziemlich schnell wieder beruhigt. Die totale Abzocke.»

«Du hättest früher anrufen sollen. Du hättest mir sagen müssen, dass es dir gut geht.»

«Ich war vollkommen im Arsch, Babe. Ich bin erst abends wieder aufgewacht. Mein Telefon war platt. Ich hatte keine Kohle mehr. Und kein Ladekabel. Edith meinte, ich soll besser noch eine Nacht bleiben, und dann überlegen wir uns was.»

Kira zieht die Augenbraue hoch. «Edith?»

«Die Vermieterin. Sie ist neunundachtzig. Halb blind. Kann einem mühelos ein Ohr abkauen. Ich glaube, sie hat mich ins Herz geschlossen.»

«Du hättest trotzdem anrufen können.»

«Wie denn? Ich wusste, dass ihr auf dem Campingplatz keinen Empfang habt. Eine Festnetznummer hatte ich nicht, und nach meinem letzten Stand war die Leitung sowieso tot. Ich habe den halben Vormittag gebraucht, um die Nummer rauszukriegen.» Er reckt das Kinn. «Weißt du, Kira, ich war ganz schön verletzt. Und sauer. Ich habe etwas Zeit für mich gebraucht. Um runterzukommen. Du weißt doch, wie hitzköpfig ich sein kann.» Er schaut sie verlegen an. «Vielleicht wollte ich auch, dass du mich vermisst.»

«Dich vermissen? Ich war außer mir vor Sorge.»

«Tut mir leid.»

Kira lehnt sich gegen die Kopfstütze, sie ist erschöpft, ihr Kampfgeist hat sie verlassen. Draußen auf dem Meer reiten weiße Schaumkronen auf den Wellen Richtung Ufer. «Mir tut es auch leid.» Sie schüttelt den Kopf. «Was für ein Wochenende.»

«Kira.» Fred drückt sanft ihre Hand. «Ich liebe dich. Ich liebe Asha. Ich liebe unser gemeinsames Leben. Ich bin die ganze Nacht durch den Sturm gelaufen und habe gebetet, dass ich euch nicht verliere.»

Kira seufzt. «Und was machen wir mit Dom? Wie soll das weitergehen? Das könnte echt fies werden. Uns stehen ein paar ziemlich unangenehme Gespräche ins Haus.»

Sie mustert ihn aufmerksam. «Ich liebe dich, Fred. Was mich betrifft, bist du Ashas Vater – vorausgesetzt, du willst es immer noch sein.»

«Hier geht es doch nicht mehr ums Wollen, Kira. Kapierst du das nicht? Schon lange nicht mehr.»

Er beugt sich zu ihr und küsst sie. «Komm, wir fahren jetzt zurück zu unserer Tochter, packen unsere Siebensachen und hauen endlich ab von hier.»

Sie erwidert seinen Kuss, lang und leidenschaftlich. «Ja. Lass uns nach Hause fahren.»

DOMINIC

Montagnachmittag

Tanya und Dominic sitzen an einem Tisch in der Krankenhaus-Cafeteria, zwischen sich zwei Tassen Kaffee, die langsam kalt werden.

«Nimm du den Wagen», sagt er. «Es hat keinen Sinn, wenn wir alle hierbleiben. Clare will, dass Felix mit ihr nach London kommt. Du und Phoebe, ihr könnt zurück nach Harpenden fahren. Ich bleibe hier, bis Scarlet entlassen wird. Barry weiß, dass ich momentan nicht zur Verfügung stehe. Ich habe ihm gesagt, dass ich eine Zeit lang nicht arbeiten werde.»

Tanya nickt. Sie ist fast ungeschminkt und hat die Haare zu einem Pferdeschwanz hochgebunden. Sie wirkt jünger, weicher. Er würde ihr gern sagen, wie schön sie aussieht, aber ihm ist klar, dass das nicht der richtige Moment ist.

Sie greift zu ihrer Tasse und schiebt sie wieder weg. Als sie ihn ansieht, entdeckt Dominic einen neuen Ausdruck in ihrem Gesicht. In ihrem Blick liegt etwas Kaltes, Resigniertes. «Ich will, dass du gehst, Dominic. Sobald Scarlet wieder zu Hause ist.»

Dominic starrt sie an. «Gehen?»

«Es ist aus. Ich will nicht mehr mit dir zusammen sein.»

Dominic sieht sie irritiert an. Er greift nach ihrer Hand, aber Tanya zieht sie weg. Er spürt, wie Panik in ihm hochsteigt. «Das willst du nicht, Tanya. Glaub mir, ich hab das hinter mir.» In seiner Kehle bildet sich ein Kloß. «Trennungen sind immer hässlich – und schmerzhaft für alle Beteiligten. Niemand ist hinterher besser dran. Emotional ist es schwierig, und finanziell, tja, finanziell ist es ein Desaster.» Als er ihren Gesichtsausdruck sieht, verstummt er.

«Ich glaube nicht, dass du in der Lage bist, mir zu sagen, was ich will oder nicht will. Das weiß ich ja selbst nicht.» Ihre Augen werden zwei schmale Schlitze. «Aber falls du glaubst, im Moment wäre mir irgendwas von dem ganzen Zeug auch nur ansatzweise wichtig – das Geld, das Haus, die Autos, die Annehmlichkeiten unseres Lebens –, dann täuschst du dich.»

«Ich wollte damit nicht …»

Sie hält abwehrend die Hand hoch. «Dieses Wochenende hat mir die Augen geöffnet, Dominic. Nicht nur, was dich betrifft – und deine Affäre mit Kira.»

«Das war keine Affäre! Das war *eine einzige Nacht.* Nicht mal eine Nacht. Es war ein Fehler.»

«Fehler haben Folgen.»

Er senkt den Kopf. «Ich kriege das wieder hin.»

«Hinkriegen? Wir hätten Phoebe dieses Wochenende um ein Haar verloren. Scarlet liegt im Krankenhaus. Ich weiß jetzt, was wirklich wichtig ist. Familie. Loyalität. Liebe. Vertrauen. Kannst du mir das geben?»

Er hebt den Blick und sieht sie an. «Ja, Tanya. Wenn du mir doch nur glauben könntest, dass es wirklich nichts zu bedeuten hat. Es war nur ein einziger, aberwitziger Augenblick. Ein schwacher Moment. Ich schwöre dir, du bist die Frau, die ich liebe.»

«Kann sein.» Sie zuckt die Achseln. «Aber für mich hat es etwas zu bedeuten, Dominic. Es ist *deine* Schwäche, von der du sprichst. Außerdem ist da ein Kind ... und auch das hat etwas zu bedeuten. Die Kinder – Scarlet, Felix, Phoebe ... und jetzt auch noch Asha – sie bedeuten nicht nichts, sondern alles.»

Überwältigt von Scham, lässt Dominic den Kopf hängen. «Ich weiß. Es tut mir leid, Tan. Glaubst du, ich weiß nicht, wie viel Schmerz ich ausgelöst habe? Dieses Wochenende – dieser Albtraum, den wir durchgemacht haben –, das war alles meine Schuld. Sobald ich die Augen schließe, erinnere ich mich wieder daran, wie nahe ich davor war, meine Töchter zu verlieren. Wie nahe dieser Irre davor war ... davor war ...» Er kann den Satz nicht beenden. Er presst sich die Handballen gegen die Augen, um die Tränen zu stoppen. «Ich weiß, dass ich es verkackt habe. Nicht nur das mit Kira, auch meinen Job, alles. Ich ziehe aus. Ich gebe dir allen Freiraum, den du brauchst. Ich warte, während du deine Entscheidung triffst.»

Sie sitzen da und schweigen. Dominic versucht, sich zu sammeln. «Dieses Wochenende hat auch mich verändert», sagt er nach einer Weile. «Dieser Ort – und alles, was passiert ist – hat was mit mir gemacht. Das kann ich deutlich spüren.» Er spürt es tatsächlich. Es ist, als wäre ihm die elementare Wildheit dieses Ortes unter die Haut gefahren und hätte ihn verändert. Sämtliche Emotionen kommen an die Oberfläche. Als wäre der Stöpsel gezogen. So viel Liebe, Angst, Zorn. Da draußen im Sturm auf dieser Landzunge war er plötzlich mit seiner wahren Natur konfrontiert, seinem schlimmsten Selbst, und jetzt muss er mit diesem Mann einen Umgang finden – mit seinen Sehnsüchten, seiner Wut, seinen Verfehlungen und den Konsequenzen aus seinen Handlungen. Tanya ist nicht die Einzige, die er um Verzeihung bitten muss. Da sind auch noch seine Kinder, da ist Jim, seine Freunde, Kip und dann noch dieser arme Kerl – Penrose –, der, wie die Polizei ihm mitgeteilt hat, zuerst seine Tochter und jetzt auch seinen Sohn verloren hat. Dominics Handeln hat Wellen geschlagen, deren Ausmaß er gerade erst anfängt zu begreifen.

Er sucht in Tanyas Gesicht nach einer Spur von Milde, nach Einlenken, aber da ist nur Wut.

«Das lasse ich nicht mit mir machen. Nie wieder.»

Als sie nach ihrer Handtasche greift, fällt ein Schatten über den Tisch. Dominic schaut hoch. Direkt neben seinem Stuhl steht ein junger Kerl mit gezücktem Telefon und diesem hoffnungsvollen Blick, der ihm so vertraut ist. «Tut mir leid, wenn ich störe, aber Sie sind doch …» Er deutet grinsend auf sein Telefon. «Das glauben mir meine Kumpels nie. Darf ich schnell ein Selfie machen?»

Tanya steht seufzend auf.

Ganz kurz denkt Dominic über die Bitte nach, aber dann schüttelt er den Kopf. «Nein. Ich bin's nicht. Nur ein schlechter Doppelgänger. Tut mir leid.»

Der Mann schaut ihn zweifelnd an. «Oh, ach so. Okay. Sorry für die Störung.» Er wirft Dominic im Weggehen einen letzten Blick über die Schulter zu.

Als Dominic sich wieder umdreht, ist Tanya schon weg.

Resigniert rutscht er auf dem Stuhl nach unten. Er würde gerne glauben, dass er sie überreden kann, dass er sie dazu kriegen kann, ihm eine zweite Chance zu geben, aber da war etwas in Tanyas Augen, das ihm große Angst macht, das ihm zu verstehen gegeben hat, dass dieses Fiasko womöglich die eine Sache ist, aus der sich Dominic Davies nicht wieder rausreden kann – diesmal nicht.

SCARLET

Fünf Tage später

Sie hat es sich neben ihrem Vater auf dem Beifahrersitz des Mietwagens bequem gemacht. Als sie den Parkplatz des Krankenhauses verlassen, schlägt er vor, dass sie die Musik aussucht. Scarlet schaltet durch die Radiosender, bis irgendwo ein Song gespielt wird, den sie mag. Eine Zeit lang sitzen sie da und schweigen. Dominic trommelt mit den Fingern den Takt aufs Lenkrad, und Scarlet sieht zu, wie draußen grüne Hecken vorbeiziehen. Dahinter ist ein kobaltblauer Streifen Meer zu sehen.

Das Telefon auf ihrem Schoß gibt einen Signalton von sich. Sie nimmt es zur Hand und liest Lilys Nachricht. *Seid ihr schon unterwegs?*

Sie zögert. An Lily und Harry zu denken, versetzt ihr immer noch einen Stich, aber sie sind seit der Grundschule beste Freundinnen. Scarlet will nicht, dass sie sich von einem Jungen auseinanderbringen lassen. Es gibt nichts Besseres, als an einem Abgrund zu stehen, um zu kapieren, was wirklich wichtig ist ... und was nicht. Nach einem kurzen Moment tippt sie die Antwort. *Ja. Dad meint, gegen 4 bin ich zurück bei Mum.*

Die Antwort kommt sofort. *Kann's kaum erwarten, dich zu sehen.*

Scarlet lächelt. *Ich auch.*

Sie lässt das Telefon sinken und schaut wieder zum

Fenster hinaus. «Was wird jetzt mit dir und Tanya?», fragt sie. Ihr Vater hat ihr immer noch nicht genau gesagt, was eigentlich los ist, aber sie weiß, dass es ernst ist.

Dominic seufzt. «Ich weiß es nicht, Liebling. Kann sein, dass ich's verkackt habe.»

Scarlet muss an sich und Lily denken, an Lilys tägliche Anrufe im Krankenhaus und ihre tränenreiche Entschuldigung. «Manchmal muss man die Kraft finden zu verzeihen.»

«Ich bin mir nicht sicher», sagt Dominic und räuspert sich, «ob das, was ich getan habe, in Tanyas Augen verzeihlich ist.»

«Also gehst du nicht zurück in euer Haus in Harpenden?»

«Nein, jedenfalls nicht jetzt. Ich habe mir ein Hotel genommen.»

Scarlet schüttelt den Kopf. «Wow. Du hast es offensichtlich wirklich verkackt.»

Er reagiert nicht gleich. Irgendwann sagt er: «Weißt du, Scarlet, ich versuche ... ich versuche, ein besserer Mensch zu werden.»

Sie streckt den Arm nach ihm aus und drückt fest seine Hand.

«Sag mir, wenn du eine Pause brauchst – wenn das Bein anfängt wehzutun, bleibe ich sofort stehen.»

Sie verdreht die Augen. «Hör auf mit dem Tamtam. Mir geht's gut.»

Er lächelt verhalten. «Aha. Dir geht's offensichtlich wirklich besser.»

«Weißt du, was die Polizistin gesagt hat? Darüber, dass ich mit jemandem über die ganze Sache sprechen soll?»

«Mhm.»

«Ist das wirklich euer Ernst, dass ihr mich in Therapie schicken wollt, Mum und du?»

«Ja. Das ist wirklich unser Ernst.»

Scarlet wendet sich achselzuckend ab und schweigt. Dann sagt sie: «Übrigens, Dad, …»

Er sieht sie an.

«Weißt du noch, die Wette auf der Herfahrt?»

Dominic runzelt die Stirn, dann grinst er.

«Ich glaube, du schuldest mir einen Zehner.»

Als sie die inzwischen vertraute Abzweigung erreichen, bremst ihr Vater den Wagen ab. «Bist du sicher, dass du das möchtest?»

«Die wissen doch, dass wir kommen, oder?»

«Ja. Ich habe mich mit Max ausgesprochen.»

Sie nickt. «Ja, ich will das immer noch.»

Er biegt in den holprigen Zufahrtsweg Richtung Wildernest ab und nimmt statt des rumpligen Wegs über den Hügel die Abzweigung zum Bauernhaus. Scarlet spürt, wie es eng wird in ihrer Brust. Ihre Hände zittern. Sie schließt die Augen und konzentriert sich auf ihren Atem, zählt langsam und beruhigt sich, so, wie die Ärztin im Krankenhaus es ihr gezeigt hat. «Scarlet», sagt ihr Vater besorgt. «Ich kann umdrehen.»

«Nein», sagt sie. «Fahr weiter.»

Als sie die Augen wieder aufmacht, sieht sie Max und Kip vor dem Bauernhaus im Hof stehen. Vor ihnen steht ein Hackklotz, und um sie rum liegt ein Haufen Feuerholz. Kip hantiert offensichtlich unter Max' Aufsicht mit der Axt. Als sie stehen bleiben, sieht Scarlet, wie Kip erstarrt. Er legt die Axt behutsam auf den Hackklotz und tritt halb hinter seinen Vater. Dominic atmet hörbar aus, dann stellt er den Motor ab. Er dreht sich zu ihr um. «Gibst du mir bitte zuerst eine Minute mit ihm allein?»

«Klar.»

Sie sieht zu, wie ihr Vater auf Max und Kip zugeht und zuerst ein paar Worte mit Max wechselt. Am Küchenfenster steht jemand. Scarlet weiß nicht, ob Annie sie hinter der Windschutzscheibe sehen kann, aber sie hebt trotzdem die Hand zum Gruß. Annie winkt zurück. Scarlet macht ihr keinen Vorwurf, dass sie ihrem Vater aus dem Weg gehen will.

Jetzt wendet Dominic sich an Kip. Er macht einen Schritt auf ihn zu, doch dann bleibt er stehen, in respektvollem Abstand, und spricht ihn an. Kip hält den Kopf gesenkt. Was genau ihr Vater zu ihm sagt, kann sie nicht hören, aber die Kernaussage ist ihr klar. *Es tut mir leid. Ich danke dir.*

Dann dreht er sich um und nickt ihr zu. Scarlet öffnet die Tür und steigt behutsam aus dem Auto. Als er mitkriegt, dass sie Schwierigkeiten hat, eilt Dominic zu ihr und versucht, ihr die Krücken in die Hände zu drücken, die auf der Rückbank liegen, aber Scarlet will die Krücken nicht. Sie schiebt ihn sanft beiseite, dann humpelt sie rüber zu Kip. Sie lächelt ihm zu. «Hey», sagt sie.

Kip hebt den Kopf und schaut ihr in die Augen. Seine Wangen laufen leuchtend rot an, sein Blick geht unwillkürlich zu ihrer Frisur. «Hey.»

Sie hebt die Hand und fasst sich seitlich an den Kopf, wo die Schwester sie rasieren musste. «Ich weiß. Sieht krass aus, oder?»

«Ich finde es cool.»

Sie lächelt. «Danke. Ich wollte mich bei dir bedanken. Du hast mir das Leben gerettet.»

Kip zuckt die Achseln.

«Du warst ganz schön mutig.»

Sie hebt die Hand. Kip zögert kurz, dann hebt er ebenfalls die Hand. Scarlet, die sein Einverständnis spürt, zieht ihn in eine vorsichtige Umarmung. Ihre Lippen streifen sein Ohr. «Ich verrate nichts», flüstert sie so leise, dass nur er es hören kann. Eine letzte Vergewisserung. Er nickt, und als er sich wieder von ihr löst, kann sie es in seinen Augen sehen, seinerseits das stumme Versprechen: *Ich verrate nichts.*

Ihr ist leichter zumute, als sie wegfahren, als aus gewundenen Sträßchen eine zweispurige Fahrbahn wird, die ihrerseits wieder verblasst, bis im Rückspiegel nur noch der beruhigende Asphalt der Autobahn zu sehen ist, der sich hinter ihnen ins Endlose erstreckt.

Sie fragt sich immer noch, warum Kip der Polizei nicht erzählt hat, wie Josh genau ums Leben kam. Die Krankenschwestern hatten ihr gesagt, dass Schock wie ein emotionaler Schalldämpfer wirken kann, der einen vor Dingen beschützt, die das Gehirn nicht verarbeiten kann, weil sie zu schmerzvoll sind. Vielleicht war es für Kip zu schwierig zu verarbeiten? Vielleicht erinnert er sich nicht daran. Vielleicht liegt es auch an etwas ganz anderem. Vielleicht denkt er, er würde sie damit beschützen? Egal, sie haben ab jetzt ein gemeinsames Geheimnis. Ein Geheimnis, das sie mit jenem einen Moment mit Josh am Abgrund verbindet.

Bei der Autopsie seiner Leiche war die Stichwunde an seinem Oberkörper entdeckt worden. Sie und Kip waren daraufhin beide befragt worden. Die Wunde hatte die Polizei verwirrt. Sie passte nicht zu dem Taschenmesser, das man am Tatort gefunden hatte, das Messer mit Joshs Fingerabdrücken, das Messer, das zu der Wunde in Scarlets Oberschenkel passte. Aber sie hatten kein weiteres Messer finden können, trotz akribischer Suche. Die Polizei war in den Gesprächen mit ihnen immer wieder darauf zurückgekommen, aber Scarlet hatte dazu nichts gesagt. Kip hatte ihr das Leben gerettet. Aus irgendeinem Grund wollte er nicht über das Messer sprechen. Also würde sie es auch nicht tun.

Sie versucht, die Gedanken daran zu verdrängen – an den Moment, als Kip zusammengekrümmt zu Joshs Füßen lag und Josh schwankend am Rand der Klippe stand, sich mit beiden Händen die Seite hielt, dann der fassungslose Gesichtsausdruck, als er sie hochnahm und das Blut auf den Handflächen sah; der Blick, mit dem Josh sich zu ihr umgedreht hatte, etwas Weiches und Flehendes hatte darin gelegen, so etwas wie Niederlage, denkt sie jetzt.

Wer weiß, was geschehen wäre, wenn sie nichts gemacht hätte? Vielleicht hätten sie alle überlebt. Josh wäre im Gefängnis, aber er würde noch leben. Aber als sie dort gestanden hatte, am Rand der Klippe, als sie in sein schockiertes Gesicht gesehen hatte, hatte sie plötzlich etwas Übermächtiges in sich aufwallen gespürt. Wilde Rage. Eine Naturgewalt, die sich nicht unterdrücken ließ. Sie hatte sich auf ihn gestürzt und ihn mit jedem Fünkchen Kraft, das sie noch in sich hatte, über den Rand der Klippe gestoßen, hatte zugesehen, wie er sich im freien Fall gedreht hatte, wie sein Körper wie eine Stoffpuppe von den scharfkantigen Überhängen der Felswand abprallte und dann als blutiger Klumpen regungslos zwischen den zerklüfteten Felsspitzen liegen blieb. Sie und Kip hatten gemeinsam dafür gesorgt, dass Josh nie wieder irgendwem wehtun konnte.

Scarlet schließt die Augen und holt tief und langsam Luft.

Einatmen.

Ausatmen.

Ich bin stark, sagt sie zu sich, während sie sich auf ihre Atmung konzentriert. *Ich bin hier. Niemand wird mir je wieder wehtun.*

ANNIE

Annie bleibt noch eine Weile am Küchenfenster stehen. Als der Mietwagen weg war, haben Max und Kip sich wieder dem Holz zugewandt. Sie zerkleinern den abgebrochenen Ast der Bergulme. Max sieht konzentriert dabei zu, wie Kip die Axt auf den Hackklotz fallen lässt.

Sie hatte Dom nicht begegnen wollen – hatte nicht gewusst, was sie sagen sollte, nicht das Bedürfnis gehabt, im Wortlaut mitzubekommen, was auf dem Hof gesprochen wurde, die Entschuldigungen, die Dankeschöns. So viele Worte – gesagte und ungesagte. Kiras Geheimnis, das endlich ans Licht gekommen war. Der Streit zwischen Jim und Dom draußen auf der Landzunge, von dem sich offensichtlich keiner der beiden wirklich erholt hat. Und dann die grausamen Worte, die Dom vor so langer Zeit zu Joshs Schwester gesagt hatte und die zum Ursprung dieses Albtraums geworden waren. Vielleicht, denkt sie, ist Max' Wunsch ja in Erfüllung gegangen. Vielleicht hat ihr Wiedersehenswochenende tatsächlich die wildesten, echtesten Seiten von ihnen allen zum Vorschein gebracht – auf die eine oder auf die andere Art.

Ihr Blick gleitet zu Kip zurück, zu dem konzentrierten Gesichtsausdruck, mit dem er die Axt schwingt. Seine Albträume sind zurück, er ruft im Schlaf nach ihnen – nach Annie und Max, nach Scarlet, nach Josh –, und da ist noch ein Name, einer, der ihm zuvor nie über die Lippen kam: *Evie*. Seine kleine Schwester.

Max hat in Truro einen Kinderpsychologen aufgetan, der sich auf Kindheitstraumata spezialisiert hat. Er hat ihm ihre Situation geschildert und für Kip einen Notfalltermin ergattert. Der Therapeut, ein ruhiger, kompetenter junger Mann, passt offensichtlich gut zu Kip. Am Ende der ersten Stunde hatte er ihren Sohn zur Tür begleitet und Annie die Broschüre einer Privatschule auf der Halbinsel in die Hand gedrückt, mit kleinen Klassen und der Unterstützung durch diverse Spezialisten. Sie werden mit Kip darüber sprechen, sobald sie das Gefühl haben, die Zeit sei reif.

In der Zwischenzeit werden sie sich weiter um Wildernest kümmern. Draußen auf der Landzunge sind Leute damit beschäftigt, die Minenzugänge zu versiegeln und neue Warnschilder aufzustellen, die Touristen und Wanderer auffordern, die markierten Wege nicht zu verlassen. Erst gestern landete ein Umschlag mit Absenderstempel von der Gemeindeverwaltung auf ihrem Fußabstreifer. Sie hatte schon gewusst, was es war, ehe sie den Finger unter die Lasche steckte und die Genehmigung für den Glampingplatz aus dem Umschlag zog. Sie haben ein Satellitentelefon und einen Notfallgenerator angeschafft. Selbst John Kellow war vorbeigekommen. Schroff wie immer, hatte er etwas von «dieser furchtbaren Geschichte mit den Kindern» gebrummelt und ihnen ein in Wachspapier geschlagenes Stück Butter und eine Glasflasche frischer Milch in die Hand gedrückt – ein Friedensangebot, hatte sie gedacht, auch wenn er das nicht ausdrücklich dazugesagt hatte.

Oberflächlich betrachtet, befinden sie sich also im Erholungsmodus und tun alles, was in ihrer Macht steht, um ihren zukünftigen Gästen Unerwartetes zu ersparen.

Doch die frischen Narben unter der Oberfläche reichen tief. Es gibt Wunden, deren Heilung Zeit braucht – nicht nur, was sie drei betrifft, sondern auch ihren Freundeskreis.

Sie macht sich immer noch Vorwürfe, weil sie an Kip gezweifelt hat. Sie weiß, dass es lange dauern wird, sein Vertrauen zurückzugewinnen, aber sie sind auf einem guten Weg. Gestern Abend war Kip schon auf dem Weg nach oben ins Bett, als er auf der Treppe plötzlich stehen geblieben ist. Er hat sich umgedreht und ist noch mal in die Küche zurückgekommen. Dann hat er ihr die Arme um die Taille geschlungen und sie lange an sich gedrückt. «Ich mag es hier», hat er nur gesagt und ist nach oben in sein Zimmer gegangen. Annie war nicht in der Lage gewesen zu reagieren, so sehr hatte diese spontane Zuneigungsbekundung sie bewegt.

Annie wendet sich vom Fenster ab und geht, während die beiden noch draußen beschäftigt sind, die Treppe nach oben. Ihr Ziel ist sein Zimmer. Sie öffnet die Tür und bleibt einen Moment stehen, lässt den Blick durch den Raum schweifen, geht im Geiste alle möglichen Verstecke durch.

Begleitet vom gleichmäßigen Geräusch der Axt auf dem Hackklotz, durchforstet Annie schnell und entschieden Kips Zimmer. Sie hebt die Matratze, sieht hinter den Büchern im Regal nach, tastet in die hintersten Winkel der Schreibtischschubladen, klopft die Anziehsachen ab. Aber sie findet nichts.

Das Messer ist nicht da.

Genau wie am Tag nach den schrecklichen Ereignissen auf der Landzunge, als sie noch mal an den Wäschekorb ging, um die blutverschmierte Waffe zu holen. Wie eine

Verrückte hatte sie die Schmutzwäsche durchwühlt, doch das Messer war nicht wieder aufgetaucht, und Kip war der Einzige gewesen, der gesehen hatte, wie sie es dort versteckte.

Seufzend richtet sie sich auf. Sie versucht, sich das Bild noch einmal vor Augen zu rufen – die flache, blutige Klinge in Kips geballter Faust. Der Ausdruck in seinen Augen. Langsam kommt ihr das alles vor wie ein schrecklicher Traum … als hätte sie sich das Messer in seiner Hand vielleicht nur eingebildet. Wie ein Albtraum, der bei Tagesanbruch schwindet.

Die Axt ist verstummt. Annie tritt ans Fenster. Max sagt etwas zu Kip, deutet auf den Holzhaufen, den sie fabriziert haben. Seine Hand ruht leicht auf der Schulter ihres Sohns. Bei diesem Anblick wird Annie von ihren Emotionen fast überwältigt. Zum ersten Mal, seit sie hergekommen sind, spürt sie den Anflug eines Gefühls, nach dem sie sich schon so lange sehnt: ein Gefühl von Stimmigkeit, von Angekommensein, das Gefühl, dass sie vielleicht tatsächlich am richtigen Platz gelandet sind – und das nach allem, was passiert ist. Und vielleicht, nur vielleicht, ist es gar nicht nötig, bereits alle Antworten zu kennen – und all die richtigen Worte. Nicht jetzt. Vielleicht, wird ihr klar, muss sie ihrer Familie in Wirklichkeit einfach nur sagen – jetzt und immer –, dass sie sie liebt.

DANKSAGUNG

Die ersten Samen für diesen Roman wurden 2017 auf einem Campingurlaub mit Marthe und Joel in Cornwall gesät und durften auf einer Glamping-Expedition mit den «Hodder Girls» und ihren Familien weiter keimen. Ich danke euch für eure Freundschaft, den Spaß, den wir zusammen hatten, und die tollen Erinnerungen, die zum Glück größtenteils *keine* Inspirationen für diesen Roman lieferten!

Ich habe *Das Wochenende* ohne fertigen Vertrag geschrieben, was gleichzeitig befreiend und beängstigend war. Meine Agentin Sarah Lutyens stand mir während der gesamten Schreibphase und bei der Verlagssuche gelassen und geduldig zur Seite. Begeistert griff sie die neue Richtung auf, die ich mit diesem Roman eingeschlagen habe, und ihr habe ich es zu verdanken, dass *Das Wochenende* bei einem großartigen Verlag gelandet ist. Sarah und dem Team bei Lutyens & Rubinstein sowie David Forrer von Inkwell Management danke ich dafür, dass sie mich international mit so vielen begeisterten Verleger:innen zusammengebracht haben.

Die Zusammenarbeit mit Simon & Schuster in Großbritannien, Australien und Nordamerika ist ein unglaubliches Privileg. Vielen Dank an das Dreamteam des Lektorats, namentlich Clare Hey, Cassandra di Bello, Anthea Bariamis, Kaitlin Olson und Adrienne Kerr. Die Vision, die ihr für diesen Roman hattet, war von Anfang an beeindruckend, und euer Fachwissen und eure Ratschläge haben mir geholfen, dieses Buch noch viel besser zu machen.

Außerdem geht ein großes Dankeschön an alle Mitarbeiter:innen in den Bereichen Verkauf, Design, Produktion, Marketing, Werbung, Finanzen und Vertrieb. Viele Menschen haben dazu beigetragen, *Das Wochenende* in die Welt zu bringen. Ich weiß, dass mir mit Sicherheit die eine oder der andere durch die Lappen geht, und dafür entschuldige ich mich jetzt schon, trotzdem möchte ich vor allem Dan Ruffino, Louise Davies, Sabah Khan, Amy Fulwood, Rebecca McCarthy, Genevieve Barratt, Anna O'Grady, Fleur Hamilton und Ifeoma Anyoku namentlich erwähnen. Für die Redaktionsarbeit geht mein Dank an Clare Wallis. Jill Tytherleigh danke ich für die Erfüllung von Autorinnenträumen in Form einer Landkarte. Für die sensationellen Buchcover danke ich Craig Fraser, Christa Moffitt und Min Choi.

Bibliothekar:innen und Buchhändler:innen sind das Herz der Buchbranche, und man kann wohl mit Fug und Recht behaupten, dass eine Schriftsteller:innenkarriere ohne sie nicht denkbar wäre. Ich bin unglaublich dankbar für die magischen Fähigkeiten, mit denen es ihnen immer wieder gelingt, dem/der richtigen Leser:in das richtige Buch in die Hände zu drücken, und ich darf mich glücklich schätzen, einige von ihnen zu meinen Freund:innen zu zählen. Mein besonderer Dank geht an Juliette und Nic Bottomley, die meine Bücher von Anfang an unterstützt haben und mir seit meinem Umzug nach Südwestengland zu lieben Freunden geworden sind. Wenn Sie Buchliebhaber:in sind und auch so gerne schöne, unabhängige Buchläden erkunden, sollte ein Besuch bei Mr. B's Emporium in Bath ganz oben auf Ihrer Liste stehen.

Was das Berufliche betrifft, so hat mir Kelly Weekes mit ihrem großartigen Mentoring für Autor:innen einen postpandemischen Selbstvertrauensschub gegeben. Auch das Vertiefungsseminar für Schriftsteller:innen der Autorin Kathryn Heyman war ein höchst willkommener kreativer Neustart, der mich aus meiner Schreibflaute herausgeholt hat. Anna Barrett von The Writer's Space unterstützte mich bei einem frühen Entwurf des Romans mit unschätzbaren redaktionellen Anmerkungen. Alle drei kann ich sämtlichen Kolleg:innen, die sich in verwirrendem Gestrüpp verheddert haben, nur wärmstens ans Herz legen.

Ein Teil dieses Romans entstand während eines Schreibaufenthalts bei der Arvon Foundation in Shropshire, wo ich zu meinem großen Glück rein zufällig in die Gesellschaft von Katy Schutte und Amy Rosenthal geriet, die mich unterstützt haben, mich zum Lachen brachten und für viele inspirierende Gespräche sorgten. Auch meine Kolleginnen Cesca Major, Kate Riordan, Katherine Webb und Emylia Hall helfen mir immer wieder dabei, das kreative Leben ins rechte Licht zu rücken und die Welt in Ordnung zu bringen.

Dem Verlagshaus Hachette danke ich für die zuverlässige Betreuung meiner Backlist, für langjährige Freundschaft und für die großartige Arbeit, die jedes Jahr im Rahmen des wunderbaren Emerging Writers' Festival mit dem Verleih des Richell Prize geleistet wird, jener Auszeichnung für Nachwuchsautor:innen, die im Namen meines verstorbenen Mannes ins Leben gerufen wurde.

Es gibt viele Gründe für mich zu schreiben, aber die womöglich größte Motivation besteht darin, meine Kinder Jude und Gracie stolz zu machen und ihrem Vater Matt ein ehrendes Andenken zu bewahren. Er war derjenige, der mich als Erster dazu ermutigt hat, zu Papier und Stift zu greifen. Zu meinem großen Glück gibt es in meinem Leben jetzt gleich zwei Männer namens Matt, die mich anspornen: jener Matt, der in meiner Erinnerung und in meinem Herzen weiterlebt, und Matt Poynter, der mich 2019 völlig umgehauen hat und Liebe und Freude zurück in mein Leben brachte. Unsere Patchworkfamilie gehört zu den überraschendsten und wunderbarsten Entwicklungen der letzten Jahre. Danke, Matt, dass du uns gefunden hast.

Meine Schwester Jess ist die beste Erstleserin, die ich mir wünschen kann, und der einzige Mensch, dem ich meine ersten Entwürfe tatsächlich zeigen will. Sie nimmt meine Texte grundsätzlich ernst und gibt mir immer hilfreiches Feedback, selbst wenn ich ihr einen ersten Entwurf mit dem Titel ‹Ein Haufen Kackmist› schicke. Jess, du bist die Beste, und ich liebe dich. Auch wenn unser «Dreiwege-Lieblingsgeschwister-Chat» inzwischen verstummt ist, du und Will, ihr werdet für immer meine Lieblinge bleiben.

Und zum Schluss: Dieses Buch ist für meine Eltern, Gillian und John Norman. Ich kann mich an keine Zeit in meinem Leben erinnern, in der ich mich nicht von ihnen unterstützt fühlte. Dad hat oft eine wunderbare Herangehensweise an Dinge, mit denen ich zu kämpfen habe, und unterstützt mich immer wieder gern mit einem passenden Pep-Talk, falls ich mal wieder Ansporn brauche. Mum hat mich schon immer unfassbar ermutigt und mir zahllose Tage an Zeit und Raum geschenkt, damit ich mich ganz auf mein Schreiben konzentrieren kann. Die-

ses Buch ist ihnen beiden gewidmet, auf ihrer jeweiligen
Seite der Erdkugel, mit all meiner Liebe und Wertschät-
zung.

Kuss, Hannah